LP

Dernières lueurs
avant la nuit

Serge Brussolo

DERNIÈRES LUEURS AVANT LA NUIT

Flammarion

© Flammarion, 2000
ISBN : 2-08-067915-5

ROBIN

LE PARADIS EST-IL SOLUBLE
DANS LES LARMES ?

1

L'enfant pleurait en cachette depuis quarante-huit heures, étouffant ses sanglots au creux des oreillers pour ne rien laisser deviner de son désarroi.

On venait de le chasser du paradis. Les souvenirs affluaient à sa conscience en un pêle-mêle où se télescopaient le moment présent et les scènes échappées d'un passé lointain. Depuis plusieurs jours déjà, il essayait d'ordonner ses sentiments pour comprendre quelle erreur il avait commise ou comment tout cela avait commencé. Mais il n'avait que dix ans et la chose lui paraissait horriblement compliquée. Quoi qu'il en soit, il savait que tout était de sa faute : il n'avait pas été digne de l'amour de la reine, il n'avait pas été à la hauteur des espérances qu'on avait fondées sur lui.

Parfois il se terrait dans sa chambre et pleurait, étendu à plat ventre sur le lit, avec des sursauts de rage qui lui faisaient donner des coups de poings dans les oreillers de soie blanche. *N'était-il pas assez beau ? Pas assez intelligent ?* Oui, ce devait être ça. Père et Mère avaient été déçus, chagrinés. Ils avaient retardé le plus possible l'instant déchirant où il leur faudrait avouer la vérité, mais, malgré leur bonté, ils avaient bien dû s'y résoudre, en définitive.

Robin ne faisait pas l'affaire... alors on le renvoyait d'où il venait. On le bannissait du royaume. On l'expulsait.

Le gosse s'arracha du lit et courut une fois de plus vers le grand miroir au cadre doré occupant l'un des murs de la chambre. C'était un objet majestueux, un lac de mercure vertical entouré de feuilles d'acanthe. Il s'y examina d'un œil critique. Qu'est-ce qui avait changé en lui ? N'était-il plus le beau petit garçon dont Mère aimait caresser la chevelure blonde, baiser les joues ? Au cours des derniers mois il avait senti s'installer un éloignement, une froideur. Mère avait progressivement cessé de l'attirer sur ses genoux, de le toucher, de l'embrasser, de le serrer contre elle. Les marques de sa tendresse s'étaient raréfiées. Quand Robbie était dans une pièce, ses regards passaient à travers lui, comme s'il était invisible.

Le petit garçon s'approcha du miroir. Combien de fois s'était-il contemplé dans cette glace depuis son arrivée au palais ? Il ne le savait pas. Tout cela était si... ancien !

Il se rappela soudain les déguisements d'Halloween, les costumes de cérémonie. Les petits uniformes taillés sur mesure.

« Celui-ci, disait Mère, est une tenue de colonel de la garde blanche de l'Oural. Celui-là, un habit de général des chevaliers-gardes du dernier cercle. Tu dois les porter, ces titres te reviennent légitimement en tant qu'héritier du trône. N'oublie pas les épées qui vont avec, et ne les mélange pas, mon chéri, ce serait un sacrilège. »

Les petites épées ! Comme il les avait adorées ! Fines, luisantes, avec leur lame qui étincelait au soleil et leur garde incrustée de pierres précieuses. Et les bottes minuscules, brillantes, qui claquaient sur l'immensité des parquets. Et...

« Vous êtes magnifique, mon prince », lui disaient les pages, une étincelle admirative dans l'œil.

Se détournant, Robin fit coulisser la porte du long placard où se trouvaient suspendus ses vêtements d'apparat. Même dans la pénombre, les épaulettes, les brandebourgs, les fourragères tressés de fils d'or luisaient d'un éclat chaud. Quant aux casquettes d'officier, il y en avait une quinzaine alignées sur l'étagère à chapeaux, chacune portant un emblème différent. Lieutenant-colonel des Dragons écarlates, Grand Amiral de la flotte, Général Prince des légions de la frontière sud...

Robin grimaça. Aujourd'hui il ne pouvait plus enfiler aucun de ces costumes car il avait beaucoup grandi ces derniers mois. Désormais, les uniformes le gênaient aux entournures, lui sciant les aisselles, l'entre-jambes ; les manches trop courtes s'arrêtaient bien au-dessus des poignets. Quand il tentait de passer outre, les miroirs lui renvoyaient une image ridicule.

« Mère, avait-il dit, il serait temps de me faire couper de nouveaux uniformes. J'ai forci. Je n'entre plus dans les anciens. Comment ferai-je lors de la cérémonie d'investiture ? »

Mais la belle dame en exil eut une crispation nerveuse et, le regard perdu, laissa tomber :

« Tu es trop vieux, maintenant, pour ces choses. »

Sa froideur avait frappé le garçonnet au visage, bourrasque chargée d'esquilles de glace arrachées à la banquise. Elle avait dit *vieux*, pas *grand*...

Jadis, elle ne passait pas une journée sans Robin. Elle jouait avec l'enfant, lui racontait au moyen de soldats de plomb et de cartes anciennes l'histoire du royaume qu'ils avaient dû fuir pour sauver leurs têtes.

« Notre pays se nomme l'Ombrie Australe, disait-elle, mais les géographes le désignent également sous le vocable d'Australombrie, qui sonne de manière plus vulgaire, aussi est-il d'usage, à la cour, de ne pas l'employer. Les Bolcheviques nous ont chassés de nos palais, et c'est un miracle que nous soyons parvenus, ton père et moi, à passer entre les mailles du filet. Un de leurs agents, une espionne infiltrée à la cour, une certaine Judith Pookhey, te servait de nourrice en ces temps troublés. Profitant du chaos dans lequel nous avait jeté la fuite, elle t'enleva, à mon grand désespoir. Il nous a fallu des années pour te retrouver, mon chéri. Cette vipère se faisait passer pour ta mère et t'élevait dans des conditions épouvantables pour te faire expier ta qualité de prince du sang. Elle te détestait. Elle était allée jusqu'à t'enfermer dans une prison ceinte de grillages. Tu dois t'en souvenir, n'est-ce pas ? »

Robin fronçait les sourcils, faisait un effort... Oui, il lui semblait bien se rappeler l'enclos où il avait été détenu. C'était bien comme le disait Mère, un endroit sordide et fermé de toutes parts. Mais il y avait de cela bien longtemps et les images demeuraient imprécises. Il lui semblait avoir vécu là en compagnie d'une femme dont le visage s'était peu à peu effacé... En rêve, parfois, il revoyait une inconnue vêtue d'un tablier blanc, comme une cuisinière. Et aussi un vieil homme maussade, aux joues hérissées de poils blancs. Un vieil homme qui lui faisait peur.

Il conservait de cette époque des impressions désagréables : la crainte d'être réprimandé, une angoisse née des forêts entourant le camp de détention, la solitude. Il ne parvenait plus à percevoir la voix de la geôlière, mais il gardait l'image des grillages et du gros cadenas bouclant la porte.

« Un endroit pour les ilotes, disait Mère. C'est un miracle que tu n'y aies pas attrapé une horrible maladie. Heureusement, le sang royal coulant dans tes veines t'a protégé de la contagion. C'est un privilège de notre race. Les virus, qui sont le lot commun des pauvres, nous affectent rarement. »

En général, elle n'aimait pas évoquer ces temps de douleur, et glissait à un autre sujet.

« Nous te cherchions, disait-elle. Nous remontions la piste grâce à l'aide de quatre officiers du palais encore fidèles. Cela n'a pas été facile, tu sais. L'Amérique est un pays horrible, vulgaire, si différent de notre chère Ombrie. Entre-temps, cette affreuse femme t'avait lavé le cerveau ; elle avait fini par te persuader qu'elle était ta mère. Tu n'y es pour rien, tu étais trop petit pour comprendre ce qui se tramait à ton insu. La garce avait pris soin de se cacher dans un endroit perdu, une campagne déserte, au bout du monde. Des agents bolcheviques la protégeaient, déguisés en fermiers, en commerçants. Oh ! il n'a pas été facile de te reprendre à eux, crois-moi. Plusieurs de nos soldats y ont laissé la vie. C'est alors que ton père et moi avons décidé de passer à l'action nous-mêmes. Que pouvions-nous faire d'autre ? Il fallait t'enlever, t'arracher à ses griffes avant qu'elle ne fasse de toi un terroriste, un poseur de bombes. Car c'était là son but, tu sais ? Te retourner contre nous. Un jour, quand tu aurais été plus grand, elle t'aurait donné l'ordre de nous supprimer. Elle aurait armé ton bras pour que tu assassines tes vrais parents. Ces gens sont des monstres, tu dois le savoir. Il fallait donc agir rapidement, c'est pour cela que nous t'avons kidnappé, nous n'avions pas le choix, il fallait faire vite, avant qu'on ne fasse de toi une brute et un parricide. »

En écoutant ce récit, Robin avait le plus grand mal à réprimer des frissons de terreur. Ainsi, il avait été à deux doigts de tuer ses vrais parents ! Quelle horreur !

L'enlèvement – ou plutôt la récupération – ne lui laissait pas davantage de souvenirs. À peine conservait-il l'image d'une grosse voiture noire surgie du néant, d'une dame gentille et merveilleusement parfumée qui lui avait tendu un chaton. Un chaton gris, tout mignon, et qui miaulait d'une voix aiguë. Ensuite... Ensuite il s'était endormi. Du moins le croyait-il. Lorsqu'il s'était réveillé, il se trouvait au château. Une nouvelle vie avait commencé pour lui. Une vie magique.

Sans doute avait-il pleurniché un peu en réclamant l'autre femme – celle qu'à l'époque il appelait « M'man » – oui, sans doute, mais tout cela s'était effacé de sa mémoire. Et puis la dame parfumée était si gentille.

« Je m'appelle Antonia, lui avait-elle dit, je suis la reine d'Ombrie Australe, et ce monsieur est le prince consort, mon époux, ton père. Je suis ta maman, mon ange. Ta vraie maman. Et toi tu es mon petit prince, il y a si longtemps que je te cherche. »

En prononçant ces mots, elle s'était mise à sangloter et avait serré Robin contre sa poitrine. Elle était belle, bien coiffée, arborait de magnifiques bijoux. Le monsieur, lui demeurait en retrait, affichant un sourire un peu tremblant, un air soucieux. C'était un homme grand, assez mince, avec une moustache grise. Une sorte de Mandrake le Magicien qui aurait vieilli.

Tant et tant d'années avaient passé depuis ce jour que Robin n'était plus très sûr, aujourd'hui, de n'avoir pas rêvé cette scène étrange.

Dès son arrivée, la belle dame – Antonia, Mère – l'avait entouré de ses attentions, de ses câlineries, de son amour.

« Tu es un petit prince, lui répétait-elle, un vrai prince. Un jour, quand tu seras grand, nous repartirons chez nous, et tu feras la reconquête de notre royaume. Tu chasseras les Bolcheviques, le peuple n'attend que ça. Alors je serai bien vieille et tu monteras sur le trône à ma place. Je serai fière de toi. Tu seras si beau, la couronne posée sur tes cheveux blonds. »

Dès lors, elle entreprit de lui expliquer l'histoire de leur pays natal. Les leçons n'avaient rien d'ennuyeux, elles se déroulaient dans la grande bibliothèque du palais. Il y avait là une carte immense sur laquelle on déplaçait des soldats de plomb, des cavaliers et des petits canons de cuivre. Sur les murs, Robbie pouvait voir les portraits de ses ancêtres, Oton-barbe-blonde en grand uniforme des dragons impériaux, Wolmar III chassant le loup avec sa meute de dogues allemands, Andrewjz-le-Terrible au siège de Kowalaczick, debout au sommet d'une bastide ruinée par les canonnades de l'ennemi, dernier survivant de sa compagnie, debout au milieu des cadavres, le drapeau à la main... Les teintes brunes, le bitume, l'or, la pourpre et les craquelures de la toile impressionnaient fort le petit garçon. Les tableaux lui semblaient de hautes fenêtres ouvertes sur l'abîme du temps, des fenêtres par lesquelles ses glorieux prédécesseurs l'observaient d'un œil critique en remâchant une seule et unique question : serait-il digne d'eux ?

« Mais oui, mon chéri, murmurait Antonia. Leur sang coule dans tes veines. Tu n'as rien à craindre. Quand le moment viendra tu découvriras que tu es aussi courageux que tous ces terribles soldats. »

Robin referma la penderie pleine d'uniformes inutiles et se dirigea vers la baie vitrée. Le vallon s'étendait devant lui, d'un beau vert. Il y avait le lac, les bosquets, et les poneys qui broutaient l'herbe. « Deux hectares » avait coutume de dire Antonia. Deux hectares de liberté que ceignait une muraille surmontée d'un treillis de barbelés électrifiés. Il fallait se protéger de l'Extérieur, des ennemis, des Bolcheviques, des hordes grondantes, des pauvres envieux et grossiers, incapables de comprendre la beauté.

« Dehors c'est l'épouvante, répondit Antonia le jour où Robin lui demanda comment était le monde hors de l'enceinte du palais. La vulgarité érigée en système, la haine, la bêtise. Les gens qui vivent là absorbent à longueur de journée des drogues qui les rendent fous et les font s'entre-tuer. Ou bien ils donnent naissance à des bébés anormaux qui, à leur tour, engendreront des monstres. D'année en année leur intelligence régresse, les ramenant à l'âge des cavernes. On vit dans la peur d'être assassiné, nuit et jour. Nous avons beaucoup de chance de pouvoir mener une existence protégée, mais cela ne durera pas éternellement. C'est pour cette raison qu'il nous faudra un jour retourner dans notre cher royaume, là où tout est beauté et harmonie. Les États-Unis sont l'antichambre de l'enfer, on ne peut y survivre bien longtemps. Tôt ou tard, on finit par y être victime de la barbarie. »

Robin hochait la tête. De toute manière, il n'avait pas envie d'aller voir ailleurs. Ce qu'il désirait lui était apporté ici, à domicile. Tout le monde l'aimait, il passait ses journées à jouer avec ses amis, ses pages, et même les petits serviteurs du palais. Ils étaient charmants, malgré leur accent qui, parfois, rendait leurs propos inintelligibles. Toutefois, d'une certaine façon, cette gaucherie les rendait plus amusants, pittoresques. Robin avait fini par les considérer comme des animaux exotiques : assez malins pour apprendre quelques tours, pas davantage. Des animaux de compagnie à la naïveté désarmante, soucieux de bien faire.

« Ils viennent du dehors, c'est vrai, disait Antonia, mais on les a apprivoisés. Ils sont assez représentatifs des peuplades qui grouillent de l'autre côté du mur. Les samouraï avaient un mot pour désigner ce rebut, ils les appelaient des *Hinin*, des non-humains. »

Non, Robin ne nourrissait aucune curiosité pour l'extérieur. Il savait qu'il y avait vécu la plus mauvaise partie de son existence, il ne tenait nullement à renouveler l'expérience.

Les barbelés de l'enclos qui scintillent dans la lumière. La boue, omni-présente, l'odeur du fumier. La forêt obscure... Le vieil homme avec son visage hérissé de poils blancs, durs comme des épines. Cactus vivant aux paroles incompréhensibles.

Ces réminiscences demeuraient pénibles, et il n'avait pour elles aucune nostalgie. Il était fier de faire partie des élus, de vivre au paradis, dans une enclave protégée du pourrissement général. Le palais, avec ses ors, ses marbres, lui paraissait incroyablement beau. Les pages, les petits serviteurs lui répétaient qu'il avait beaucoup de chance de vivre dans un tel décor.

Près du lac se dressait un château fort en réduction, construit à son intention. Une maquette géante où il avait joué des journées entières lorsqu'il était petit. Il gardait de ces instants d'exaltation une impression si forte qu'elle lui donnait envie de pleurer. Il n'avait qu'à fermer les yeux pour se revoir, costumé en chevalier du Moyen Âge, courant sur le chemin de ronde du castel minia-ture, commandant à ses pages de mettre le château en défense, de repousser l'ennemi. Sur les remparts, il y avait des canons à ressort permettant d'expédier de grosses balles de chiffon sur les assail-lants.

« Ce n'est pas un simple jeu, lui expliqua Mère. C'est pour toi une façon d'assimiler les devoirs de ta charge. Tu te prépares aujourd'hui à affronter des situations qui deviendront bien réelles dès lors que nous nous lancerons à la reconquête de notre cher pays. Car la lutte sera terrible, ne te fais aucune illusion. Pour cette raison, tu dois t'y préparer avec un grand sérieux. N'hésite pas à rudoyer tes petits compagnons, ils sont là pour ça et n'appré-cieraient guère d'être traités avec modération. »

Elle avait raison, Robin s'en rendit bientôt compte. Quand il frappait l'un des pages avec son épée de bois, jamais l'enfant ne lui en faisait reproche ; même quand ses yeux se remplissaient de larmes il s'empressait de sourire en déclarant : « C'est normal, Majesté, vous devez vous entraîner ; c'est un grand honneur d'être battu par vous. »

Le palais était rempli de ces gosses à la peau sombre, aux che-veux noirs, huileux, qui tous se consacraient au service de Robin. Les plus grands avaient une dizaine d'années, jamais plus. Ils par-laient tous avec le même accent. Entre eux, ils chuchotaient dans une langue que Robin ne comprenait pas. Ne sachant à quoi elle correspondait, il la surnommait « le baragouin des singes ». Toute sa domesticité était ainsi composée d'enfants souriants, serviles, c'était bien agréable. Jamais ils ne refusaient de jouer avec Robin, jamais ils ne contestaient ses décisions.

Un seul détail gênait Robbie... Le plus grand des pages se nommait Paco, il avait dans le regard une étincelle d'insolence que le prince héritier n'aimait pas. Paco s'occupait de l'écurie des poneys. Il souriait, il était poli, obséquieux même, mais il mettait dans ce respect quelque chose d'outré, d'artificiel, qui sentait la moquerie. Robin ne l'aimait pas et ne l'épargnait guère quand il s'agissait de se battre à l'épée de bois. C'était la seule fausse note troublant l'harmonie générale. Peu de chose, tout bien considéré, aussi Robbie avait-il décidé de ne pas dénoncer l'insolent. Il préférait le mater lui-même ; il ne doutait pas d'y parvenir, un jour prochain.

Oui, les années avaient coulé dans une sorte d'émerveillement sans cesse renouvelé. L'hiver, la neige transformait le parc en écrin blanc où chaque son prenait un relief étrange.

« Ici, la neige est blanche, disait Antonia en serrant Robin contre sa cape doublée d'hermine. Mais à l'extérieur, hors les murs, elle tombe noire, chargée de particules polluantes. C'est un spectacle horrible à voir. De plus, elle sent mauvais. »

Le petit garçon frissonnait en entendant cela. *De la neige noire ?* Ici, les biches, les chevrettes, sortaient du sous-bois pour venir grignoter dans les mangeoires installées autour du lac. Elles ne s'enfuyaient pas lorsque Robin s'approchait d'elles pour les caresser.

« C'est un don divin, affirmait Antonia. Dans notre famille, tous les rois le possèdent. Les animaux sauvages n'ont pas peur d'eux. Si tu donnes des ordres aux biches, elles t'obéiront. C'est ainsi. Tu n'en as pas conscience, mais tu parles leur langage, sans même le savoir. C'est là un privilège royal qui ne s'explique pas. »

Chaque hiver, Robin descendait au bord du lac gelé pour caresser les animaux sortis du bois. Des biches, des cerfs, des renards, mais aussi des loups redoutables, venus en meute faire allégeance au futur souverain d'Ombrie Australe. Sur la plus haute terrasse sur palais, Antonia suivait la cérémonie avec un sourire bienveillant. Quand il touchait impunément les bêtes sauvages Robin se sentait empli d'un formidable sentiment d'exaltation, alors il comprenait ce que Mère essayait de lui expliquer lorsqu'elle parlait de « sang bleu » ou de « race ». Il n'était pas comme les

16

autres. Il avait des pouvoirs magiques. Il pouvait imposer sa volonté aux hommes, aux bêtes. Il n'était pas un petit garçon ordinaire, comme les pages ou les serviteurs, non, il était fait d'une autre chair.

« La femme qui t'a kidnappé – cette servante renégate – avait pour mission d'empêcher le développement de tes pouvoirs, lui dit un jour Antonia. Il s'en est fallu de peu qu'elle ne réussisse. Si nous avions attendu trop longtemps, ton père et moi, tu te serais atrophié. Tu aurais été perdu pour le trône. »

S'il passait de longues heures en compagnie de Mère, Robin voyait Père assez rarement. L'homme à la moustache grise qui répondait au nom d'Andrewjz, restait, il est vrai, en retrait. Silencieux, l'air préoccupé, il parlait peu, et se contentait d'ébouriffer les cheveux de Robin lorsqu'ils venaient tous deux à se croiser dans l'une des galeries du palais. Il ne portait pas de grand uniforme chamarré, et semblait affectionner les tenues grise, dépourvues d'éclat, qui lui donnaient une mise modeste. En fait, il avait assez peu d'allure pour un prince consort. Le petit garçon en fit la réflexion à Antonia qui répondit :

« C'est parce qu'il doit sans cesse aller et venir dans le monde du dehors pour préparer notre retour en Ombrie. Comme je te l'ai déjà expliqué, hors les murs l'univers est tout de saleté et de tristesse. Cela déteint un peu sur lui, mais il retrouvera sa joie de vivre lorsque tu seras monté sur le trône, mon chéri. Tu verras. Dès que tu auras ceint la couronne, ton cher papa deviendra un autre homme. »

Pour l'heure, Andrewjz ne s'animait guère qu'aux approches de Noël quand il s'affairait dans son atelier, fabriquant des jouets incroyables qu'il taillait de ses mains. Longtemps, Robin avait cru qu'Andrewjz était Santa Claus en personne, besognant dans le secret de son usine pour fournir en cadeaux les enfants du pays. Il avait épié le vieil homme par un soupirail, observant avec quelle dextérité il fabriquait une cheval à bascule, un petit carrosse, un traîneau aux incrustations d'or. Une année, Robin avait reçu le 25 décembre un attelage de rennes mécaniques dont les pattes s'agitaient au moyen d'un pédalier dissimulé au fond du traîneau. Le garçonnet avait lui-même joué au Père Noël, le visage à demi dissimulé sous une barbe en fils d'argent, et distribué des cadeaux à ses pages et serviteurs. Tous l'en avaient remercié avec gratitude, sauf Paco qui, une fois de plus, s'était montré obséquieux, et dont les yeux ironiques démentaient les paroles.

Robin avait connu sept Noëls au palais ; il se rappelait chacun d'eux avec un luxe de détails. Tous avaient été l'occasion de grandes réjouissances. Tous... sauf les deux derniers qui s'étaient déroulés dans un incompréhensible climat de tristesse, de froideur. Pour la première fois depuis son arrivée au palais, Robin avait perçu chez sa mère une volonté d'éloignement. Une certaine distraction. Elle ne l'avait pas attiré sur ses genoux, elle ne l'avait pas davantage serré sur son cœur, et chaque fois qu'il avait esquissé des gestes de rapprochement, elle l'avait écarté d'une phrase, toujours la même : « Assez d'enfantillages, tu es trop vieux maintenant. »

Curieusement, Andrewjz sortit de son habituelle réserve et déploya des trésors d'énergie pour tirer Robin de son abattement.

Cette nuit-là, ne pouvant trouver le sommeil, le jeune garçon erra à travers les galeries du palais. C'est ainsi qu'il surprit une étrange conversation entre ses parents.

« Tu aurais pu faire un effort, grommelait Andrewjz. Le pauvre petit était bouleversé. Ça me faisait mal de le voir comme ça.

— Arrête de l'appeler "petit" ! riposta Antonia d'une voix acerbe. Il ne l'est plus, et c'est là justement tout le problème.

— Enfin, qu'est-ce que tu racontes ? Il n'a que dix ans.

— C'est déjà trop. Il se transforme, je le vois bien. Tu ne t'aperçois donc pas que ses jambes se couvrent de poils ! Je l'ai bien senti la dernière fois que je le caressais. Il change. Il est en train de se métamorphoser en adolescent. Bientôt il aura de la moustache, des poils pubiens. Je ne veux pas assister à cette horreur. Ça me dégoûte, tu le sais. Il faut faire comme d'habitude... »

Antonia parlait d'une voix sifflante, méconnaissable, comme si elle était en colère. Tapi derrière une colonne de marbre, Robbie tremblait de tous ses membres. Était-ce de lui qu'on parlait ainsi ? Des poils ? Il allait se couvrir de poils ? Se changer en bête, en loup-garou peut-être ? Quelqu'un lui avait-il jeté une malédiction, un sort ?

L'espace d'un instant, il se vit, métamorphosé en cochon sauvage, fuyant le palais pour se cacher dans la forêt. Victime d'une étrange illumination, il se demanda soudain si les animaux du sous-bois n'étaient pas en réalité des enfants victimes d'un maléfice. Les biches, les lapins, les loups étaient peut-être ses frères, ses sœurs, les autres enfants d'Antonia... D'autres enfants que les envoûtements de l'ennemi communiste avaient conduits à chercher refuge dans la forêt pour ne plus offenser le regard de leur mère par leur apparence bestiale ?

Il faillit céder à la panique, puis se ressaisit. Déjà, Andrewjz revenait à la charge.

« J'avais bon espoir que tu t'attacherais à lui, soupira-t-il. Nous vieillissons, ma chérie, bientôt nous n'aurons plus ni l'âge ni l'énergie pour nous occuper de petits enfants.

— *Tu* vieillis, cracha Antonia. En ce qui me concerne je me sens en pleine forme, et je te le répète, les adolescents ne m'intéressent pas. Tu sais bien ce qu'ils ont en tête : le sexe ! Uniquement le sexe ! Dans un an Robin ne pensera plus qu'à s'isoler dans la grange pour arracher leur culotte aux petites Mexicaines qui lui servent de bonniches. Je n'existerai plus à ses yeux. Non, il a fait son temps, c'est fini. On ne peut plus rien tirer de lui. Il va s'abîmer, se banaliser.

— C'est un gosse merveilleux, souffla Andrewjz.

— *C'était* un gosse merveilleux, corrigea Antonia. Mais c'est terminé. Tu es un homme, tu ne peux pas comprendre ce que je ressens.

Andrewjz poussa un nouveau soupir.

— Ce sera un déchirement pour lui, dit-il d'une voix grave. Rappelle-toi ce qui s'est passé pour l'autre... le précédent... Ça a mal tourné, tu le sais bien.

— Je ne vois pas à quoi tu fais allusion, coupa Mère. Une fois qu'ils sont partis je ne pense plus jamais à eux. Leurs visages s'effacent de ma mémoire. C'est comme s'ils n'avaient jamais existé.

— Pas moi, murmura Père. Je les revois. Je les revois tous. C'est dangereux de recommencer, nous sommes trop vieux pour ce genre d'entreprise. Celui-là, on aurait pu s'en occuper jusqu'au bout. Le regarder grandir.

— Allons, siffla Antonia. Ressaisis-toi ! Qu'est-ce qui t'arrive ? Tu sais bien que c'est impossible. En grandissant il comprendrait fatalement que... Non, tu dis des idioties. Tu as bu ou quoi ? Je t'ai connu plus efficace. Il faut trancher, c'est tout. L'heure est venue. Tu le savais dès le début, non ? À dix ans c'est fini, ils cessent d'être des petits garçons, ils se changent en boucs, je ne veux pas de ça chez moi. Tu sais ce qu'il te reste à faire, prends les dispositions habituelles. Débarrasse-moi de lui, le plus tôt possible. Je ne le supporte plus. Il me dégoûte.

— Pourtant tu l'aimais, insista Père. Celui-là plus que les autres. Tu le trouvais si beau. Rappelle-toi. Nous avons pris des risques insensés. Un enfant de deux ans ! C'était contraire à tous nos principes. Au début nous avions dit : des bébés, rien que des bébés ! Celui-là avait déjà une mémoire, un passé, mais non, il te le fallait, tu ne pouvais pas attendre. Sa beauté t'obsédait.

— Assez ! » glapit Antonia.

Il y eut un bruit de chaise repoussée, le tintement d'un verre qui se brise. Robin aurait voulu prendre la fuite mais ses jambes ne le portaient plus. Il dut attendre un long moment derrière la colonne de marbre que les forces lui reviennent. Alors, seulement, il s'éloigna en direction de sa chambre. Il avait la tête vide. Le monde s'écroulait autour de lui.

Cette nuit-là, il ne put trouver le sommeil. Il attendit l'aube en repassant dans sa tête la conversation sibylline des parents. Il n'y comprenait rien mais il devinait l'approche d'un danger, d'un bouleversement majeur. Était-ce lié aux manœuvres des ennemis de la couronne ? Antonia voulait-elle l'éloigner la maison pour le protéger d'un complot ? Oui, sans doute.

Quand le jour fut levé, il sortit du palais et prit la direction du lac. Un grelottement d'angoisse l'habitait. Il se sentait sur le point de tout perdre. Arrivé au bord du point d'eau, il se retourna pour contempler le palais, avec ses tours, ses mâchicoulis, son pont-levis, ses étendards qui flottaient au vent. D'un seul coup, en une grande bouffée de détresse, lui revenaient les flashes de son enfance. Pourquoi pensait-il précisément en ce moment au tournoi auquel il avait pris part, revêtu d'une armure scintillante et monté sur un poney ?

La chose avait eu lieu à l'occasion de son huitième anniversaire ; il en conservait un souvenir précis. Ce jour-là, il avait chevauché avec ardeur, la lance brandie à l'horizontale. Il avait galopé sur son poney, faisant mordre la poussière à tous ceux qui osaient le défier. Même Paco, l'insolent Paco, avait vidé les étriers pour rouler sur le sol quand la boule de bois terminant la lance mouchetée de Robin avait heurté le centre de son écu. Et Antonia avait suivi toute la rencontre à la jumelle, du haut de la terrasse.

« Messire, balbutièrent les enfants, vous êtes trop fort pour nous. Personne ne peut vous vaincre. »

Et ils s'inclinèrent devant lui, un genou en terre, les mains jointes sur la garde de leur épée de bois.

« Tu as ça dans le sang, dit Antonia en le serrant dans ses bras. C'est un don. Nos ancêtres ont participé à toutes les croisades, leurs qualités de jouteurs ont fini par s'inscrire dans le patrimoine génétique de notre famille. »

Robin en conçut une fierté extraordinaire. Oui, son huitième anniversaire fut le point culminant du bonheur. Ensuite les choses commencèrent à se dégrader. Dès la cérémonie donnée pour ses neuf ans, Antonia n'était déjà plus la même. Son regard, d'ordinaire si attentif aux faits et gestes de son fils, avait tendance à s'égarer, à flotter, comme attiré par les nuages. Elle devint distraite. Parfois, le petit garçon surprenait les yeux de Mère fixés sur lui, mais pleins de critique, de désapprobation, voire de tristesse, comme désolés du spectacle qui s'étalait devant eux.

*

Après avoir séché ses larmes, Robin quitta sa chambre pour faire le tour du lac.

Il respirait à pleins poumons, mais l'air pénétrait avec difficulté dans sa poitrine rétrécie par l'angoisse. Combien de jeux exaltants avait-il conduit ici, au milieu de ces trois arpents de prairie ? La plupart d'entre eux naissaient des leçons d'histoire que lui donnait Antonia. Il adorait par-dessus tout les heures consacrées à ces cours particuliers, quand il s'asseyait sur les genoux de Mère pour feuilleter les grands livres à couverture de cuir de la bibliothèque. Alors Antonia racontait l'Europe, l'Ombrie Australe, et son souffle chatouillait l'oreille de Robin. D'abord ils s'étaient contentés de regarder de vieilles images. Puis elle lui avait appris à lire. Toutefois il ne touchait aux ouvrages que fort rarement, préférant de loin se les faire raconter par Antonia.

« Mère, suppliait-il en se pelotonnant contre elle, dites-moi l'histoire de la lampe merveilleuse, votre voix est si belle. Faites comme si j'étais encore petit et que je ne savais pas lire.

— Mais tu es encore petit, Dieu merci ! » murmurait Antonia d'un ton où perçait une certaine nervosité.

*

Robin s'éloigna du lac, indifférent à la rosée qui lui mouillait les pieds et les chevilles. Çà et là, des jouets oubliés traînaient dans l'herbe : glaives de gladiateurs, casques de carton bouilli bosselés par les coups. Bien que menant une existence effacée, Andrewjz avait besogné sans relâche au cours des dernières années, s'ingéniant à satisfaire les caprices de son fils. Son atelier avait tourné en permanence, fabriquant costumes, accessoires, sautant d'une époque à l'autre. Il y avait eu la passion de Robin pour l'épopée napoléonienne, puis sa tocade pour Rome et les gladiateurs, les combats de galères sur le lac, les esclaves jetés en pâture aux fauves. Ensuite était venue la période égyptienne, puis celle des mousquetaires et des duels incessants qui laissaient les petits pages couverts d'estafilades, d'ecchymoses. Chacune de ces « folies » avait pour origine l'une des projections cinématographiques organisée par Antonia. Robin adorait ces soirées magiques lorsque le gros appareil ronronnant faisait son apparition et qu'Andrewjz le nourrissait avec des bobines sur lesquelles s'enroulait une interminable bande de Celluloïd. C'est ainsi qu'il avait vu *Ben-Hur*, *Guerre et Paix*, *Cléopâtre*, *La chute de l'Empire romain*, *Quo Vadis*, *Les derniers jours de Pompéi*...

Il ne s'intéressait pas aux acteurs. Antonia lui avait dit qu'il s'agissait d'histrions vaniteux auxquels il ne fallait accorder aucune importance.

« Ce ne sont que des serviteurs, avait-elle déclaré un soir. Des jongleurs préposés à notre distraction. On ne doit pas leur accorder plus d'importance qu'à un valet de cuisine. »

Robin appréciait les projections, moins pour ce qu'elles représentaient que pour le plaisir qu'il éprouvait alors en se blottissant contre le flanc de Mère. Souvent, elle l'encourageait à poser sa tête en travers de ses cuisses et lui caressait les cheveux. Il aurait pu rester ainsi une éternité, les yeux braqués vers les images mouvantes de l'écran, toute son attention concentrée sur les quelques centimètres carrés de cuir chevelu où se mouvaient les doigts d'Antonia. Il aurait voulu se fondre en elle, ne plus faire qu'un avec sa chair, être encore un bébé dans son ventre.

« Mon tout beau, chuchotait-elle, mon tout petit, mon prince, mon roitelet... »

Elle égrenait cette berceuse avec tant de douceur que Robin finissait par s'endormir tandis que les chars roulaient dans le *Circus Maximus*, perdaient leurs roues ou écrasaient les conducteurs malheureux, que sombraient les galères, flambaient le forum ou que les volcans ensevelissaient des villes entières sous une pluie de cendre.

Et puis il avait eu sa période « Tarzan ». Tout un été, il avait vécu en slip panthère, à califourchon sur les branches des arbres du parc, poussant son redoutable cri de guerre. Pour rendre le jeu plus intéressant, Antonia avait fait l'emplette d'un lionceau et d'un éléphanteau qu'on avait lâchés dans les bois.

« Tu peux leur donner des ordres, expliqua-t-elle à Robin. Ils t'obéiront. N'oublie pas que tu possèdes le don de communiquer avec les animaux sauvages. »

Robin s'était empressé d'essayer ; à sa grande surprise, ils lui avaient effectivement obéi.

Quand il y repensait aujourd'hui, il prenait conscience qu'il avait vécu dans un vrai paradis. Du moins jusqu'à la découverte de l'album photographique sur la dernière étagère de la bibliothèque. Pourquoi avait-il grimpé au sommet de l'échelle de cuivre coulissante qui faisait le tour des rayonnages ? Il était incapable de le dire. Quelle prémonition l'avait donc guidé vers cet ouvrage à la couverture de cuir bleu ? Avait-il vu, un jour, Antonia le hisser tout là-haut, en s'assurant que personne ne la regardait ? Possible. Quoi qu'il en soit, l'album tomba entre ses mains. Des dizaines de photos le remplissaient. Il crut tout d'abord qu'elle le représentaient toutes. Il lui fallut un moment pour réaliser qu'elles se rapportaient à deux enfants différents. Deux enfants qui lui ressemblaient étrangement. Même chevelure blonde, mêmes yeux bleus, même genre de beauté. Ils avaient été photographiés dans des poses identiques à celles qu'il avait maintes fois prises devant l'appareil brandi par Antonia. Ils portaient des uniformes en tous points semblables aux siens, ils avaient eux aussi fait construire des pyramides, conduit des raids maritimes contre les pirates barbaresques, joué à Tarzan en slip panthère... Il s'était cru le seul, il n'avait été qu'un acteur parmi tant d'autres reprenant un rôle créé pour un illustre prédécesseur.

Pour la première fois depuis son entrée au paradis, il avait éprouvé un violent sentiment de jalousie. Ses concurrents se nommaient William et Dexter... Les dates de leur présence au paradis figuraient sur la page de garde de la section de l'album qui leur était consacrée. Robin calcula qu'ils avaient chacun effectué un séjour dont la durée moyenne s'établissait autour de huit années. Pris d'une soudaine angoisse, il se demanda soudain depuis combien de temps il était là, et chercha à se rappeler son âge lors de son arrivée au palais.

La présence de ces garçons disparus le plongeait dans une inquiétude sans fond. Que leur était-il arrivé ?

« Est-ce que ce sont mes frères aînés ? se demanda-t-il. Ont-ils été assassinés par les Bolcheviques ? »

C'était fort possible. Antonia avait pu choisir de passer leur existence sous silence pour ne pas effrayer son dernier né. Il se rappela ce qu'elle lui avait souvent expliqué à propos des ennemis grouillant de l'autre côté du mur d'enceinte. Allait-il connaître le même sort ? Un terroriste allait-il réussir à s'introduire dans la place pour le supprimer ?

Assis sur le tapis de la bibliothèque, l'album posé devant lui, il comptait et recomptait sur ses doigts pour essayer de déterminer combien de temps il lui restait à vivre. S'il ne se trompait pas dans ses calculs, le terme de sa vie était proche. Lui revenaient soudain à la mémoire mille phrases sibyllines échangées par ses parents. Sous ce nouvel éclairage, les mots « compte à rebours » prenaient tout à coup un relief effrayant. Voilà qui pouvait expliquer la tristesse d'Antonia, son éloignement. Elle avait déjà vécu la chose à deux reprises dans le passé. Elle savait que Robin allait lui être ravi comme l'avaient été Dexter et William. Il s'agissait presque d'une malédiction cyclique. Elle avait beau faire, fuir, se protéger derrière de hauts murs, toujours les tueurs bolcheviques retrouvaient sa trace et venaient assassiner ses enfants. Bientôt ce serait le tour de Robin, le dernier prince héritier.

Antonia savait la chose inéluctable et se protégeait de la souffrance à venir en prenant ses distances. Oui, c'était cela.

Cédant à la panique, le petit garçon faillit courir se blottir dans ses bras, puis il se raisonna et décida de se conduire en vrai prince du sang. Il remit l'album en place et ne souffla mot de sa trouvaille.

Dans les jours qui suivirent il laissa souvent son regard courir à la crête du mur d'enceinte, s'attendant à voir surgir un assassin masqué qui le prendrait pour cible. Puis, parce qu'il était trop jeune pour vivre longtemps avec de telles pensées, il oublia, et reprit ses habitudes. De temps à autre, au moment de s'endormir, il pensait à ses frères morts et prononçait leurs noms, mais cela n'allait jamais plus loin, et le sommeil l'avalait sans même l'accabler d'un cauchemar. Il avait été jusque-là trop heureux pour permettre au malheur d'avoir prise sur lui, les racines de la vilaine petite plante aux feuilles noires ne trouvaient nulle prise. Il était lisse, cristallin, encore tout d'une pièce, et il ignorait qu'il vivait là ses dernières semaines de bonheur.

*

Un jour qu'il errait autour du lac, porté par ses rêveries, un sifflement modulé l'attira sous le couvert. Paco se tenait là, dissimulé derrière un arbre, un sac de toile blanche posé à terre. Il portait des vêtements bizarres que Robin ne lui avait jamais vus auparavant.

« En quoi t'es-tu déguisé ? demanda-t-il. Quel est cet uniforme ?

— *Pendejo* ! grogna Paco, c'est pas un uniforme, c'est les habits que j'avais en arrivant ici. Dehors, de l'autre côté du mur, tout le monde est habillé comme ça. »

Robin fit la grimace. Les vêtements de l'adolescent semblaient usés, sales, de mauvaise qualité. Ils étaient si disparates qu'ils constituaient une insulte au bon goût. Comment pouvait-on se promener dans une telle tenue ?

« Je me tire, grommela Paco. Je vais sauter le mur et me faire la malle. J'aime pas ce qui se prépare ici, ça pue. J'ai un mauvais pressentiment, *amigo*. Quelque chose me dit que la belle vie c'est terminé, pour moi comme pour toi. Je crois que tu ne vas pas tarder à faire tes paquets, toi aussi, et à suivre le même chemin. »

Robin se raidit contre la peur. Il n'aimait pas l'étincelle méchante dansant dans les yeux de son interlocuteur. Il n'aimait pas davantage le manque de respect avec lesquels l'ancien page lui adressait la parole.

« T'as rien compris, hein ? ricana Paco. T'as plané pendant tout ce temps sans jamais redescendre sur terre. T'as pas pigé que tout était truqué de À jusqu'à Z ? »

Robin fut sur le point de tourner les talons et de s'enfuir, mais Paco le saisit par le poignet pour le clouer sur place.

« Je te guettais, je ne voulais pas ficher le camp sans t'avoir tout expliqué, lâcha-t-il d'une voix sourde. Ça t'étonne de m'entendre parler aussi bien ta langue, hein ? C'est parce que je faisais semblant de ne savoir que l'espagnol. C'était la condition imposée pour avoir ce boulot. Le vieux et la vieille, ils ne veulent surtout pas qu'on puisse communiquer avec toi.

— Qui es-tu ? balbutia Robin. Un espion des Bolcheviques, c'est ça ? Un terroriste ? Tu viens pour me tuer ?

Paco pouffa de rire.

— Arrête tes conneries, lâcha-t-il. Je suis Mexicain. Nous sommes tous Mexicains, tous les gosses qui travaillent ici. Les pages, les serviteurs. Des immigrés clandestins, des *wetbacks* sans carte verte. C'est comme ça qu'Antonia nous tient. Au moindre faux pas, hop ! la dénonciation. Elle nous paye pour te servir, pour te raconter que nous t'aimions, pour te sourire, te trouver drôle, faire semblant de nous amuser avec toi. C'est truqué, tu piges ? C'est un boulot. En réalité on te déteste, tous.

— Mais tes parents ?

— Je n'ai pas de parents, nous sommes des dizaines de gosses à avoir fui les bidonvilles. Certains vendaient de la drogue, d'autres ciraient les chaussures, d'autres encore taillaient des pipes aux touristes *maricones*. Jouer les pages c'était pour nous comme prendre des vacances ! Nous n'existons pas. Sur le territoire des États-Unis nous sommes des fantômes. C'est le vieux à moustache grise qui nous a recrutés au passage de la frontière. C'est un boulot bien payé, c'est pour ça qu'on t'a supporté si longtemps, pauvre pomme ! »

Robin aurait voulu s'évanouir. Le sourire méchant de Paco le terrifiait. Il devinait que le pire était encore à venir.

« T'as vraiment de la merde dans les yeux, *gringo* ! reprit le jeune Mexicain. Tu ne t'es jamais rendu compte que tu vivais dans un décor de théâtre ? Tout est faux, archi-faux ! Même la maison. Les colonnes en marbre, les tableaux, les meubles, les uniformes, les armures... Tout, absolument tout sort d'un magasin d'accessoires de cinéma. C'est du toc, du stuc. Les bouquins de la bibliothèque ont été achetés au mètre dans une brocante. Les animaux du parc, ceux à qui tu parlais dans la langue mystérieuse des seigneurs de la forêt – tu te rappelles ? – eh bien, on les amenait en camion de je ne sais où. Ils étaient loués pour la journée. Les biches, les lionceaux... des bestioles dressées pour le cinéma par des dompteurs professionnels. Tu n'es qu'un gosse comme les autres. Tu n'as jamais eu de dons fabuleux. Tu n'es qu'un petit connard de fils à sa maman à qui on passe tous ses caprices. Tu te rappelles, quand tu nous fouettais pendant la construction de ta foutue pyramide ? On faisait semblant de sourire, de s'amuser. Tu nous faisais bosser comme des esclaves et on en redemandait. Pourquoi crois-tu que ta mère était toujours embusquée sur la terrasse, à nous observer, les jumelles rivées aux yeux ? C'était pour nous surveiller. Celui qui ne filait pas droit, celui qui avait le malheur de ne pas avoir l'air de s'éclater, il était viré sur-le-champ. On lui filait quelques dollars, et *fuera* ! on l'emmenait la nuit même, pour le relâcher quelque part dans une ville inconnue, loin d'ici.

— Où sommes-nous ? interrogea Robin. Qu'y a-t-il derrière les murs ?

— La vie, la vraie vie, *hombre* ! grogna Paco. Les lumières, les voitures, la télévision ! Quand je pense que tu ne sais même pas que la télé existe ! C'était ça le plus dur, ici, se passer de télé. Sur votre vieux cinéma vous ne regardez que des conneries de films historiques. Pas de science-fiction... Encore moins de pornos ! C'est pas tenable. Y'a autre chose dans la vie que les courses de chars et les pharaons ! Merde !

Robin le regardait sans comprendre.

— Mais dehors... c'est l'enfer, bredouilla-t-il. Comment peux-tu avoir envie d'y retourner.

— Dehors c'est la vie ! gronda le jeune Mexicain. Ici c'est un asile de fous. Je ne sais pas à quoi jouent tes parents, mais t'es mal parti, mec. Toutes ces histoires à dormir debout qu'ils te mettent dans la tête. Tu vas finir cinglé, c'est sûr. On en parlait souvent entre nous, le soir au dortoir. Faut te réveiller, te sortir toute cette merde du crâne. Les princes ça n'existe plus. On ne peut pas vivre coupé du monde comme tes parents te forcent à le faire. Si tu sors d'ici, un jour, tu seras comme un Martien débarquant sur la Terre.

— Et toi ? balbutia Robin, où vas-tu aller à présent ?

— Je me débrouillerai, t'en fais pas pour moi. Je vis dans la rue depuis l'âge de six ans, j'ai besoin de personne pour prendre soin de moi. Toi, t'es comme une fleur condamnée à crever si on la sort de sa serre. C'est ce que je voulais te dire avant de filer. Tire-toi d'ici si t'en as l'occasion. Il se prépare de mauvaises choses, des trucs dangereux. Je ne veux pas être là quand ça arrivera. »

Les deux garçons restèrent un moment à se contempler en silence, puis Paco haussa les épaules, ramassa son sac de toile et s'enfonça dans le bois. Robin eut la certitude qu'il ne le reverrait jamais.

Les révélations du jeune serviteur le plongèrent dans un grand trouble, et son premier mouvement fut de les rejeter en bloc. Sans doute s'agissait-il de mensonges destinés à lui faire du mal ? Rien d'étonnant à cela puisque Paco l'avait toujours détesté. Par manque de références, Robin n'avait pas compris les explications du Mexicain. Que signifiaient des mots comme dos mouillés, carte verte, télévision ? Paco les avait-il inventés dans le seul but de l'embrouiller ? Il en était bien capable.

Il avait déjà presque oublié cet incident quand hier matin, en se levant, il avait découvert le palais vide. Les pages, l'armée des petits serviteurs avait disparu. Il n'y avait personne pour obéir à ses ordres. Dans le dortoir, les couchettes superposées n'abritaient plus aucun dormeur. Pire, nulle part il ne put trouver trace des anciens domestiques. Leurs sacs, leurs vêtements n'encombraient plus les placards. Cet exode soudain l'inquiéta. Certes, au cours des années il s'était habitué au renouvellement de la domesticité enfantine, mais jamais elle n'avait pris une telle ampleur. Quand un gosse disparaissait, il était remplacé par un autre, du même âge, interchangeable, sans signe particulier.

« C'est pour notre sécurité, lui avait expliqué Antonia. Quand on garde les gens trop longtemps, il finit toujours par se créer des inimitiés. En pratiquant une rotation rapide, on évite ces inconvénients. Tu ne dois pas t'attacher à ces gosses, ils ne sont pas de ton rang. Ils ne feraient pas pour toi des camarades intéressants. »

Robin n'avait rien contre ce principe. Il ne tenait pas à se faire des amis. Antonia suffisait à son bonheur. Elle était si belle, si douce, si intelligente, qu'il n'éprouvait aucun besoin d'une autre compagnie. Les pages lui permettaient de satisfaire son goût des jeux violents, d'épuiser l'énergie débordante qui grondait en lui, rien de plus. Jamais il n'avait été tenté d'ébaucher une amitié enfantine. Aucun d'entre eux n'avait joué à ses côtés le rôle de confident. Cette distance s'expliquait en partie par le vocabulaire réduit des gamins qui, tout le jour, ne savaient que répéter les mêmes phrases stéréotypées. Principalement des formules de politesse ou des déclarations admiratives. Leur accent était tel qu'il aurait été à peu près impossible d'entretenir avec eux des conversations suivies. Robin s'était habitué à les utiliser comme des soldats de plomb, des soldats vivants obéissant au doigt et à l'œil. Souvent, au vrai, il distinguait à peine les nouveaux arrivants tant ils se ressemblaient tous. Visages bruns, cheveux noirs, nez épatés, paupières en amande. Ils sortaient tous du même moule et Robin ne cherchait plus à les individualiser.

Pourtant, aujourd'hui, leur départ massif le laissait désemparé. Les révélations de Paco lui revinrent à la mémoire, mais il les repoussa.

« Il a essayé de semer le doute en moi, songea-t-il. une dernière perfidie avant de tourner les talons. Peut-être même était-il en train de fomenter une révolte ? C'est pour cette raison que Père et Mère les ont chassés, lui et ses semblables. »

Oui, une purge, une bonne purge. Il n'y avait pas d'autre explication au départ brutal des serviteurs. Licenciés ! Tous autant qu'ils étaient. Antonia, consciente des menées souterraines de Paco, avait décidé de prendre le taureau par les cornes et de renouveler entièrement le personnel.

*

Robin haussa les épaules. Il ne regretterait personne. De nouvelles têtes seraient les bienvenues, il attribuerait à chacune un prénom de fantaisie, comme il en avait l'habitude, et tout rentrerait dans l'ordre.

Cessant de tourner autour du lac il regagna le palais et passa la journée à refouler son trouble, ses peurs latentes. Gagné par la migraine, Robin décida qu'il ne devait plus penser à tout cela. Toutefois, le silence inhabituel qui régnait dans le palais lui interdisait de recouvrer sa sérénité. Il réalisa avec un frisson d'angoisse que l'immense bâtisse n'était plus habitée que par ses parents et lui-même. Qui allait s'occuper des repas, de l'entretien ? Un nouveau contingent de serviteurs allait-il débarquer dans la matinée ?

Brusquement, alors qu'il remontait la galerie principale, il aperçut la silhouette dégingandé d'Andrewjz, dressée entre deux rangées de statues allégoriques. L'homme à la moustache grise semblait encore plus chagrin qu'à l'accoutumée. Il eut un sourire triste et, après une courte hésitation, s'avança vers Robin.

« Mon garçon, dit-il d'une voix embarrassée. Il faut que nous parlions, toi et moi. »

Et il posa la main sur l'épaule de Robin.

« Je sais, Père, dit le jeune garçon. Vous avez renvoyé tous les serviteurs. Qui va s'occuper de mon déjeuner ? C'est que j'ai déjà grand faim...

— Il ne s'agit pas de ça, fit Andrewjz. Mais si tu as vraiment faim, allons à la cuisine, je te préparerai quelque chose. »

29

Robin tressaillit devant une telle incongruité. Depuis quand un prince consort se mettait-il aux fourneaux ?

L'aspect insolite de la situation raviva ses angoisses.

Ils pénétrèrent dans l'immense cuisine du château. Des marche-pieds avaient été disposés devant les éviers et les plaques chauffantes pour permettre aux petits serviteurs de se hisser à la hauteur des plans de travail. Andrewjz n'en avait pas besoin, aussi les écarta-t-il d'un coup de pied.

Il s'affaira, faisant trop de bruit, sortant trop d'ustensiles des placards. Il s'obstinait à tourner le dos à Robin, comme s'il voulait lui dissimuler son visage.

« Mon petit, dit-il enfin, ce que j'ai à t'apprendre n'est pas facile à expliquer. Laisse-moi parler sans m'interrompre, tu pourras ensuite me poser toutes les questions que tu veux. J'essayerai d'y répondre du mieux possible. Avant tout, sache que je t'aime beaucoup, et que je ne te veux aucun mal. Je regrette d'être obligé de te faire de la peine, et, pour tout avouer, il y a sept ans que j'appréhende cette minute. Chaque fois j'espère que l'échéance ne viendra pas... qu'un miracle, ou un revirement d'Antonia m'en protégera, mais cela ne se produit jamais. Et, chaque fois, il faut que j'endosse la défroque du méchant, que je devienne celui par qui la souffrance est infligée. C'est un rôle qui me pèse. Quand tu sauras la vérité, tu comprendras mieux pourquoi j'ai toujours été distant avec toi au cours des années que nous avons passées ensemble. Je voulais me protéger, ne pas m'attacher. Du moins, pas trop. »

Il se retourna enfin pour regarder Robin dans les yeux. Ses mains triturait l'anse du pot à lait.

« Antonia n'est pas ta mère, dit-il tout à trac. Tu n'es pas notre fils. Nous t'avons kidnappé à l'âge de deux ans. Depuis ce jour tu vis dans un rêve, un mensonge. »

Pendant une minute Robin eut l'impression d'être un mannequin de plâtre, une statue aussi inerte que celles jalonnant la grande galerie. Un sourire idiot étirait sa bouche, un sourire qu'il ne contrôlait plus, une grimace déconnectée de ses terminaisons nerveuses. C'était une blague, n'est-ce pas ? Andrewjz avait décidé de lui faire une farce... Ce ne pouvait être que ça. Mais l'idée d'une mystification s'accordait si peu avec le comportement du prince consort que cette théorie s'émietta presque instantanément dans l'esprit du jeune garçon.

Non, il ne s'agissait pas d'une blague.

Andrewjz s'assit. Il tenait toujours le pot à lait entre ses mains, le manipulant comme un potier modèle un récipient à partir d'une masse d'argile.

Alors il se mit à raconter : la quête de l'enfant idéal, les repérages, la préparation de l'enlèvement.

« Tu vivais dans une misérable ferme, dit-il. En compagnie d'une femme et d'un vieillard à demi gâteux, un ancien prédicateur illuminé. Tu avais l'air en cage derrière cet immense grillage. Antonia a eu l'intuition que tu n'étais pas heureux, qu'il fallait te sortir de là pour t'offrir l'enfance que tu méritais. Elle voulait faire de toi son petit prince. J'éprouvais une certaine réticence à cette idée. Je te jugeais trop grand. À deux ans tu avais déjà la tête pleine de souvenirs... Curieusement, je me trompais. Tu t'es parfaitement acclimaté. Au début tu as pleurniché, bien sûr, mais très peu. Trois mois après ton arrivée ici tu ne faisais plus de cauchemars et tu ne parlais plus de ta vraie mère. »

Andrewjz se redressa, ouvrit un tiroir de la cuisine et en sortit un dossier de carton bleu. À l'intérieur, se trouvaient rassemblées des coupures de presse et des photographies découpées dans des magazines. Les clichés montraient les visages d'une jeune femme et d'un petit garçon, presque un bébé. Robin refusa de s'y intéresser. Il ne croyait pas un mot de ce lui racontait Andrewjz.

« C'est... C'est à cause d'Antonia, reprit le prince consort en baissant la tête. Elle ne peut pas avoir d'enfant et ça la rend folle. Elle a essayé plusieurs fois de se suicider. Un temps, j'ai pensé qu'on pourrait résoudre le problème par une adoption, mais les psychologues ne la jugent pas assez équilibrée pour s'occuper d'un bébé. En outre, elle ne s'intéresse qu'aux petits garçons. Ça complique tout. Après dix ans, les gosses lui sont odieux, elle ne supporte pas les adolescents. Elle exige qu'on l'en débarrasse, et si on ne le faisait pas, elle pourrait se laisser aller à des gestes regrettables. Je crois qu'elle n'hésiterait pas à... leur faire du mal, si tu vois ce que je veux dire. On ne peut pas adopter un enfant pendant huit ans, et le rapporter ensuite à l'institution en disant : "Merci, il ne me convient plus, il a fait son temps, j'en veux un neuf." »

Il émit un petit rire dépourvu de joie.

« Alors, chuchota-t-il, ne restait plus que la solution de l'enlèvement. Ou plutôt des enlèvements successifs. Jusqu'à toi, nous n'avions kidnappé que des bébés, c'était plus facile. Nous les remettions en liberté dès qu'ils atteignaient l'âge fatidique. Cela leur assurait une enfance de rêve. Dix années de bonheur total. car c'est ce que tu as vécu ici, n'est-ce pas ? Une enfance de conte de fées comme il n'en existe plus, c'est un merveilleux cadeau que nous t'avons fait. Un cadeau qui te rendra fort pour le restant de ta vie. Tous les psychologues sont d'accord là-dessus, une enfance réussie fait de vous un homme promis à tous les succès. Tu iras loin, à n'en pas douter. Tu ne souffres d'aucun des complexes qui accablent les autres enfants. Tu es sûr de toi, intelligent, décidé. Nous t'avons donné le sens du commandement, de l'initiative. Tu as vécu entouré d'amour, de tendresse. Tu as été adulé, chéri, fêté, encouragé. Quel gosse peut en dire autant ? Sans notre intervention tu aurais mené une existence minable au fond d'une campagne désolée. Le style de vie qui vous condamne à l'alcoolisme précoce, à la délinquance. Nous t'avons donné des armes pour te forger un nouveau destin. Antonia a fait de toi un garçon cultivé, d'une intelligence supérieure. La télévision ne t'a pas abêti, ta culture est largement supérieure à celle de bien des adultes que tu rencontreras une fois sorti de cette propriété. Tu parles couramment plusieurs langues, tu écris sans une faute d'orthographe. À dix ans tu as déjà lu plus de livres que ne le fait un Américain moyen dans sa vie. Pour toutes ces raisons je ne me sens pas coupable de t'avoir arraché à ton vrai foyer. Je considère même que tu as joui d'une chance exceptionnelle. Antonia s'était terriblement attachée à toi. C'est pourquoi elle a attendu la dernière limite pour te renvoyer dans ta vraie famille. Tes prédécesseurs n'ont pas eu cette chance, mais il est vrai qu'ils étaient moins doués, moins beaux, moins affectueux. Pendant ces sept années tu as représenté pour Antonia le fils idéal. Si seulement tu ne t'étais pas mis en tête de grandir... »

Il se tut et resta un long moment absorbé dans la contemplation des gouttes de lait qui avaient coulé sur la table. Robin gardait les yeux fixés sur un point du mur, derrière Andrewjz, un défaut de la peinture, une sorte de cloque qui tirait l'œil.

« Nous ne t'avons causé aucun préjudice, dit le prince consort avec une insistance presque agressive. C'est comme si tu avais été mis en pension dans un établissement de grand standing. C'est tout. Au siècle dernier, ce genre de chose se faisait couramment, et les enfants ainsi placés voyaient très peu leurs parents. Presque jamais, à vrai dire. »

Il prit le temps d'avaler sa salive, se passa la main sur le visage, puis déclara :

32

« Quant à cette femme, ta vraie mère, je ne puis pas t'en dire grand-chose sinon qu'elle se prénomme Judith. Ton père est mort dans un accident, quelque temps après ta naissance, il a été écrasé par un tracteur. Ta famille vivote du revenu d'une petite ferme, et d'un commerce de légumes en conserves. Tu as deux frères, une sœur, et un grand-père : Jedediah Pookhey. Un ahuri qui se prend pour le bras armé de Dieu. Tout est dans le dossier, je n'en sais pas davantage. Une fois revenu chez eux, il faudra te garder de la mauvaise influence de ces demeurés, mon garçon. Tu méritais mieux. »

Il fit glisser le dossier bleu de quelques pouces en direction de Robin, mais celui-ci ne daigna pas s'en saisir. Il souriait toujours, incapable de reprendre le contrôle de sa bouche. Il attendait le moment où Andrewjz allait enfin éclater de rire et déclarer : « C'était une blague ! Une blague ! Et tu as marché ! Quel benêt ! Quel nigaud tu fais ! »

Au lieu de cela l'homme à la moustache continua à parler sur le même ton. Il semblait de plus en plus mal à l'aise.

« Antonia ne veut plus te voir, conclut-il. Elle s'est peu à peu détachée de toi, je pense que tu l'as senti. Désormais, elle est tout entière tournée vers la recherche de ton successeur et vers les dix prochaines années qui s'ouvrent devant nous. Je ne prétendrai pas que cela m'enchante, mais c'est ma femme, je l'aime et je veux qu'elle soit heureuse. J'aurais préféré de loin te garder à nos côtés, et prendre le relais pour te donner une éducation plus conforme aux réalités du monde car tu es un bon garçon, mais il est écrit qu'il n'en sera jamais ainsi. C'est pourquoi je vais te ramener chez toi. Plus tard, quand tu seras grand, j'espère que tu te penseras à cette partie de ta vie avec nostalgie et tendresse. Tu auras eu la chance de vivre comme un enfant royal, ce qui est donné à peu de gens. Je suis persuadé que ce départ dans l'existence fera de toi un être fort, ne doutant pas de la place qui lui est réservé dans la société. Un maître du jeu. »

Robin était incapable d'en entendre davantage. Repoussant sa chaise, il s'élança dans le couloir en hurlant : « Mère ! Mère ! Où êtes-vous ? »

Les larmes lui brouillaient les yeux, les sanglots l'étouffaient. Il remonta la galerie principale, poussant chaque porte, avec l'espoir de trouver Antonia, mais la reine exilée d'Ombrie Australe demeurait invisible. À la fin, il tomba à genoux, secoué de spasmes, en proie à une détresse qui le laissait anéanti. Quand

Andrewjz le prit dans ses bras pour le ramener dans sa chambre, il ne résista pas, il n'en avait plus la force.

« Mon pauvre petit, murmura le prince consort. Il ne faut pas te mettre dans cet état. C'est fini, elle ne veut plus te voir. Tu ne l'intéresses plus. Dans son esprit c'est comme si tu n'avais jamais existé. Ne me demande pas pourquoi, je ne suis pas psychologue. Il faudra te faire une raison. Nous partirons ce soir. Tu dois te préparer à ta nouvelle vie. Le monde qui t'attend à l'extérieur n'est pas aussi atroce que le prétend Antonia, mais il est tout de même très différent de ce que tu as connu ici. Il faudra t'y adapter, et cela ne se fera pas en un jour. »

Ayant déposé Robin sur son lit, il s'éclipsa sans bruit, comme il en avait l'habitude. Le jeune garçon resta effondré sur sa couche, suffoquant d'angoisse. Puis, soudain, alors qu'un nouvel assaut de larmes lui gonflait la gorge, il eut une illumination.

Andrewjz mentait.

S'il voulait l'éloigner d'Antonia c'était pour une raison autrement plus sérieuse que cette histoire d'enlèvements cycliques.

« Mon Dieu ! songea Robbie, le cœur palpitant de terreur. Ils en sont peut-être venus à douter de mon identité ? Ils croient peut-être que je ne suis pas le vrai prince héritier ? »

Mais oui ! Pourquoi n'y avait-il pas pensé plus tôt. Quelque chose s'était produit qui avait amené Antonia à concevoir des doutes sur la véritable identité de l'enfant qu'elle avait élevé comme son fils.

« Elle pense qu'il y a eu substitution, décida le jeune garçon. Que je suis une doublure, un imposteur mis en place par les Bolcheviques ! C'est ça ! Elle croit que l'échange a eu lieu là-bas, quand j'étais avec ces gens, les Pookhey, dans la maison aux grillages. Voilà pourquoi elle ne veut plus me voir. »

Bien sûr ! C'était l'explication. Les ennemis de la couronne auraient très bien pu imaginer un tel complot, et substituer à l'enfant princier un gosse lui ressemblant, un sosie entraîné dans une école d'espionnage pour enfants. Cela devait exister, non ?

« Imbécile, lui souffla la voix de la raison. Tu avais deux ans quand tu es arrivé ici. Tu crois vraiment qu'on forme des espions aussi jeunes ? »

Non, évidemment, ça ne tenait pas debout. Alors il y avait autre chose...

« Et s'ils voulaient m'éprouver ? se demanda-t-il. Si tout cela n'était qu'une épreuve destinée à m'endurcir, à me jauger ? Ils

34

veulent peut-être déterminer si je suis réellement digne de monter sur le trône. »

Cette nouvelle hypothèse lui parut plus convaincante. Il avait lu de nombreux romans où il était question de rituels de passage, d'épreuves destinées à symboliser la fin de l'enfance et l'entrée dans la vie adulte. Antonia et Andrewjz avaient sans doute estimé que l'heure avait sonné pour lui de sortir du cocon, de tourner le dos à l'existence dorée qu'il avait menée jusqu'ici. Le temps de l'apprentissage commençait, on allait lui inculquer les principes de son futur métier de souverain, et cet enseignement serait rude.

« Oui ! oui ! se dit-il. C'est ça. Voilà pourquoi ils ont congédié les pages et les domestiques. Le temps des jeux est révolu. On va maintenant me préparer à la guerre, à l'exercice du pouvoir. Ce ne sera pas facile mais je ne dois pas flancher à la première épreuve. »

Il essuya les larmes dont il était barbouillé et regretta d'avoir cédé si facilement à la panique. C'était un mauvais point pour lui. On l'observait, on commentait ses réactions. Il avait probablement déçu ses instructeurs, il devrait désormais se comporter avec plus de force morale.

« On va m'emmener derrière les lignes ennemies, pensa-t-il. On m'y abandonnera sans rien, et il me faudra revenir ici par mes propres moyens. Si j'y parviens, j'aurais triomphé de la première épreuve. »

Il avait lu une étude ethnologique sur certaines tribus amazoniennes qui pratiquaient un rituel analogue. À douze ans, les jeunes garçons étaient emmenés dans la jungle par leurs aînés, les yeux bandés, avec pour tout bagage quelques armes rudimentaires. On les abandonnait dans la *selva*, au milieu des bêtes féroces et des pièges végétaux. Ils se trouvaient alors dans l'obligation de localiser par eux-mêmes le chemin de leur village. Ceux qui échouaient mouraient, avalés par la forêt vierge ou par les fauves. Les autres étaient considérés comme initiés, et élevés au statut de guerriers.

C'était ce qu'on se préparait à faire avec lui. Voilà pourquoi il était capital qu'il cesse de pleurnicher comme un gamin.

« Et puis je ne serai sans doute pas complètement seul, se dit-il. On m'attribuera un ange gardien qui me prendra en filature. Un ancien soldat d'élite qui interviendra si je me mets dans une situation inextricable... Oui. Tout cela est arrangé, c'est sûr. Il fera un rapport sur mon comportement, mon esprit d'initiative, mes facultés d'adaptation. »

Malgré cela, ce ne serait pas facile. D'autant plus que Robin n'avait aucune idée de ce qui l'attendait à l'extérieur. À travers les dégoûts d'Antonia, il avait fini par se forger une image fantasmatique du dehors, une image irréaliste qui faisait de cette zone imprécise une annexe de l'enfer.

Digne. Il lui faudrait se montrer digne. Tenir son rang. Après tout, il n'était pas un enfant comme les autres, une lourde responsabilité pesait sur ses épaules, l'avenir d'un peuple. Dans quelques années il aurait une guerre à mener, un pays à redresser. Il serait responsable de millions d'êtres humains. La couronne d'Ombrie Australe pèserait sur sa tête.

Oui, vraiment, le temps des jeux était révolu.

*

Robin chassa les pensées chaotiques qui virevoltaient dans son crâne. La matinée lui avait paru tout à la fois interminable et très courte. C'était bizarre. Une fois jugulée la crise de larmes consécutive aux pseudo-révélations d'Andrewjz, il avait réussi à se maîtriser. À présent il se sentait fort, prêt à affronter le grand mystère du dehors. Il voyait clair dans le jeu de ses parents mais ne leur ferait pas l'affront de montrer qu'il les avait percés à jour. Non, il respecterait les règles de la simulation et se laisserait docilement mener derrière les lignes ennemies. De quelle manière il retrouverait son chemin, il l'ignorait encore car il ne possédait aucune idée de l'endroit où se dressait le palais. Mais l'épreuve visait justement à tester ses capacités de survie, aussi devrait-il s'habituer à se servir de sa cervelle.

Il était excité... et mort de peur.

« Mère me regarde ! se répétait-il dès qu'il se sentait sur le point de céder à l'affolement. Mère me regarde. »

Antonia était là, il n'en doutait plus. Elle l'observait par quelque judas dissimulé dans les volutes d'une frise murale, il le sentait. Elle avait, elle aussi, le cœur étreint par l'appréhension. Elle souffrait, elle avait peur de lancer son fils chéri dans le chaos du dehors, mais elle savait également que c'était là son devoir de reine. Il convenait de ne pas la décevoir.

*

Andrewjz réapparut au début de l'après-midi. Il frappa deux fois à la porte et poussa le battant.

« Il faut manger quelque chose avant de te mettre en route, dit-il. Je vais t'expliquer ce que tu devras faire une fois sorti d'ici. »

Robin lui emboîta le pas. Lorsqu'ils se retrouvèrent dans la cuisine, le prince consort poussa vers son fils une assiette sur laquelle trônait un sandwich à la dinde.

« Prends des forces, ordonna-t-il. Le retour ne sera peut-être pas aussi facile que prévu. Dans le monde du dehors il y a toujours des impondérables. Je ne chercherai pas à te mentir, je vais te donner un somnifère qui te plongera dans un profond sommeil, le temps pour moi de t'emmener loin d'ici. Tu comprendras aisément qu'il est capital pour notre sécurité que tu ne puisses pas localiser la résidence. Quand tu te réveilleras, tu trouveras à tes côtés un sac à dos contenant de la nourriture, un peu d'argent, une carte et un certain nombre d'indications te permettant de rentrer chez toi. Je ne sais pas si tu seras capable de les utiliser, car tu risques de te retrouver bien démuni une fois immergé dans l'univers du dehors. Aussi je te conseillerai une chose : au lieu de chercher à rentrer chez tes vrais parents par tes propres moyens, va directement au bureau du shérif et dis : « Je suis Robin Pookhey, j'ai été enlevé il y a sept ans et je viens juste d'être libéré par mes ravisseurs. Contactez le FBI, ils sauront quoi faire. » Et pour appuyer tes dires, tu leur donneras le dossier bleu contenant les coupures de presse. C'est, à mon avis, la façon la plus simple d'opérer. Traverser le pays n'est pas à ta portée, et je ne tiens pas à ce qu'il t'arrive malheur. »

Robin hocha la tête en souriant intérieurement. L'histoire d'Andrewjz ne tenait pas debout mais il devait faire semblant d'y croire.

« Tu as choisi de te comporter de façon raisonnable, observa le prince consort, j'en suis soulagé. Tes prédécesseurs n'ont pas eu cette sagesse. Je garde le souvenir de scènes pitoyables. »

Ouvrant le réfrigérateur, il en sortit une bouteille de soda, la posa devant Robin.

« Bois, ordonna-t-il. C'est un somnifère puissant. Tu vas t'endormir.

— Comment allez-vous m'emmener ? s'enquit le jeune garçon.

— Dans une voiture, la banquette arrière est évidée, je t'y installerai. De cette manière j'aurai l'air de voyager seul, c'est plus prudent en cas de contrôle. Ne crains rien, tout se passera bien.

J'ai l'habitude. Si tu respectes bien la marche à suivre tu seras rentré chez toi dans peu de temps. Je te souhaite bonne chance dans ta nouvelle vie. N'oublie jamais ce qu'on t'a appris ici, ne te laisse pas contaminer par la médiocrité du milieu dans lequel tu évolueras. Nous t'avons donné de bonnes armes pour triompher, sers-t'en et fais ton chemin dans la société. Quand tu seras devenu quelqu'un d'important, pense à nous de temps en temps, et dis-toi que nous avons été, Antonia et moi, les artisans de ta réussite. »

Robin saisit la bouteille de soda et la vida d'un trait.

« Adieu mon petit, murmura Andrewjz d'une voix étranglée. Je t'aimais beaucoup, tu sais... »

Robin jugea qu'il en faisait trop. Une telle mise en scène n'était pas nécessaire. Pourquoi dramatiser à outrance ?

« Suis-moi, ordonna le prince consort en repoussant sa chaise. Il te reste cinq minutes avant que la drogue ne fasse effet, c'est suffisant pour nous rendre au garage. »

Le garçonnet obéit. Il avait les mains glacées, les oreilles bourdonnantes. Il songea qu'il aurait voulu embrasser Antonia une dernière fois...

Pourquoi « une dernière fois » ? Il allait revenir ! Ce n'était qu'une question de jours. Dès qu'il aurait triomphé de l'épreuve ils feraient une grande fête et se serreraient les uns contres les autres, heureux et soulagés d'être enfin réunis.

Andrewjz appuya sur un bouton, faisant coulisser une porte métallique. Une grosse voiture noire attendait dans la pénombre. Robin savait à quoi servait ce genre de véhicule mais n'en avait jamais vu rouler. Tout ce qu'il connaissait du monde moderne se réduisait à des photographies, des dessins, et s'arrêtait à la Deuxième Guerre mondiale. Au vrai, il n'avait jamais éprouvé d'intérêt pour cet univers de machines puantes vomissant de la fumée par tous les orifices. Il préférait, de loin les chars biges, les chaises à porteurs ou les carrosses.

Soudain, la tête lui tourna.

« Va t'étendre dans la cachette, lui commanda Andrewjz. C'est la drogue qui agit. Tu n'as pas à avoir peur. Tout se passera bien. »

Robin s'approcha de la voiture en titubant. Quand il se pencha il avisa la banquette arrière évidée. Elle lui fit l'effet d'un sarcophage.

« C'est comme pour le jeu du pharaon ! songea-t-il avec une pointe d'amusement. Quand je changeais les pages en momies. »

Il s'allongea sur le bloc de mousse tapissant la cavité. Ses paupières se fermaient. Pendant quelques secondes il entendit Andrewjz s'affairer dans le garage, puis la nuit l'engloutit.

2

Quand il ouvrit les yeux, il grelottait. Des courbatures lui sciaient les reins.

Il était couché sur un matelas pneumatique, sous une petite tente de camping. Un sac à dos en Nylon bleu avait été posé à son chevet. Il se sentait nauséeux, déconnecté du réel. Il ne savait pas depuis combien de temps il était là. Peut-être une nuit ? Il fallait bouger. Il se releva, fit coulisser la fermeture à glissière et passa la tête à l'extérieur. D'abord il ne vit pas grand-chose, la tente étant environnée de buissons touffus. Andrewjz l'avait abandonné dans un bois, loin des regards. De la route, il était probablement impossible de distinguer l'abri de toile érigé au ras du sol. Une sorte de vertige le saisit. Il refoula le sentiment de détresse qui montait en lui. Il n'allait tout de même pas craquer dès le début ?

Le sac à dos contenait des images crasseuses de couleur verte. Il s'agissait d'une monnaie d'échange symbolique dont l'unité était le dollar, Robin le savait confusément. Il ne parvenait pas à la prendre au sérieux, sa culture livresque l'avait habitué aux règlements en pièces d'or ou d'argent, en pierres précieuses, en talents romains ou — comme dans l'antiquité égyptienne — en débens de cuivre. Une carte lui indiquait la marche à suivre pour rejoindre une ville distante de trois kilomètres. Il se mit en route, abandonnant la tente derrière lui. Des champs l'entouraient, courant jusqu'à la ligne d'horizon. L'impression d'immensité lui serra la gorge. C'était grand. Trop grand. Des corbeaux passèrent au-dessus de sa tête. Le silence était tel qu'on entendait crisser leurs plumes occupées à brasser l'air. La ville s'appelait Powkow Junction. Malgré la distance, ses toits étaient visibles sur la droite, tout au bout de la route vide.

Robin ne croisa personne jusqu'aux faubourgs de l'agglomération. Il avait recouvré ses esprits, assez du moins pour prendre conscience qu'il était affublé de vêtements grotesques, taillés dans une étoffe de basse qualité. Ces guenilles lui rappelaient celles dont Paco était lui-même revêtu lorsqu'ils s'étaient rencontrés pour la dernière fois. Sans son uniforme de colonel-prince, ses épaulettes, ses médailles et le grand cordon de l'ordre des chevaliers teutoniques, il se sentait nu. Il chercha la petite dague d'apparat qu'il avait coutume de porter sur la hanche, ne la trouva pas. Au lieu de bottes cirées, il avait aux pieds de curieux souliers blanchâtres à gros lacets sur lesquels était tracé en lettres énormes un mot dépourvu de sens : *Nike*. « Ce sont des sabots, pensa-t-il. Des sabots flexibles pour les pauvres. Cela fait partie de mon déguisement. Je dois me fondre dans la population, devenir invisible. »

Lorsqu'il s'engagea dans la rue principale il rencontra son premier Noir. Jamais auparavant il n'en avait vu en chair et en os. La seule connaissance qu'il avait des gens de couleur lui venait des péplums cinématographiques projetés par Antonia. Et pour lui, la notion d'Afro-Américain restait irrémédiablement associée à celle d'esclave nubien en pagne et chargé de chaînes. Il fut étonné – et un peu humilié – de découvrir que l'homme noir était habillé comme lui.

Dans la demi-heure qui suivit il alla de déconvenue en déconvenue. La rue principale lui parut d'une saleté repoussante. Des adolescents maussades s'y interpellaient. Ils puaient et leurs visages respiraient la bêtise. Ils dévisageaient Robin avec arrogance, sans faire montre du respect dû à son rang. La cité tout entière leur ressemblait. Les maisons étaient laides. Aucune ne présentait de colonnes de marbre, de portique ou de statues allégoriques. Les vêtements des adultes étaient horribles, personne ne portait le moindre uniforme, les femmes étaient grosses. Les voitures encombraient la chaussée, elles faisaient beaucoup de bruit et répandaient des odeurs nauséabondes. Il y en avait partout, de toutes les formes, de toutes les couleurs. Malgré ses efforts, Robin ne put découvrir un seul cheval. Pas davantage de carrosse. Mais le plus affreux, c'était que personne ne faisait attention à lui. On le bousculait comme s'il n'avait guère plus d'importance qu'un chien. Pire : on ne lui accordait aucun regard. Il n'avait pas été habitué à cela. Durant son enfance on s'était incliné à chacune de ses apparitions ; les petites filles lui avaient fait la révérence. Ici, il était invisible, les conversations ne s'arrêtaient pas, les regards s'entrecroisaient au-dessus de sa tête. Il n'était rien.

Cette évidence lui noua l'estomac, l'accablant d'une angoisse proche de la peur.

« Allons, se dit-il, cela fait partie de l'épreuve. Tes parents t'ont expédié ici pour te faire comprendre ce qu'est le peuple. En quoi il diffère de toi par ses habitudes et son niveau intellectuel ridiculement bas. Si tu dois gouverner, il te faut assimiler ces notions, savoir à qui tu t'adresses. »

En observant les gens qui l'entouraient, il songeait aux ilotes de l'Antiquité. Il comprenait pourquoi la populace se satisfaisait du fameux *Panem et circenses*. Ces hommes, ces femmes, étaient proches de l'animalité. Faciles à diriger, sans doute, mais également vite dépassés par toute notion un tant soit peu élaborée. Sans grand idéal. Il fallait les abreuver d'idées simples, leur fixer des objectifs à leur portée.

Il fit le tour de la ville, s'arrêtant devant chaque vitrine. Partout trônaient de grosses boîtes vitrées diffusant des images en couleurs. Il ne comprenait pas le sens de ce qu'il voyait. Il assista à une rediffusion de *Star Trek* en se demandant s'il s'agissait d'un reportage à caractère ethnologique dans la tradition d'Hérodote et s'il existait réellement, sur la Terre, une peuplade d'hommes aux oreilles pointues. Si c'était le cas, il n'en avait pas encore rencontrés.

Il avait faim. Habitué à être servi, il hésitait à franchir le seuil de ces boutiques où l'on débitait une nourriture rudimentaire, et dont les principaux clients semblaient adolescents. Les repas se composaient de galettes de viande coincés entre les deux moitiés d'un petit pain. Il n'y avait pas d'assiette, pas d'argenterie, aucune carafe en cristal de Bohème, et il fallait manger avec ses doigts. Robin estima qu'il s'agissait d'un réfectoire destiné aux esclaves. Toutefois, cette nourriture sommaire n'était pas offerte. On l'échangeait contre une image verte crasseuse et froissée, ce qui ne laissait rien augurer de bon quant à sa qualité. Les serveuses manquaient de style, elles suaient et ne témoignaient aucun respect à ceux qui leur commandaient des aliments aux noms bizarres. Robin se résolut à prendre sa place dans la file d'attente. Cette position avait pour lui un aspect d'humiliant, et tout le temps de l'épreuve il souffrit mille morts. Comme les autres il échangea une image froissée contre un en-cas. Lorsqu'on lui demanda ce qu'il désirait, il se contenta de répéter le mot prononcé par l'adolescent qui l'avait précédé. La nourriture se révéla infâme. Jamais il n'avait avalé quelque chose d'aussi répugnant. Malgré la faim qui le tenaillait, il s'arrêta de manger de peur de s'empoisonner. Ainsi c'était là ce dont le peuple se contentait ? Il observa les adolescents dévorant à belles dents aux autres tables ; ces gens n'étaient pas bâtis à son image. Habitués depuis leur plus jeune âge à se nourrir d'ordures, ils avaient fini par se mithridatiser, les poisons n'avaient plus aucun effet sur eux. Une nourriture plus fine, de meilleure qualité les eût sans doute indisposés. Il devrait s'en rappeler lorsqu'il aurait posé sur son front la couronne d'Ombrie Australe.

Dans les heures qui suivirent son opinion se conforta. Le niveau mental des habitants du Dehors était bas. De plus, ils se montraient facilement agressifs ; aboyaient comme des chiens pour un oui pour un non. Ils fonctionnaient à la façon d'une meute où chaque animal doit constamment réaffirmer son statut de peur d'être ravalé au rang de dominé. Ils utilisaient un langage dégradé, déformaient les mots, les tronquaient, parlaient comme s'ils avaient de la bouillie d'avoine dans la bouche, et usaient de locutions dont Robin ne comprenait pas la signification. Ce parler relâché était à leur image. Ces gens n'avaient aucun projet, ils ne pouvaient se diriger seuls, ils manquaient d'idéal, de discipline.

« Il leur faut un roi, songea Robin. Un roi à poigne qui décidera de ce qui est bon pour eux. »

Il comprenait à présent pourquoi Antonia et Andrewjz lui avaient imposé cette épreuve. La vie au palais était si différente de celle de Powkow Junction qu'elle avait fini par fausser sa vision des choses. Il supposa qu'au fil du temps, on lui imposerait d'autres incursions du même genre pour lui permettre d'approfondir sa perception de l'extérieur.

La journée s'écoula ainsi. À deux reprises il fut apostrophé par des gamins qui lui reprochèrent sa qualité d'étranger et lui ordonnèrent de « foutre le camp » ou de « dégager ». Robin s'exécuta, peu soucieux de déclencher un esclandre. Les enfants jouaient à un jeu incompréhensible qui consistait à frapper une balle avec un bâton. Dès qu'ils avaient repoussé cet objet, ils se mettaient à courir en cercle, comme pris d'une peur soudaine. Robin ne put déterminer s'il s'agissait là d'une distraction ou d'un rituel religieux. Le masque grillagé dont était affublé l'un des officiants lui rappelait ceux des prêtres de l'Antiquité. Il fut toutefois étonné de constater à quel point ces créatures primitives pouvaient se montrer habiles dans le maniement du bâton à bout rond et de la balle.

Alors qu'il observait la cérémonie, un garçon s'approcha pour lui demander de « dégager ».

« En l'honneur de quel dieu célébrez-vous ce rituel ? s'enquit poliment Robin.

— Qu'est-ce que tu racontes, mec ? grogna l'adolescent. J'comprends rien à ce que tu débloques. Casse-toi. On n'aime pas les étrangers ici. »

Le garçon était sale, il exhalait une odeur de sueur. Robin n'avait pas l'habitude de côtoyer des corps négligés. Au palais, les pages étaient toujours d'une propreté rigoureuse. Le fumet qui émanait de l'adolescent avait une connotation animale.

« Veuillez excuser mon ingérence, dit Robin en s'éloignant. Vous avez raison, n'étant point zélateur de la divinité que vous adorez je n'ai pas à m'immiscer dans son adoration.

— *Quoi ?* coassa son interlocuteur. T'es de quelle planète ? Tu débarques de Krypton ou quoi ? »

Son agressivité avait grimpé de plusieurs degrés. Robin jugea plus prudent de s'éloigner. Il ne devait à aucun prix se faire remarquer. Quand il fut seul, il regarda par-dessus son épaule, essayant de repérer l'ange gardien que n'avait pas manqué de lui attribuer Andrewjz.

Car quelqu'un veillait sur lui, il en avait la certitude.

Hélas, il fut dans l'incapacité de découvrir le protecteur attaché à ses pas. Powkow Junction était une petite ville, l'on y croisait les mêmes personnes du matin au soir.

La journée s'écoula, jalonnée d'incidents mineurs mais déplaisants. À plusieurs reprises, des femmes d'âge mûr s'approchèrent de Robin pour lui demander ce qu'il faisait là, et où se trouvaient ses parents. Elles étaient familières, et n'hésitaient pas à le toucher ou à lui ébouriffer les cheveux. L'une d'elles alla jusqu'à lui pincer la joue ! Le jeune garçon dut faire un effort pour ne pas céder au désir de les remettre à leur place d'une phrase bien sentie. Les privautés que s'autorisaient ces ilotes lui étaient insupportables. Au palais, jamais personne à part Antonia (et dans une moindre mesure Andrewjz) ne se permettait de l'effleurer. De même, on ne lui parlait qu'après y avoir été invité. Toutes ces fautes d'étiquette l'agaçaient et accentuaient son malaise. Il ne se sentait pas à sa place dans ce monde. Il avait hâte de rentrer à la maison.

Quand le jour baissa, il était fatigué. Il n'avait aucune idée de la manière dont il devait se comporter. Devait-il sortir de la ville et regagner la tente de camping dissimulée dans la forêt ? *Mais demain ?* À quoi était-il censé occuper ses journées ?

« Il faudra te mettre en marche, se dit-il. Essayer de retrouver le chemin du palais. Tu ne possèdes guère d'indications et cela peut se révéler difficile. Il conviendra d'étudier la carte de près. »

Il n'était pas encore inquiet. Il se répétait qu'en cas d'échec, l'ange gardien attaché à ses pas viendrait à son secours. C'était une consolation, mais il fallait éviter d'en arriver là. S'en remettre au garde du corps qui l'avait pris en filature, reviendrait à avouer son incapacité à maîtriser la situation. Antonia serait déçue.

Il quitta la ville. La fatigue se faisait sentir car il avait piétiné toute la journée. En voyant le jour baisser, il fut pris de panique à l'idée de ne pas retrouver l'abri de toile. Il n'avait pas pris de repère en le quittant, et rien ne ressemblait davantage à un bosquet qu'un autre bosquet...

Il avait parcouru deux *miles* quand la voiture de patrouille du shérif le prit dans le pinceau de ses phares. Robin se figea. Au moment où il se préparait à courir vers la forêt, la main du policier se posa sur son épaule.

« Qu'est-ce que tu fais là, petit ? interrogea l'homme. Tu me parais bien jeune pour te promener seul en pleine nuit. On ne se connaît pas, hein ? Tu n'es pas d'ici ? Comment t'appelles-tu ? »

Robin serra les mâchoires. Il savait qu'un officier capturé par l'ennemi doit se contenter d'énoncer ses noms, grade et matricule, mais dans le cas présent, il se trouvait en mission secrète, en flagrant délit d'espionnage, et ces conventions n'avaient plus cours.

Muet, il se laissa emmener par l'homme à l'étoile dorée. Dix minutes plus tard, il était assis dans un bureau. Une femme lui proposa du chocolat chaud, deux adjoints l'examinèrent avec une curiosité contraire à la bienséance. Le shérif s'était emparé de son sac à dos dont il avait répandu le contenu devant lui. Quand il ouvrit le dossier bleu empli de coupures de presse, il émit un sifflement de surprise. La seconde d'après, il décrochait le téléphone et lançait, d'une voix haletante :

« Skippy, contacte le FBI, tout de suite. Je crois qu'on vient de retrouver le petit Robin Pookhey, le gosse qui a disparu il y a une dizaine d'années. Grouille-toi. »

JUDITH

PETIT PRINCE INOXYDABLE

3

Trois jours plus tard le téléphone sonna dans une ferme perdue au milieu des champs, quelque part en un pays oublié de Dieu, où les pompes à essence affichaient encore les blasons de trusts pétroliers disparus pendant la Grande Dépression. Des éoliennes rouillées tournaient au-dessus des fermes, et certains sentiers étaient si peu fréquentés que la végétation les recouvraient aux premières poussées de sève du printemps. Ici, on ne donnait pas de nom aux animaux, car c'eût été un péché de parodier le sacrement du baptême. Jadis, on s'était battu à mort au milieu des prairies lorsque les grands propriétaires avaient décidé de clôturer les pâtures au moyen de fil de fer barbelé, cette invention du diable. Des hommes avaient rendu l'âme, le corps criblé de balles pour une terre que la sécheresse, quelques années plus tard, avait transformée en un vent de poussière rouge s'en allant au gré des bourrasques jusqu'à l'autre bout du pays. Des fermes avaient brûlé, des Indiens avaient décoché leurs flèches de guerre sur des maisons de rondins. Des femmes avaient été violées, ou emmenées en esclavage, des hommes scalpés, et puis...

Et puis le temps...

Le téléphone sonna au milieu du silence. On l'entendait de l'autre côté de la route, en dépit de la distance qui séparait la ferme du chemin menant au village.

Judith Pookhey s'empressa de décrocher. Les stridences de l'appareil auraient pu réveiller son père, Jedediah, qui faisait la sieste sur la véranda.

Judith Pookhey avait trente-trois ans, c'était l'une de ces anciennes beautés adolescentes que les duretés de l'existence vieillissent prématurément. Ses cheveux ternes réunis par un élastique lui battaient les omoplates, ses mains durcis par les travaux auraient pu être celles d'un homme. Malgré cela, un reste de beauté s'attardait sur son visage, témoignant du rayonnement qui avait été le sien quinze ans plus tôt. Elle avait l'habitude de parler en ouvrant à peine la bouche car il lui manquait deux dents à la mâchoire inférieure, et son père, Jedediah, lui interdisait de se faire poser des prothèses. Selon lui, il s'agissait là d'une manifestation de vanité inacceptable chez une vraie croyante.

Elle fronça les sourcils en reconnaissant la voix du shérif. Le policier fut bref : on avait récupéré Robin, son fils...

Comme elle demeurait muette, l'homme s'énerva : elle se souvenait de Robin, *oui ou non* ?

On avait récupéré le môme trois jours auparavant. Bob, le shérif, allait passer dans une heure, avec des papiers à signer, un billet d'avion. Judith n'aurait qu'à rouler dans son sillage jusqu'à l'aéroport du comté voisin. Elle devait se tenir prête à rencontrer les gens du FBI... et à prendre livraison de son fils.

« Robin ? bégaya la jeune femme. Vous êtes sûr ?

— Je ne fais que répéter ce que m'ont dit les types du Bureau fédéral, grommela le shérif. Tu auras plus de détails lorsque tu les verras.

— Il... Il va bien ? hoqueta Judith.

— Physiquement, il paraît qu'il est en bonne santé, répondit prudemment son interlocuteur.

— Physiquement ? Tu veux dire que...

— Tu parleras de tout ça avec les fédéraux, insista le shérif. Ce sont eux qui s'occupent de Robin. Reste calme. Ce n'est pas le moment de flancher. Pas après tout ce temps. La voiture va arriver, prends de quoi rester quelques jours sur place. Ne tombe pas dans l'hystérie, tu savais bien que ça pouvait arriver un jour ou l'autre. Tu le savais, n'est-ce pas ? »

Judith baissa la tête

« Oui... » fit-elle.

Sa voix était si faible qu'elle ne fut pas certaine d'avoir été entendue à l'autre bout du fil.

« À tout de suite, dit le shérif. Sois courageuse. Je me chargerai de préparer Jedediah. »

Et il raccrocha.

La jeune femme demeura figée devant la commode bancale supportant l'appareil. Elle avait du mal à retrouver son souffle et son cœur battait à un rythme irrégulier. « C'est comme des pommes qui rouleraient du haut d'un tas, songea-t-elle sans savoir d'où lui venait cette image absurde. Un monticule de pommes qui s'éboule au ralenti, un fruit après l'autre... *Boum, boum-boum, boum, boum-boum-boum...* »

Elle suffoquait, il lui fallait sortir dans la cour, aspirer l'air à grandes goulées.

Elle tituba vers la véranda en s'essuyant les mains à son tablier. Ses oreilles bourdonnaient comme le stérilisateur de bocaux installé dans la grande cuisine-atelier où elle fabriquait les confitures artisanales pour les vendre aux drugstores et aux boutiques à touristes de la voie inter-États empruntée par les vacanciers venus du nord. C'était le seul revenu de la ferme car les terres entourant les bâtiments n'avaient jamais rien donné, et Jedediah, son père, avait toujours refusé d'employer le moindre engrais.

« Il ne faut pas tricher, répétait-il. Si le Seigneur n'a pas béni ce sol, c'est que nous ne le méritons pas. Purifions nos âmes et la terre deviendra fertile. C'est simple. Toute moisson est récompense. Dieu veut nous faire comprendre que nous devons d'abord labourer notre conscience pour en extraire les pierres et les mauvaises herbes qui entravent la germination. »

En attendant ce jour, il avait bien fallu trouver une solution de remplacement. Judith avait eu l'idée de mettre à profit les buissons de mûriers qui recouvraient les terres incultes de leur prolifération épineuse. La broussaille donnait beaucoup de fruits et semblait inépuisable. Pour une fois, Jedediah n'avait émis aucune réserve. L'idée de cueillette lui plaisait, sans doute parce qu'il était impossible de plonger les mains au cœur des buissons hérissés d'épines sans se lacérer les doigts. Quand Judith voulut donner des gants aux enfants, il s'y opposa.

« Encore une tricherie ! clama-t-il. Décidément, tu ne peux pas t'en empêcher, ma pauvre fille. C'est bien là un trait caractéristique de l'âme féminine. Toujours la solution de facilité. »

Il fallut renoncer aux gants. Bonny, Ponzo et Dorana, les trois enfants de Judith, n'apprécièrent nullement. Bonny avait sept ans, Ponzo six, quant à Dorana, la petite fille, elle comptait cinq années d'existence. Brooks, leur père, avait planifié leur naissance avec une sorte de rage méthodique, comme s'il désirait noyer le souvenir de Robin sous un déluge de frères et de sœurs. Judith savait que si Brooks n'avait pas trouvé la mort dans un accident de tracteur, elle aurait dû accepter d'être engrossée tous les ans.

C'était la seule réplique qu'avait su imaginer son mari au traumatisme engendré par la disparition du premier né.

« Au temps des pionniers on faisait comme ça, répondait-il chaque fois que Judith osait suggérer qu'ils n'étaient sans doute pas assez riches pour entretenir une famille nombreuse. *Beaucoup de gosses,* c'était le seul moyen de résister à la famine, aux épidémies, aux tueries. Comme ça, même s'il en mourait, il restait toujours deux ou trois survivants pour perpétuer la race. Même aujourd'hui, les Amishes ou les Mennonites ont jusqu'à vingt enfants par famille. C'est eux qui sont dans le vrai. »

Une fois, alors qu'il avait un peu bu, il était allé plus loin dans son raisonnement :

« Quand les gosses sont nombreux, on s'y attache moins, on finit par les confondre tous, tu comprends ? L'erreur, c'est l'enfant unique ; on l'idolâtre, ce n'est bon pour personne. Une armée de mioches c'est plus commode, on n'a pas le temps de bien s'en occuper. Faut pas trop s'attacher, c'est la leçon que j'ai tirée de tout ça. »

Ne pas s'attacher... Judith y avait pensé elle aussi, de son côté, sans oser formuler la chose aussi nettement. La disparition de Robin avait failli la rendre folle. Elle avait vécu pendant deux ans comme une amputée dont la plaie refuserait de cicatriser. Quelque part, au fond d'elle-même, quelque chose s'était cassé. Une main mystérieuse avait fermé un robinet, une lassitude du cœur peut-être, une volonté de se préserver de la souffrance. Un jour, au drugstore, une voisine lui avait dit : « Quand on pleure trop sur quelqu'un on n'a plus de larmes pour les autres. »

C'était vrai. Si Ponzo, Bonny et Dorana venaient à disparaître aujourd'hui, elle ne les pleurerait pas comme elle avait pleuré Robin, elle en serait incapable. Robin avait tout pris, Robin l'avait saccagée, épuisée. Il n'avait rien laissé pour ses frères... et sa sœur.

« Après lui j'ai été avare, s'avouait-elle parfois, je me suis préservée, j'ai gardé mes distances. J'ai fait comme Brooks, je ne me suis plus attachée. »

Elle en avait honte mais c'était ainsi. Elle ne cherchait pas à se mentir, Jedediah l'avait dressée à s'analyser, à traquer les vraies motivations derrière les faux semblants. Elle ne se pardonnait rien. Jamais elle n'aimerait Bonny, Ponzo... et Dorana comme elle avait aimé Robin, ce n'était plus possible, il en allait de sa survie. Bizarrement, elle en voulait au petit garçon disparu de l'avoir ainsi mutilée, d'avoir fait d'elle une mère avare. « C'est de sa faute, se disait-elle. J'ai eu trop mal. » Elle ne voulait plus connaître ça. Elle était comme ces femmes qui, après un grand amour déçu, se réfugient dans les mariages d'intérêt. Elle pensait d'abord à elle, à sa propre survie. Jamais elle ne l'avait dit à Brooks. Jamais.

Judith Pookhey fit quelques pas sur la véranda pour s'appuyer à la rambarde. Elle haletait, elle avait chaud, elle avait froid. Elle descendit les marches pour arpenter la cour. Partout où l'on portait le regard, on rencontrait la masse inextricable des ronciers qui, au fil du temps, avaient encerclé la ferme.

Le soleil allumait des scintillements sur les casiers remplis de bocaux vides entassés près du hangar. Brooks avait toujours détesté ce commerce de confitures si peu viril ; il aurait aimé produire des tomates, des potirons, de ces choses qu'un homme peut s'enorgueillir de montrer au marché ou dans un concours agricole. Les confitures de mûres, l'odeur de sucre, les marmites bouillonnantes, lui faisaient honte. Il rêvait de raser les buissons, de retourner la terre, de la rendre fertile au moyen des nouveaux engrais tant vantés par les représentants des laboratoires qui tenaient conférence à la salle des fêtes du village. Jedediah s'y opposait farouchement. Dieu avait donné les épines, il faudrait s'en contenter. *Et surtout pas de gants.* Les mains couvertes de cloques et d'égratignures, c'était à ce prix qu'on rachetait ses fautes, à crédit.

Judith Pookhey marcha jusqu'à la pompe, mouilla un coin de son tablier et s'humecta le visage, la gorge, la naissance des seins. Elle suffoquait. Elle avait peur. Elle aurait dû être heureuse mais elle en était incapable. Pour la première fois depuis longtemps elle ne comprenait rien à ce qui se bousculait en elle. Au lieu d'un grand soulagement, d'un immense bonheur, elle entrevoyait une menace, telles ces fumées à l'horizon qui se révèlent des tornades en approche rapide. Bientôt, elles déracinent arbres, maisons, laissant derrière elles un paysage désolé.

Elle se secoua. Le pire restait à faire : mettre les enfants au courant (*Votre grand frère va revenir à la maison... Mais oui, celui que vous n'avez jamais connu. Il a dix ans aujourd'hui.*)

Comment prendraient-ils la chose ? Mal, sans doute. Surtout Bonny, si fier de son statut d'aîné. Elle ne leur avait presque jamais parlé de Robin. Brooks s'y était opposé.

« La vie doit reprendre, disait-il. On ne peut pas continuer à l'attendre sans savoir si on nous le rendra un jour. Il faut faire comme s'il était mort et repartir à zéro, c'est le seul moyen. On est encore jeunes, on ne va pas gâcher notre existence pour un accident de parcours. Les pionniers ne s'arrêtaient pas à des détails de ce genre, ils ravalaient leurs souffrances et continuaient. »

Brooks croyaient beaucoup aux pionniers. Les seuls livres qu'il acceptait de lire relataient les premiers âges du peuplement américain. Il y puisait une leçon de vie et s'efforçait de la mettre en pratique avec un entêtement confinant à la rage. Souvent, elle l'avait vu s'abîmer devant des reproductions des peintures de Remington, y quêtant une improbable réponse.

Judith laissa le vent lui sécher le visage. Elle avait les jambes lourdes, pourtant il lui fallait retourner dans la maison boucler sa valise. Le shérif allait passer lui expliquer la marche à suivre. Elle avait très peu de temps pour se préparer.

D'une voix mal assurée, elle cria :

« Ponzo, Bonny, Dorana... Où êtes-vous ? »

Elle ne surveillait jamais leurs allées et venues, Brooks le lui avait interdit.

« On était toujours derrière Robin et ça n'a rien empêché, grognait-il chaque fois qu'elle s'inquiétait. Il a suffi de deux minutes d'inattention pour qu'on nous l'enlève, alors on ne va pas commencer à vivre dans l'idée fixe que ça pourrait se reproduire. Il n'en est pas question, et ça ne leur rendrait pas service. Tu veux faire d'eux des poules mouillées ? »

« Bonny, Ponzo, Dorana ! » lança-t-elle encore une fois. Elle n'aimait pas prononcer le nom de sa fille en dernier, mais les garçons exigeaient qu'il en soit ainsi. Bonny surtout, tenait à ce que les honneurs dus à son statut d'aîné lui soient rendus chaque fois que l'occasion se présentait. Jedediah approuvait ce rituel. Selon lui, il eût été incorrect de nommer d'abord la fille.

Il se trouvait beaucoup de gens pour penser que Jedediah aurait fait un excellent Mennonite, et c'est vrai qu'à le voir on l'imaginait très bien refusant aux enfants le droit à l'éducation ou proscrivant l'usage de toutes les machines qui n'existaient pas déjà au XVIIe siècle, mais ce n'était pas le cas. En réalité Jedediah Pookhey ne dépendait d'aucune église, il avait inventé sa propre religion. S'il recevait des ordres et des directives, c'était de la bouche du Seigneur lui-même, dans ses rêves, ou lorsque le vent se mettait à souffler sur la prairie.

4

Le voyage fut interminable ; Judith Pookhey se rendit à peine compte de ce se passait autour d'elle. Les images de la réalité ne parvenaient plus à son cerveau. Elle avait peur de la ville. Peur de se montrer idiote, maladroite, peur de laisser transparaître un accent dont on se moquerait dès qu'elle aurait le dos tourné.

En fille de la campagne, elle avait besoin de grand air, d'espace. Elle ne supportait pas de rester enfermée comme le faisaient les citadins. À la ferme, aucune porte, aucun volet n'était jamais tiré. Le vent, le soleil, la poussière circulaient à travers les pièces et les couloirs sans rencontrer d'obstacle. Il n'en allait pas de même en ville. Les gens s'y enterraient dans des silos dénommés « buildings », des cylindres qui semblaient davantage conçus pour y enfourner des tonnes de grain que pour y installer des humains.

« Ils se cachent, avait coutume de déclarer Jedediah. En fait, ils fuient le regard de Dieu. Ils ont l'âme trop chargée de péchés pour courir le risque de s'exposer à la colère divine. Alors ils se recroquevillent au fond de terriers verticaux, là où, pensent-ils, ils peuvent épanouir leurs vices en secret. »

Judith s'agita au creux de son siège pendant la durée du vol. Elle refusa de regarder le film et d'écouter de la musique, car son père aurait désapprouvé ces pratiques. « Si l'on se retrouve sans occupation, disait-il, c'est qu'on a mal fait son travail, qu'on a oublié quelque chose. Et si réellement, on se découvre les mains vides, au bord de l'ennui, il suffit d'ouvrir la Bible. Aucune autre distraction n'est nécessaire. »

Bien sûr, elle ne parlerait pas de ces choses aux agents fédéraux, cela ne les regardait pas. Elle n'était pas idiote, elle avait été en pension lorsque sa mère était morte, puis au collège agricole du comté jusqu'au diplôme final. Elle s'y était montrée bonne élève.

Elle ne crachait pas par terre et ne se curait pas le nez. Si les gens de la ville s'attendaient à voir débarquer une paysanne mal dégrossie, ils en seraient pour leurs frais.

*

À l'arrivée, elle se laissa guider par deux agents spéciaux taciturnes auxquels elle ne put arracher la moindre bribe de renseignement. C'est toujours en état second qu'elle fut poussée dans l'ascenseur du bâtiment fédéral. Ses accompagnateurs consentirent enfin à lui révéler que l'agent spécial Mathias Gregori Mikovsky et une psychologue, Sandra DiCaccio, l'attendaient au 10e étage.

Dès qu'elle pénétra dans la salle, Judith sentit que les choses ne tournaient pas rond. Le flic et la psy affichaient un air réservé n'annonçant rien de bon.

« Que se passe-t-il ? balbutia-t-elle. Ce n'est pas lui ? Ce n'est pas mon fils ? »

Elle avait remâché cette crainte (cet espoir ?) pendant tout le voyage, se remémorant tous les cas où l'identité de l'enfant récupéré n'avait pu être formellement établie.

« Calmez-vous, dit la femme en s'avançant à sa rencontre. Il n'y a pas de doute, nous avons procédé à une recherche génétique approfondie à partir d'échantillons sanguins entreposés à l'hôpital où vous avez accouché. C'est bien votre fils. C'est pour cette raison que nous ne vous avons pas avertie tout de suite. Nous voulions être certains de son identité et vous épargner une fausse joie en cas d'erreur. »

Judith chercha un appui. Ses jambes tremblaient. Une sueur glacée lui mouillait la face interne des cuisses, à tel point qu'elle avait l'impression d'avoir perdu, à son insu, le contrôle de sa vessie.

« Je vais vous laisser en tête à tête, annonça l'agent spécial qui était jusqu'alors resté en retrait. Si vous avez besoin de moi je suis avec Robin. »

Il s'éclipsa en refermant doucement la porte. Judith le regarda partir. Elle essayait d'imaginer *son fils*, de l'autre côté de la cloison. Il était là. Après tout ce temps. Elle aurait voulu déborder de joie mais rien ne venait.

« C'est trop tard, se dit-elle. J'ai attendu trop longtemps, quelque chose est mort en moi. »

Elle se rappela les mots terribles prononcés par une voisine, un jour qu'elle était en visite à la ferme. Cette femme avait été mariée à un soldat, un aviateur porté disparu pendant la guerre du Viêtnam. Elle avait cru son époux mort (*K.I.A.*, selon la terminologie militaire) jusqu'au jour où celui-ci – avec quatre ans de retard – avait refait surface.

« C'était trop tard, avait-elle déclaré ce jour-là. Je l'aimais encore, mais comme on aime un défunt dont on garde la photo sur la cheminée. Ce n'était plus... charnel. Pour moi c'était un fantôme. On ne peut pas vivre avec un fantôme. »

Robin allait-il, lui aussi, devenir un fantôme ?

La psychologue s'assit. Aux efforts qu'elle déployait pour paraître calme, Judith comprit que cette femme était en réalité sur le qui-vive. C'était une fausse rousse approchant la quarantaine, en tailleur noir. Plutôt jolie, en dépit d'un nez fort et d'une bouche trop sensuelle. Grecque, ou Italo-Américaine, avec des mains comme seule une citadine peut en posséder. Depuis qu'elle était en ville, Judith Pookhey avait honte de ses ongles.

« Je m'appelle Sandy DiCaccio, annonça la rouquine. Je suis là pour vous aider. Le cas qui nous occupe est un peu particulier... (elle hésita, se mouilla les lèvres, trahissant son embarras) Lorsqu'on nous a amené Robin, il a tout d'abord adopté une attitude surprenante. Très digne, pas le moins du monde affolé, il se contentait de décliner ses noms, grades et titres de noblesse chaque fois qu'on lui posait une question. Il faisait référence à la convention de Genève, comme un prisonnier de guerre. Ce n'était ni une blague ni une insolence. Pour lui, c'était là un comportement normal. »

Judith leva les mains en signe d'incompréhension.

« Attendez, hoqueta-t-elle, quels titres, quels grades ? De quoi parlez-vous ? C'est un gosse de dix ans, pas un officier de l'armée de l'air dont l'appareil serait tombé derrière les lignes ennemies.

— Je sais, fit la psychologue d'une voix qu'elle voulait apaisante. Mais la réalité de Robin n'est pas la nôtre.

— Vous voulez dire qu'il est... fou ?

— Non. Mais Robbie semble avoir développé un comportement de défense assez courant chez les enfants soumis à une réalité stressante. *Il diverge.* Tous les gosses le font, à un moindre degré, c'est une phase incontournable de leur évolution. À un certain moment ils traversent une période de mythomanie, ils fabulent, se mettent à s'inventer des filiations fantasmatiques. Vous connaissez le truc : « Mes parents ne sont pas mes vrais parents, j'ai été adopté, en réalité je suis l'enfant de quelqu'un de très important... » Ou bien ils se fabriquent des compagnons imaginaires. Ils passent beaucoup de temps à bâtir un roman familial qui les aide à vivre. C'est normal à une certaine époque de la vie, ça devient pathologique si l'enfant en fait une habitude durable. On se trouve alors en présence d'un véritable trouble d'identité. »

Judith s'agita sur son siège. Elle écoutait d'une oreille distraite. Avant tout elle avait envie de voir Robin. Pas de le prendre dans ses bras, non... *de le voir.* Au début, elle avait pensé qu'elle se jetterait sur lui pour l'étouffer de baisers, puis, durant le voyage, au fur et à mesure que l'écart entre elle et l'enfant se réduisait, elle avait senti croître dans son esprit une étrange peur froide. Une paralysie affective qui anesthésiait ses sentiments. Cette anomalie la désemparait. Depuis qu'elle avait franchi le seuil du bâtiment fédéral, son malaise s'était accentué.

« Nous lui avons fait passer des tests, continua Sandy. Encore une fois, les résultats ont été déroutants. Il est très intelligent pour son âge... je serais tentée de dire : presque trop. Un Q.I. de 160 c'est beaucoup chez un gosse de dix ans. Il fait preuve d'une maîtrise du langage effarante, mais il parle avec un accent étranger, d'Europe centrale. Par bribes, nous avons reconstitué son histoire, du moins celle qu'il affirme avoir vécue. Selon lui, il serait le prince héritier d'un royaume imaginaire menacé par les Bolcheviques. Un prince en exil, contraint de mener une vie cachée pour échapper à la menace terroriste. Une chose est sûre : il n'a qu'une notion très imprécise du pays où il se trouve, il ignore tout de la vie moderne. Il a été incapable de nommer des objets courants, comme un téléviseur, un ordinateur, un vaisseau spatial. Il prend les cosmonautes pour des scaphandriers. Il semble avoir vécu en marge de la réalité, dans un repli du temps. Son monde, c'est celui du passé. Il est incollable sur l'antiquité grecque ou romaine, il cite Juvénal ou Hérodote en V.O. Il a très vaguement entendu parler de la Seconde Guerre mondiale. À l'écouter, il aurait vécu dans un palais, entouré de serviteurs, d'animaux, de jouets extraordinaires. Il évoque tout cela avec une grande assurance, sans forfanterie, sans la moindre excitation. Il ne se trouble pas et il est impossible de l'amener à se contredire. Son délire est structuré. On voit qu'il l'a ressassé interminablement, le construisant étage par étage.

— Et vous n'y croyez pas, coupa Judith.

— Non, confirma Sandy DiCaccio. C'est trop invraisemblable.

Je pense au contraire qu'il a vécu dans des conditions stressantes et qu'il a compensé en créant ce monde chimérique. On appelle cela de la divergence mentale. C'est une béquille psychique à laquelle tous les enfants ont recours. Ils se bâtissent un univers dans lequel ils sont tout puissants, fils de roi ou assimilé. Robin, dans ses rêves, s'est changé en une sorte de Peter Pan régnant sur un monde d'enfants perdus, des petits serviteurs, des pages... C'est une manière d'évacuer les adultes. Entouré de gosses et d'animaux « gentils » qui lui obéissaient au doigt et à l'œil, et dont il parlait la langue, comme Tarzan. C'est un fantasme éminemment révélateur.

— De quoi ?

— Les animaux jouent un grand rôle dans l'imaginaire enfantin. Ils sont source de sécurité, ils sont à la fois des consolateurs, des complices, des supports projectifs. L'enfant leur prête ses propres sentiments, ou des attitudes qu'il voudrait qu'on adopte vis-à-vis de lui. Les bêtes au milieu desquelles Robin prétend avoir vécu sortent tout droit d'un conte de fées. Même les lions y sont adorables. D'ailleurs, il s'agit de lionceaux, c'est-à-dire d'animaux eux-mêmes fixés au stade infantile.

— Donc toutes ces affabulations fonctionnent à la manière d'un écran de fumée, si je vous comprends bien. Qu'y a-t-il derrière ? »

Sandy DiCaccio croisa les mains et se mouilla les lèvres d'un rapide coup de langue. Judith serra les cuisses. Ce comportement n'annonçait rien de bon. Elle attendit.

« Ce ne sont que des suppositions, commença la psychologue, mais je serais tentée de penser que Robin a vécu tout le contraire de ce qu'il veut nous faire croire. À mon avis, il a été enfermé, coupé du monde, et détenu dans un lieu isolé. Une maison avec un grand jardin, probablement. Je vais être franche, mais je pense qu'il a servi de jouet sexuel à un pédophile disposant d'une certaine aisance financière. Un homme entre deux âges, très cultivé, un fanatique de l'antiquité gréco-romaine, univers dans lequel cette forme de relation était considérée comme courante, et admise. Un étranger d'origine européenne, cela expliquerait l'accent. Mais il est également possible que le ravisseur ait adopté un accent de fantaisie pour brouiller les pistes par la suite. Quoi qu'il en soit, cet homme a fait de Robin son giton, des années durant, pour finalement le remettre en circulation à l'aube de l'adolescence. Ce qui correspondrait encore une fois aux pratiques pédophiles de la Grèce antique où toute relation entre un homme mûr et un éphèbe devait immédiatement cesser dès que ce dernier voyait sa pilosité se développer. Robin a détesté cela, alors, pour s'en protéger, il s'est construit un univers fictif de douceurs et de joie. Un paradis où il habitait un palais. Où il donnait des ordres et se faisait obéir. Le contraire, en somme, de ce qu'il subissait, lui, l'esclave d'un quinquagénaire. »

Sandy ouvrit un dossier et poussa vers Judith des dessins exécutés avec une grande sûreté de trait.

« Ils sont de la main de votre fils, expliqua-t-elle. C'est le test classique dit *de la famille*. Vous verrez que le personnage de la mère est beaucoup plus grand que celui du père. Elle est manifestement couverte de bijoux, rayonnante, son sourire s'étire d'une oreille à l'autre. Elle porte une couronne sur la tête. Le père, par contre, est plus petit, mince, effacé, terne. Il a une moustache grise, c'est un vieil homme.

— Et vous interprétez cela de quelle manière ?

— La mère est fantasmée, absente. C'est une divinité que l'enfant invoque en espérant qu'elle le protégera. L'homme par contre est réel. Il est vieux, moche, il fait peur à Robin qui, pour l'affaiblir, le dessine sous l'aspect d'un personnage falot. C'était la technique des artistes du Moyen Âge. Plus le diable les effrayait plus ils le représentaient sous une forme ridicule. Mais regardez sa mise : ce n'est pas un roi, il porte un banal costume trois pièces, il n'a pas de couronne, lui. À mon sens c'est un universitaire, un professeur de latin-grec, un enseignant. Un pédophile honteux. Je l'imagine très bien mettant sur pied une utopie « antique ». Nourri de culture classique, il a voulu se faire aimer d'un petit pâtre, dans le secret de sa propriété. Il s'est offert cette folie en kidnappant votre fils. Nous sommes tous d'accord ici pour penser que c'est dans ce sens qu'il faut mener l'enquête. Un vacancier, un universitaire en congé sabbatique, qui est passé devant chez vous. Il avait du temps, des moyens, une motivation. Il nourrissait ce projet depuis longtemps sans doute. L'occasion a fait le larron. Cela suppose qu'il vit à l'écart du monde, qu'il n'est pas astreint à un travail normal qui l'aurait obligé à laisser Robin seul toute la journée. Encore une fois, la thèse de l'universitaire est tentante. Un prof, ne donnant que quelques heures de cours par semaine dans une petite fac de province. »

Judith se mordit la lèvre inférieure. Elle avait du mal à se persuader de la réalité des choses. Tout cela demeurait abstrait.

Dédoublée, elle se regardait agir avec une sorte de honte. « Je devrais pleurer, m'arracher les cheveux, songea-t-elle. Une mère normale le ferait sans doute... » Mais l'anesthésie se répandait dans tout son être. Elle n'éprouvait toujours rien. Sandy la fixait d'un œil scrutateur.

« Physiquement, Robin ne présente aucune trace de mauvais traitement, reprit la spécialiste. On n'a pas pu établir qu'il avait eu des rapports sexuels. Une chose est certaine, il n'a pas été sodomisé. Pardonnez-moi d'entrer dans les détails, mais le sphincter est étroit, sans cicatrices hémorroïdaires comme cela se produit à la suite de viols répétés. Cependant ça ne nous autorise pas à conclure qu'il n'a nullement été soumis à des jeux pervers : fellations, séances masturbatoires, puisque par définition ces pratiques ne laissent aucune trace sur l'individu. Les enfants victimes d'abus sexuels évoquent ces choses très rarement. Souvent, même, ils les refoulent au fond de leur conscience, et se fabriquent une amnésie commode. Robin ne fera pas exception à la règle. Il va s'en tenir à son conte de fées pour oublier tout le reste. Le faire redescendre sur terre ne sera pas chose facile. Il convient d'ores et déjà d'envisager un long travail analytique. C'est nécessaire si vous ne voulez pas que l'état de votre fils dérive vers la psychose. Pour l'heure, il a créé un patchwork qui le rassure, quelque chose fabriqué à partir de souvenirs de lectures : Tarzan, Peter Pan, le Petit Lord Fauntleroy... Il a tout amalgamé, mais la vérité se cache sous cette pellicule fantasmatique. Si on ne l'aide pas, il perdra contact avec le réel. Le processus ira en s'accentuant et Robin finira par s'isoler dans son monde intérieur, comme un véritable autiste. Les asiles sont remplis de malades qui se croient empereur d'un quelconque univers galactique. On a coutume d'en rire alors que la réalité pathologique est affreusement pathétique. C'est pourquoi je vous conseille de faire suivre Robin dès qu'il sera sorti d'ici.

— Vous allez me le rendre ? s'enquit Judith.

— Bien sûr, soupira Sandy. Nous n'avons aucune raison de le garder au secret. Il ne veut pas collaborer mais son attitude n'est nullement suicidaire. Il n'a pas cherché à se mutiler, il n'est même pas somnambule. Pourquoi l'internerait-on ? Une fois de retour chez vous il faudra vous mettre en relation avec un pédopsychiatre qui travaillera sur Robin à raison de plusieurs séances par semaine. Il n'y a pas d'autre solution pour l'instant. À moins que vous refusiez de le prendre en charge et que vous n'exigiez son placement dans un centre spécialisé...

— Vous plaisantez ? coassa Judith. Vous croyez que je vais demander à le faire enfermer alors qu'il sort déjà de prison ?

(Sandy eut une grimace de lassitude.)

— Judith, fit-elle dans un murmure. Ne vous raidissez pas. N'essayez pas de jouer les femmes d'acier. Je sais que vous crevez de trouille. C'est normal. Je serais dans le même état à votre place. Vous allez récupérer un inconnu. Un enfant dont vous aviez fait votre deuil. Cet adolescent que vous allez prendre en pension va vous faire l'effet d'un étranger. Tout sera à construire. Rien ne vous sera donné.

— Je sais.

— De plus, il est évident que Robin a peur du monde extérieur. Il a l'habitude de vivre enfermé. Il aura du mal à s'adapter. Il n'est pas impossible qu'il se mette à jouer au fou dès qu'il aura compris qu'un éventuel internement le ramènerait dans un univers clos, protégé. C'est un syndrome classique chez les prisonniers qui ont purgé de longues peines. Dès leur libération ils s'arrangent pour commettre une infraction qui les réexpédiera en cellule. Dehors, ils sont infirmes, ils ne trouvent plus leurs marques. Robin est en quelque sorte un « enfant du placard ». Il voulait en sortir, mais ce qu'il découvre n'a aucun rapport avec ce qu'il imaginait lorsqu'il était enfermé. Mais il y a tout de même des aspects positifs. Il est évident qu'il n'a pas été battu car il n'a aucun réflexe de protection lorsqu'on fait un mouvement brusque en sa présence. Dans le cas contraire, il chercherait à se protéger le visage ou la tête. Celui qui l'a kidnappé ne l'a pas molesté. On peut même dire qu'il a pris soin de lui, qu'il a veillé à son développement intellectuel mieux que vous n'auriez pu le faire d'un certain point de vue. Pensez que ce gosse parle couramment latin !

— Je veux le voir, lâcha Judith. Maintenant.

— D'accord, soupira Sandy. Ne vous sentez forcée à aucune démonstration affective. Il n'aime pas qu'on le touche. Il est de « sang royal », ne l'oubliez pas, on ne peut l'effleurer sans sa permission, ce serait un crime de lèse-majesté. Son corps est divin. Je pense que vous comprenez sans peine l'interprétation qu'on peut faire de cette lubie ?

— Oui, on l'a trop... *touché* à son goût, alors il a inventé cette parade pour ne plus subir aucun contact physique.

— Exactement. Cependant j'insisterai sur un fait : rien n'est joué. Il est encore trop jeune pour que sa vie soit fixée à jamais. Son destin n'est pas écrit. Il n'y a pas de fatalité. On connaît de nombreux cas d'enfants ayant subi des maltraitances qui sont, par la suite, devenus des adultes épanouis, créateurs. Il n'y a pas de malédiction. Son intelligence est une arme grâce à laquelle il pourra reconstruire sa vie. Il n'est pas cassé, en miettes. N'écoutez pas ceux qui vous diront le contraire. »

Les deux femmes s'engagèrent dans un couloir sans fenêtres. Sandy posa un doigt en travers de ses lèvres et poussa la porte de la chambre d'observation. La pièce se trouvait plongée dans l'obscurité, le mur du fond s'ouvrait sur une glace sans tain permettant de suivre ce qui se passait dans la salle contiguë. Judith se figea. L'agent Mikovsky bavardait avec un garçonnet mince et blond, aux pommettes hautes, à la bouche bien dessinée.

« Mon Dieu ! songea-t-elle en bloquant sa respiration. Ce n'était pas la peine de faire une recherche génétique... C'est le portrait craché de son père. »

Quelque chose la submergea, qui ressemblait à de la peur et elle se figea au milieu d'un mouvement. Elle sut d'emblée qu'elle resterait muette en présence de l'enfant. Durant les trois années qui avait suivi la disparition de Robin, elle avait imaginé mille dialogues de retrouvailles ; elle avait fignolé ces scènes à l'excès, les jouant dans le secret de sa conscience, puis, avec le temps, elle avait progressivement cessé de mettre en scène ce fantasme mélodramatique. La panique la fit suffoquer.

« Attendez ! haleta-t-elle en posant la main sur le bras de la Sandy. Pas... Pas encore. Je ne suis pas prête.

— Je comprends, murmura Sandy DiCaccio. Asseyez-vous dans ce fauteuil. Je vais vous apporter un Valium. Vous faites une crise d'angoisse. Ne culpabilisez pas. Vous n'êtes pas une mauvaise mère. C'est une épreuve difficile. »

Judith se laissa tomber sur le siège. Elle crut un instant qu'elle allait vomir de la bile. Elle ne pouvait détacher son regard du visage de Robin. La pièce était insonorisée et elle n'entendait pas la voix de l'enfant. Le jeune garçon avait des mains fines, un visage au maintien aristocratique. Il était calme, posé, ne gesticulait pas. On eût dit qu'il jouait un rôle. Il souriait à l'agent Mikovsky avec un rien de condescendance. Ce sourire agaça Judith. *Pour qui se prenait-il ?* Elle se mordit la lèvre, honteuse de sentir son sens critique s'éveiller si tôt.

« Il a des yeux d'adulte, constata-t-elle soudain. Il pose sur les choses un regard de vieux. Un gosse ne se comporte pas ainsi... Il n'y a pas de naïveté en lui. C'est comme si un homme de cinquante ans avait élu domicile à l'intérieur de son corps. »

Elle frissonna car la comparaison saugrenue lui rappelait les avertissements de Jedediah : « Ce ne sera plus ton fils, ne t'y trompe pas. Il sera devenu quelqu'un d'autre. Un étranger. Et il faudra nous en méfier. »

Connerie ! Elle contemplait un petit garçon qui en avait bavé, voilà tout.

Sandy réapparut, un verre d'eau et un comprimé à la main.

« Voulez-vous différer la rencontre ? demanda-t-elle.

— Je... Je ne sais pas. Lui avez-vous parlé de moi ?

— Oui, mais il ne semble pas comprendre à quoi nous faisons allusion. Il s'obstine à répéter que sa mère est Antonia, la reine d'Ombrie Australe.

— Et si cette femme existait ? Pas en tant que reine, bien sûr... Mais en tant que compagne du ravisseur. Pourquoi ne l'aurait-elle pas élevé ?

Sandy secoua négativement la tête.

— Je n'y crois pas, et l'agent Mikovsky pense comme moi. C'est un fantasme compensatoire. Ne commencez pas à vous mettre dans la tête que vous avez eu une rivale sinon vous passerez votre temps à essayer de faire mieux qu'elle. Cela vous minera. Soyez vous-même. »

Judith n'osait avouer qu'elle était anéantie par la transformation physique de Robin. Dans sa tête, elle gardait l'image d'un bébé. L'absence de transition la décontenançait Elle avait beau se répéter que sa réaction était absurde, elle ne pouvait se maîtriser. C'était quelque chose dans le regard de l'enfant, une fixité de rapace. Une minéralité si peu à sa place dans les yeux d'un petit garçon. Sa première pensée avait été : « Il n'est pas comme nous ! » et toutes les peurs semées en elle par Jedediah lui avaient été rendues d'un coup.

« Ne vous laissez pas impressionner, fit Sandy DiCaccio. Il y a une grande part de jactance dans son attitude. Il joue les petits durs à sa manière. Une manière originale, je vous l'accorde, mais ce n'est qu'une béquille magique. »

Judith aurait voulu la croire, mais elle avait du mal.

« Nous y allons ? s'enquit la psychologue.

— D'accord, balbutia Judith. Plus j'attendrai plus ce sera difficile. »

Elle avala le Valium, vida le verre d'eau. Déjà, Sandy ouvrait la porte insonorisée. La voix de Robin emplit l'air. Elle était étrangement posée, précise, articulant chaque syllabe avec un maniérisme désuet. « Anglaise » pensa la jeune femme, mais il y avait cet accent bizarre. Un accent d'espion russe dans un film hollywoodien. « L'accent du comte Dracula », songea Judith sans parvenir à sourire.

« Robin, annonça Sandy, je présente ta maman. Judith Pookhey. Nous t'avons déjà parlé d'elle, nous t'avons montré des photos. »

L'enfant leva les yeux, et Judith reçut le choc de ce regard hautain, vide. Un de ces regards qu'on voit aux rois, aux princes, dans les reportages télévisés. Un regard verrouillé comme une écoutille de sous-marin nucléaire.

« Bonjour madame, dit le jeune garçon en inclinant la tête. Je suis Robin III, prince héritier d'Ombrie Australe, et je suis détenu en ces locaux contre ma volonté. Je ne sais quel rôle on vous a demandé de jouer, mais je tiens à vous informer que je sais parfaitement qui est ma mère, la reine Antonia. Toute cette mascarade est donc inutile. »

« Idiote ! pensa Judith. Qu'est-ce que tu t'imaginais ? Qu'il allait te reconnaître ? Te sauter au cou ? »

Malgré tout elle n'avait pu s'empêcher d'y croire, en vertu de son droit imprescriptible de mère. Elle avait espéré entendre crépiter cette mystérieuse étincelle nommée *voix du sang*. La reconnaissance du ventre... de la chair. Elle s'était raconté qu'il suffirait d'une seconde pour gommer sept années d'absence, mais non, rien ne se passait. Robin la regardait, et aucun lien ne se nouait, aucun appel animal, aucune intuition, aucun sixième sens ne sonnait le rappel.

Il ne lui avait pas tendu la main, mais sans doute était-ce une privauté qu'un prince du sang ne pouvait se permettre ?

« Ne deviens pas méchante, se dit-elle. Il n'aime pas qu'on le touche, ça peut se comprendre. »

Les minutes suivantes comptèrent parmi les plus pénibles de son existence. Sandy DiCaccio et l'agent Mikovsky, devinant son trouble, déployèrent leurs efforts pour alimenter une conversation à laquelle Robin opposait une raideur protocolaire.

« Il est plus intelligent que moi, décida Judith en fixant l'enfant dans les yeux. Il possède une culture que je n'ai pas, il va me prendre pour une idiote. Une paysanne. De quoi vais-je bien pouvoir lui parler ? »

En proie à la panique elle se surprit à envisager des solutions délirantes. L'hypnose, par exemple ? N'y avait-il pas moyen de ressusciter en Robin les images d'un passé lointain ? Il faudrait en parler à Sandy. La froideur de l'enfant n'était-elle pas alimentée par une très ancienne rancœur ?

« Il y a sept ans il a dû m'appeler, se dit-elle. Me supplier de venir le chercher... et je ne me suis pas précipitée à son secours. Alors il a décidé que je l'avais abandonné, trahi, que je ne l'aimais plus. Il m'a gommée de sa mémoire. Il ne le sait pas, mais au fond de sa tête, il y a toujours un gosse de trois ans qui me déteste. »

Avec une horreur grandissante, elle s'apercevait qu'elle aurait préféré ne jamais retrouver Robin. Elle s'estimait flouée. Elle avait pleuré à en mourir sur son enfant ; elle aurait tout fait pour le récupérer... mais ce gamin si sûr de lui la glaçait.

« Si j'apprenais maintenant qu'il s'est produit une erreur lors de l'identification génétique je serais soulagée », pensa-t-elle dans le secret de son esprit. Elle avait honte, elle était à la torture, elle aurait voulu s'enfuir. Elle se dégoûtait et elle avait peur.

« J'abandonne, faillit-elle déclarer, je ne serai pas à la hauteur. Il est trop fort pour moi. »

Comme si elle devinait sa débâcle intérieure, Sandy posa la main sur le poignet de la jeune femme.

« Cela suffit pour une prise de contact, dit-elle de sa voix égale. Nous allons réfléchir à ce moment, chacun de notre côté. »

Robin se releva pour saluer d'un signe de tête, protocolaire. Son sourire était froid. Un sourire de ministre. Un ministre de dix ans. C'était à se cogner le crâne contre les murs.

Judith sortit sur les traces de la psychologue.

« Ça ne marchera pas, balbutia-t-elle dès que la porte fut refermée.

— Il faut avoir de la patience, temporisa Sandy. Nous allons le garder chez nous encore cette nuit. Mikovsky ne s'en remet pas de n'avoir obtenu aucun renseignement utilisable. Il voudrait convaincre Robin de travailler sur un portrait-robot de l'homme à la moustache. Celui qu'il appelle Andrewjz ou « le prince consort ». On vous a retenu une chambre à l'*Holiday Inn*, juste en face du building fédéral. Je vais vous donner des calmants. Essayez de dormir. C'est tout ce qu'on peut faire pour le moment. Il ne faut pas flancher. Ce sera un combat de longue haleine. Vous avez tenu sept ans, vous pouvez bien résister un round de plus, non ?

— Je vais essayer », souffla Judith en esquissant un sourire lamentable.

5

En dépit des calmants, Judith passa une mauvaise nuit. Des images détestables lui emplissaient la tête : Robin livré aux caprices de l'homme à la moustache grise. Lorsqu'elle était en pension, il y avait de cela bien longtemps, elle avait comme toutes les filles de sa génération feuilleté des revues pornographiques apportées par des plus grandes. Les garçons en faisaient, il est vrai, grande consommation. En regardant ces photographies, d'une crudité anatomique gênante, elle avait eu l'impression de contempler les illustrations d'un ouvrage médical, et n'avait éprouvé aucune excitation sexuelle, la plus minime soit-elle.

Aujourd'hui, ces images refaisaient surface, l'amenant au bord de la nausée. Elle se demanda comment elle ferait pour ne pas y penser. Chaque fois que son regard se poserait sur la peau nue de son fils elle ne pourrait s'empêcher de l'imaginer dans les bras du ravisseur. Il lui semblerait voir la vieille bouche de l'inconnu courir sur cette chair de dix ans, comme pour la dévorer, ou lui voler sa jeunesse.

« Désormais ce sera toujours entre nous, pensa-t-elle. Il a été éduqué dans le culte de la perversité. À côté de lui je fais figure de nonne. Je n'ai pas le dixième de son expérience. Je suis sexuellement incompétente. »

Pouvait-on parler autrement d'une femme vivant dans l'abstinence depuis la mort de son mari ? Elle comprenait mieux à présent d'où venait l'éclat dur qui brillait dans les yeux de Robin. Ce regard trop âgé, si peu à sa place dans le visage d'un petit garçon. Les photos de guerre montraient souvent des gamins aux yeux ternes, aux physionomies verrouillées ; Robin ressemblait à ces survivants.

N'y tenant plus, elle décrocha le téléphone pour appeler Jedediah, lui demander conseil. On répondit dès la deuxième sonnerie, comme si, malgré l'heure tardive, le vieil homme s'était tenu près de l'appareil, en proie à l'insomnie.

« Alors ? dit-il. Tu l'as vu ? »

Judith entreprit de lui raconter les événements de la journée. Elle parlait trop bas, et le vieillard lui demanda plusieurs fois de répéter.

« Dis que tu n'en veux pas, laissa-t-il enfin tomber.

— Quoi ?

— Dis qu'ils le gardent. Ne le ramène pas chez nous.

— Papa, ce n'est pas possible...

— C'est un fruit pourri. Si tu le mets dans le même panier que les fruits sains, il les gâtera tous. C'est ce que tu désires ?

— Non... Mais je n'ai pas le choix.

— Je t'aurais prévenu, grommela le vieux. Il nous attirera des ennuis. Tu n'as qu'à le leur donner pour qu'ils fassent des expériences dessus, signe une décharge et voilà tout. Ils ont toujours besoin de cobayes dans les laboratoires.

— Papa, ça ne se passe pas comme ça... »

Elle ne put en dire davantage. Jedediah Pookhey avait raccroché.

*

Le lendemain, lorsqu'elle quitta le bâtiment fédéral en compagnie de Robin, Judith eut l'impression soudaine d'avoir reçu pour mission d'escorter un extraterrestre. Jamais elle n'avait éprouvé un tel trac. Ils descendirent les marches côte à côte, sans échanger un regard. Raides, glacés.

« Il va s'enfuir, se répétait Judith. Dès que nous aurons quitté les bureaux, il n'aura plus qu'une idée en tête : me fausser compagnie. »

Elle se savait par avance incapable de l'en empêcher. Elle ne résoudrait pas davantage le problème par des embrassades.

« Si je joue la carte du sentiment je suis perdue, se disait-elle. Je vais lui faire peur. »

« Ne cherchez pas à l'étreindre, avait conseillé Sandy. Il déteste les contacts physiques. Pas de baisers, pas de câlins. Si vous tentez quoi ce soit en ce sens, il vous accusera de crime de lèse-majesté.

— Dois-je entrer dans sa... folie ? avait demandé Judith.

La psychologue s'était montrée évasive :

— Soyez prudente. Ne l'affrontez pas systématiquement. N'entrez pas en conflits avec ses parents imaginaires, ne les critiquez pas. N'essayez pas de lui prouver qu'il déraisonne. Vous allez avancer en terrain miné. Nous procéderons aux réajustements de manière progressive... et lente. Appelez-moi s'il devient violent ou s'il a des crises d'angoisse. S'il se mutile. Je ne voudrais pas vous effrayer outre mesure, mais tout est possible. Nous ne savons pas quels sentiments il éprouve envers son ravisseur. D'une manière ou d'une autre il a dû s'attacher à lui. C'est un cas de figure classique chez les enfants kidnappés, lorsque la « détention » a duré plusieurs années. Des liens finissent par se créer, contre lesquels on ne peut rien.

— Mais si ce type l'a violé...

— Ce n'est pas aussi simple. À mon avis, si Robin refuse de collaborer avec nous c'est qu'il cherche à protéger son ravisseur. Les choses ne sont pas claires dans sa tête. Même si à une époque de sa vie il a souhaité s'enfuir, aujourd'hui il se sent répudié. Il aurait voulu s'échapper, pas être mis à la porte. Vous saisissez la différence ? Il est en colère, il souffre. Il estime qu'il n'a pas été à la hauteur. Il est également jaloux de l'enfant qui va le remplacer. Si l'homme qui l'a enlevé lui a dit qu'il était désormais trop grand, il est possible que Robin passe par une phase de régression. Ne vous étonnez pas s'il se comporte comme un bébé pendant quelque temps. Sa réadaptation sera lente. Rien n'est perdu, mais rien n'est joué d'avance. »

Quand ils se retrouvèrent dans la rue, Judith prit la mesure de la tâche qui l'attendait et la panique la submergea. Robin regardait autour de lui. Son expression égarée prouvait qu'il n'avait jamais vu de grande ville. Au moment où ils s'apprêtaient à grimper dans le taxi réservé par Sandra DiCaccio, le gosse demanda :

« Allez-vous m'attacher pendant le voyage ?

— Tu n'es pas mon prisonnier, fit Judith en essayant de conserver son calme. Je ne vais pas t'enfermer dans une prison.

— Les hommes qui m'ont interrogé m'ont répété que vous étiez ma mère, dit l'enfant de sa voix étrangement posée. Je sais bien que c'est faux. J'accepte de vous suivre puisque j'ignore où aller, mais les choses doivent être claires entre nous. Je sais parfaitement qui est ma véritable mère, *et ce n'est pas vous*. Ne vous donnez donc pas la peine de jouer la comédie. Vous êtes une geôlière préposée à ma surveillance, même si vous essayez de paraître gentille. Je souhaiterais conclure un pacte.

— Lequel ?

— Je ne ferai pas d'esclandre, je ne chercherai pas à vous fausser compagnie tant que je serai dans l'incapacité d'organiser ma fuite. Cependant, dès que je saurai comment rentrer chez moi, je cesserai de me considérer lié par serment, et je m'évaderai. Après tout, c'est le devoir de tout prisonnier de guerre de chercher à fausser compagnie à ses gardiens, n'est-ce pas ? »

Judith entrevit son image dans le rétroviseur du véhicule. Elle était livide. Une morte vivante fardée pour film d'épouvante à petit budget. Elle crut que sa valise allait lui tomber des mains.

« C'est un arrangement honnête, se força-t-elle à murmurer.

— N'est-ce pas ? fit Robin en se hissant sur le siège. Je vous donne ma parole d'officier. Vous ne voyez en moi qu'un enfant, mais dans mon pays j'ai le grade de colonel-prince. Je ne mens jamais. »

Judith dut s'y reprendre à deux fois pour ouvrir la portière tant ses doigts tremblaient.

« C'est perdu d'avance, grelottait la voix de la défaite au fond de son esprit. Jamais tu ne pourras te faire aimer de ce gosse. Il est trop différent de tout ce que tu connais. »

Le taxi se glissa dans la circulation. Judith regardait défiler le paysage des rues en état second. Comment s'y prendrait-elle pour établir un lien, créer une ombre de complicité avec cet étrange petit bonhomme tombé de la planète Mars ? S'il s'obstinait à vivre dans son univers onirique elle le perdrait à jamais. Robin finirait sa vie dans un hôpital psychiatrique, définitivement coupé de la réalité. Mais comment le faire descendre de son nuage ?

« Je n'aime pas la ville, dit le jeune garçon. Tout est laid et sale. Les gens y sont d'une grande vulgarité. Ceux à qui j'ai parlé étaient d'un niveau intellectuel assez bas. Je n'avais jamais encore côtoyé le peuple. Il est possible que j'emploie des mots trop compliqués pour vous, n'hésitez pas à me le dire si cela se produit. Je formulerai mes phrases d'une manière plus simple. Vous me rendrez service, il faut que j'apprenne. »

Judith serrait la poignée de son bagage avec tant de nervosité que ses phalanges en devenaient blanches. Il émanait de Robin une morgue qui la mettait de plus en plus mal à l'aise. Il ne doutait pas d'être le centre du monde, il jouait à merveille le rôle de l'enfant princier. Où avait-il piqué ces trucs ? Dans un film, un livre ? Il bougeait avec économie, toujours conscient de l'image qu'il devait donner de lui-même. Jamais il ne se permettait le moindre geste spontané. On eût dit un adulte en réduction. C'était... effrayant.

Judith qui, dans un premier temps, avait cru récupérer un être brisé, instable, secoué de tics et de sanglots, avait le plus grand mal à éprouver de la tendresse pour ce jeune dandy aux yeux froids. Il était beau, c'est vrai, mais d'une beauté inquiétante. Un peu... *métallique.*

Pendant que le chauffeur manœuvrait pour gagner l'aéroport, Robin resta droit sur son siège, observant les choses par la vitre latérale comme s'il traversait un zoo. Parfois il se permettait un sourire à peine esquissé, sans que la jeune femme puisse deviner ce qui l'amusait. Elle gardait le silence. Elle avait peur – si elle ouvrait la bouche – d'entendre sa voix chevroter d'une façon qui lui serait odieuse. Elle n'avait pas l'habitude des débordements affectifs. Jamais, chez elle, on n'échangeait de baisers, ou, si l'on se permettait une telle extravagance, c'était dans le cadre très strict d'une fête de famille. Et encore fallait-il le faire avec la réserve nécessaire. « Sans mouiller les lèvres ! » lui avait mille fois seriné Jedediah. Elle avait d'abord cru que cette infirmité constituerait un handicap pour l'apprivoisement de Robin, elle réalisait aujourd'hui qu'il n'en serait rien. C'était plutôt encourageant.

Alors qu'ils sortaient de la ville, elle se demanda comment elle se débrouillerait, une fois rentrée à la maison, pour emmener son fils chez le psychiatre trois fois par semaine. Il n'y avait aucun spécialiste de ce genre dans le comté. Golden Bluff n'abritait que des gens sains d'esprit, c'était bien connu ! Le seul moyen d'y parvenir serait de se rendre à la ville la plus proche, c'est-à-dire à deux cents kilomètres, où se trouvait un dispensaire. Mais le psychologue officiant là serait-il à la hauteur ? Aurait-il déjà traité des cas aussi particuliers ? Elle n'en était pas certaine. Les problèmes de Robin relevaient de la haute voltige psychanalytique, et elle ne disposait pas des moyens financiers susceptibles de lui assurer les services d'un ténor de la profession.

« Je crois que nous nous connaissons, fit soudain le petit garçon en se tournant vers Judith. Vous étiez déjà ma gardienne lorsque j'étais détenu dans ce camp de prisonniers entourés de grillages, n'est-ce pas ? Je viens de m'en souvenir. Votre visage me disait quelque chose mais je n'arrivais pas à vous situer.

— Tu étais petit, murmura la jeune femme pour ne pas rester coite. Tu avais trois ans. Je ne pensais pas que le séjour t'avais paru aussi désagréable.

— Pour dire la vérité, fit Robin en fronçant les sourcils. Je ne me rappelle plus grand-chose de cette époque. À part les grillages... Ils étaient électrifiés, n'est-ce pas ? Ma mère, Antonia, m'a dit qu'ils l'étaient. Je ne crois pas que vous me battiez... Ce serait resté gravé dans ma mémoire. Vous m'empêchiez de sortir, c'est tout. Je ne peux pas vous en vouloir, après tout vous faisiez votre travail. »

Judith s'efforça de ne pas laisser paraître ses sentiments. Il était trop tôt pour monter aux créneaux... et qui sait s'il ne jouait pas à la provoquer ? Elle devait rester calme. Le vrai combat serait souterrain, lent : un travail de fourmi. Le problème ne se résoudrait nullement par des affrontements verbaux, des crises de larmes, des explosions hystériques. Il faudrait se battre pied à pied, reconquérir avec patience le terrain perdu. La lenteur, tout se ferait dans la lenteur. Il ne fallait pas craquer. Pas déjà !

« Encore une chose, décréta l'enfant, promettons-nous, une fois là-bas, de ne pas chercher à faire ami-ami. Nous savons parfaitement quels sont nos rôles respectifs. Vous êtes là pour m'empêcher de fuir, vous disposez manifestement de moyens énormes pour me maintenir en détention, j'en ai conscience. Je sais que les gens de la police secrète sont de votre côté. Ils ont essayé de m'embrouiller avec leur histoire d'enlèvement, mais je ne suis pas dupe. Je sais très exactement qui je suis et qui sont mes vrais parents, aussi ne vous donnez pas le mal d'essayer de me convaincre du contraire, vous perdriez votre temps. Je serai un prisonnier docile, je vous le répète, jusqu'au jour où ma mère et mon père viendront me libérer. Alors, lorsque cette heure sonnera, vous n'aurez pas d'ennemi plus acharné que moi. Je préfère vous en avertir. »

Judith l'écoutait, troublée par l'accent étrange qui déformait sa diction. Cette particularité l'éloignait davantage encore. Il parlait avec préciosité, égrenant les syllabes d'une manière exquise, comme Judith ne l'avait entendu faire qu'aux notables de la vieille société bostonienne (et à la radio !). Il parlait comme aucun enfant ne le faisait jamais, sinon à la cour d'Angleterre. Elle se prit à détester l'homme qui avait transformé son fils en singe savant. Que lui avait-il raconté pour le faire tenir tranquille ? Quelle fable absurde ? Peu importe, le lavage de cerveau avait fonctionné à merveille.

« La route sera longue, pensa-t-elle en essayant de refouler sa colère. Serai-je assez forte ? »

Elle avait tenu sept ans, c'est vrai. Elle avait résisté là où une autre serait devenue folle, alcoolique ou aurait opté pour le suicide, mais ces sept années l'avaient usée. « Je n'ai plus la patience » s'avoua-t-elle l'œil fixé sur la route. C'était là le piège. L'envie de tout précipiter, de récupérer son bien sans attendre. Robin ne l'aiderait pas. Une fois de plus, elle serait seule dans l'épreuve. Elle n'attendait aucun miracle de la psychanalyse. Au mieux, les médicaments transformeraient le gosse en zombie, le privant de tout ressort.

« Rien ne sera réglé tant qu'on aura pas mis la main sur le kidnappeur, pensa-t-elle. Tant qu'il restera pour Robin un personnage de légende je ne pourrai prétendre avoir plus d'importance que lui. »

Oui, elle ne pourrait guère espérer la moindre amélioration tant que le bonhomme n'apparaîtrait pas menotté, minable, coincé entre deux agents du bureau fédéral. Tant qu'il n'aurait pas fait son autocritique. Alors, seulement, Robin accepterait peut-être de sortir de son rêve éveillé. À cet instant, une fois son bourreau dépouillé de son masque. Une fois le « prince » ramené à sa triste dimension de détraqué. Pas avant.

Et puis il y avait Jedediah. Elle redoutait ses réactions. Elle se dit qu'elle n'aurait jamais dû lui parler des pratiques sexuelles auxquelles le gosse avait été associé. « Mon grand défaut c'est de ne pas savoir mentir, songea-t-elle. Tant pis, ce qui est fait est fait. »

6

Le voyage en avion fut un calvaire. Judith Pookhey n'avait jamais été douée pour le dialogue, du plus loin qu'elle se souvînt on lui avait toujours reproché d'être taciturne. À l'école d'abord, dans sa vie conjugale ensuite. Ce défaut avait le don de mettre Brooks, son mari, en fureur.

« Bon sang ! grognait-il, on t'a coupé la langue ou quoi ? Certaines femmes n'arrêtent jamais de parler, mais toi, on croirait que tu es muette ! J'ai l'impression d'avoir épousé une infirme. Y'a que la nuit que tu te laisses aller, quand tu dors. Là, tu n'arrêtes pas de marmonner. C'est exaspérant. »

Judith n'ignorait pas qu'elle parlait dans son sommeil, elle souffrait de ce somnambulisme verbal depuis son enfance.

« C'est la voix du diable qui sort de ta conscience, lui répétait alors Jedediah. Il faut l'étouffer. Tu dois dormir avec un bâillon pour que les paroles maudites s'asphyxient d'elles-mêmes. Si tu les laissais courir la campagne, elles s'empresseraient d'aller glisser de mauvaises idées dans la tête d'autres enfants innocents, des gosses qui valent sans doute dix fois mieux que toi. »

Dès lors, chaque fois qu'elle allait au lit, son père lui tendait une boule de chiffon qu'elle devait glisser dans sa bouche, puis il nouait un bâillon sur le bas de son visage, la rendant muette pour la nuit. Quand elle était enrhumée, cet appareil la mettait à la torture, et, à plusieurs reprises, elle avait manqué de s'étouffer. Elle avait, de ce temps, conservé la manie de garder la bouche fermée, et les mots de Jedediah continuaient à résonner dans sa tête : « Faut que ça crève au-dedans de toi, tu comprends ? Comme une guêpe enfermée dans un bocal. Faut pas que ça sorte. Jamais. »

Petite fille, elle fit longtemps le même cauchemar : elle se trouvait dans la cour de récréation occupée à chanter une ronde enfantine ; soudain des guêpes bourdonnantes s'échappaient de sa bouche pour aller piquer ses camarades de classe qui se tordaient de douleur tandis que des cloques leur déformaient la peau du visage.

Faut que ça crève, à l'intérieur du bocal.

La voix de Jedediah. Elle l'entendait encore, si nette, si chuintante, et elle avait toujours sur la langue le goût de la boule de chiffon amidonnée de vieille salive qu'elle gobait chaque soir.

(*Les mains de Jedediah, ouvrant le tiroir de la table de chevet, prenant la balle de tissu et la présentant à la hauteur de la bouche de Judith sagement assise sur le lit, en chemise de nuit. Le rituel du bâillon. C'est pour ton bien. Tu ne dois pas infecter les autres...*)

« T'as dû naître les mâchoires soudées, c'est pas possible, sifflait souvent Brooks dans les premières années de leur mariage. Je me fais l'effet d'un trappeur collé avec une abrutie d'Indienne. Un de ces jours on ne communiquera plus que par gestes. »

Elle savait qu'elle avait tort, elle avait essayé de s'obliger à bavarder, mais elle n'avait pas la manière, elle était incapable de se laisser aller à la joie des potins, comme les autres femmes du village. D'ailleurs celles-ci la tenaient à l'écart de la vie collective. Avec les enfants, les choses n'allaient pas mieux ; elle n'arrivait à communiquer qu'au travers des obligations matérielles : *rince les bocaux... récure les bassines...*

Pour ne pas les léser, elle s'obligeait à leur parler, *mais en dedans d'elle-même*, d'une voix intérieure qu'ils n'entendaient pas. Grâce à ce subterfuge elle parvenait enfin à établir le contact sur le mode affectif, en une conversation secrète dont ils ne soupçonnaient pas même l'existence.

« Si je me montre affectueuse, ils m'aimeront davantage, se disait-elle, et je m'attacherai à eux. Au contraire, si je reste distante, ils feront de même, et aucun lien ne se fortifiera entre nous, si bien que je souffrirai moins si je viens à les perdre. »

De toute manière Jedediah désapprouvait les manifestations de tendresse dans lesquelles il croyait détecter l'ombre d'un inceste potentiel. Il ne touchait pas plus Bonny, Ponzo et Dorana qu'il n'avait touché Judith lorsqu'elle était petite.

« Il ne faut pas cultiver la sensualité chez les enfants, répétait-il. Ce démon s'éveille bien assez tôt. »

Pour la même raison, il encourageait les gosses à rester sales. Il se lavait lui-même assez rarement. Contrairement à Brooks, il aimait l'aspect sauvage de la propriété, l'envahissement des buissons de ronces, réplique végétale des barbelés de la grande clôture. C'était là un moyen de défense supplémentaire accordé par le Seigneur. Lorsqu'il était jeune, avait-il expliqué à Judith, les pulsions de la chair le harcelant, il avait l'habitude de courir torse nu au milieu des mûriers jusqu'à ce que la cuisson des piqûres l'empêche de penser à autre chose.

« Quand ils seront en âge de connaître ces mêmes tourments, j'enseignerai cette méthode à tes enfants », avait-il conclu avec un hochement de tête satisfait. Il disait toujours « tes » enfants, jamais *les* enfants, ou *les petits*, comme s'il voulait augmenter la distance le séparant de ces créatures nées d'une union avec la chair d'un étranger. Un jour, Judith s'était surprise à penser elle aussi « les enfants de Brooks », et elle avait pris peur.

*

Ainsi devisait Judith Pookhey, en son âme, les mains crispées sur le volant, tandis qu'elle roulait vers la ferme au volant du pickup récupéré sur le parking longue durée de l'aéroport. Malgré tous ses efforts elle n'avait guère réussi à apprivoiser le malaise enkysté en elle par les gens du bureau fédéral. Elle n'avait rien de la paysanne pataude chère à l'imagerie des citadins ; elle était même assez fine pour prendre conscience qu'elle en voulait à Robin de venir troubler le fragile d'équilibre auquel elle avait accédé après la mort de Brooks. Elle se félicitait d'avoir atteint ce calme plat, cette mer d'huile. Elle ne voulait plus souffrir ; elle ne voulait pas davantage affronter de nouvelles convulsions.

« C'est comme s'il revenait d'entre les morts, songea-t-elle soudain avec un frisson. Sa présence n'est pas naturelle. Il ne devrait pas être là. »

C'était absurde, bien sûr, mais elle ne réussissait pas à s'ôter cette idée de la tête.

Il allait tout bouleverser, elle en avait l'obscure conviction. Il allait ranimer la flamme de Jedediah qui, depuis quelque temps, chuchotait en veilleuse. Elle avait sottement espéré que l'âge finirait par étouffer la hargne du vieillard, que sa tyrannie s'assoupirait faute d'occasions pour s'exercer. L'arrivée de Robbie allait produire l'effet contraire. Ce serait un coup de tisonnier dans les braises d'une flambée en voie d'extinction.

7

Robin fut frappé par l'aspect de la propriété, interminable clôture de barbelés encerclant un océan de broussailles épineuses bourdonnantes d'insectes, mouches, guêpes et abeilles mêlées. Un étroit chemin reliait le portail à la maison, un sentier que les buissons menaçaient d'engloutir, et que le véhicule remonta en arrachant des brindilles des deux côtés de la route. C'était une pelote végétale emmêlée par les coups de patte d'un chat géant, un tissage de fibres, de fruits et d'épines. Quelque chose de mystérieux et d'intime, d'impénétrable. Une forêt vierge en réduction où s'ouvraient de minces travées à l'existence précaire, prêtes à se suturer à la prochaine poussée de sève. Une couronne d'épines au milieu de laquelle la ferme se trouvait posée, marquant le centre d'une clairière grignotée par la végétation.

Les bâtiments formaient un U. Mélange de pierre et bois. On devinait encore en eux la structure du fortin originel bâti en prévision des attaques indiennes. L'austérité des lieux ne rebuta point Robin, au contraire. Il s'y sentit plus à l'aise que dans le décor hétéroclite et clinquant de la cité. Un hangar béait, montrant des centaines de bocaux vides alignés sur des claies.

Il y avait beaucoup de mouches, de guêpes, sans doute alléchées par l'odeur du sucre chaud. Il ne le savait pas encore, mais le parfum des confitures imprégnait jusqu'aux planches de la maison, et cela même lorsque les fourneaux étaient éteints. Cette douceur gourmande faisait un contrepoint étrange au climat d'austérité des lieux.

« C'est comme dans ce conte, pensa-t-il, où une sorcière attire les enfants dans sa marmite en construisant des maisons de pain d'épices. »

Judith coupa le contact. Tendue, elle appréhendait la confrontation entre le gosse et Jedediah. Le vieillard demeurait invisible. Il avait manifestement décidé de boycotter la cérémonie des retrouvailles. Lorsqu'il traversait une crise mystique il quittait la ferme pour se retirer dans son ermitage, le poste d'aiguillage d'une vieille gare désaffectée achevant de tomber en ruines, à quelque distance de la maison.

Elle rassembla son courage pour se tourner vers Robin. Elle avait du mal à le regarder dans les yeux.

« Le mieux serait que tu ailles à la rencontre de tes frères et de ta sœur, hasarda-t-elle. Vous ferez connaissance entre enfants... Ils doivent être quelque part dans les mûriers, à cueillir les fruits. Tu n'as qu'à suivre cette allée. Si tu ne les trouves pas, n'insiste pas et fais demi-tour, c'est un labyrinthe, tu pourrais t'y perdre. »

Elle avait conscience de parler d'une voix fausse, en actrice qui s'obstine à jouer un rôle pour lequel elle n'a aucune disposition. Elle se détesta. Depuis la mort de Brooks elle avait perdu l'habitude de se poser des questions ; elle s'était installée dans une certaine forme d'assoupissement mental où elle avait fini par prendre ses aises. Elle se rappela qu'au collège, un professeur leur avait fait un cours sur la Loi de l'obstacle, règle stipulant que certains animaux (les tortues, par exemple) ne s'éveillent à la conscience qu'en présence d'une difficulté matérielle pour retomber dans le néant instinctif, le somnambulisme mécanique, sitôt cet obstacle contourné. Ce théorème l'avait frappée, elle y avait vu le symbole de sa vie. À la campagne, les femmes devaient apprendre à vivre en somnambules, c'était le seul moyen de rendre les choses supportables. Aujourd'hui Robin était l'obstacle, il la contraignait à sortir de sa léthargie. Elle ne savait pas encore comment elle allait le contourner.

Elle regarda le gosse s'éloigner en direction des ronces. Elle ne parvenait pas à démêler ce qu'elle éprouvait pour lui. C'était comme la saveur d'un plat où se mêlent trop d'indications contradictoires. D'avance, on sait qu'il vous donnera la migraine, des brûlures d'estomac... et le repas s'en trouve gâché.

*

Robin entra vaillamment dans le labyrinthe de buissons épineux. Les insectes bourdonnaient, frôlaient son visage. Il faisait chaud, la terre semblait pauvre, caillouteuse. Les buissons tissaient un fouillis impénétrable. Une odeur de fruits pourrissants flottait

79

dans l'air. Jamais, chez ses vrais parents, il n'avait été confronté à une telle sauvagerie. Là-bas (chez lui) le parc était soigneusement tondu, les haies taillées au cordeau, à la française. Ici, au contraire, régnait le chaos absolu. Partout, les brindilles ployaient sous le poids des baies presque noires. Il voulut en cueillir quelques-unes et se piqua en dix endroits. C'était moins facile qu'il ne l'avait pensé. Des réseaux d'épines minuscules, urticantes, interdisaient l'accès aux mûres. Il fallait faire preuve d'une réelle dextérité manuelle pour éviter ces désagréments... ou bien porter des gants. Suçant ses doigts qui se couvraient déjà de cloques, il poursuivit son chemin. Il avait décidé de jouer le jeu, d'étudier le terrain afin de préparer son évasion. Antonia lui manquait mais il comprenait la nécessité de l'épreuve qu'on lui imposait. Le monde du dehors était déroutant, en assimiler les règles demandait une grande faculté d'adaptation. Robin était surtout frappé par le fait que des individus aussi peu intelligents puissent jouir d'autant de pouvoirs. Un monde gouverné par des fous et des idiots... Shakespeare ne s'était pas trompé.

Bien qu'il ne voulût pas se l'avouer, le labyrinthe l'oppressait. Les insectes le harcelaient : taons, guêpes, abeilles. Ces minuscules créatures volantes s'opposaient à son intrusion. Elles ne cessaient de le percuter ; il commençait à avoir peur d'être piqué. Les démangeaisons, sur ses mains, se faisaient intolérables. Les allées sinuaient, se subdivisaient, se resserrant parfois. La broussaille montait très haut au-dessus de sa tête. « Je suis en train de me perdre », se dit-il, hésitant à faire demi-tour. D'après ce qu'il avait pu voir, les buissons couvraient plusieurs hectares, il commettait peut-être une erreur en s'obstinant à aller de l'avant ?

Puis il entendit des rires étouffés ; les enfants de Judith Pookhey s'amusaient à ses dépens. Il en conçut une vive irritation. Soudain, les gosses furent là, surgissant au détour d'un nouveau couloir végétal, lui barrant le chemin. Deux garçons, une fille, alignés par ordre de grandeur. Très sales, habillés de hardes, les mains couvertes de croûtes, de cloques. Ils étaient blonds... et lui ressemblaient. Ce dernier détail impressionna Robbie. Le plus grand (Bonny ?) était une version vulgaire et crasseuse de l'image qu'offrait Robin deux ans plus tôt. Même nez, même bouche, même yeux d'un bleu délavé. « Des yeux de chien de traîneau », avait coutume de dire Antonia en plaisantant.

« Des figurants, des doublures, songea l'enfant. On les a sélectionnés en raison de la ressemblance. Je ne dois pas me laisser duper par de fausses évidences. »

De telles pratiques étaient courantes dans l'Antiquité. Les pharaons, les empereurs, utilisaient fréquemment des doublures pour se protéger de leurs ennemis. Il ne l'ignorait pas.

« Alors c'est toi, Robin ? grommela le plus grand des deux garçons. M'man nous a prévenu de ton arrivée. Faut que les choses soient bien nettes dès le départ, sinon on ne sera pas copains. En t'en allant t'as perdu tous tes droits. T'es plus l'aîné, même si, en vrai, t'es le plus vieux. *Ça compte pas.* C'est moi l'aîné maintenant, et tu devras m'obéir. T'as perdu ta place. Tu repars à zéro, mon gars. Pigé ? »

Il avait un regard dur, une bouche mauvaise. Ses mains, toutes couturées de cicatrices n'étaient plus celles d'un enfant.

« T'es un petit, renchérit le second des garçons (Ponzo ? Bonzo ?) T'es plus petit que Dorana. T'es moins important qu'une fille, faut te mettre ça dans la tête. Tu devras obéir à la gamine. Si elle te dit de faire quelque chose pour elle, tu devras filer doux. Et d'abord on te rendra pas tes jouets, faut pas y compter. D'ailleurs on les a presque tous cassés.

— Faudra faire tes preuves, grommela Bonny. T'as des mains de fille, ça se voit tout suite. T'as des manières de prétentieux, on te dressera. Et si c'est pas nous, c'est Jedediah qui s'en chargera, alors, à tout prendre, t'as intérêt à nous écouter. »

Ils continuèrent sur ce ton pendant trois minutes, débitant un discours qu'ils avaient de toute évidence répété. Robin n'ouvrit pas la bouche ; une sourde inquiétude avait succédé à la surprise. Il se dégageait de ces gamins incultes une énergie mauvaise à laquelle il n'avait pas été habitué. À huit ans, Bonny semblait plus âgé, plein d'une expérience de la vie que Robin ne possédait pas.

« C'est lui qui est mort avant qu'on soit né ? demanda tout à coup la petite fille.

— Il était pas mort, grogna Ponzo. On l'avait kidnappé, mais comme on avait pas assez d'argent pour payer la rançon, on ne nous l'a jamais rendu.

— Alors il est peut-être mort, s'entêta la fillette. Quand on ne paye pas la rançon, les kidnappeurs tuent toujours les enfants. Si ça se trouve, c'est un fantôme. »

Elle se détacha du groupe pour s'avancer vers Robin, les sourcils froncés, l'air soupçonneux. Elle avait un joli visage sous une broussaille de cheveux sales mais la morve lui barbouillait la bouche, le menton. Elle tendit l'index pour toucher le bras de Robin.

« Les morts ont la peau froide, bredouilla-t-elle. Ils enlèvent le goût des aliments dès qu'ils y touchent. Ils font tourner la crème des gâteaux et les pommes de terre deviennent noires s'ils s'assoient à la table des vivants. C'est connu.

— Laisse, ordonna Bonny, il est pas mort. Faut pas le toucher, il est pas sain, Grand-Père l'a dit. (et cherchant le regard de Robin, il ajouta :) faudra te tenir à ta place, *t'es plus rien ici*. Tu seras notre chien, notre bon toutou, notre négro. T'as pigé ? Si je dis "marche à quatre pattes" tu répondras : ouah ! ouah ! et tu remueras la queue ! »

À cette dernière saillie, les gosses éclatèrent de rire. Sans s'être concertés, ils entamèrent une ronde de triomphe autour du nouveau venu, soulevant un nuage de poussière sèche au sein duquel ils gesticulaient tels des farfadets.

« Le chien ! s'étouffait Dorana, Ouah ! Ouah ! et il fera pipi en levant la patte !

— Et on lui mettra une laisse, et on lui donnera le bâton ! continua Ponzo.

Bonny leva la main pour réclamer le silence.

— T'as pas dix ans, répéta-t-il en plissant le front sous l'effet de l'effort mental. T'es... *rétrogradé*, ouais, c'est le mot. T'es moins qu'une fille. T'as perdu tes droits.

— C'est un bébé ! gargouilla Dorana. Si je veux lui donner le biberon j'aurai le droit !

— Ouais, approuva Ponzo, et si on lui dit de faire caca dans un pot de chambre, comme les bébés, il devra obéir.

— T'as entendu ? gronda Bonny. Ce sera la loi entre nous. Les adultes n'auront pas à le savoir. Ça les regarde pas. Tu seras le poupon de Dorana. Plus tard, on verra si on te donne le droit de grandir un peu, mais de toute manière tu seras jamais plus grand que moi. Jamais. »

En manière d'intronisation, ils lui expédièrent des bourrades avec l'intention non dissimulée de lui faire mal, puis lui ordonnèrent de porter les seaux remplis de mûres posés au pied des buissons. Le poids des récipients surprit Robin. Très vite, les anses de métal lui scièrent les doigts. Les gamins avaient repris la cueillette et l'accablaient de lazzi. Tantôt ils le sifflaient comme un chien, tantôt ils l'appelaient « négro ». À plusieurs reprises, Dorana lui botta les fesses. Elle semblait prendre à cet exercice un plaisir extrême.

Robin s'efforça de rester calme. Il devait triompher des humiliations, se dominer. Antonia et Andrewjz lui imposaient cette épreuve pour développer chez leur fils des qualités de stratège, lui enseigner la nécessité de la ruse, les vertus de l'attente.

Bonny, Ponzo et Dorana travaillaient dur, c'était indéniable. Leurs mains fouillaient les buissons avec une dextérité époustouflante. Malgré cela, il n'était pas rare que les ronces impriment une traînée sanglante sur leur peau. Ils n'y prêtaient même plus attention. Robin sentit poindre en lui une certaine admiration pour ce savoir faire. Les gosses s'appliquaient à ignorer sa présence.

Quand les seaux furent pleins, Bonny déclara qu'il était temps de rentrer à la ferme.

« Ici, t'as intérêt à filer droit, expliqua-t-il à Robin tandis que le petit groupe marchait vers la sortie du labyrinthe. Le vieux Jed', il ne rigole pas. Si tu fais une connerie, il te forcera à te punir toi-même en te flagellant avec un bouquet de ronces. On est tous passés par là, mais toi ça te fera drôle. Faut pas t'attendre à un régime de faveur. J'ai l'impression que Jedediah ne t'a pas trop à la bonne, rapport aux cochonneries auxquelles t'as été mêlé, et tout ça. »

À quoi Bonny faisait-il allusion ? se demanda Robin. La syntaxe approximative de l'enfant lui hérissait le poil et il devait se retenir de la corriger à voix haute.

Une fois les fruits entreposés à l'abri des mouches, ils franchirent le seuil du bâtiment central. Tout était délabré et de mauvais goût. Les planchers grinçaient de manière épouvantable. Pour meubler le silence gênant qui s'installait, Robin essaya d'expliquer que les *shoguns* du Japon féodal avaient coutume d'installer dans leurs châteaux des planchers grinçants de manière à détecter l'approche d'un éventuel assassin dans le silence de la nuit. C'était là, croyait-il, une anecdote intéressante, mais personne ne l'écouta et sa voix se perdit dans les échos d'une obscure querelle opposant Ponzo à Dorana.

« Boucle-la ! lui souffla Bonny en lui expédiant un coup de coude. On se contrefout de tes histoires. Tu parles mal, t'emploie des mots que personne ne comprend. Et puis les bouffeurs de riz ou les Nègres, ici on n'en a rien à battre. »

Judith les sépara.

« Robin, murmura-t-elle d'un air gêné. Je ne sais pas ce qu'on t'a enseigné, mais ici, les gosses n'essayent pas d'en remontrer aux adultes, tu comprends ? Aujourd'hui ce n'est pas grave parce que ton grand-père n'est pas avec nous, mais je ne crois pas qu'il apprécierait beaucoup le petit discours que tu viens de nous tenir pour jouer les intéressants. Perds l'habitude d'employer des mots étrangers ou de parler de choses qui se passent dans d'autres pays. Cela agace Jedediah. Il pense déjà que j'ai eu tort d'apprendre à lire à tes frères.

— Pour ça il a raison, grogna Bonny, on s'en serait bien passé. Chez les Mennonites, y'a pas d'écoles et on ne force pas les gosses à savoir lire. C'est même un péché, surtout pour les filles. »

La gorge nouée, Robin acquiesça d'un signe de tête. Quelque chose tournoyait dans sa poitrine, qui ressemblait furieusement à de la panique. Judith Pookhey posa sa grosse main râpeuse sur la sienne.

« Ne t'en fais pas, soupira-t-elle. Ça viendra peu à peu. Tu apprendras les règles. L'important c'est de te débarrasser de tout le fatras inutile qu'on t'a mis dans la tête. Le travail t'y aidera. Quand tu auras davantage de muscles que de cervelle tu te sentiras beaucoup mieux. »

Le repas se déroula dans le silence. Ni Judith ni Robin n'avaient grand faim. Les gosses se chamaillaient en chuchotant. Ils usaient d'un métalangage dont Robbie ne saisissait pas les subtilités.

La nourriture était sans finesse mais abondante, Bonny et Ponzo exigèrent d'être resservis. Au bout de la table, une place restait vide bien que le couvert fût mis. Robin supposa que c'était celle de Jedediah. Le repas terminé, Judith ordonna aux enfants de monter se coucher sans attendre. Sa nervosité n'avait cessé de croître au cours du dîner. Robin l'avait vue sursauter au moindre bruit, et jeter des coups d'œil inquiets à la porte d'entrée.

Bonny prit la direction des opérations et grimpa à l'étage. Chacun avait sa chambre, mais il n'y avait pas de salle de bains. Un seau émaillé, posé au pied du lit, tenait lieu de pissoir. Il fallait le vider le matin. Les pièces avaient un aspect vétuste qui effraya Robin. Les plafonds étaient bombés, le plâtre des murs s'écaillait. On ne dormait pas en pyjama, mais en chemise de nuit de grosse toile, les matelas s'avérèrent affreusement durs, quant à l'éclairage, il se résumait à une pauvre ampoule de 25 watts suspendue au-dessus de la porte.

« Pas de serrure, pas de loquet, commenta Bonny. Le grand-père n'en veut pas. Les gosses n'y ont pas droit. La nuit, il vient faire sa ronde. Il entre sur la pointe des pieds pour vérifier qu'on ne se touche pas. T'as intérêt à dormir avec les bras sur la couverture, mec, si tu vois ce que je veux dire ? »

La chambre de Robin se trouvait au fond du couloir, cellule austère à laquelle un moine n'aurait rien trouvé à reprocher.

« Maintenant, il faut dormir, grommela Bonny. Demain, lever à l'aurore pour la cueillette. C'est mieux le matin, y'a moins de mouches. Si tu vois le grand-père, ne le regarde pas dans les yeux et ne lui adresse pas la parole. Reste en retrait, comme si t'étais un domestique nègre. Tu te mettras à exister le jour où il le décidera, jusque-là tu ne seras rien qu'une espèce de fantôme. S'il te pisse dessus, tu n'auras même pas le droit de protester. Tu devras rester aussi raide qu'un arbre et attendre sagement qu'il se secoue la dernière goutte.

— Il ferait ce genre de choses ? s'étonna Robin.

— Il est capable de n'importe quoi, murmura Bonny soudain moins assuré. Il a tous les droits ici. Il a tué notre père parce qu'il s'était montré arrogant, ne l'oublie jamais. »

Robin se raidit.

« Tu prétends qu'il a assassiné *votre* père ? répéta-t-il, incrédule. C'est une plaisanterie.

— Notre père c'était aussi le tien, pauvre pomme ! siffla l'enfant. Faut pas parler de ça, mais c'est vrai. Tout le monde le sait dans le pays. Jedediah a le droit de vie et de mort sur tout ce qui bouge à l'intérieur de la propriété. Alors fais gaffe à ne pas prendre ton petit air supérieur avec lui. Tu t'en repentirais. »

Il quitta la chambre sur ce dernier avertissement, abandonnant Robin à son malaise.

8

Après avoir écouté décroître le pas des enfants à l'étage supérieur, Judith fit rapidement la vaisselle. Ses mains tremblaient, et elle faillit laisser échapper une assiette, ce qui ne lui était arrivé qu'une fois par le passé, le jour de la mort de Brooks. Elle avait le sentiment que Jedediah jouait avec elle. Elle le sentait, rôdant à l'extérieur comme un coyote qui guette le chat de la maison pour lui faire un mauvais parti. Pendant le repas, il s'était approché des fenêtres afin de les espionner à travers les fentes des volets. Toute la soirée le regard du vieux avait pesé sur sa nuque, et elle avait détesté cela. Elle aurait donné n'importe quoi pour allumer une cigarette, comme du temps de son mariage.

« De toute manière tu ne t'es mariée que pour avoir le droit de fumer ! » lui souffla une méchante petite voix au fond de sa tête.

Elle se fit une tasse de café, s'assit au bout de la table en dépit de la fatigue qui sciait ses épaules. Elle n'avait pas l'habitude de conduire aussi longtemps et le trajet avait été interminable, surtout la dernière heure, quand le silence s'était installé dans le véhicule. En voyant revenir les gosses de la cueillette, elle avait éprouvé un bref soulagement. Robbie s'était proposé pour tenir les seaux, c'était bien, il déployait des efforts pour se faire accepter. Mais ensuite il avait tout gâché avec cette invraisemblable tirade sur les rois japonais, ou quelque chose d'approchant... comment un gosse de cet âge pouvait-il connaître l'existence de telles choses, et avoir le front de jeter ce savoir inutile, outrecuidant, au visage des adultes, telle une insulte, pour les humilier ? Jedediah ne le supporterait pas, c'était couru d'avance.

Elle aurait voulu ne penser qu'aux confitures, à l'itinéraire du lendemain, à la liste des *general stores* à visiter. Elle aimait ces tournées, elles lui fournissaient un prétexte inattaquable pour s'échapper de la maison. Une fois sur la route, au volant du pick-up, les cartons remplis de gelée de mûres calés à l'arrière, elle éprouvait une certaine forme d'euphorie. Elle aurait voulu rouler ainsi jusqu'au bout du monde.

La porte de la véranda grinça soudain. Jedediah Pookhey entra dans la salle commune. Grand, décharné, la viande aspirée de l'intérieur, il aurait pu, une fois vêtu de noir, donner l'image du prédicateur archétypal, telle qu'elle est véhiculée par les films glorifiant la conquête de l'Ouest, toutefois il avait toujours refusé de sacrifier à ce folklore. La plupart du temps il allait et venait habillé d'une salopette de mécanicien, ce que dans la *Navy* on surnomme un *poopy suit.* Ce bleu de chauffe restait en toute saison d'une propreté irréprochable, amidonnée, qui lui conférait la texture cassante du carton d'emballage. Jedediah flottait dans cette enveloppe, saint au bord de la consomption dont le regard délavé avait aujourd'hui presque la même couleur que l'étoffe de la salopette rongée par les lessives. Une casquette à longue visière couvrait son crâne chauve. Il avait soixante cinq ans mais on lui en donnait quatre-vingts tant les macérations, les jeûnes, avaient raviné son corps. Quand la Compagnie des chemins de fer l'avait congédié, il avait commencé à maigrir de façon alarmante, et tout le monde au village avait pensé qu'un mal définitif le rongeait. Il n'en était rien, Jedediah Pookhey avait simplement cessé de s'alimenter, ne s'autorisant qu'un quignon de pain et un bol de lait par repas. Les gamins du pays le surnommaient Jack O'Lantern, à cause de sa ressemblance avec le célèbre squelette d'Halloween qui erre à travers la campagne en brandissant une lampe tempête.

Judith se leva à son entrée. Si elle était demeurée assise, il l'aurait giflée. Qu'elle ait trente trois ans ne changeait rien à l'affaire, pour lui, elle serait toujours une petite fille. À plusieurs reprises il n'avait pas hésité à la corriger devant Bonny et Ponzo, parce qu'elle avait laissé brûler une bassine de confiture. Elle ne s'était pas défendue. Brooks disparu, il était redevenu le maître absolu. Elle n'avait jamais cru en l'égalité de l'homme et de la femme. Tant que la nature ne rendrait pas les femelles capables d'affronter les mâles à mains nues, *et de les vaincre*, elle ne perdrait pas une seconde à essayer d'y penser. C'était des histoires de citadines, de filles des villes qui n'ont jamais côtoyé de vrais hommes. À la campagne les choses ne se passaient pas à l'amiable, chacun s'en tenait aux rôles distribués par Dieu. Un jour, Jedediah lui avait dit : « Tu ne trouverais pas grotesque et répugnant qu'un homme essaye d'accoucher à la place d'une femme ? Si, bien sûr. Alors dis-toi bien que lorsqu'une fille essaye de jouer au mâle, elle se rend tout aussi grotesque et répugnante. »

Le vieillard s'assit au bout de la table. Judith s'empressa de lui verser un verre de lait. La plupart du temps il n'y touchait pas, mais il exigeait d'avoir devant lui un gobelet plein. Si elle n'avait pas observé ce rite, il l'aurait puni. Quand il était en colère, il renversait sa fille sur la table et lui troussait la jupe sur le ventre pour mieux lui cingler les cuisses à coups de ceinture. Il ne frappait jamais plus bas, sur les mollets par exemple, les marques auraient pu se voir. Judith savait qu'elle devait endurer la correction sans gémir car son père ne supportait pas les pleurnicheries. D'ailleurs, il ne s'épargnait pas lui-même, et on pouvait le voir dans la cour, torse nu, se flagellant à l'aide d'un balai de ronces.

« Il est là ? interrogea sèchement le vieil homme. Tu l'as ramené malgré tout ce que je t'avais dit ?

— Père, soupira Judith, je n'avais pas le choix. Ce n'est pas un petit chien qu'on peut abandonner sur la route.

— Que tu dis ! ricana Jedediah. Le chemin est long depuis la ville. Tu aurais pu le perdre dans un magasin, un centre commercial. L'envoyer chercher des bonbons et redémarrer sans l'attendre. Moi, c'est comme ça que j'aurais procédé.

— Il y a la police. On ne peut pas faire ce genre de chose.

— Tu l'as ramené. C'est comme si tu posais une pomme pourrie dans un panier de fruits sains. C'est un étranger, tu ne l'as pas élevé. Tu sais très bien d'où il sort. Il a une mauvaise *aura*, je l'ai observé cet après-midi. Si tu le laisses au contact des enfants, il les pervertira. La nuit il se glissera dans leur lit pour leur imposer ses attouchements. On l'a dressé à ça, maintenant il en a besoin. C'est ce que tu veux ? »

Judith se détourna, les joues brûlantes. Elle détestait quand Jedediah se mettait à évoquer les choses du sexe.

« Allons ! insista le vieil homme, ce n'est plus un gosse. D'ailleurs ça se repère à ses yeux. Des yeux qui ont en trop vu. Il est souillé, irrémédiablement. Il faut l'isoler, le séparer des éléments sains de la famille.

— L'isoler ? balbutia Judith.

— Oui, on ne peut pas le laisser fréquenter ses frères, et encore moins sa sœur. Il les contaminerait. Ce serait comme un animal malade lâché dans un enclos rempli de bêtes en bonne santé. J'interdis qu'il travaille à la cueillette. Je veux pouvoir l'observer, me charger de lui. Je verrais s'il est possible de le purifier. Je construirai un enclos et je l'y installerai. Il n'aura aucun contact avec le reste de la famille. Pas plus avec les gosses qu'avec toi, tu es trop faible. Les femmes ne savent pas résister aux malices du démon. On le mettra en quarantaine, oui. C'est une bonne idée. Au bout de quarante jours je prendrai une décision. »

« Comme pour Brooks... » songea fugitivement Judith, mais elle se dépêcha de faire taire cette voix. Jedediah aimait les quarantaines. Quarante jours (Robin) ; trois fois quarante mois (Brooks) ; quarante ans (Judith ?).

Elle frissonna, il ne fallait pas penser à ça, c'était impie. Elle s'aperçut qu'elle tremblait et joignit les mains sur son ventre pour dissimuler ses doigts. Quand il travaillait encore pour la Compagnie des chemins de fer, Jedediah avait souvent dû isoler des wagons remplis de bestiaux contaminés. Judith se rappelait encore les bêlements des moutons parqués en plein soleil, au bout d'une voie de garage, l'odeur fécale qui montait de la voiture dont personne ne s'approchait plus.

« Je lui construirai une cabane au milieu de l'enclos, reprit le vieux d'une voix rêveuse. Je l'emmènerai avec moi à la station, pour l'entretien. J'aurai vite fait de voir ce qu'il vaut. Il ne me trompera pas, moi. Je ne me laisserai pas attendrir par ses pleurnicheries. »

Ses grandes mains osseuses s'agitèrent sur la table, comme si elles pétrissaient une glaise durcie par l'hiver. Il eut cette petite toux qui lui tenait lieu de rire et dit : « Je t'avais prévenue, tes enfants sont trop beaux. Celui-là on te l'a volé parce qu'il éveillait la concupiscence chez ceux qui le regardait. On en a fait une putain, un jouet obscène. Des sodomites se sont servi de lui comme d'une femme, jamais on ne pourra effacer cette tache de son âme. Il est perdu. Et il risque d'arriver la même chose aux autres... Bonny, Ponzo, Dorana. La beauté c'est une malédiction. Je te l'ai dit la première fois que tu as ramené Brooks à la maison. Tes enfants, il faudrait les marquer au visage pour les préserver de ce fléau, pour les débarrasser de ce fardeau. Si nous n'étions pas aussi lâches, toi et moi, nous les brûlerions au fer rouge, sur les joues et le front, pour leur rendre service. De vrais croyants le feraient... La beauté, c'est le diable qui appelle en PCV, et l'on est chaque fois assez bête pour dire oui à la standardiste qui vous demande si vous acceptez la communication. »

Judith aurait voulu qu'il se taise, qu'il s'en aille. Elle ne parvenait jamais à déterminer s'il jouait à lui faire peur ou s'il envisageait réellement de passer à l'acte. Elle eut la vision du fer rouge, qui servait jadis à marquer les moutons, s'écrasant sur le front de ses enfants. Elle étouffa un gémissement.

*

Cette nuit-là Robin fit un rêve étrange. Il était étendu dans une boîte fermée (peut-être un sarcophage ?) et quelqu'un, se penchant sur le couvercle, criait d'une voix enjouée : « Les poissons d'argent ouvrent à peine les yeux, vous êtes bien matinal aujourd'hui... »

Ça n'avait aucun sens, mais il se réveilla en sursaut. Il eut l'impression qu'une longue silhouette se glissait furtivement hors de la chambre. Une silhouette qui, jusque-là, s'était tenue au pied du lit, pour le regarder dormir.

9

Judith se réveilla à l'aube. Elle avait mal dormi ; des rêves absurdes l'avaient harcelée toute la nuit. Son premier réflexe fut de vérifier que ses bras reposaient bien sur la couverture. Chaque matin, depuis son enfance, elle procédait à cette vérification avec un pincement de cœur, tremblant de se découvrir en infraction car elle savait que Jedediah ne l'épargnait pas au cours de ses rondes nocturnes. Une veuve encore jeune n'est-elle pas sujette aux échauffements de la chair ? Et il était vrai que Brooks lui manquait, moralement, mais aussi physiquement. C'était assez paradoxal, car, lorsque son mari était encore en vie, elle n'avait connu dans ses bras qu'un plaisir parcimonieux.

« C'est parce que tu ne te laisses pas aller, sifflait Brooks d'une voix aigre. Tu t'imagines toujours que Jedediah est là, derrière la porte, à nous écouter. C'est ça, hein ? »

Oui, c'était ça... à cette différence près qu'elle n'imaginait pas. Elle savait que Jed' était bel et bien là, embusqué, l'oreille collée au battant ou à la cloison. Cette crainte lui avait gâchée la plupart des étreintes de sa vie de femme mariée. Elle n'avait véritablement joui qu'à deux ou trois reprises, au sein du labyrinthe des mûriers où Brooks avait pris soin de les perdre. Elle en rêvait parfois, avec une nostalgie mêlée de honte. Jedediah, lui, proclamait : « Les femmes honnêtes n'ont pas de plaisir. »

Elle se leva, versa de l'eau dans la cuvette de porcelaine et entreprit de se laver sans ôter sa chemise de nuit, à la manière des nonnes, comme le voulait son père. Le vieux était déjà debout. Il affirmait dormir trois heures par nuit, pas davantage. Elle l'avait souvent entendu raconter que cette tendance à l'insomnie lui avait valu d'être sélectionné par la compagnie des chemins de fer au milieu d'une centaine de postulants. « Je pouvais rester debout dans ma guérite d'aiguillage sans fermer l'œil une nuit durant, ricanait-il, il n'y en a pas beaucoup qui pouvaient en dire autant. »

Judith s'approcha de la fenêtre en rasant le mur. Le vieillard cassait du bois dans la cour, torse nu. Ses côtes saillaient de manière affreuse. « Il taille des piquets pour construire l'enclos, songea-t-elle. Il aura fini avant midi. »

Pour un peu elle aurait supplié Robin de prendre la fuite, de tenter sa chance sur les routes, et surtout de ne jamais remettre les pieds ici. Elle pensa à Brooks, encore une fois... à l'accident de tracteur. La version officielle avançait que son mari avait garé la machine au bord d'un fossé pour dégager une souche, mais qu'il avait mal serré le frein à main. Le vieux *John Deere* acheté d'occasion, s'était alors mis à reculer jusqu'à ce que ses roues arrière patinent dans le vide. Pour finir, il avait basculé dans le fossé, broyant son conducteur sous une tonne de ferraille rouillée.

Ça, c'était ce qui figurait dans le rapport du shérif... mais il y avait une autre version. Une version dans laquelle Jedediah desserrait les freins en catimini et faisait sciemment reculer l'engin pour qu'il s'écrase sur la tête de son gendre. Des racontars ? Des médisances ? On n'avait jamais rien pu prouver. Tout le monde le savait, Brooks et Jedediah se détestaient depuis dix ans, il était donc aisé de bâtir des fables. Judith, elle, avait vécu cette mésentente au jour le jour, comme une maladie rampante. Brooks était insolent, disait Jed'. Brooks ne respectait pas les anciens, Brooks n'avait pas de religion. Il était gourmand, buveur, obsédé par la fornication. Brooks voulait gagner de l'argent, raser les mûriers pour se lancer dans l'élevage de porcs, utiliser des engrais chimiques, des machines électriques. Par-dessus tout, il avait commis l'erreur d'acheter une télévision. Cet acte l'avait déconsidéré à jamais dans l'esprit de Jedediah Pookhey.

(La télévision, le vieux l'avait brisée le lendemain de l'enterrement...)

Judith s'adossa au mur en frissonnant. Aujourd'hui ces souvenirs lui semblaient incroyablement lointains, et même le visage de Brooks se brouillait dans sa mémoire. Par-dessus tout, elle ne parvenait plus à se rappeler sa voix. C'était étrange et dérangeant. En quelques années, des souvenirs qu'elle pensait gravés à jamais dans les replis de son cerveau s'étaient effacés. Une image la hantait, celle d'un disque 78 tours des premiers âges du phonographe. Une étiquette portant la mention *Brooks* en marquait le centre, mais lorsqu'elle posait la tête de lecture à sa surface, aucune musique n'en sortait. Pas de notes, non, rien qu'un grattouillis de cire réduite en minces copeaux par la morsure de l'aiguille.

Avait-elle réellement aimé Brooks ? Elle n'en savait rien. Peut-être s'était-elle seulement mariée pour disposer d'un bouclier, d'un rempart contre Jedediah. La plupart des filles n'agissaient-elles pas de même ? N'était-ce pas ainsi qu'allait le monde ? « Tu t'es trouvé un beau reproducteur ! avait ricané Lucy Gulafson lors de l'annonce officielle des fiançailles. Une vraie bête de concours. T'auras intérêt à le tenir à l'attache... ou à le mettre sur les genoux si tu ne veux pas qu'il aille courir la génisse. »

Il y avait beaucoup d'envie sous la plaisanterie, un rire qui virait jaune, et une méchanceté de fille flouée. C'est vrai qu'elle avait fait bien des envieuses en s'octroyant le beau Brooks Delano. Plus tard, après l'épisode du tracteur, la même Lucy Gulafson lui avait murmuré, en guise de consolation : « C'était pas un ange. Il t'a épousé parce qu'il lorgnait sur tes terres. Il était persuadé que ton père allait passer l'arme à gauche de façon imminente et qu'il pourrait ensuite remodeler l'exploitation à sa guise. Il n'en faisait pas mystère, fallait l'entendre exposer ses projets au saloon, les soirs où il se saoulait à la *Miller*. Il a mal calculé son coup, on dirait. »

Judith saisit une brosse et se démêla les cheveux en une demi douzaine de coups rapides. Avait-elle réellement été dupe de l'attraction qu'elle exerçait sur Brooks ? Non. Elle se savait mignonne, mais pas assez pour attirer un tel spécimen. Au village, il y avait deux ou trois beautés qui la valaient largement (Lucy Gulafson en faisait partie). Pendant le round d'observation de la période du flirt, elle n'avait pas su se montrer assez « chaude », pas assez en tout cas pour persuader un coq de village de se passer la corde au cou. Mais cela aussi c'était dans l'ordre des choses. Pourquoi en faire une montagne ? La valeur d'une fille s'estimait également à sa dot ou à ce qu'elle apportait dans la corbeille de mariage : des terres, du bétail... Il fallait être une idiote de citadine pour oser le nier. De toute manière il n'y avait pas d'hommes là-bas. Juste des gandins aspergés d'après-rasage, avec des coupes de cheveux à 200 dollars. Des *dudes*, comme on disait ici. Des types trop polis, aux mains de fille, aux dents trop blanches, et qui n'auraient pas tenu deux journées, une cognée au poing, devant un tas de bois.

Elle s'habilla précipitamment, elle avait hâte de se mettre au travail pour cesser de rêvasser. Elle avait horreur que les pensées se mettent à s'agiter dans son crâne, indépendamment de sa volonté. Parfois elle s'accusait d'être trop intelligente, c'est un handicap pour une femme, ça vous prédispose à la neurasthénie, c'est connu.

*

Après le rêve, Robin ne parvint pas à se rendormir. Comme personne ne venait s'occuper de lui, il se leva et enfila ses vêtements de la veille. Il n'y avait pas d'eau chaude, pas de salle de bains, rien qu'une cuvette et un broc de porcelaine sur une table branlante à dessus de marbre. Bonny, Ponzo et Dorana se tenaient déjà dans le couloir. Robin eut l'intuition qu'ils se préparaient à descendre sur la pointe des pieds, avec la secrète intention de le laisser dormir plus qu'il n'était permis. « Ils espéraient me mettre en faute pour me faire punir » pensa-t-il en se joignant à eux.

« Tu dois marcher le dernier, grogna Bonny, t'es pas le plus grand. T'es le poupon de Dorana. Le chef c'est moi. »

Robbie ne protesta pas, il n'avait aucune intention de perdre son temps à de tels enfantillages. Dans la salle commune, Judith achevait de préparer le déjeuner. On prit le temps de dire une prière, puis elle servit à chacun une nourriture épaisse, sans lésiner cependant sur la quantité. Personne ne parlait. Robin se fit la réflexion que les gens du commun semblaient n'avoir jamais rien à se dire. S'ils communiquaient, c'était pour se donner des ordres ou s'adresser des remontrances. Jamais personne n'évoquait ses pensées du moment, ses sentiments. En outre, il paraissait établi que les enfants ne parlaient pas aux adultes, cela ne se faisait pas. Il existait entre ces deux espèces une sorte de mur invisible empêchant tout échange. C'était étrange, et Robin se remémora avec plus de mélancolie encore les interminables bavardages du matin dans lesquels avait coutume de l'entraîner Antonia.

Le déjeuner terminé, les enfants s'empressèrent de courir à la grange chercher les seaux destinés au transport des mûres. Robin s'en vit attribuer deux, alors que Bonny, Ponzo et Dorana n'en prenait qu'un chacun. La brume matinale emplissait les travées du labyrinthe d'une fumée blanche à l'odeur de champignon.

« On va t'apprendre le métier, fit Bonny. D'abord faut faire gaffe aux guêpes, peut y avoir des nids dans les buissons. Si tu les déranges, elles te recouvrent et te piquent à mort. C'est des guêpes mexicaines, de vraies saloperies. Y'a aussi les serpents. Faut taper des pieds sur le sol en marchant, ils sont sourds, mais les vibrations leur entrent dans le ventre. Ça leur fait peur et ils fichent le camp. Voilà, tu sais tout. À partir de maintenant tu la fermes, on veut pas t'entendre parler.

— Oui, renchérit Dorana, d'abord il est trop petit, c'est un bébé, il peut pas encore savoir.

— Vrai de vrai ! approuva Ponzo. À son âge, il connaît juste que des mots de bébé : pipi, caca... »

Ils éclatèrent de rire, séduits par cette idée et décidèrent que Robin apprendrait chaque jour un mot nouveau. S'il voulait parler, il aurait le droit d'utiliser le vocabulaire élémentaire qu'on lui délivrerait avec avarice, mais pas davantage.

« Pourquoi voulez-vous m'empêcher de parler ? s'insurgea-t-il. La parole vous fait peur ?

— C'est pour ton bien, crétin ! répliqua Bonny. Tu devrais pourtant savoir qu'on ne dispose que d'un certain nombre d'exemplaire de chaque mot, dans notre tête. C'est comme une boutique, si tu préfères, avec des étagères. Y'a dix mille exemplaires du mot *maison*, empilé dans un coin. Cinq mille du mot *cheminée*, et ainsi de suite... Chaque fois que tu emploies l'un de ces mots, c'est un exemplaire qui disparaît, et qui ne sera pas remplacé, tu piges ? Quand t'as usé tous les exemplaires, tu ne peux plus utiliser ce mot. Même si t'essayes, il ne te vient plus sur la langue. C'est pour ça que les vieux ont du mal à parler, ils ont usé tous les mots qui étaient à leur disposition. Le truc, c'est de ne pas gâcher ses réserves en parlant trop. Sinon on devient muet. Surtout que les mots sont pas stockés en quantités égales. Y'a des mots rares, qu'il faut pas trop prononcer parce qu'il n'y en a qu'une douzaine tout au plus sur l'étagère de la boutique.

— Oui, fit rêveusement Dorana. Les mots d'amour par exemple.

— Et les trucs de sexe », chuchota Ponzo d'un ton docte.

Robin se retint de sourire. La poésie involontaire de ce système le séduisait. Il se demanda si les enfants y croyaient réellement. Était-ce là une ruse de leur grand-père pour les obliger au silence ?

« C'est la même chose pour les rires, pontifia Ponzo. On ne dispose que d'un certain nombre d'éclats de rire. Quand on les a tous utilisés, on devient triste, pour toujours.

— C'est pour ça qu'il ne faut pas se marrer à tout bout de champ, approuva Dorana.

— Ouais, résuma Bonny, faut économiser pour plus tard.

Sinon tu te retrouves muet et triste parce que t'as tout dilapidé quand t'étais petit. »

La cueillette commença, et pendant une heure les gosses se contentèrent de fredonner des chansons de leur invention. Des psaumes principalement, dont ils n'avaient pas bien saisi les paroles, et qu'ils arrangeaient à leur manière, les transformant en des comptines cocasses. Robin avait les mains en feu car il ne cessait de se piquer aux ronces. Il enrageait de se découvrir malhabile dans une activité où excellaient les trois demeurés qui se prétendaient ses frères et sœur. Au sein du labyrinthe on se sentait coupé du monde, seul le ciel restait encore visible. La ferme n'existait plus. Il aurait fallu grimper sur une échelle pour avoir une chance de l'apercevoir par-dessus les broussailles. Robin veillait à ne pas se laisser semer par les trois gosses car il redoutait de ne pas être en mesure de retrouver son chemin. Les hasards des travées les amenèrent brusquement devant une espèce d'entonnoir naturel encombré de souches. L'excavation formait un cratère au centre de la propriété, un tracteur achevait d'y rouiller. L'engin avait de toute évidence dévalé la pente pour se renverser au fond du trou.

« C'est ici que Jedediah a tué notre père, souffla Bonny. Le vieux lui a balancé le *John Deere* sur le coin de la figure. Tout est resté comme à l'époque. Le grand-père n'a pas voulu sortir la machine du trou. Il disait qu'on n'avait pas besoin de ça pour cueillir les mûres. »

Les enfants s'avancèrent au bord du cratère, les orteils frôlant le vide. On distinguait sans peine le chemin d'avalanche creusé par le tracteur au moment où il avait basculé. Si un homme s'était effectivement trouvé là, il avait sans nul doute été broyé par la masse métallique.

« C'est notre cimetière à nous, ajouta Bonny. Quand on passe ici, on dit une prière. Quand tu sauras assez de mots, toi le bébé, tu feras pareil. »

Ils hochèrent tous la tête, et joignirent les mains à la hauteur du nombril.

« Vous n'en voulez pas à votre grand-père d'avoir fait ça ? interrogea Robin. Il me semble qu'à votre place je le haïrais. »

Bonny haussa les épaules.

« T'y connais rien, grogna-t-il. T'es un *dude*. Le paternel n'avait qu'à se montrer plus malin. Il a joué, il a perdu. Le vieux Jed' c'est pas un amateur. Il défend son territoire, c'est normal. Je ferai

96

pareil quand je serai grand, et si Ponzo ou toi vous essayez de me chier dans les bottes, j'vous liquiderai vite fait bien fait. Dans une ferme, les accidents c'est courant.

— Ou bien c'est moi qui te ferai la peau, ricana Ponzo. Tu seras peut-être pas le plus rapide, mec !

— Et moi, alors ! protesta Dorana, pourquoi j'aurais pas le droit vous tuer moi aussi ?

— Parce que t'es une fille, se gaussa Bonny. On t'aura vendue depuis longtemps à un gars du voisinage. Ton p'tit cul contre une douzaine de cochons.

— J'veux pas ! trépigna la fillette. Pas contre des cochons. Autre chose, mais pas des cochons ! »

Comme les garçons s'obstinaient à pouffer de rire, elle fondit en larmes.

« Arrêtez vos conneries ! glapit Bonny. On est dans un cimetière ici, on est sur la tombe de notre pauvre papa. Faut prier. »

En proie à la perplexité, Robin se sentait gagné par un sentiment d'irréalité croissant. Était-il la proie d'un quelconque bizutage ou ces enfants étaient-ils aussi demeurés qu'ils s'en donnaient l'air ? Indécis quant à la contenance à adopter, il décida de faire mine de prier avec les autres.

*

Debout devant les fourneaux, Judith écoutait, les yeux mi-clos, le bouillonnement sourd des confitures. De temps à autre, elle écumait la surface des bassines, et, plongeant une longue cuillère de bois dans le magma noir de la pulpe, agitait la chair broyée des fruits en voie de solidification. Les odeurs chaudes lui cuisaient le visage, faisant monter le sang à ses pommettes. Certains après-midi, quand le soleil cognait sur le mur de la cuisine et que l'atmosphère devenait intenable, elle déboutonnait son corsage pour se donner de l'air et passait une éponge humide sur ses seins. L'installation était vétuste, les tuyaux pleins de fuites qu'il fallait colmater. Jedediah, en des temps immémoriaux, avait lui-même installé cette énorme gazinière professionnelle récupéré dans un restaurant de la Nouvelle-Orléans. Bâtie en métal brossé, elle comptait douze feux, trois fours et un chauffe-plats. Il avait fallu six hommes pour la sortir du camion et la transporter dans la cuisine. Des types qui travaillaient aux chemins de fer, à l'entretien des voies, et que Jed' avait recrutés pour l'occasion. Son volume occupait tout un pan de mur. Avec ses boutons nickelés commandant les arrivées de gaz, elle faisait davantage penser à une chaudière de paquebot qu'à une simple cuisinière. Judith éprouvait une certaine fierté à la dominer, car il fallait savoir ruser avec elle, connaître ses défauts, ses caprices, pour parvenir à l'allumer sans faire sauter la maison.

« Maintenant que ta mère est morte, lui avait déclaré Jedediah le jour de l'installation, c'est toi qui va apprendre à t'en servir. Et si tu fais des bêtises, je te mettrai à cuire dans le grand four du milieu. Il n'existe rien de meilleur pour un gourmet qu'un bon morceau de petite fille cuite. »

Il avait prononcé cette menace sur un tel ton que les ouvriers avaient hésité à rire. Judith, aujourd'hui encore, voyait leurs regards alarmés, les coups d'œil échangés en biais. Avec Jed' on ne savait jamais, pas vrai ?

Elle ferma les yeux et s'adossa à la porte de la cuisine. Le vieux ne venait jamais ici, la cuisine c'était le domaine des femmes, un homme n'avait pas à en franchir le seuil ; de même qu'une femme ne devait à aucun prix pénétrer dans un atelier de bricolage et toucher aux outils alignés sur l'établi. Elle s'approcha de la fenêtre. Les enfants travaillaient dans les ronciers, quelque part sur l'étendue de la propriété. Elle se demandait s'ils évitaient le lieu de l'accident, ce cratère où rouillait le tracteur, ou si, avec ce besoin morbide propre aux jeunes garçons, ils faisaient le détour pour justement le contempler.

« Ils étaient trop jeunes quand Brooks est mort, songea-t-elle. Bonny avait trois ans, Ponzo deux, Dorana n'était qu'un bébé à peine sevré. Bonny doit conserver de son père une image floue. Pour les autres ce n'est qu'un nom, une anecdote, pas même un visage sur une photo puisque Jedediah a brûlé jusqu'aux clichés de notre mariage le lendemain de l'enterrement, et qu'il m'a forcée à reprendre mon nom de jeune fille. »

Il ne fallait pas cependant voir dans cet acte une injure à la mémoire de Brooks ; Jedediah avait agi de la même manière lorsque sa femme avait rendu l'âme, des suites d'une mauvaise fièvre soignée à coups de tisanes. À peine la mère de Judith ensevelie, il avait fait un grand tas de toutes ses affaires au milieu de la cour pour y flanquer le feu. Personne n'osa lui demander pourquoi.

Avait-il assassiné Brooks ? Elle ne le saurait jamais, probablement. À moins que Jed ne se confesse sur son lit de mort, mais elle n'y croyait guère. Il n'était pas de ces hommes qui rendent l'âme entre leurs draps. Un coup de sang l'abattrait dans la forêt, le foudroyant en pleine solitude. Aujourd'hui, elle ne savait plus si elle lui en voulait... ou si elle lui en était obscurément reconnaissante.

« Les choses étaient en train de se dégrader avec Brooks, pensa-t-elle. Quelque temps encore, et il aurait commencé à me battre. Je l'exaspérais. Il disait que j'étais lente, molle, sans ambition, que j'avais trop appris à obéir pour avoir envie de quelque chose ou être capable d'initiative. »

Du temps de Brooks, la propriété était perméable... Des inconnus entraient, sortaient. Des types rencontrés dans les bars. Judith les découvrait à deux heures du matin attablé dans la salle commune, buvant de la bière, piochant dans ses terrines. Ils la regardaient par en dessous, comme si leurs yeux pouvaient voir à travers le tissu de sa chemise de nuit. Ils avaient l'air de savoir des choses sur elle, des choses racontées par Brooks. Ils étaient d'une familiarité gênante. Peu à peu, Judith cessa de se sentir chez elle. C'est ainsi que Robin fut kidnappé, à cause de cette *perméabilité* du domaine. À force de tourner Jedediah en ridicule, Brooks avait contribué à affaiblir la crainte qui, jusque-là, tenait les intrus à l'écart. Pour les gens du village, Jed' n'était plus désormais qu'un vieux fou ridicule s'obstinant à régner sur les décombres d'une gare désaffectée. Il ne faisait plus peur à personne.

Alors quelqu'un était venu pour enlever Robin... Peut-être l'un des compagnons de beuverie de Brooks, comment savoir ?

L'accident avait remis les pendules à l'heure. D'un seul coup, la propriété était redevenue un lieu inquiétant où sévissait la justice de Jedediah Pookhey, le bras armé de Dieu. Et c'était bien. Curieusement, depuis la mort de son mari, Judith se sentait de nouveau en sécurité. Personne ne se hasardait plus sur ses terres. Bonny, Ponzo et Dorana ne risquaient rien.

« C'est grâce à Jedediah, songea-t-elle en s'épongeant le visage avec un linge humide. C'était le prix à payer. Il a remis de l'ordre dans le chaos qui s'était installé par ma faute. Je n'aurais jamais dû amener cet homme chez nous. C'est la nature qui m'y a forcée, les instincts. La concupiscence. J'ai été faible. »

JEDEDIAH

BLACK DEVIL EXPRESS

10

Robin observait avec curiosité le vieil homme au torse décharné travaillant dans la cour. Après avoir débité des dizaines de piquets, il construisait à présent une sorte d'enclos sans prendre le temps de respirer. Sa maigreur faisait peine à voir mais elle semblait receler une vigueur inépuisable, et c'est à peine s'il s'arrêtait pour boire une goulée d'eau fraîche au seau posé sur la margelle du puits.

« Faut pas le regarder, siffla Bonny en lui expédiant une bourrade dans les reins. Il a horreur de ça. Viens plutôt nous aider à charger les bocaux, tu dois pas oublier que t'es notre négro. »

La palissade prenait peu à peu tournure. Haute, serrée, elle avait l'allure d'une enceinte, d'un fortin en réduction. Elle rappelait à Robin le château fort fabriqué par Andrewjz dans le parc de la propriété. Les piquets, trop élevés, ne permettraient pas d'apercevoir ce qui se tiendrait à l'intérieur, une fois le périmètre bouclé.

« C'est pour toi, murmura Bonny en pinçant Robin dans le gras du bras. C'est l'espace de quarantaine, c'est comme ça que ça s'appelle.

— Pour moi ?

— Ouais, le vieux veut t'isoler du troupeau, c'est sûr. Il va t'enfermer là-dedans le temps de prendre une décision. Il essayera de te faire dégorger toutes les cochonneries stockées à l'intérieur de ton corps.

— Quelles cochonneries ?

— Ben, tu sais bien : tous ces trucs sexuels que t'as subis. Tout ce foutre que t'as avalé ou qu'on t'a pompé dans le cul. J'ai entendu Jedediah en parler au téléphone avec M'man quand elle est partie te récupérer. »

Robin fronça les sourcils, ne comprenant pas à quoi Bonny

faisait allusion. C'était la deuxième fois qu'il mettait la chose sur le tapis. Dans sa bouche, cette accusation prenait l'allure d'une malédiction, d'une souillure ineffaçable.

« Le vieux Jed' veut voir si tu as la rage, poursuivit Bonny. S'il parvient pas à te faire suer la saloperie qu'est en toi, il te zigouillera, couic ! C'est sûr, comme il a fait avec notre père.

— Notre... votre père avait la rage ? balbutia Robbie.

— Façon de parler. L'était insolent, plein de vices. La boisson, tout ça. Pensait trop avec sa quéquette.

— Jed' me tuera ?

— Pas officiellement, mais il t'arrivera un accident. Tu feras une bêtise. Tu tomberas dans un précipice, tu te feras piquer par les guêpes. Dans la ravine, derrière la maison, c'est plein de nids. »

Robin médita ces informations. Il parvint à la conclusion que Bonny essayait de lui faire peur.

« Qu'y a-t-il dans la ravine, à part les guêpes ? demanda-t-il pour changer de conversation.

— L'ancien poste d'aiguillage où Jedediah montait la garde, dit Bonny. Les trains passaient là, dans le temps. Ils sortaient d'un tunnel, roulaient deux *miles* à ciel ouvert et s'engouffraient dans trois autres tunnels, un peu plus loin, selon où ils allaient. C'était le boulot du vieux de les aiguiller, là ou là. C'est tout abandonné maintenant. Y'a plus de train qui traversent le pays.

— Pourquoi ?

— À cause des orages secs. La foudre tombait tout le temps sur les locomotives, c'est dû à quelque chose qui se trouve dans la terre et qui attire les éclairs. Alors ils ont fermé le parcours, et le vieux Jed' s'est retrouvé au chômage. Ça lui a tapé sur la cervelle, c'est ce qu'on dit dans le pays. Faut pas aller là-bas, c'est son territoire. Malgré qu'il y a plus de trains, il continue à monter la garde, au cas où... Il est un peu maboule, j't'avais prévenu. »

L'après-midi se passa en opérations de manutention. Robin, sous la direction de ses frères, dut charrier un nombre incalculable de bocaux poussiéreux. Il rinça les récipients au jet, les sécha et les aligna dans des cageots, avant d'entasser ceux-ci dans le hangar. C'était un travail harassant. À la fin de la journée, alors que Bonny, Ponzo et Dorana s'en allaient jouer à l'extérieur, il se laissa tomber au fond de la grange sur une caisse retournée, et demeura là, à contempler ses paumes couvertes d'ampoules. Il lui fallut un moment pour distinguer les tableaux, a demi cachés par de vieilles bâches. On les avait relégués dans un coin, mais un rayon de soleil, filtrant par les interstices des planches, les avait soudain mis en valeur avec une science de l'éclairage digne des meilleurs galéristes. Robin s'en approcha. Il y avait là trois toiles d'une facture exquise traitant de sujets religieux. Au vrai, l'anecdote avait peu d'importance, ce qui frappait, c'était une science de la lumière, une atomisation des reflets, une pénétration par capillarité qui semblait dissoudre les matières représentées pour les amener au bord de la désincarnation. Robin avait assez souvent parlé peinture avec Antonia pour être capable de discerner la touche d'un grand peintre. Intrigué, il écarta la bâche et tenta de déchiffrer le nom de l'artiste. On l'avait gratté au couteau, avec tant de force que la toile s'en était presque trouvée entamée. Il lui fallut examiner les tableaux un à un pour reconstituer le patronyme de l'artiste : *Judith Pookhey*...

Il en fut ébahi. Ainsi, cette matrone qui se prétendait sa mère, cette souillon aux airs apeurés, incapable de regarder quelqu'un en face, était une artiste ? Pourquoi s'obstinait-elle alors à touiller des confitures toute la sainte journée et à jouer les servantes auprès d'un vieillard tyrannique plus superstitieux qu'un *fellah* du Haut Nil ?

« Il ne faut pas toucher à ça ! bredouilla au même moment la voix de Judith dans son dos. J'aurais dû les brûler depuis longtemps. »

Les brûler ? Robin protesta et fit valoir la qualité des œuvres qui gisaient dans la poussière au milieu des bocaux et des sacs de grain. Plus il s'enflammait, plus la gêne envahissait le visage de Judith. Elle essaya plusieurs fois de lui couper la parole, mais il ne se laissa pas intimider.

« Ce sont des bêtises, haleta la jeune femme. Je faisais ça quand j'étais jeune, pour mettre du beurre dans les épinards. J'allais les placer dans les restaurants et les boutiques à souvenirs de la route inter-États. Ça rapportait quelques dollars, mais ton grand-père a décidé que c'était une activité qui flattait la vanité, et développait l'orgueil. Je crois que c'est un peu vrai. On finit par se croire au-dessus des autres parce qu'on sait étaler de la peinture avec un petit pinceau... C'est stupide. Il était temps que je m'arrête. »

Comme Robin protestait, elle lui fit signe de se taire et prit la fuite. Elle traversa la cour dans un grand trouble, épouvantée par la conversation qu'elle venait d'avoir avec ce gosse de dix ans qui parlait en homme de savoir, avec l'assurance et les mots de ces critiques d'art dissertant sur les exposition dans les journaux de la ville. Ce n'était pas normal. Jamais personne ne s'était adressé à elle de cette manière, pas même Brooks, son mari. L'espace d'une minute, elle avait senti naître, là, au fond de la grange, une complicité, un lien, qu'elle n'avait jamais entretenu avec quiconque. La peur l'avait submergée. Et l'horreur trouble d'une relation qu'elle percevait comme contre nature, presque incestueuse... Durant quelques secondes, elle s'était sentie plus proche de Robin qu'elle ne l'avait jamais été de ses autres enfants. Cela ne devait pas être. Surtout pas.

Elle se rua dans la cuisine et s'aspergea le visage à grande eau pour atténuer la brûlure de ses pommettes. Des larmes nerveuses lui vinrent aux yeux. Elle se jura de brûler les toiles dès qu'elle en aurait le temps et de se tenir le plus loin possible de ce garçonnet étrange, de cet inconnu qui essayait de l'attirer dans ses filets et de confisquer à son seul usage l'amour que sa mère devait à ses autres enfants.

*

Robin passa encore deux nuits dans la maison. Deux fois il fit le même rêve, à de menues variantes près. Il était tantôt cloué dans un cercueil, tantôt enfermé dans un bocal à confiture, une voix étouffée mais joyeuse criait : « Le lac est plein de bon argent qui n'attend que d'être pêché. » Ou encore : « Les poissons ne mordront pas l'hameçon d'argent, il est trop tôt... » Ce qui, dans un cas comme dans l'autre, n'avait aucun sens, mais chaque fois Robin s'éveilla le cœur battant, le visage en sueur, avec la conviction d'être en train de laisser échapper quelque chose de capital.

À l'aube du troisième jour, l'enclos était achevé.

*

Judith posa la jatte de lait sur la table, très exactement au centre du plateau, car Jedediah ne supportait pas la dissymétrie et pouvait entrer dans une affreuse colère si son assiette était décalée d'un pouce par rapport à sa place habituelle. Il arrivait à la jeune femme de mesurer l'écart entre l'assiette, le couteau et la fourchette à l'aide de ses doigts pour s'assurer que rien ne clochait. Le vieillard entra. Il avait travaillé d'arrache-pied au cours des derniers jours mais les efforts n'avaient laissé aucune trace sur ses traits. Il s'assit et commença à manger en silence. Judith se tenait debout derrière lui pour remplir son assiette au fur et à mesure. Jedediah avait pour habitude d'absorber des aliments blancs. Du lait, du porridge, du pain, des pommes de terre bouillies, des haricots. Tout ce qui avait un aspect foncé lui faisait horreur. Brooks s'était moqué de cette manie et avait pris plaisir à se faire servir du boudin, du café noir, des entremets au chocolat. « Tu as tort de provoquer Papa, lui disait Judith. Ça finira mal.

— Quoi ? rétorquait Brooks. Tu veux dire que je vais me changer en Nègre parce que je mange du chocolat ? Car tu sais bien que c'est de cela dont il est question ! Ton père est dingue, il mange blanc pour rester Blanc. Je n'ai pas à entrer dans sa folie. Ce n'est pas aux gens sain d'esprit de s'aligner sur les fous. »

Judith sursauta. Son père venait de frapper sur son verre avec la lame de son couteau pour la rappeler à l'ordre. Elle s'empressa de verser le lait. Bien qu'elle connût son horreur d'être dérangé pendant les repas, elle ne put s'empêcher de lui demander :

« Tu ne lui feras pas de mal, n'est-ce pas ? »

Ces mots à peine prononcés, elle se mordit les lèvres. Il allait se retourner, la gifler, c'était sûr. Elle crispa les muscles du ventre en préparation de la douleur à venir, mais le vieux ne broncha pas.

« C'est un gentil garçon, malgré tout, murmura-t-elle, s'enhardissant.

— Il est souillé, dit simplement Jedediah. Je sais ce que je fais, ne t'occupe pas de ça. Tu ne connais rien aux hommes. Quand tu t'es mêlée d'en ramener un à la maison, c'était un bon à rien qui nous a couverts de ridicule. C'est à cause de lui que Robin a été enlevé, tu le sais bien. Tous ces étrangers qui entraient chez nous comme dans un moulin... Va savoir si Brooks n'a pas lui-même arrangé le coup, hein ? Il lui fallait toujours plus d'argent, pour ses projets, ses machines, ses tracteurs... Va savoir s'il n'a pas vendu le gosse à des trafiquants descendus du nord ? Je n'en serais pas étonné pour ma part. L'argent du tracteur venait de là. Et toi, bien sûr, tu n'as rien soupçonné. Tu es trop bête ma fille, tu ne changeras jamais. »

Judith serra les mâchoires. Le sang lui brûlait les joues. Dans une espèce d'hallucination mauvaise, elle se vit, soulevant la jatte de lait et la fracassant sur le crâne chauve de son père. La peau se fendrait, le sang rouge se mêlerait à la blancheur du liquide. De la couleur, enfin ! Des litres et des litres de bonne couleur. Elle battit des paupières pour se défaire du mirage.

« Ce n'est qu'un gosse, haleta-t-elle. Ne lui fais pas de mal.

— Le mal ce n'est pas moi, marmonna le vieillard. Le mal c'est lui. C'est pour moi que tu devrais trembler. C'est pour moi que tu devrais prier. Dans un exorcisme, c'est toujours le prêtre qui court le plus grand danger. Encore une fois, je vois que tu ne m'estimes guère. »

Les épaules de Judith s'affaissèrent. Elle ne savait plus. Peut-être devait-elle effectivement s'en remettre à son père. C'est vrai qu'elle avait fait un mauvais choix en prenant Brooks pour mari. Il eût mieux valu qu'elle s'en remette à Jedediah, qu'elle le laisse organiser le mariage à sa guise. Quant à cet histoire d'assassinat déguisé en accident, ce n'était qu'un produit des ragots du village, une calomnie ayant pris corps à force d'être rabâchée.

« Ma pauvre fille, songea-t-elle, tu te complais à bâtir un roman... Brooks était ivre ce jour-là, il est descendu dans le trou sans prendre la peine de serrer le frein à main. Le terrain en pente a fait le reste. Il ne faut pas t'inquiéter pour Robin. Jed' va le secouer un peu, lui inculquer le sens de la discipline, c'est tout. Ce gosse a besoin d'être repris en main, c'est évident. Il doit apprendre à respecter les adultes, perdre ses vilaines manières de petit prétentieux. Jedediah fera ça très bien. »

11

Le troisième jour Jedediah vint chercher Robin pour l'emmener dans l'enclos. Judith détourna la tête quand l'enfant passa devant elle. Elle était pâle ; ses mains trituraient le tablier taché de confiture noué à sa taille. Robin se laissa pousser vers l'espace de quarantaine qui, de près, lui parut beaucoup plus impressionnant. Le vieillard ouvrit la porte. À cette occasion, l'enfant remarqua que le battant se verrouillait de l'extérieur ; il en conçut aussitôt une vive inquiétude. La palissade mesurait trois mètres de haut. Elle avait été assemblée de manière à n'offrir aucune prise à l'escalade. Sitôt qu'il en eut franchi le seuil, Robin ne distingua plus la ferme. Au dessus de sa tête, le ciel dessinait un rond azuréen, sans nuages. Une vieille tente des surplus de l'armée occupait le centre de l'enclave. Une « canadienne » rudimentaire, rapiécée, délavée par les pluies et le soleil.

« Déshabille-toi, ordonna le vieillard. Mets-toi nu et passe-moi tes vêtements. Ensuite tu rentreras dans la tente. Tu resteras là jusqu'à ce que je vienne te chercher. »

Robin obéit. Le regard de Jedediah l'effrayait. Les mouvements rapides et saccadés de sa tête — conséquence probable d'une dégénérescence nerveuse évolutive — lui donnaient l'air d'un oiseau déplumé. Une sorte de poulet géant, au cou flasque, qui picorait dans le vide. Quand l'enfant se retrouva nu, le vieillard lui ordonna de tourner sur lui-même. Son visage reflétait le dégoût.

« T'es bien trop gras, mon petit, lâcha-t-il de sa voix caquetante. Mou, sans nerfs, sans muscles. Pas difficile de deviner que tu t'es prélassé tout ton saoul au cours des dernières années. Y'a de la fille en toi. Va falloir que ça change si tu veux vivre avec nous. Je vais te donner une chance de t'endurcir, ne la laisse pas passer, ou sinon nous serons forcés de nous séparer de toi. Maintenant rentre dans la tente et reste tranquille. »

Ramassant les vêtements de Robin, il lui tourna le dos et sortit de l'enclos en prenant soin de verrouiller la porte derrière lui. Le petit garçon hésita sur la conduite à tenir. Devait-il obéir ou faire un scandale ? Expédier des coups de pied dans la palissade en exigeant qu'on lui restitue ses habits... ou se glisser dans la tente comme on le lui ordonnait ? Il choisit la deuxième solution. Son instinct lui soufflait qu'il valait mieux éviter de heurter Jedediah Pookhey de front. En entrant dans l'abri de toile il fut suffoqué par la chaleur emmagasinée depuis le lever du soleil. La canadienne était vide si l'on faisait exception d'une bible usagée posée sur le tapis de sol. À peine assis, Robin sentit la sueur lui couler des aisselles, lui couvrir le visage. Il songea à ces huttes de sudation où les Indiens s'isolent pour se purger des toxines ou des démons. Jedediah avait-il dans l'idée de le purifier au moyen de cette pratique ancestrale ?

Mais le purifier de quoi ?

Très vite, l'enfant sombra dans la somnolence, assommé par la chaleur. La sueur débordait de ses sourcils pour lui brûler les yeux, il avait un goût de sel sur les lèvres. N'en pouvant plus, il rampa à l'extérieur, mais le soleil tapait fort, et il n'éprouva aucun soulagement. De plus, il avait honte de se montrer ainsi, dépouillé de ses vêtements. Il crut entendre de petits rires, comme si Bonny, Ponzo et Dorana l'épiaient à travers les interstices de la palissade, mais sans doute imaginait-il tout cela ?

Il souffrait terriblement de la soif. Les enfants se déshydratent vite, affirmait Antonia, et il est important pour eux d'avoir toujours de quoi boire à portée de la main. Jedediah ne connaissait pas ce précepte... ou bien s'en moquait totalement.

La journée s'écoula sans que personne ne vienne lui rendre visite. La soif le torturait, il mourait de faim. Il attendit le soir, assis dans la tente; l'œil fixé sur la porte, dans l'espoir de voir apparaître Judith, un pichet de limonade à la main ; en vain. Sa honte fut complète quand il réalisa qu'il devrait faire ses besoins dans l'enclos, exposé aux ricanements de ceux qui l'épiaient. Il décida de se retenir jusqu'à la nuit ; ce fut, hélas, impossible et il dut se soulager en plein soleil sans papier toilette pour s'essuyer. L'espace d'une seconde il fut tenté d'arracher quelques pages à la vieille bible. « Non, surtout pas ! lui souffla la voix de la raison.

C'est sûrement un piège de Jedediah. Il s'attend à ce que tu agisses ainsi, ne tombe pas dans le panneau. »

Quand la nuit tomba, il tenait à peine debout. La faiblesse le força à se coucher sans plus attendre. Avec la disparition du soleil, la chaleur accumulée dans la tente se dissipa, et Robin éprouva un bref soulagement. Ce répit ne dura pas car il se mit bientôt à grelotter. Il avait oublié qu'avec le crépuscule la température chutait d'une vingtaine de degrés. Nu, sans couverture, il se recroquevilla en chien de fusil pour essayer de conserver sa chaleur corporelle. Il dormit très mal, par à-coups. Le sol dur lui défonçait les reins, les hanches, quelle que soit la position adoptée.

Le lendemain matin, il découvrit un pichet d'eau et un petit pain sur le sol, à peu de distance de la porte. Il sut qu'il devrait s'en contenter, s'appliquer à faire durer l'un et l'autre jusqu'au soir.

La journée s'écoula, semblable à celle de la veille. Il fit encore plus chaud et Robin dut lutter contre la tentation de vider d'un trait le pichet d'eau tiède. Il était maintenant trop faible pour se révolter. Toute énergie l'avait déserté. C'était la première fois de sa vie qu'on le traitait de cette manière. À l'irritation avaient succédé l'incrédulité, puis la peur. Les souffrances de la faim l'empêchaient de mettre de l'ordre dans ses idées. Il ne pensait qu'à manger, à boire. Les images des goûters fastueux d'Antonia le hantaient. Il se complaisait à s'en remémorer les menus : tartes aux airelles, cookies, flans au chocolat, fraises à la crème, pichets de limonade où cliquetaient des glaçons...

Il somnola, essaya de lire la bible. À plusieurs reprises il fut sur le point de fondre en sanglots. Il voulut faire de la gymnastique, mais il faisait chaud et il était trop faible. S'agiter lui donnait soif. Il renonça.

Le troisième jour, il sombra dans la stupeur. La faim, la soif et l'ennui le torturaient au-delà du supportable. Il était près de devenir fou. Pour se soutenir, il se remémora les anecdotes relatives à l'éducation des enfants spartiates lues jadis, installé bien à l'aise, dans la grande bibliothèque d'Antonia, un verre d'orangeade et une assiette de biscuits à portée de la main. Il se rappelait à quel point ces manifestations de stoïcisme l'avaient enthousiasmé à l'époque, notamment celle du garçon qui cache un renard sous sa tunique et se laisse dévorer le ventre sans un cri...

« C'est le moment où jamais de t'en inspirer », se répétait-il tandis que les versets de la bible se brouillaient sous ses yeux.

Le quatrième jour il n'eut pas même la force de ramper hors de la tente pour aller chercher la nourriture déposée au pied de la palissade. Il se trouvait dans un état de dépression intense et sanglotait, roulé en boule, la tête dans les mains. Il avait perdu la notion du temps, il aurait été prêt à jurer qu'on le retenait prisonnier depuis trois semaines.

Le raclement de la porte le tira de sa stupeur. Il s'assit, le visage barbouillé de larmes et de morve. Jedediah s'avança, l'œil perçant. Il tenait sous son bras des vêtements d'enfant : un caleçon, une salopette, une casquette, le tout délavé par les lessives. Robin supposa qu'il s'agissait de vieux effets prélevés dans la garde-robe de Bonny.

« Mets ça, grogna le vieillard. Les vacances sont finies, va falloir maintenant que tu te décides à travailler si tu veux gagner ta pitance. À la campagne, on n'a pas coutume de bichonner les fainéants. »

Robin saisit les vêtements et les enfila. Ils se révélèrent trop courts, comme de bien entendu. Il n'y avait pas de chaussures.

« C'est pour m'empêcher de fuir, songea-t-il. Il sait bien que j'ai la plante des pieds trop fragile pour courir sur les cailloux des chemins. »

Pendant qu'il s'équipait, Jedediah feuilleta rapidement la bible, s'assurant qu'aucune page n'en avait été arrachée. Robin se félicita d'avoir su deviner le piège.

« On va descendre à la station, expliqua le vieillard d'un ton sec. Tu feras ton apprentissage là-bas. J'ai besoin d'une paire de bras pour me seconder, je me fais trop vieux pour maintenir les lieux en état. Ne pose pas de questions, j'ai horreur de ça. Ce que tu auras besoin de savoir, je te le dirai. Le reste, tu l'apprendras à tes dépens, ça s'appelle l'expérience. »

Il sortit de l'enclos d'un pas vif, Robin se coula dans son sillage. La tête lui tournait, il avait les jambes molles. Jedediah contourna la ferme pour s'enfoncer dans la forêt. À partir de là le terrain formait une pente vive, comme si l'on descendait dans un canyon. Les racines des arbres sortaient de terre, dénudées par l'érosion. L'air était saturé de guêpes en maraude. Bonny n'avait pas menti ; Robin n'eut guère de peine à localiser les gros nids bourdonnants accrochés aux branches. Il peinait, ses pieds nus blessés par les cailloux du sentier. Jedediah ne l'attendait pas. Enfin, la ravine apparut, saignée creusée dans le sol. C'était une large tranchée rocheuse se terminant à chaque extrémité par des tunnels obscurs.

Deux *miles*, avait dit Bonny. Deux *miles* de rails courant à découvert avant de disparaître de nouveau dans l'épaisseur de la montagne. Bien que les lieux fussent désaffectés, une vague odeur de charbon, de fer, planait encore, prisonnière du canyon.

« J'entretiens les voies, expliqua Jedediah, je désherbe. Je gratte les rails pour ôter la rouille qui s'y dépose après chaque averse. Je dois maintenir la section en état, mais c'est de plus en plus difficile. Je n'arrive plus à me baisser, alors tu vas t'échiner à ma place. À ton âge on a de la force à revendre, on n'est jamais fatigué. Les Anglais, qui faisaient travailler des gosses de six ans dans les mines et les filatures, l'avaient bien compris. Quand on est jeune, il suffit d'une bonne nuit de sommeil pour vous remettre à neuf. On est inusable. »

Ils avaient atteint le bas de la pente. Robin examina le paysage. Le sémaphore et les portiques de signalisation dressaient leurs grandes silhouettes noircies plus haut que les arbres. Ils évoquaient pour l'enfant des squelettes de dinosaures fichés en terre. Plus loin, on distinguait un château d'eau, et partout des rails, parallèles ou s'entrecroisant, serpents de fer rouges d'oxydation qui filaient sur le sol pour disparaître à l'horizon, dans les bouches béantes des trois tunnels perçant le flanc de la montagne. Il imagina Jedediah Pookhey, travaillant de la faux, de la serpe, pour préserver le jardin d'acier de l'envahissement. Depuis combien d'années luttait-il contre la forêt, les buissons, les mauvaises herbes ?

Une casemate plantée au flanc de la ravine abritait le local d'aiguillage. On y accédait par une passerelle branlante.

« C'est désaffecté, dit le vieillard. Ils ont eu peur des orages secs. Ils ont dit que ça faisait courir trop de risque au chargement... »

Il fit une pause, attendant probablement que l'enfant lui demande en quoi consistaient les orages secs. Robin n'ouvrant pas la bouche, il se résolut à lâcher :

« C'est à cause du minerai de fer contenu dans la terre, dans les roches. C'est magnétique, ça attire la foudre l'été, quand le temps devient orageux. C'est toujours ici que tombent les éclairs, jamais ailleurs. Ça descend du ciel et ça frappe les rails, ça les fait fondre. J'ai vu ça plus d'une fois. Faut rien porter sur la peau qui soit en fer si on ne veut pas griller tout vif. Le feu du ciel tombe droit dans la ravine, ici même, et on le voit se couler dans les rails, comme s'il était liquide. Le fer devient incandescent, de l'or en fusion. Ça remonte, ça remonte... et quand ça touche la tringle d'écartement, ça soude les rails entre eux, si bien qu'on ne peut plus les bouger. Alors les trains qui arrivent partent dans la mauvaise direction, et ça fait des déraillements, là-bas, au loin, de l'autre côté des tunnels. Ailleurs... »

Il se tut, la respiration haletante. Il faisait chaud et moite dans la ravine. La tranchée, trop encaissée, échappait au vent. Robin n'osait avancer sur les pierres du ballast qui ne manqueraient pas de lui déchirer les pieds. Malgré l'apparence sinistre de l'endroit il n'avait pas peur. Les lieux déserts avaient tendance à le rassurer.

« Viens, ordonna le vieillard, je vais te montrer le poste. C'est de là que je te surveillerai. J'ai de bonnes jumelles, et si tu fais l'imbécile je le verrai tout de suite. »

Il prit la direction de la casemate vitrée.

« Pour commencer, énonça-t-il, tu frotteras les rails pour en ôter la rouille, puis tu les feras briller. Je veux qu'ils scintillent comme la lame d'un sabre un jour de parade. Il en va de ma réputation et je n'admettrai aucune erreur. Je veux que la station reste en parfait état pour le jour où ils se décideront à la rouvrir. On me l'a confiée intacte, je la rendrai intacte. Y'a tout le matériel qui faut : paille de fer, brosse, racloir. Faudra que tu tiennes la moyenne, je noterai tout dans mon carnet de contrôle. Quand on sera ensemble, t'auras droit de prononcer dix mots dans la journée, pas un de plus, alors faudra bien les choisir. Si tu dépasses le compte, je te fouetterai avec un balai de ronces. Un coup par mot en trop. Ça t'apprendra à tenir ta langue. »

Ils pénétrèrent dans le poste d'aiguillage qui sentait le linge sale, la poussière. Un lit de camp occupait l'un des angles de la pièce. Des bougies et une lampe tempête se trouvaient alignées au bas d'un tableau synoptique aux ampoules mortes.

« On dirait des cierges plantés devant un autel », songea Robin. Les commandes scintillaient dans la pénombre, soigneusement astiquées comme les pièces d'un service d'argenterie trois fois centenaire. Le moindre interrupteur lançait des éclats de joaillerie.

« C'est ici que tout se décidait, murmura Jedediah, le regard perdu. Mais aujourd'hui les moteurs d'aiguillage par transmission funiculaire sont morts. On ne peut plus utiliser que les aiguillage manuels, à pied d'œuvre. Ça vous oblige à remonter les voies sur un *mile*, c'est pas très commode. Mais l'important c'est que les aiguilles et les tringles de commande restent en mesure de coulisser. »

Quand il « parlait métier » son ton s'humanisait. Robin laissa courir son regard sur les trois murs encadrant la baie vitrée. Une illustration en couleur retint son attention. Il s'agissait d'une reproduction de tableau découpée dans un magazine professionnel réservé aux employés du rail. Elle représentait des ouvriers brandissant des lampes à pétrole à l'orée d'un tunnel. Leurs visages inquiets donnaient à penser qu'une catastrophe venait d'avoir lieu quelque part au cœur du boyau plongé dans la nuit. Ils hésitaient visiblement à franchir le pas, à s'enfoncer dans ce puits de ténèbres horizontal. Les couleurs, dramatiques, distillaient une angoisse sourde, aux reflets rouge sang. Tout était là, hors de portée, au fond du tunnel, dans un magma de ferraille et de corps fracassés. Robin n'avait aucun mal à imaginer la grosse locomotive suant la vapeur par toutes les blessures de sa carapace, sa chaudière prête à exploser, à cuire dans le même nuage bouillant les vivants et les morts, les blessés et les sauveteurs. Les porteurs de lanternes hésitaient, comme au seuil d'une fournaise. Un personnage vu de dos, peut-être un contremaître, semblait les exhorter à aller de l'avant.

Au dessous du dessin, on pouvait lire cette simple phrase : *Dernières lueurs avant la nuit (détail).*

Robin avait assez le sens de la peinture pour voir là une œuvre mineure, sans rapport aucun avec les toiles de Judith, cachées dans la grange, mais il se dégageait de la scène une atmosphère d'hallucination qui l'hypnotisait. Qu'y avait-il au bout du tunnel ? Rien ne permettait de s'en faire une idée précise mais l'angoisse des porteurs de lampes avait quelque chose de contagieux. Robin frissonna, agacé de s'être laissé fasciner par une toile aussi mélodramatique. S'agissait-il d'un accident « historique » ? Instinctivement, il jeta un coup d'œil au tunnel qui s'ouvrait de l'autre côté de la baie vitrée du poste de contrôle. Cette gueule de nuit béante le mit mal à l'aise.

« Y'a du travail, c'est sûr, grommela Jedediah. Viens, je vais te montrer tes outils. On viendra tous les jours dès le lever du soleil, on en repartira à la nuit tombée. Tu descendras sur les voies et je resterai ici, à te chronométrer. La quantité de nourriture qu'on t'attribuera sera déterminée par la longueur de rail que tu auras réussi à briquer. Je calculerai tout ça en fonction d'un barème que j'ai établi. Disons en moyenne 50 grammes de pain pour un mètre de rail astiqué... Je te laisse voir comment il te faudra organiser ton travail puisque tu es, paraît-il, très intelligent. À midi, nous ferons une pause pour lire les psaumes. La voie est simple sur un *mile*, ensuite, à l'embranchement, elle se divise en trois. En gros, ça représente huit *miles* de rail à frotter. Quand tu auras fini, soit tu seras devenu quelqu'un d'autre, soit tu seras mort. »

12

Le soir, lorsqu'ils prirent le chemin de la ferme, Robin s'attendait à retrouver sa place au milieu des autres, à la table familiale. Il découvrit qu'il n'en serait rien. Jedediah le poussa en direction de l'enclos et l'y enferma sans un mot. Recroquevillé sous la tente, l'enfant dut s'avouer que Bonny, Ponzo et Dorana lui manquaient... ce qu'il n'aurait jamais imaginé. Cette constatation l'effraya davantage que l'enfermement dont il était victime. Il crut y discerner un embryon de trahison envers Antonia et Andrewjz. Était-il en train de se laisser contaminer par l'Extérieur ? Était-ce possible ? Si vite ?

L'éventualité qu'un lien, même diffus, puisse se tisser entre ces croquants et lui le plongeait dans l'embarras. Sans doute fallait-il voir là un effet de la solitude, rien de plus. Il se promit d'être vigilant, de se surveiller. Il ne devait pas s'attacher à des étrangers, qui plus est des geôliers.

Alors que la nuit s'installait, il entendit gratter à la palissade. Des chocs répétés sur la toile de la tente lui firent comprendre qu'on le bombardait de cailloux dans l'espoir d'attirer son attention. Il sortit de l'abri. Il n'y avait pas de lune ; on n'y voyait goutte.

« Par ici ! souffla la voix de Bonny par un interstice de la clôture. Grouille ! Le vieux va finir par me repérer. »

Robin s'approcha du mur de piquets avec méfiance, craignant une mauvaise blague.

« Alors ? interrogea Bonny. Il t'a emmené à la station ?

— Oui, chuchota Robin. Il veut me faire astiquer les rails.

— C'est ce qu'il faisait lui-même, dans le temps, quand il pouvait encore se baisser. Il achetait des bidons entiers de *polish* au drugstore, pour briquer ses foutus rails. Il frottait tellement que ça étincelait, même au clair de lune.

— C'est un travail de titan.

— Un boulot de dingue, oui ! Méfie-toi, mec, c'est un piège. La saison des orages secs approche. Si tu travaille sur les voies et que la foudre s'abat dans le canyon, tu seras grillé sur pied. C'est pour ça qu'on a fermé la station. Les éclairs tombaient toujours sur les rails. Y'a des trains qu'ont brûlé. Des conducteurs qui ont été électrocutés avec tout leur chargement. Une fois, la foudre est tombé sur un wagon rempli de moutons, leur toison s'est enflammée, ils couraient sur les voies, la laine en feu, comme des torches à quatre pattes. Fais attention. Le vieux Jed' va te livrer au feu du ciel, c'est ça son plan. Pas difficile à deviner. Si la foudre ne te tue pas, il te laissera revenir parmi nous, car Dieu aura rendu son jugement en ta faveur. Mais ne te fais pas d'illusion, tu ne t'en sortiras pas. Pas avec tout ce fer pour attirer la foudre... et toi au milieu. »

Bonny se tut soudain, alerté par un bruit de pas.

« Faut que j'y aille, murmura-t-il. Ils me cherchent. Tiens, je t'ai apporté à bouffer. »

Un paquet fut jeté par-dessus la palissade et s'écrasa au pied de Robin. Il en montait une odeur de bacon. L'enfant se surprit à saliver. Il voulut s'approcher de la clôture pour dire merci, mais Bonny avait déjà disparu dans la nuit. De retour dans la tente, Robin mangea avec délice le sandwich au lard, s'étonnant de prendre tant de plaisir à une nourriture aussi plébéienne.

Il s'endormit aussitôt. De nouveau, il fit le rêve. Toujours le même. Il était étendu dans une boîte fermée et quelqu'un, se penchant sur le couvercle, criait d'une voix enjouée : « Les poissons d'argent ouvrent à peine les yeux, vous êtes bien matinal aujourd'hui... »

À demi réveillé, il songea qu'en Égypte, il serait allé voir un devin spécialisé dans le déchiffrement des songes, car il y avait là, à n'en pas douter, un sens secret qui lui échappait. Les dieux de l'Antiquité essayaient-ils de le mettre en garde contre un danger prochain ?

Jedediah vint le réveiller aux premières lueurs du soleil. Sans échanger un mot, le vieil homme et l'enfant prirent le chemin du poste d'aiguillage. Une fois sur place, Jed' consacra une heure pleine à l'explication de la méthode que Robin se devrait d'appliquer. Il n'oublia rien, ni les brosses d'acier, ni la paille de fer. Il fallait faire sauter la couche de rouille recouvrant les rails pour leur redonner le bel aspect brillant qui était le leur lorsque les roues de fer des wagons les polissaient à chaque passage. Ensuite, cette brillance restituée, il était capital de les enduire de graisse, pour les protéger des méfaits de la pluie. Le vieux répéta ses explications. Parfois, il perdait le fil de son discours et se mettait à radoter. Robin nota qu'il avait des absences et restait silencieux une minute ou deux, les yeux perdus dans le vague. Dans ces instants, il ressemblait plus que jamais à un poulet déplumé au cou flasque. Il en devenait étrangement vulnérable, presque attendrissant.

Le cours de formation achevé, Jedediah prit place dans la casemate vitrée, se chauffant les paumes à un bol de soupe. Robin se mit à l'œuvre.

Il n'avait jamais travaillé de ses mains et ne tarda pas à découvrir que l'aspect amusant de l'entreprise ne survivait pas à un quart d'heure de pratique. Très vite, des crampes s'installèrent dans ses reins, dans ses bras. Gratter la rouille n'avait rien de facile, et il se sentait minuscule, ainsi agenouillé au milieu de la voie, le dos tourné au tunnel, tandis que se ramifiaient devant lui huit bons *miles* de rails oxydés. Malgré l'énormité de la besogne (ou justement à cause de cela) une curieuse exaltation s'empara de lui. Il songea aux travaux d'Héraklès. Plus particulièrement aux écuries d'Augias, et se promit de relever le défi que lui imposait le vieux fou perché dans sa cabine. « Je ne suis pas si mou qu'il l'imagine, songea-t-il. Je lui montrerai ! »

Et, à cheval sur le rail, il se mit à frotter de plus belle.

Il éprouvait une espèce de griserie à vaincre la rouille, à la voir s'envoler en une poudre rouge qui se déposait sur le dos de ses mains, sur ses bras. Il frottait avec acharnement, guettant le moment où l'acier daignerait enfin se mettre à scintiller, minuscule pépite d'argent noyée dans la rouille, tête d'épingle perdue dans un océan d'oxydation. Il s'acharnait, le rail devenait son ennemi, le rail était une bête rétive qu'il lui fallait vaincre, dompter, peaufiner, centimètre par centimètre. C'était un travail absurde mais non dépourvu de grandeur.

De temps à autre, il relevait la tête pour mesurer l'ampleur du défi, ces serpentins rouges, filant à ras de terre, s'entrecroisant, se divisant. Dans la brume de chaleur, il croyait les voir bouger, frissonner, changer de place tels de longs reptiles sournois qui s'appliquent à remuer dès qu'on cesse d'avoir l'œil sur eux.

À midi, il était à bout de force, la nuque, les épaules, les bras sciés par les contractures. Ses mains rougies par la poussière d'oxydation se révélèrent criblées de petits morceaux de paille de fer qu'il dut arracher un à un, comme les épines d'un cactus métallique.

Jedediah parut sur le seuil du poste d'aiguillage et souffla dans un sifflet rutilant pour annoncer l'heure de la pause. Quand Robin s'avança vers lui, le vieillard déclara :

« Je vais calculer combien tu as gagné ce matin, tu peux te laver à ce robinet en attendant. »

Robin s'exécuta. Pendant ce temps, Jed' se livra à de mystérieuses opérations sur son cahier de contrôle. Il calculait très lentement. Quand il eut terminé, il sortit une miche de pain d'un placard fermé à clef, une petite balance à plateaux de cuivre, coupa une tranche de pain qu'il tendit à l'enfant.

« T'as récuré deux mètres de rails, annonça-t-il. Ça fait cent grammes de pain. Ce sera ton déjeuner. L'eau, tu peux en boire tant que tu veux, je ne serai pas mauvais bougre. »

Robin s'assit sur une marche et se mit à grignoter le plus lentement possible. Le vieux avait tiré une chaise sur le pas de la porte. Il s'installa à l'ombre, et, sortant un canif de sa poche, entreprit de sculpter un morceau de bois tendre. Ses gestes étaient maladroits ; Robin vit tout de suite qu'il ne produirait pas grand chose d'intéressant.

« Moi, commença Jedediah Pookhey, j'ai commencé à travailler à huit ans, avec mon père, à la mine. On était dix morpions du même âge, arc-boutés aux wagonnets, avec nos pères qui nous cinglaient les fesses au passage parce qu'ils estimaient qu'on lambinait et qu'on leur faisait honte. C'était pas le mauvais temps, faut pas croire. Aujourd'hui, les gosses sont élevés dans du coton, ils ont davantage de droits que les adultes, bientôt c'est eux qui feront les lois ! Y'en a plus que pour eux, les parents sont devenus leurs négros. Quelle misère ! Et tout ça pour quels résultats : la drogue, la délinquance. Moi, à dix ans, quand j'avais passé mes huit heures dans la mine, je n'avais pas envie de renifler de la colle dans un sac, j'appréciais les vraies valeurs, les petits bonheurs de la vie. Le soleil, la lumière, le vent frais. La joie de se décrasser avec un pain de savon, de passer des habits propres. J'avais pas besoin d'autre chose. Mais je savais bien que c'était le travail qui donnait du prix à ces moments là. Si je m'étais tourné les pouces toute la journée, comme les gosses d'aujourd'hui, sûrement que je me serais ennuyé moi aussi. Je te le dis, petit, on a tort d'avoir mis fin au travail des enfants. C'est pour ça que le monde est en train de tomber en quenouille. Pour que le pays retrouve sa santé, faut renvoyer les gamins à la mine, aux filatures, aux champs de coton. »

Il se tut un moment, à bout de salive, puis reprit son argumentation sans avoir conscience de radoter. Robin avait fini sa tranche de pain depuis longtemps qu'il parlait encore.

« Les gosses d'aujourd'hui, siffla-t-il, ils exercent une véritable dictature sur le monde, c'est comme une société secrète. Ils tirent les ficelles. Tous les produits sont conçus pour eux, toute l'industrie ne pense qu'à leur plaire. Bientôt on vivra dans une nurserie. Sans compter que tous ces chiards refusent de grandir, et à des vingt-cinq ans passés, se comportent encore comme s'ils avaient douze ans. Je les vois, au *drive in* de Pooca Loosa, tous là, vautrés, à regarder des films de martiens et de robots. À leur âge j'étais déjà père de famille, et je trimais dur, malade ou pas. Ça me fait honte pour eux. Ils ont rien connu de ce qu'aurait pu faire d'eux des hommes, ni la guerre ni le travail. Et c'est ça qui va nous commander bientôt. J'en ai froid dans le dos. J'espère que je serai mort avant. »

Il se tut enfin. Entre ses doigts, le morceau de bois avait vaguement pris la forme d'un crucifix. Ses gestes ralentirent, son menton toucha sa poitrine. Robin comprit qu'il s'était endormi. Il fut tenté d'en profiter pour tirer sa flemme, mais quelque chose le poussait à se remettre à l'ouvrage. Un désir de panache, une volonté d'en remontrer à ce vieux tyran à la cervelle ankylosée. Doucement, il descendit sur le ballast, en prenant soin de poser les pieds sur les traverses pour ne pas se blesser. Son instinct lui soufflait qu'il y avait quelque chose de positif à triompher de cette épreuve. Il contempla l'enchevêtrement des voies rouillées courant dans la tranchée du canyon. S'il parvenait à les nettoyer jusqu'au bout, rien ne lui ferait plus peur, jamais. Il serait capable de faire face à n'importe quelle épreuve. C'était peut-être cela qu'avaient voulu Antonia et Andrewjz ?

De nouveau, il s'installa à califourchon sur le rail, et se remit à frotter. Quand la chaleur devint trop forte, il alla mouiller un chiffon au robinet du poste d'aiguillage, et le posa sur sa tête, à la mode des bédouins. Jedediah était sorti de sa torpeur, son regard ne quittait pas l'enfant. Il y avait au fond de ses prunelles une étincelle qui ressemblait à de l'envie.

À la fin de la journée, il rangea sa « sculpture » et le canif dans un tiroir du poste. Le vieillard portait autour du coup un collier de cuir auquel était suspendu un crucifix de bois, ce détail rappela à Robin l'avertissement de Bonny : « Faut pas avoir d'objets en fer sur la peau, ça attire la foudre. »

Sur le chemin du retour, il se prit à examiner la mise du grand-père. Jedediah Pookhey ne possédait rien qui fût en métal, ni boucle de ceinture, ni montre. Ses boutons étaient en corne, les attaches de ses bretelles en plastique. Et s'il allait pieds nus, c'était peut-être pour éviter de se déplacer sur des semelles cloutées...

13

Judith était inquiète. Au cours de la journée, elle avait délaissé ses confitures pour se rendre dans la forêt. Cachée au milieu des arbres bordant la ravine, elle avait observé le manège de Jedediah. Le cœur serré, elle avait vu le gosse, agenouillé au milieu des voies, frottant la rouille comme une ménagère astique un parquet. Elle admettait la nécessité de reprendre cet enfant en main, de le rééduquer par le travail pour lui ôter les fariboles dont il avait la cervelle farcie, mais elle n'aimait pas le voir besogner à la station désaffectée. La menace des orages secs était très réelle, tout le monde le savait dans le pays. Si la terre des Pookhey n'avait jamais pris la moindre valeur marchande c'était en partie à cause de ce danger périodique. Nulle part ailleurs la foudre n'était tombée aussi souvent, fendant les arbres de son coup de hache électrique, les embrasant telles de vulgaires torches d'étoupe... Quant au canyon, la Compagnie des chemins de fer avait dû le fermer à la circulation. Une dérivation avait été construite, dont Jedediah s'obstinait à nier l'existence. Plus aucun train ne passerait ici, c'était certain. Il y avait eu trop d'accidents, trop de machines frappées par les éclairs, trop de conducteurs foudroyés sur leurs manettes. C'était pour cette raison que les Indiens, jadis, avaient farouchement disputé le canyon aux visages pâles. Pour eux, le Grand Esprit demeurait là, dans cette blessure de la terre où s'engouffrait le feu du ciel. La Compagnie des chemins de fer avait envoyé des géologues étudier le sous-sol. « Trop de minerai de fer » affirmaient les spécialistes.

De retour à la ferme, Judith consulta le calendrier. Les orages accompagnaient toujours les grosses chaleurs. Les premiers éclateraient d'ici une semaine ou deux. Si le gosse travaillait encore sur les voies, il courrait un risque certain. Elle se jura d'en parler à son père. Robin serait cent fois plus utile à la cueillette des mûres, et son labeur servirait au moins à quelque chose. Astiquer les rails ! Mon Dieu ! comment Jedediah en était-il arrivé à concevoir ce genre de chose ? Devenait-il gâteux ?

Elle eut du mal à se concentrer sur les confitures. Malgré la fenêtre ouverte, la grosse gazinière mangeait tout l'oxygène de la pièce, installant une atmosphère oppressante. Judith s'assit, l'œil fixé sur les flammes bleues des brûleurs, écoutant leur chuintement tissé de mille murmures. Lorsque la fatigue la prenait, elle avait parfois l'illusion que le feu véhiculait des voix à peine audibles, minuscules chuchotis pleins de suggestions hasardeuses qu'il valait mieux ne pas écouter. En ce moment les voix apportées par le gaz lui soufflaient : « Organise l'évasion de Robin... Tu sais bien qu'il est en danger. Jedediah va lui faire briquer les rails jusqu'à ce que la foudre le réduise en cendre. Après, il prétendra qu'il s'agissait d'un accident. D'un simple accident. *C'est sa méthode.* La seule façon de sauver la vie du gosse, c'est de lui fournir les moyens de ficher le camps. Un vélo, de l'argent, des cartes pour s'orienter.

— C'est idiot, répliqua mentalement Judith. Où irait-il ?

— Pas loin, dans la forêt par exemple, répondirent les voix. Il suffirait qu'il campe quelque part... Qu'il se fasse engager comme marmiton par des bûcherons, sur une coupe de bois. Le tout, c'est de gagner du temps. D'attendre.

— D'attendre quoi ?

— La mort de Jedediah, pardi ! Tu sais bien qu'il baisse, ces derniers temps. Il a des absences, il s'endort au milieu de la conversation. Tu n'as pas vu comme ses mains tremblent ? Ce n'est pas bon signe, il couve quelque chose. Il ne trouve plus ses mots, il oublie où il range les objets. C'est une affaire de trois ou quatre mois. Passé ce délai, un transport au cerveau l'abattra raide à tes pieds... ou bien il deviendra tellement gâteux qu'il ne sera plus en mesure de faire la loi dans cette ferme. Ce sera enfin à toi de commander, et tu pourras faire ce que tu veux.

— Taisez-vous, je ne veux pas penser à ça.

— Menteuse, tu y penses sans cesse. Il y a même des années que tu retournes cette perspective dans un coin de ton crâne. Tu la suces comme un bonbon. Ose dire le contraire ? »

Judith ferma les yeux. La sueur lui piquetait le visage. Il ne fallait pas écouter les voix qui chuchotaient sous le cul des marmites, elles avaient l'habitude de marmonner des horreurs, elles prenaient plaisir à cela.

« Six mois, insistèrent les flammes, ce n'est pas le bout du monde. Une fois Jedediah rendu inoffensif par la décrépitude, tu pourras dire à Robin de revenir. C'est jouable, avec un peu d'organisation. Tu pourrais lui écrire un mot de recommandation pour Billy Mathusem, qui te courtisait dans ta jeunesse, et qui dirige maintenant la scierie de Hard Valley. Il y a fort à parier qu'il ne rechignerait pas à te rendre ce service. Le gosse, il le caserait à la plonge, au réfectoire, ou à la ramasse des copeaux, au balayage de la sciure. En attendant... Le compte à rebours est commencé, tu le sais, tu le sens toi aussi. Ne laisse pas à Jedediah l'occasion de commettre un nouveau crime. Tu peux encore tout arrêter, ce n'est pas si difficile. Un vélo, il y en a un dans la grange, facile à remettre en état. Il suffirait de le descendre à la station d'aiguillage, de le cacher dans un tunnel. Jedediah ne va jamais dans les tunnels... Le gosse n'aurait qu'à pédaler droit devant lui, en suivant les anciennes voies ferrées. Ainsi il ne courrait pas le risque de se perdre ou de se faire ramasser par l'une des voitures de patrouille du shérif. Jedediah ne pensera jamais à le chercher là. Il prendra le pick-up et sillonnera les routes aux alentours, mais il ne lui viendra pas à l'idée de suivre les voies désaffectées. *Et tu sais pourquoi.* »

Judith se redressa d'un bond, les mains plaquées sur les oreilles. Elle ne voulait pas en entendre davantage. Au risque de gâcher les confitures, elle tourna la mollette d'arrivée du gaz, éteignant le feu.

Bien sûr, les voix ne disaient pas que des bêtises. Leurs suggestions se défendaient. Il aurait effectivement été possible d'organiser la fuite de Robin... mais tous ces beaux arrangements ne tenaient pas compte d'une chose : ç'aurait été trahir Jedediah, et cela c'était impossible. Une fille ne complotait pas contre son père, pas chez les Pookhey en tout cas.

Judith s'épongea le visage avec un torchon. Dans le miroir accroché au-dessus de l'évier, elle entrevit son image avec déplaisir. Elle était écarlate, au bord du coup de sang, la rougeur débordait de son cou pour descendre à l'intérieur de son corsage. Elle se fit peur. « J'ai l'air d'une meurtrière » pensa-t-elle avec effroi.

Elle ne comploterait pas, non. Elle prierait pour Robin, oui, c'était la bonne solution. Prier avec ferveur, et peut-être porter un cilice ? Quand elle était encore petite fille, Jedediah lui avait offert plusieurs ceintures de crin hérissées d'épines qui lui labouraient la peau à chaque mouvement. Elles les avaient portées fidèlement pendant son adolescence. C'est Brooks qui l'avait fait renoncer à cet exercice en la traitant d'obscurantiste. Il était sûrement temps de revenir à cette pratique salutaire. Pour Robin, elle s'imposerait le port de deux jarretières de mortification, en veillant à positionner les pointes sur la face interne des cuisses, là où la peau est la plus fragile. Cela suffirait. Elle devait se reprendre en main, cesser de prêter des desseins meurtriers à Jedediah. Quant à spéculer sur la mort de son père, elle s'y refusait. Les voix faisaient fausse route si elles s'imaginaient la convaincre en évoquant les symptômes de démence sénile de plus en plus manifestes chez l'ancien aiguilleur. Il n'y avait qu'à la ville qu'on s'alarmait de ces choses. Les citadins n'avaient que le mot « docteur » à la bouche et passaient la moitié de leurs journées dans les cabinets médicaux. À la campagne, on tenait tête à la maladie en refusant de se mettre au lit. En la niant jusqu'au bout. Jedediah n'était pas près de lâcher la rampe, ça non !

De plus, elle n'aimait pas se découvrir si soucieuse du sort de Robin. Qu'est-ce qui lui arrivait ? Allait-elle lui donner la préférence sur ses autres enfants ? Et cela sous prétexte qu'il avait eu des malheurs ? Non, ça ne se faisait pas. Ni Bonny, ni Ponzo... (ni même Dorana) ne seraient relégués au second plan. Elle y veillerait.

« Tout nouveau tout beau, se dit-elle en buvant un verre d'eau. Je suis simplement victime de l'attrait du neuf. Ça passera. »

Dans quelques mois elle ne ferait plus la différence entre Robin et les autres, l'habitude aurait tout remis à niveau, et ce serait bien. En attendant, il fallait éviter son contact, lui parler le moins possible, ne pas croiser son regard. Il y avait chez ce gosse un charme qu'elle s'expliquait mal et qui éveillait en elle une gêne affreuse.

Cette façon qu'il avait eu, dans la grange, de lui parler de ses tableaux... L'espace d'une seconde, elle avait éprouvé envers l'enfant un sentiment de gratitude totalement déplacé. Elle avait frôlé l'abîme, elle s'en rendait compte à présent. Il aurait suffi de peu de chose pour qu'un lien secret, contre nature, se noue entre eux.

Il parlait trop bien, il avait su éveiller en elle le démon de l'orgueil, de la vanité. Pendant un bref moment elle avait senti grouiller à la lisière de sa conscience un million de choses troubles : le désir de revanche, la folie des grandeurs, le besoin d'être reconnue. Des pulsions qui portaient, à n'en pas douter, la marque du péché. Elle devait se méfier de Robin. Le tenir à distance. Du moins tant que Jedediah ne l'aurait pas ramené dans le droit chemin. Et les petites voix qui chuchotaient dans les flammes du gaz n'y changeraient rien.

En attendant, elle prierait pour lui.

Oui, la prière... C'était bien. Et aussi les cilices.

14

Les jours s'additionnaient aux jours. Robin travaillaient sans relâche, gagnant mètre après mètre son combat contre la rouille. Désormais il ne prêtait plus guère attention à Jedediah Pookhey embusqué dans la casemate, les jumelles rivées aux yeux. D'ailleurs, lorsque l'enfant relevait la tête, il lui arrivait de surprendre le vieillard victime du sommeil, le menton touchant la poitrine, les bras ballants de chaque côté du fauteuil. Il aurait pu en profiter pour souffler, mais il ne le faisait pas. D'abord parce qu'une ruse du vieux fou était toujours possible, ensuite parce qu'il n'en avait pas envie. Il éprouvait une étrange fierté à voir les longues tiges de métal boulonnées aux traverses reprendre leur éclat. Chaque mètre gagné était une victoire. Il se surprenait à polir l'acier d'un revers de chiffon pour en amplifier la brillance. Lorsque son reflet s'y dessinait enfin, il s'estimait satisfait.

Au début de la deuxième semaine, Jedediah changea de comportement. Au lieu de rester enfermé dans le poste de surveillance, il prit l'habitude de descendre sur le ballast. Il ne cherchait nullement à contrôler son apprenti. En fait, le vieil homme semblait aux aguets, travaillé par d'obscures préoccupations. À plusieurs reprises, Robin le vit s'avancer à la lisière du tunnel, l'œil sondant les ténèbres. Il y avait dans son attitude une sorte de crainte mal dissimulée.

« Une sentinelle, songea l'enfant. Une sentinelle effrayée par la nuit. »

Lorsqu'il allait ainsi à la rencontre de l'obscurité, Jedediah prenait soin de ne jamais poser le pied au-delà d'une certaine ligne, comme si, en outrepassant une frontière invisible, il aurait couru le risque de déclencher de mystérieuses représailles. Il restait ainsi un quart d'heure, plissant les yeux, reniflant, hochant la tête. Un jour, il se tourna vers l'enfant et, le prenant à témoin, murmura :

« C'est toujours dedans... Ça somnole, c'est tout. Ça ne demande qu'à sortir. »

Une autre fois, il pria Robin de l'aider à s'agenouiller sur la voie. À cause de ses rhumatismes, cette opération s'avéra difficile. La tête contre le rail, il ferma les yeux pour concentrer son attention. Quand il se releva, il prit un air entendu et chuchota : « Ça vient... Ce sera bientôt là. Va falloir monter la garde aux aiguillages et se tenir prêt à la manœuvre. »

Robin crut qu'il parlait de la venue d'un convoi et jeta un regard inquiet au tunnel. Peut-être était-il imprudent de rester sur la voie ?

« Pas la peine de regarder par là, grogna le vieux. Tu ne verras rien, t'es encore trop jeune. D'ailleurs personne ne peut le détecter à part moi. C'est invisible. C'est comme des fluides, des courants énergétiques qui se déplacent dans les rails. Ça vient du fond du tunnel, c'est expédié pour faire le mal. Si on laissait faire, ça occasionnerait des catastrophes, des épidémies. Le tout c'est d'être là quand ça se produit, moi je peux actionner les aiguillage manuels et dériver la force sur une voie de garage, là où ça ne nuira à personne. »

Robin se contenta de hocher la tête sans chercher à le contredire. Il fit bien, car les jours suivants, sans doute mis en confiance par le mutisme de son élève, Jedediah Pookhey se montra plus loquace sur la menace qui se précisait.

Il ne livra pas les choses en bloc, mais plutôt sous la forme d'un puzzle que Robin dut reconstituer.

« Le tunnel désaffecté lui a servi de terrier, murmura-t-il un matin après s'être assuré que personne ne les écoutait. C'est souvent ainsi que ça se passe. *Il* est tapi là, comme un ours qui fait du lard pendant l'hiver. *Il* reconstitue ses forces, et puis, quand il est prêt, la méchanceté coule de son corps et remonte dans les rails. C'est magnétique, ça vibre. Grâce à mes rhumatismes je peux le détecter, ça raisonne en moi, mes os fonctionnent comme un diapason. J'entends la note monter du fond de mon ventre, c'est mon squelette qui entre en résonance. La note explose dans ma tête, et je sais que c'est sur le point de se produire. »

Il s'exaltait, devenait fébrile. Sa tête d'oiseau picorait le vide. Alors il sortait son mouchoir, s'essuyait frénétiquement la bouche.

Robin devina que le vieux avait peur des tunnels. Son royaume n'excédait pas la portion de voies comprise entre ces gouffres horizontaux dont toute lumière était bannie. Sa « juridiction » s'arrêtait là où commençait le domaine de la nuit.

« Si je m'engouffrai dans un tunnel, pensa l'enfant, il n'oserait pas m'y poursuivre... Ce serait un bon moyen de lui fausser compagnie. Jamais il n'aurait le cran de se lancer sur mes traces. »

Oui, c'était une bonne idée, alors pourquoi ne la mettait-il pas en pratique ? Qu'est-ce qui l'empêchait de fausser compagnie au vieil homme et de s'élancer dans le noir ?

Le noir, *justement*.

Ou une sorte de pitié qui s'installait. Un sentiment absurde d'attendrissement pour ce bonhomme infect posté si près du gouffre, ce croque-mitaine rhumatisant dont la silhouette dégingandée n'osait plus frôler les frontières de la nuit.

« Y'a des influences mauvaises, des courants négatifs qui sortent du tunnel, expliquait Jedediah. Je les devine, si je les laisse passer, je n'ai qu'à ouvrir le journal, le lendemain, pour voir où c'est allé : tremblements de terre, émeutes, grèves, épidémies... Je n'ai que l'embarras du choix. Et je sais que c'est de ma faute, j'aurais dû les intercepter, là, au sortir du tunnel. Je n'avais qu'à faire mon boulot, être plus rapide qu'elles, bondir sur un levier d'aiguillage et les dévier sur la voie de garage. C'est terrible. Si on n'est pas vigilant, ça suit les rails, d'une station à l'autre, ça se répand à travers le pays, ça voyage incognito. C'est comme l'électricité, personne ne la voit l'électricité, et pourtant elle est là. Elle tue sans qu'on fasse jamais rien pour la punir. Si on n'en était resté au bon vieux feu de camp, on n'en serait pas là aujourd'hui. »

Ça suit les rails... Il répétait souvent cette phrase.

« C'est à cause de la Compagnie des chemins de fer, disait-il. Si elle avait laissé les trains circuler rien ne serait arrivé, mais voilà, on a abandonné le réseau, alors quelque chose d'autre s'en est emparé, quelque chose de mauvais, qui circule au nez et à la barbe des braves gens. »

Soucieux de faire comprendre sa méthode, il entraîna Robin sur la fameuse voie de garage, là où se déchargeaient les énergies mauvaises inemployées. Des chiens faméliques s'y trouvaient à l'attache. Jedediah assura qu'ils étaient enragés. Il ne fallait les approcher sous aucun prétexte.

« Les forces négatives ont besoin de chair pour s'incarner, sinon elles repartent en maraude et n'ont de cesse d'avoir trouvé un réceptacle. Je ramasse ces chiens errants sur les routes, ils me servent de leurre. L'énergie magnétique s'y installe, les corrompt de l'intérieur. S'ils deviennent trop hargneux, je les empoisonne, et le tour est joué. »

Robin resta silencieux. L'aire de manœuvre offrait un aspect désolé. Un antique wagon de bois achevait d'y pourrir. Son toit, couvert de fiente, servait de perchoir aux corbeaux. Les chiens étaient enchaînés aux buttoirs de chaque voie. Les côtes saillantes, l'œil chassieux, ils n'avaient rien des cerbères démoniaques que Jedediah Pookhey assurait voir en eux.

« Il faut être aux aguets, dit le vieillard. Savoir bondir aux commandes quand la force jaillit du tunnel. Je lis le journal tous les soirs, pour être au courant de ce qui se trame dans l'ombre. Au début, quand j'étais plus jeune, je m'appliquais à remettre de l'ordre dans le monde entier. Maintenant je n'ai plus l'énergie suffisante pour un tel travail, je me contente de veiller sur les États-Unis. Les autres n'ont qu'à se débrouiller tout seuls. Y'a déjà tellement de choses qui vont de travers chez nous... Un jour, je serai peut-être contraint de m'en tenir à l'État, puis au comté. C'est ça la vieillesse. Mais à une époque, j'avais la responsabilité de la planète. J'aiguillais les raz-de-marée, les famines, les tremblements de terre, les guerres, les révolutions... Hop ! tout ça sur la voie de garage. J'étais toujours sur le pont, un vrai petit soldat perpétuellement sur le qui-vive. C'est ça qui m'a usé avant l'âge. Trop de dévouement. J'en ai désamorcé des catastrophes, tu ne peux pas savoir... Tu as eu l'impression que tout allait de travers ? Dis-toi que sans mon intervention tout serait allé encore plus mal. L'affaire des missiles de Cuba, c'est pas Kennedy qui l'a résolue, c'est moi, d'un coup d'aiguillage. Sans mes manœuvres, on aurait eu la guerre nucléaire. Le Viêt-nam, c'est moi qui ai arrêté le conflit, à force de diriger les ondes négatives des marchands de canons vers la voie de garage. »

Il fit une pause, l'air navré.

« C'est vrai que j'aurais pu faire davantage, avoua-t-il. Mais alors il m'aurait fallu plus de chiens. Beaucoup plus de chiens. C'était pas facile. Dans les années soixante, j'en avais jusqu'à trente attachés ici, tous plus furieux les uns que les autres. La gueule pleine d'écume, les yeux fous. Infectés par les forces mauvaises qui se déversaient en eux. Les pauvres bêtes. Elles n'y comprenaient rien, elles ne pouvaient pas savoir qu'elles servaient de perd-fluide... Que j'étais le paratonnerre et elles le réceptacle. »

Il hocha la tête, heureux d'avoir pu parler à quelqu'un. Baissant les yeux, il dévisagea Robin et conclut :

« T'es un bon petit gars. Peut-être qu'on finira par s'entendre. »

Et tirant de sa poche une chaîne à laquelle était suspendu un crucifix, il la passa au cou de l'enfant. Robin toucha la croix du bout des doigts. Elle était froide... métallique.

15

De ce jour, chaque fois qu'il partait sillonner la campagne à la recherche de chiens errants, Jedediah prit l'habitude d'emmener Robin. Il ne se servait pas du pick-up ; il utilisait pour cette opération une vieille fourgonnette maculée de plaques de rouille à l'intérieur de quoi il avait soudé des anneaux auxquels étaient raccordées des longes se terminant par des muselières.

« On ne fait pas le mal, expliquait-il à l'enfant. D'une part les animaux n'ont pas d'âme, d'autre part, si je ne les ramassais pas, un renard, un blaireau ou une marmotte leur flanquerait la rage, et il faudrait les abattre avant qu'ils ne contaminent les humains. Finalement, je leur permets de jouir d'une mort propre... et utile. »

Une fois au volant, il dissertait à n'en plus finir sur la nécessité de capturer des victimes expiatoires. Il n'avait trouvé aucun autre moyen pour tromper l'appétit des forces magnétiques courant dans les rails. « Il leur faut une cible vivante, marmonnait-il. Y'a pas à tortiller. Faut qu'il y ait quelque chose de vivant en bout de course, sinon elles vont voir ailleurs. Le mieux, bien sûr, ce serait de disposer d'êtres humains. Des condamnés par exemple, des assassins, des violeurs, des trafiquants de drogue. On les attacherait aux buttoirs à la place des cabots. Ils constitueraient de meilleurs appâts pour la force, elle se jetterait sur eux sans hésiter. Mais pas question d'y songer dans un pays où les criminels sont bientôt mieux traités que les braves gens. J'ai bien peur qu'il ne faille se contenter de corniauds pendant encore un bon moment. »

Ils allaient donc, à travers la campagne déserte, les champs de blé frissonnants dans le vent, les petites routes où jamais ne passait la moindre voiture. Très vite, le vertige gagnait Robin car il n'avait pas l'habitude de tant d'espace, c'était trop de vacuité, il se sentait sans attache, comme emporté par un fleuve invisible. Il lui arrivait de se cramponner à son siège de peur de partir à la dérive. L'immensité lui donnait envie de retourner au canyon, dans cette enclave délimitée par les parois de la montagne.

« Je ne parviendrai jamais à m'enfuir tant que je ne saurai pas dominer ce vertige... » se disait-il, et il ouvrait les yeux tout grand, pour se vacciner contre le vide.

Les chiens, ils en trouvaient toujours, errants, squelettiques, accourant à la première sollicitation. Jedediah leur offrait des gamelles de pâtée pour les faire grimper dans la camionnette. Une fois à l'arrière, l'affaire était réglé en deux minutes : la longe de cuir, le collier, l'anneau... La plupart des bestioles capitulaient, à bout de force, soulagées de s'être trouvé un nouveau maître qui déciderait à leur place.

« Faut pas les plaindre, disait le vieillard. Leur sacrifice sera utile, bien des vies humaines seront sauvées quand la foudre les électrocutera. »

Robin se gardait de protester. Ensuite, la tournée achevée, on ramenait les animaux à la station d'aiguillage pour les enchaîner. Une fois les leurres offerts en pâture, Jedediah Pookhey promenait Robin à travers le dédale des voies pour lui enseigner les subtilités du parcours.

« À une époque, radotait-il, quand j'étais plus jeune, chaque levier d'aiguillage contrôlait un pays. Là, les États-Unis, là l'URSS. Et puis quelques autres, moins importants : l'Allemagne, la Chine, le Japon, des fauteurs de troubles principalement. En détournant les énergies mauvaises je réussissais à équilibrer le jeu des puissances au niveau mondial. Fallait me voir courir d'une voie à l'autre, comme un cabri. Et hop ! je déviais les courants négatifs que les Popovs expédiaient sur nous vers la voie de garage. Fallait entendre les tringles grincer, les aiguilles coulisser. Et le mal passait entre mes jambes, en grésillant dans l'acier des rails. Je l'entendais distinctement. De pleines décharges de haine. Quand elles atteignaient les buttoirs, les chiens s'effondraient, foudroyés par la crise cardiaque, le cœur explosé. J'avais plus qu'à les enterrer derrière le hangar à matériel. J'en ai désamorcé des crises internationales, des conflits armés. Mais aujourd'hui je n'ai plus la force nécessaire. Je me concentre uniquement sur les États-Unis. C'est sur cette voie là que ça se passe, c'est pour cette raison qu'il est capital que les leviers soient toujours bien graissés. Ils doivent être en mesure de répondre à la première sollicitation. Tu devras t'entraîner à les manier. »

Robin obéit, mais les manettes étaient bien trop hautes et trop dures pour lui. Il s'y suspendit de tout son poids sans parvenir à les faire bouger d'un pouce. Jedediah en conçut une grande colère et le frappa en travers des omoplates au moyen d'une badine de coudrier.

« Bon à rien ! vitupérait-il, tu te rends compte que c'est le sort de notre pays qui se joue ici ? Nous sommes en première ligne. Personne ne s'en doute, mais nous sommes les gardiens de la patrie, les ouvriers du futur. C'est nous qui faisons barrage, qui canalisons. Tout s'organise ici, dans ce canyon. Les politiciens ne servent à rien, ce sont des fantoches. La partie, la vraie partie se joue ailleurs qu'à la Maison Blanche, ailleurs qu'autour du bureau ovale. Elle se déroule ici même. Si nous ne sommes pas capables de nous battre contre le mal, alors le pays entier sombrera dans le chaos. »

Chaque fois qu'il se laissait aller à une explosion de rage, Jedediah Pookhey subissait une perte d'énergie vitale qui l'amenait à s'assoupir. Il en alla de même cette fois, et le vieillard, dès qu'il eut fini de gesticuler, se dépêcha de gagner le poste de surveillance où il se laissa tomber entre les bras de son fauteuil. Deux minutes après il dormait. Robin s'assit sur la dernière marche de l'escalier, pour contempler les voies d'un œil pensif.

En helléniste fervent et lecteur assidu des auteurs grecs, il était assez frotté de mythologie antique pour ne pas être surpris par les théories du vieillard.

Pour les dieux de l'Olympe, après tout, les humains n'étaient que des pions, la Terre un échiquier grâce auquel ils trompaient leur ennui en élaborant de savantes combinaisons stratégiques. À la lueur de ces illustres prédécesseurs, Jedediah Pookhey prenait l'allure d'un Zeus dérisoire, qui, au lieu de manier la foudre, actionnait des leviers d'aiguillage rouillés pour foudroyer des chiens. Était-il réellement possible de sauver le monde par cette méthode ? Robin en doutait. Il ne connaissait pas grand-chose aux usages des gens qu'il côtoyait depuis qu'Antonia avait décidé de lui imposer cette épreuve initiatique, mais il avait déjà acquis la conviction qu'ils agissaient le plus souvent sous l'emprise de la superstition. Leur vie était tout entière gouvernée par des rituels dont ils ne parvenaient pas à s'affranchir, et qui les protégeaient sans aucun doute de la déréliction, de la folie. La religion, la politique... autant de croyances qui n'avaient aucune prise sur le réel mais leur donnaient l'illusion de contrôler les événements au lieu d'en être les victimes. Il ne fallait surtout pas contredire Jedediah, c'eût été de la dernière imprudence.

Quand il s'éveilla, le vieil homme considéra l'enfant avec une expression hagarde, presque craintive, comme s'il ne le reconnaissait pas. Cela lui arrivait de plus en plus fréquemment. Il ne semblait conserver aucun souvenir de leur algarade. Avec des gestes précautionneux, il sortit un vieux réchaud d'un placard et mit de l'eau à bouillir. Il prépara de la tisane, qu'il but à petites goulées, dans un gobelet cabossé. À chaque réveil il avait l'air d'un vieux poussin déplumé et ses mouvements devenaient saccadés. Quand il ouvrait la bouche, il lui arrivait d'intervertir les mots et de tromper dans les prénoms. Ainsi, il s'adressait à Robin en l'appelant « Brooks ». Au bout d'un moment les choses rentraient dans l'ordre, mais durant cette phase de flottement il devenait curieusement démuni, presque pitoyable, et Robin sentait fondre toutes ses rancœurs.

La tisane avalée, le vieillard s'installa sur la plate-forme, dans son fauteuil de toile.

« C'est un sale métier, marmonna-t-il. Une mission secrète qu'on doit mener à bien sans jamais s'en vanter. Personne ne te prendrait au sérieux. On est un héros, mais les gens ne le savent pas. On leur sauve la vie tous les jours que Dieu fait, mais ils n'ont pour vous aucune gratitude. C'est comme ça, faut s'y faire, même si c'est injuste. »

Il eut une grimace amère.

« Je suis le médecin de ce pays, chuinta-t-il. Je me lève chaque matin pour remettre de l'ordre dans le chaos des politiciens, pour désamorcer leurs magouilles, leurs erreurs. Je vais sur les voies, et je fais coulisser les rails pour dévier le mal, mais qui s'en soucie ? Tout le monde me prend pour un fou, même ma fille... même mes petits-enfants. Et pourtant, c'est pour eux que je le fais, moi, mon temps est compté, le futur ne m'intéresse pas. »

Il se tut et, la bouche serrée, dévisagea longuement Robin.

« Peut-être que je pourrais te passer le relais, souffla-t-il. Faut voir. Je vais essayer de t'apprendre le métier, on verra bien si ça rentre. En tout cas, Judith ne pourra pas prétendre que je ne t'aurai pas donné ta chance. »

De ce jour, Robin dut alterner la remise en état des rails et la manipulation des leviers d'aiguillage. Jedediah, pour développer sa musculature défaillante, l'obligeait à porter des sacs remplis de pierres de ballast jusqu'à ce que ses genoux plient sous la charge. La nuit venue, l'enfant avait à peine la force de regagner l'enclos et de se glisser sous la tente. Il avait terriblement maigri ; ses mains, durcies, semblaient maintenant celles d'un charbonnier. La fatigue l'empêchait de réfléchir et de mettre sur pied un plan d'évasion. Au vrai, il ne se sentait pas le courage de se lancer au hasard, à travers un pays dont il ignorait presque tout. Il y avait des plans à la station. Il en avait déniché un paquet au fond du hangar à matériel. Il n'ignorait pas qu'il aurait dû essayer de les mémoriser, mais il était trop harassé pour cela. Il s'engluait, victime de la routine exténuante imposée par Jedediah Pookhey. L'épuisement le tenait à l'attache, aussi sûrement qu'une chaîne. Au début, il avait occupé ses heures de travail à réfléchir à la situation, à penser à Antonia, à lui parler dans le secret de sa tête... maintenant, le plus souvent, il avait l'esprit vide, plein d'une rumeur sans signification où s'entremêlaient les radotages de Jedediah et les glapissements des chiens entravés sur l'aire de délestage. Il n'aspirait plus qu'au sommeil. Il ne pensait qu'à dormir, à se glisser dans la tente, à fermer les yeux pour sombrer d'un bloc, tel un quartier de roche qui se détacherait d'une falaise pour tomber à pic au fond d'un lac d'eau noire.

Il nourrissait les chiens, préparait leur pâtée sans dégoût et leur grattait la tête pendant qu'ils bâfraient.

« Ne les touche pas ! grognait Jedediah. Tu ne vois pas qu'ils perdent leurs poils ?

— Ils ont la gale ?

— Non, c'est le magnétisme qui entre en eux et les cuit de l'intérieur. Ça pourrait se communiquer à toi si tu les tripotes. Faut les laisser crever, ils sont là pour ça. »

De temps à autre, le vieillard se rendait sur la voie de garage pour ausculter les bêtes. S'il les trouvait « trop enragées », il versait une rasade de désherbant dans leur nourriture et les laissaient mourir au milieu des pires convulsions. Robin devait ensuite les enterrer derrière le hangar à matériel. Il arrivait que le tranchant de sa pelle mette à jour les ossements jaunis des animaux précédemment sacrifiés, mais il n'y prêtait pas attention. Il n'avait plus que le souci de bien faire pour s'épargner les coups de baguette de coudrier dont le vieillard était prodigue. À deux reprises déjà, irrité par les bévues de Robin, il l'avait fait se mettre nu sur la plate-forme du poste d'aiguillage, et l'avait cinglé sur tout le corps, devant, derrière, n'épargnant aucun endroit, même le plus fragile.

« Petit salopard, haletait-il, tu vas me faire mourir. Comme si j'avais encore assez de force pour distribuer des punitions ! Tu riras moins quand je ne serai plus là pour retarder l'apocalypse. »

*

Il y eut un orage, l'un de ces fameux orages secs dont Robin entendait parler depuis son arrivée à la ferme. Cela se produisit au cours de l'après-midi. L'air se gélifia soudain et l'on se mit a respirer avec difficulté. « Comme des poissons rouges nageant dans de la confiture de mûres » songea l'enfant. Puis les guêpes devinrent folles, elles bourdonnaient dans la forêt en se cognant aux arbres. Quand elles commencèrent à ricocher sur la baie vitrée du poste d'aiguillage, Jedediah Pookhey sortit de son apathie. Une expression de ruse chafouine envahit son visage, et c'est d'une voix fausse qu'il ordonna à Robin de se porter au levier d'aiguillage numéro 6 pour procéder à un essai de tringle.

Le jeune garçon resta immobile, l'oreille aux aguets. L'air vibrait, le duvet se hérissait sur la peau de ses bras et sur sa nuque. Il avait, au bout des doigts, une espèce de crépitement ténu lorsqu'il effleurait le rail.

« Ça arrive ! lui souffla la voix de la prudence. Fiche le camp. Cours te mettre à l'abri. Ne reste pas sur les voies. » Ses oreilles bourdonnaient, quelque chose d'invisible lui comprimait les tempes. Avec une lenteur qui lui parut infinie, il lâcha la brosse de métal et s'élança en direction du fossé. Avant de plonger dans les fougères il eut le réflexe d'arracher la petite croix de métal pendue à son cou, de la jeter au loin. Dressé sur la plate-forme, Jedediah hurlait des mots incompréhensibles. Brusquement quelque chose s'abattit sur le canyon, un embrasement effroyable, un arc électrique qui jaillit du ciel pour fondre sur les voies et venir toucher le rail sur lequel Robin travaillait encore une minute plus tôt. Ça grésillait comme une soudure géante, ça entrait dans l'acier, le faisant changer de couleur. D'un seul coup, les rails prirent une apparence fluide, liquoreuse. Ils coulaient entre les traverses, ils ruisselaient, déroulant un chemin d'or liquide qui remontait en direction des aiguillages. Le phénomène n'excéda pas deux secondes, mais Robin le vécut au ralenti, la gorge nouée, les doigts enfoncés dans la terre du talus. Puis l'illusion se dissipa, et il ne resta plus dans l'air qu'une odeur d'ozone, comme si une ligne à haute tension venait d'être abattue par le vent et que ses fils s'entremêlaient sur la chaussée dans un grand tumulte d'étincelles. Robin n'osa se relever. Ce fut Jedediah qui le saisit par la peau du cou pour le remettre sur pied.

« Petit vaurien ! lui cracha-t-il dans l'oreille. Petit assassin. À cause de toi, des milliers de gens vont mourir quelque part sur territoire des États-Unis. Il fallait actionner l'aiguillage, expédier toute cette force sur les chiens. Ils sont là pour ça ! »

Robin se dégagea d'une secousse, courut vers la forêt. Quand il atteignit la ferme, il se heurta à Bonny et Ponzo.

« Bon sang ! souffla ce dernier. On a entendu péter l'éclair, on s'est dit que cette fois ça y était, que t'avais pris ta dose. »

Robin l'écarta d'une bourrade et bondit jusqu'à l'enclos, où il s'enferma. Avant de rabattre la porte, il entrevit Judith, debout sur le seuil de la ferme. Elle était très pâle, les mains crispées sur le ventre.

Il attendit, persuadé que Jedediah allait venir le battre. La nuit tomba sans que le vieillard ne se manifeste. Robin dut se résoudre à dormir sans avoir rien mangé. Dans le brouillard d'un demi-sommeil, il entendit des éclats de voix en provenance de la ferme.

Le rêve revint le hanter, mais cette fois il était d'une netteté, d'une logique surprenante. Robin ne s'y trouvait plus couché dans un cercueil ou un sarcophage, il était allongé à l'arrière d'une voiture, à l'intérieur d'une banquette évidée. Le narcotique qu'Andrewjz l'avait forcé à avaler était en train d'agir, mais il conservait néanmoins assez de lucidité pour percevoir les bruits en provenance de l'extérieur. L'automobile s'arrêtait, et une voix joyeuse s'élevait, étouffée par les coussins de la banquette qui recouvraient Robin tel un couvercle.

« Hello ! disait la voix, vous êtes bien matinal, monsieur Billingsly. À c't'heure, les poissons du lac d'argent ne seront pas encore assez réveillés pour mordre à l'hameçon. Faudra tremper vos appâts dans le café noir, si vous voulez leur donner une chance de les apercevoir, sûr ! »

Andrewjz répondait, mais à ce moment, Robin était déjà trop enfoncé dans le sommeil pour saisir le sens de ses paroles.

Le jeune garçon se dressa sous la tente, le cœur battant. Il tenait enfin la solution de l'énigme ! Le rêve venait de lui fournir la clef nécessaire pour rentrer chez lui. Il n'était pas très difficile de reconstituer ce qui s'était passé. En quittant la propriété Andrewjz s'était arrêté à une station service pour prendre de l'essence. Là, le pompiste l'avait reconnu. Avisant les cannes à pêche dont le prince consort avait vraisemblablement couvert la banquette arrière pour se donner un alibi, il avait lancé une plaisanterie qui, aujourd'hui, fournissait à Robin une indication capitale sur la route à suivre. Le domaine était loué au nom de la famille Billingsly, et se situait à proximité d'un lieu de pêche appelé Silver Lake. À partir de là, il ne devait pas être difficile d'établir un itinéraire.

L'excitation qu'éprouvait Robin était telle qu'elle lui interdit de fermer l'œil avant le lever du soleil.

Il dormait depuis deux heures quand Jedediah le réveilla en le giflant à la volée avec un journal.

« Lis ! ordonna le vieux. Tu verras le résultat de ta couardise d'hier ! »

Robin se saisit du quotidien. Il y était question d'un barrage hydroélectrique, qui, en cédant, avait submergé une bourgade et causé la mort de mille personnes.

« L'éclair, c'était ça ! vociféra Jedediah. On aurait pu empêcher le drame... Seulement il aurait fallu que tu sois un peu plus courageux. Ah ! Et dire qu'un instant j'ai cru qu'on pourrait faire quelque chose de toi. Tu es irrécupérable ! Irrécupérable ! »

Brandissant sa baguette de coudrier, il se mit à en frapper Robin sur tout le corps.

« Assassin ! hurlait-il. C'est ta faute ! La prochaine fois je t'enchaînerai au levier d'aiguillage, comme ça tu ne pourras pas te dérober à tes devoirs ! »

16

Robin avait un instant espéré que Judith, attirée par les éclats de voix, ferait irruption dans l'enclos pour intervenir en sa faveur. Elle n'en fit rien. Il l'imagina, là-bas, dans la salle commune de la ferme : les yeux baissés, elle s'appliquait à débarrasser la table en récitant des prières à mi-voix. Bonny, Ponzo et Dorana, eux, achevaient leur déjeuner, le nez dans l'assiette, sourds à tout ce qui ne ressemblait pas de près ou de loin au craquement d'un pétale de maïs.

Brusquement, le vieillard saisit Robin par l'épaule et le poussa au dehors. En dépit de son apparence frêle, il possédait une grande force nerveuse à laquelle l'enfant se sentait incapable de résister. Ils prirent le chemin de la station où ils furent accueillis par les glapissements des chiens à l'attache. Jedediah ne cessait de marmonner des menaces, des prières, des citations bibliques. Ses mains tremblaient, il dégageait une odeur aigre, de colère et de transpiration. Jamais Robin ne l'avait vu dans un tel état. La peur le prit, il lutta pour tenter de se dégager, mais le vieux le traîna sur les voies jusqu'au levier d'aiguillage numéro 6, celui qu'il avait refusé d'actionner la veille. Tirant une chaîne de la poche ventrale de sa salopette, il en ceintura la taille du gosse, puis ferma cette entrave à l'aide d'un cadenas. Il fit de même à l'autre bout, enchaînant Robin au gros levier noir.

« Voilà ! triompha-t-il en glissant les clefs des deux cadenas dans sa poche. Maintenant tu ne pourras plus t'enfuir quand le moment sera venu. Lorsque le feu du ciel coulera dans les rails, dévie-le sur les chiens, fais ton devoir ! »

Marmonnant toujours, il abandonna l'enfant au milieu des voies et regagna la casemate de surveillance. Là, debout sur la plate-forme, une bible à la main, il se mit à déclamer les Saintes Écritures d'une voix qui dérapait dans l'aigu.

Robin essaya de tirer sur la chaîne, en vain. Il n'avait guère d'espoir de se libérer de cette manière. Il aurait fallu une scie à métaux, un coupe-boulon... des outils qui se trouvaient en ce moment même dans le hangar à matériel. Il était terrifié. La foudre allait revenir, elle s'abattrait sur lui dès le début de l'après-midi quand la chaleur serait à son comble. Alors, comme la veille, les guêpes seraient prises de folie, l'air se mettrait à bourdonner, le ciel s'entrebâillerait avec un craquement et les rails deviendraient translucides. Il les verrait se changer en deux poutrelles de verre habitées d'une lumière intérieure se déplaçant avec vélocité. Quand cette lumière toucherait la plante de ses pieds nus, il serait foudroyé. C'était la raison principale pour laquelle Jedediah avait toujours refusé de lui donner des chaussures. Il voulait qu'aucune semelle ne puisse l'isoler des rails !

Cédant à la panique, il tira sur la chaîne jusqu'à se meurtrir la peau. De son perchoir, le vieillard l'invectiva, l'invitant à plus de dignité. Il suait, s'agitait et remuaient les bras au-dessus de sa tête en citant pêle-mêle l'Évangile selon saint Marc, l'Apocalypse et les Proverbes...

À deux reprises au cours de la matinée, l'air se chargea d'électricité, le duvet se hérissa sur la nuque de Robin et les guêpes firent entendre leur fredonnement menaçant. L'enfant se crut sur le point de mourir et perdit le contrôle de sa vessie. Il sanglotait depuis l'aube sans même en avoir conscience. À bout de force, il tomba assis sur une traverse, les yeux levés vers les nuages. Les guêpes tournaient autour de lui, frôlant ses oreilles. Elles paraissaient désorientées et volaient en dépit du bon sens, se heurtant aux objets.

Soudain, un tintement métallique fit sursauter le petit garçon. Il tourna la tête pour voir rouler sur les marches de la plate-forme le gobelet dans lequel Jedediah Pookhey avait coutume de boire sa tisane. Le vieillard était affalé de tout son long au seuil du poste, victime d'un malaise. Il ouvrait et fermait la bouche sans émettre un son et raclait le ciment du sol avec ses ongles ébréchés. Dans le silence du canyon, ce raclement prenait une importance démesurée.

« Il a eu une attaque, songea Robin. Il s'est trop énervé. »

Un quart d'heure s'écoula sans que Jedediah ne fasse mine de se relever. À présent il ne bougeait plus. Peut-être était-il mort.

Bonny, Ponzo et Dorana sortirent de la forêt où ils étaient probablement cachés depuis le matin. Ils hésitaient sur la conduite à tenir. Aucun d'entre eux ne se décidait à s'approcher du grand-père ou à courir vers Robin. Celui-ci les appela.

« Les clefs ! hurla-t-il, elles sont dans sa poche ! Prenez-les ! »

Les gosses ne bougeaient pas. Dorana fit mine de traverser les voies pour se diriger vers Robin, mais Bonny la tira par l'épaule pour l'en empêcher.

« Faut pas ! l'entendit murmurer Robin, la foudre peut tomber d'une minute à l'autre. Il est foutu.

— Faut aller chercher Maman, protesta la petite fille, elle saura quoi faire.

— Mouais, grommela Bonny. P't'être aussi qu'elle n'a pas envie qu'on la dérange. »

Ponzo se dandinait, mal à l'aise.

« Elle a raison, balbutia-t-il. Faut aller prévenir Maman, pas pour lui, non... (il avait désigné le prisonnier enchaîné au levier d'aiguillage) pour le grand-père, il est malade. »

Tournant les talons, il s'élança dans la forêt pendant que son frère et sa sœur restaient prudemment plantés sur le talus, regardant tantôt le ciel, tantôt Robin.

Judith apparut enfin. Elle courait maladroitement à la manière des filles. Arrivée au pied de la plate-forme, elle hésita elle aussi, comme si elle rassemblait son courage, puis elle grimpa les marches tandis que les enfants restaient en bas. Elle ne s'attarda guère au-dessus de Jedediah, et quand elle se redressa, les clefs des cadenas étincelèrent au bout de ses doigts. Une bouffée d'espoir, de gratitude, envahit Robin. Néanmoins, Judith ralentit l'allure dès qu'elle fut au bas de l'escalier. Quand elle s'engagea sur les voies, elle regarda à plusieurs reprises par-dessus son épaule pour vérifier que Jedediah ne sortait pas de l'inconscience.

« Il n'est pas mort, en déduisit Robin. Seulement évanoui. »

En regardant Judith s'approcher, il ne put s'empêcher de penser qu'elle n'aurait pas hésité à faire immédiatement demi-tour si son père s'était soudain dressé pour la rappeler à l'ordre. Tout, dans l'attitude de la jeune femme trahissait la culpabilité. Elle avançait, la tête rentrée dans les épaules, le dos rond, le regard fuyant. Elle avait moins peur d'être foudroyée par le feu du ciel que d'être prise en flagrant délit de désobéissance par Jedediah Pookhey.

« Elle est persuadé de mal faire en venant à mon secours », se dit-il avec une pointe de tristesse.

Judith s'agenouilla sur une traverse pour se mettre à sa hauteur et batailla avec les cadenas. Ses mains tremblaient tellement qu'il lui fallut s'y reprendre à deux fois avant de parvenir à glisser les clefs dans la fente des serrures.

« Ton grand-père va mal, balbutia-t-elle. Il a fait un coup de sang. On va le ramener à la ferme et on lui posera des sangsues. Ça devrait le décongestionner. »

Les cadenas s'ouvrirent enfin et Robin put se défaire de la chaîne. Judith lui prit la main, puis se mit à courir vers le talus. Elle se déplaçait lourdement, en femme qui n'a pas l'habitude de l'exercice physique.

« Aidez-moi, les enfants, ordonna-t-elle. Il faut ramener Grand-Père à la maison. Je le prendrai sous les bras pendant que vous lui tiendrez les jambes. C'est compris ?

— On va appeler le docteur ? s'enquit Dorana.

— Non, souffla Judith. Grand-Père ne voudrait pas. Vous savez bien qu'il a horreur des médecins. On le soignera nous-mêmes, comme on a fait l'autre fois, vous vous rappelez ? »

Robin examina le vieillard avec curiosité, sans parvenir à déterminer ce qu'il éprouvait pour lui. Le bonhomme avait les yeux révulsés, la bouche ouverte, le visage très rouge. Ses pieds bougeaient tout seuls. De temps à autre il bredouillait deux mots, toujours les mêmes, (*caca d'oie...*) comme si son cerveau fonctionnait à la manière d'un disque rayé. Au moment où on le soulevait, il eut comme un hoquet et dit, une fois de plus : « Caca d'oie... »

Bonny et Ponzo pouffèrent de rire. Judith les rappela à l'ordre, mais rien n'y fit, pendant tout le trajet ils se tordirent d'hilarité, à tel point que Robin fut bientôt contaminé par cette joie sauvage. « *Vae victis* », songea-t-il en jetant un coup d'œil méchant au profil du vieil homme.

Une fois à la ferme, on transporta le malade dans sa chambre. Judith posa une cuvette sur le sol et lui entailla une veine du bras, pour le saigner. Enfin, elle tira d'horribles limaces noires d'un pot à confiture et les appliqua sur les tempes de Jedediah.

« Voilà, conclut-elle. Il n'y a plus qu'à attendre et à implorer le Seigneur. »

Elle ordonna aux enfants de s'agenouiller sur le dallage de la salle commune et de prier avec elle pour la guérison de Jedediah. Robin, s'il imita les gestes des autres, se garda bien de formuler un tel souhait. Il avait d'ores et déjà pris sa décision : il fuirait dès la tombée de la nuit. D'ici là, il essayerait de trouver de la nourriture, un sac, des chaussures. Ensuite il redescendrait à la station pour examiner de près les cartes géographiques stockées dans le hangar à matériel. Il n'avait pas le choix, il fallait qu'il parte avant le réveil du vieillard, sa vie en dépendait.

Un peu plus tard, Bonny lui glissa en ricanant : « C'était moins une, mon pote ! Un peu plus et t'avais la quéquette aussi grillée qu'un charbon de bois ! Si le vieux n'avait pas piqué du nez, t'étais bon pour la fricassée. »

Robin ne répondit pas. Dans la cour, Dorana sautait à cloche-pied en scandant : « Caca d'oie... caca d'oie... »

À midi, Jedediah Pookhey n'avait toujours pas refait surface. Judith improvisa un repas avec ce qui traînait dans le garde-manger. Robin mangea le plus possible. Il se savait en mauvaise forme physique et un long voyage l'attendait. Une fois la table débarrassée, Judith l'attira dans un coin.

« Je ne te chasse pas, chuchota-t-elle, mais il vaut mieux que tu partes, tu l'as bien compris. Tu... tu énerves ton grand-père, c'est mauvais pour sa santé. Le mieux, ce serait que tu t'éloignes quelque temps. J'ai écrit une lettre pour quelqu'un de ma connaissance. Un bûcheron qui s'occupe d'une coupe de bois sur les hauteurs. Billy Mathusem, c'est un bon ami à moi. Je lui demande de te garder un moment... le temps que les choses s'arrangent.

— Vous voulez dire le temps que Jedediah meure ? » interrogea Robin.

La jeune femme se signa.

« Il ne faut pas dire des choses pareilles, haleta-t-elle. C'est un péché. Tu vas aller sur la montagne, tu apprendras le travail du bois, c'est un bon métier. L'important c'est que tu ne sois plus dans les pattes de Jedediah, tu comprends... Tu l'agaces tellement qu'il finirait par... par te faire mal, sans le vouloir. Maintenant assez discuté, il faut tout mettre au point. Viens. »

L'heure qui suivit s'écoula dans une grande fébrilité. Judith exhuma un sac à dos, une vieille bicyclette. Elle avait également pointé sur une carte le chemin que Robin devrait suivre pour rejoindre la scierie. Il sourit en constatant qu'ils avaient eu la même idée : emprunter les tunnels au lieu des routes de campagne. Il acquiesça à tout, bien qu'il n'eût aucune intention de se cacher chez les bûcherons. Il réclama d'autres cartes, toutes les cartes dont disposait Judith. Elle y vit une toquade de jeune garçon et n'osa pas lui dire non. Robin put ainsi localiser Silver Lake... à 800 kilomètres au nord du lieu où il se trouvait en ce moment. Le chiffre lui parut énorme. Quelle distance pouvait-on parcourir en vingt-quatre heures, à vélo ? De toute manière il n'avait pas le choix. Judith lui donna quelques billets de dix dollars, pour ses frais.

« Ne reviens pas ici avant que je vienne te chercher, soufflat-elle en le saisissant aux épaules, ce qui, chez elle, équivalait à une étreinte. Cela prendra peut-être du temps, il faudra être patient, tu entends ? Je ne t'oublierai pas. Fatalement, un jour ou l'autre, la situation finira par s'arranger. Ça peut prendre six mois... un an. Mathusem, ton patron, me donnera de tes nouvelles. Et lorsque j'irai livrer les confitures, je m'arrangerai pour faire un crochet par la coupe de bois... de temps à autre, pour voir comment tu vas et t'apporter du linge. L'un dans l'autre tu ne seras pas plus malheureux qu'un mousse qui prend la mer, ou qu'un jeune gars qui part à l'armée. »

« Je ne reviendrai pas, eut envie de lui dire Robin. Je vais rentrer chez moi, je vais revoir ma vraie mère. Ne te donne pas tout ce mal. »

Il se promit, lorsqu'il serait rentré chez lui, de faire parvenir une lettre à Judith pour la remercier de ce qu'elle avait osé entreprendre pour lui, en dépit des interdictions formulées par Jedediah.

Quand tout fut rassemblé, Judith lui remit le vélo et l'accompagna jusqu'à l'orée de la forêt. Au moment où ils se séparèrent, Robin crut qu'elle allait trouver le courage de se pencher vers lui pour l'embrasser, mais elle résista et se détourna avec un petit signe de la main. Poussant le vélo trop grand, il prit la direction du poste d'aiguillage. La dernière chose qu'il entendit fut la voix de Dorana qui criait « caca d'oie... »

Quand il atteignit la station, il prit une minute pour se rendre sur la voie de garage et libérer les chiens. Ceux-ci, au lieu de prendre la fuite, se mirent à tourner en rond et s'assirent sur leur cul. Robin essaya de les disperser en leur lançant des pierres, mais les bêtes le regardèrent d'un œil atone et grondèrent. Il dut se résoudre à partir.

*

Judith Pookhey s'était assise au chevet de son père. Quand les sangsues se détachaient, dilatées par le sang, elle les remplaçait par d'autres. Entre deux manipulations médicales, elle priait. Elle ne souhaitait pas la mort du vieillard, non, c'eût été une pensée impie, mais elle avait entendu dire qu'à la suite d'un coup de sang on pouvait se réveiller amnésique. Elle songea qu'il eût été bien commode que Jedediah se réveillât en ayant oublié l'existence de Robin.

Elle n'arrivait pas à admettre qu'il était probablement en train de mourir, et qu'elle aurait pu le sauver en appelant un médecin. D'ailleurs Jedediah Pookhey ne croyait qu'aux tisanes et à la prière. Elle ne pouvait lui désobéir, il ne le lui aurait jamais pardonné.

« De plus, s'il s'en tirait, lui souffla la voix qui résonnait parfois dans sa tête, jamais Robin ne pourrait revenir à la maison. Tu sais bien qu'il vaut mieux que Jedediah ne se réveille pas. »

Elle secoua la tête pour chasser le bourdonnement importun. Non, elle ne souhaitait pas la mort de son père, c'était impossible...

SANDY

DOUX VENIN DU SERPENT

17

Malgré son désir de s'éloigner au plus vite, Robin hésita un long moment au seuil des trois tunnels trouant la montagne, ces percées s'en allant vers l'ailleurs, le dehors, *le monde...* D'un seul coup, les fables absurdes dont Jedediah Pookhey l'avait abreuvé au cours des dernières semaines lui revenaient à l'esprit. D'après les plans, les galeries étaient longues de 300 mètres chacune. 300 mètres à l'air libre, ce n'était rien ; dans la nuit totale (ou presque...) il en allait différemment. Judith lui avait dit de prendre celle du milieu, elle le rapprocherait du camp des bûcherons, mais Robin se moquait bien des coupeurs de bois. Il avait décidé de s'enfoncer dans le boyau de gauche qui l'emmènerait vers le nord. Il supposait qu'à un moment la voie désaffectée rejoindrait le réseau actuellement utilisé par la Compagnie des chemins de fer.

« Là, je trouverai des trains, se répétait-il. Des trains qui iront vers le nord. Je n'aurai qu'à me glisser dans l'un d'eux. »

Les mains crispées sur le guidon du vélo, il s'engagea dans le tunnel. Tant que la lumière du jour l'éclaira, il n'éprouva aucune angoisse ; il n'en alla plus de même lorsque la nuit l'engloutit et qu'il lui fallut avancer à tâtons. La dynamo de la bicyclette ne fonctionnant pas, il dut se résoudre à descendre de son engin pour le pousser. Pédaler en aveugle aurait été de la dernière imprudence car il ne savait rien de l'état du passage. Par-dessus tout, il craignait de se trouver nez à nez avec un animal – blaireau, coyote – qui verrait en l'arrivée de Robin une intrusion inacceptable.

Ce fut un périple peuplé d'échos inidentifiables. À plusieurs reprises l'enfant fut gagné par l'impression qu'il n'était plus seul dans les ténèbres et qu'un suiveur marchait derrière lui en essayant de calquer son pas sur le sien. Résistant à l'envie de se retourner, il s'appliqua à se remémorer l'éducation des jeunes Spartiates dressés à traverser les campagnes sans lanterne, pour se forger le caractère. Ses yeux ne quittaient pas le rond de lumière blanche marquant la sortie.

« Si je résiste à la panique Antonia sera fière de moi », se dit-il en crispant les doigts sur le guidon. Hélas, alors qu'il abordait le dernier tiers du parcours, quelque chose lui frôla le mollet. Quelque chose de vivant. Un rat, une fouine... La peur le saisit, enfourchant la bicyclette, il pédala de toutes ses forces sans rien voir du terrain. Il ne pensait plus qu'à la bête qui le talonnait. La roue avant de l'engin buta sur une traverse arrachée. Robin décolla de la selle, et roula sur le ballast, cul par-dessus tête. Ce fut un miracle si son crâne ne se fendit pas en heurtant le rail. Quand il se redressa, il saignait d'une coupure au genou. Il ramassa la bicyclette à tâtons, la poussa vers la sortie du tunnel. Il avait mal. Son pantalon déchiré était rouge, poisseux. Une fois à la lumière il se calma et se moqua de lui-même. Il ne savait ce qui lui avait pris. L'espace d'une seconde il avait été sur le point de croire que Jedediah Pookhey s'était relevé de son lit de mort, en chemise de nuit, pour le poursuivre au cœur de la galerie.

« Hé, petit, lança une voix sur sa droite, tu t'es salement arrangé. »

Robin sursauta. Un type assis sur le talus le regardait en souriant. C'était un jeune homme barbu, chevelu, vêtu d'un treillis militaire décoloré, et qui traînait un sac à dos dépenaillé portant, au pochoir, l'inscription *1st Airborne Paratroopers*. Il avait un visage de Jésus dynamique, parfaitement remis de sa crucifixion, et qui vous montrerait ses mains percées en lançant : « Hé ! *Podna'* c'est cicatrisé, j'peux de nouveau jouer au billard ! »

De son pantalon retroussé émergeaient des pieds nus, caparaçonnés par le cal, et d'une incroyable saleté.

« Je te salue, O toi, l'enfant des tunnels, l'ange expulsé par la matrice de la Compagnie des chemins de fer ! lança l'inconnu en se prosternant. Es-tu l'un des avatars du Bouddha ? *Amu Namida Butsu...* Vois, je fais allégeance, et si tu daignes t'approcher, je te baiserai la cuisse, comme faisaient les barons du Moyen Âge lorsqu'il se déclaraient féal d'un haut seigneur portant bannière. »

Robin s'arrêta, interloqué mais déjà séduit. Brusquement, il eut une illumination : « C'est lui ! pensa-t-il avec un immense soulagement. C'est lui l'ange gardien dépêché par Antonia et Andrewjz ! Le garde du corps que je cherchais depuis le début...

Il a eu du mal à me retrouver dans cet endroit perdu, et il a même failli arriver trop tard, mais le voilà enfin. Il a décidé de se manifester parce qu'il sait que j'aurai du mal à parcourir les 800 kilomètres me séparant de la maison. Il est là pour m'aider. »

Tout à son enthousiasme il fut sur le point de dire au jeune homme qu'il avait percé son déguisement. Il se ravisa *in extremis*, par égard pour son sauveur qui n'apprécierait sûrement pas d'avoir été si vite démasqué.

« Je m'appelle Hilton Crapshaw, annonça le garçon. J'ai déserté l'armée l'année dernière, au cours d'un exercice de saut. J'ai accroché mon parachute dans un arbre, au-dessus d'un torrent, pour qu'ils s'imaginent que je m'étais noyé, et je me suis tiré. Depuis, je suis le *hobo* des voies ferrées, je monte dans les trains fantômes et je voyage au pays de la magie. »

Il ouvrit son sac et fit signe à Robin de s'approcher.

« Viens, souffla-t-il. Faut soigner ta blessure, ces vieux tunnels c'est plein de saloperies, ta jambe pourrait pourrir avant la tombée du jour et je n'ai aucune envie de t'amputer avec mon canif. »

Robin abandonna le vélo au pied du talus. La machine n'avait pas souffert de l'accident. Il se sentait rassuré. Hilton allait l'aider, Antonia et Andrewjz l'avait envoyé dans ce but. Les plaisanteries qu'il venait de faire au sujet du Moyen Âge fonctionnaient à la manière d'un mot de passe, d'un clin d'œil. C'était comme s'il avait dit ; « Tu vois, nous sommes du même bord, mais chut ! il ne faut pas en parler. Faisons comme si... »

Robin s'assit sur l'herbe. Hilton remonta la jambe du pantalon déchiré, ouvrit une trousse médicale et s'affaira sur la blessure.

« C'est salement coupé, grommela-t-il. Faudrait recoudre. On va essayer de s'en tenir aux sutures adhésives, on verra si ça tient. »

Il était habile, avec des gestes d'infirmière. Robin eut à peine le temps d'avoir mal. Quand le pansement fut posé, le jeune homme utilisa son couteau pour découper les jambes du pantalon et transformer celui-ci en short.

« C'est mieux, expliqua-t-il, ça fait moins vagabond. À ton âge, si tu veux tailler la route, faut être le plus propre possible, sinon les voitures de patrouille te ramasseront vite fait pour t'expédier dans un centre de regroupement. »

Il rangea son attirail et se mit debout.

« Allez ! lança-t-il, faut pas traîner. Tes parents ont peut-être déjà signalé ta disparition. T'as qu'à me suivre, je connais bien les voies. Y'a des endroits qu'il vaut mieux éviter à cause des bandes de motards qui campent dans les wagons abandonnés. »

Dévalant le talus, il examina le vélo.

« Une bonne machine, diagnostiqua-t-il. Emmène-la, quand le terrain sera plus praticable, tu t'assiéras sur le porte-bagages et je pédalerai, on ira plus vite de cette manière. »

Ils commencèrent à longer le ballast.

« Tu vas où ? s'enquit Hilton.

— À Silver Lake, lâcha Robin, fier de montrer qu'il avait en partie triomphé de l'épreuve imposée par ses parents. C'est au nord.

— Je connais, dit le jeune homme sans tiquer. C'est la bonne direction. »

Il semblait décidé à ne pas se trahir. Sans doute avait-il l'intention de mettre Robin sur le bon chemin et de s'éclipser sous un prétexte quelconque.

« Il est intervenu parce que je me dirigeais droit sur le campement des motards, décida l'enfant. Sitôt l'obstacle contourné, il rentrera dans l'ombre et continuera à me surveiller de loin. »

Tout à trac, Hilton se lança dans un long monologue à propos de l'armée. Devinant qu'il s'agissait là d'une comédie, Robin l'écouta d'une oreille distraite. Il aurait préféré jouer cartes sur table, ce jeu de cache-cache l'ennuyait un peu. Il mourait d'envie de déclarer : « Okay, j'ai réussi à m'évader de chez les Pookhey, j'ai localisé le domaine, alors arrêtons les frais... Est-ce utile de continuer à faire comme si nous ne savions pas, l'un et l'autre, de quoi il retourne ? »

La voix de Hilton avait grimpé dans les aigus. Il s'échauffait en parlant.

« Je ne voulais pas faire la guerre, expliqua-t-il. La guerre secrète. Celle dont les télévisions ne parlent jamais. Je suis claustrophobe, tu comprends ?

— Non, avoua Robin.

— La guerre de Sécession, fit Hilton avec impatience. Le Nord contre le Sud, t'en as entendu parler ?

— Un peu...

— T'es un vrai analphabète, toi ! J'parie que t'es comme tous les gosses de ta génération, tu sais à peine lire. Les jeux vidéos, c'est tout ce que tu connais. »

Robin jeta un coup d'œil irrité à son guide. Était-il bien utile de se lancer dans de telles affabulations ? « Arrête, faillit-il lui lancer, je sais très exactement qui tu es. Alors épargne-moi les boniments. Tu n'es pas un vagabond, mais un officier attaché à mon service. Je te remercie de ton intervention mais cesse de me prendre pour un nigaud. Et puis assez de familiarités excessives, tu pourrais respecter mon rang, tout de même ! »

Hilton fit de grands gestes imprécis. Son expression avait changé.

« La guerre de Sécession ne s'est jamais terminée, souffla-t-il. Faut pas croire ce que racontent les livres d'Histoire. Elle continue aujourd'hui encore, en secret. Clandestinement. Le Nord contre le Sud, ça n'a pas changé, sauf qu'on le cache au public. On ne se bat plus à l'air libre, non, on fait ça là où personne ne risque de fourrer son nez.

— Où ça ? demanda Robin, piqué malgré lui par la curiosité.

— Sous la terre, murmura Hilton. Sous nos pieds. Y'a l'Amérique que tu connais, et puis y'a celle qui s'étend sous nos pieds. Une Amérique parallèle, à dix kilomètres de profondeur. C'est comme un métro gigantesque qui parcourrait les États-Unis, d'est en ouest, du nord au sud. Une taupinière colossale. Des tunnels aboutissant à des salles grandes comme des villes. Tout ça enfoui, creusé par les gens du Pentagone, de la CIA. Un réseau immense, un pays sous le pays. Une zone prise en sandwich entre deux épaisseurs de terre. C'est comme des galeries de mine si tu préfères, mais énormes, assez larges pour qu'une armée puisse s'y déplacer à cheval.

— À cheval ? s'étonna Robin.

— Oui, confirma Hilton. En dessous, on ne se bat pas avec les armes d'aujourd'hui, on utilise uniquement ce qui existait à l'époque : des chevaux, des sabres, des fusils à un coup. La cavalerie, quoi ! Les missiles, les avions, tout ça c'est interdit. On ne peut pas courir le risque qu'un pilote perde le contrôle de son appareil et que son avion se plante dans le plafond des tunnels. Tu vois la gueule des gens s'ils voyaient tout à coup un F16 crever le bitume sous les voitures, au beau milieu d'une avenue, en plein Los Angeles ? Faudrait donner des explications, ce serait gênant. Alors on s'en tient aux vieux canons à boulets, aux charges sabre au clair... Mais faut pas s'y tromper, ça fait encore pas mal de dégâts. Des morts, et des morts... Je ne voulais pas en être. Pas question. »

Pendant qu'il parlait d'un débit de plus en plus haché, Hilton s'était mis à transpirer ; son visage luisait, un tic saccadé lui tordait le coin droit de la bouche.

« On ne peut pas refuser d'y participer ? demanda Robin.

— Non, aboya le vagabond. Ils ne demandent pas leur avis aux recrues, qu'est-ce que tu crois ? Un jour, on te fourre dans un ascenseur gigantesque, avec deux cents autres pékins, et tu te retrouves en bas, dans les tunnels. Un sergent arrive et te dit : « La guerre commence ici, passée cette ligne. Ce qui va suivre n'est pas un exercice. Si vous voulez rester en vie, ne faites pas les cons. » On t'emmène à l'équipement, et on te file des fringues du XIXᵉ siècle. Ça fait tout drôle. Ceux qui ont travaillé dans un ranch avec des chevaux sont mutés d'office dans la cavalerie. On n'a pas de casque en *Kevlar*, juste une ridicule petite casquette avec une visière en cuir bouilli. Faut apprendre à charger ces saloperies de fusils à un coup, à manier le sabre. »

Il se tut. Des expressions courroucées animaient ses traits mais Robin ne pouvait pas les voir car le jeune homme marchait trop vite. L'enfant avait cessé de s'interroger, il supposait que Hilton avait décidé de broder ce conte à dormir debout pour passer le temps. C'était aussi bien que de brailler des chansons de marche, après tout...

« Ensuite t'es sous la terre, haleta le vagabond. Tu te bats tout le temps sans jamais voir le ciel. Comme le système de ventilation n'est pas assez puissant, ça pue le crottin de cheval à t'en faire dégobiller. Et tu tues des mecs de ton âge qui portent un autre uniforme, et qui se sont fait piéger comme toi. Y'a que des Blancs en bas. La guerre de Sécession c'était une guerre d'hommes blancs. C'est grave, parce que ça signifie que pendant qu'on envoie la jeunesse caucasienne s'entre-tuer sous la terre, les Noirs pullulent à la surface. C'est pour ça qu'on en voit de plus en plus. C'est pas qu'ils se reproduisent plus que nous, comme disent les racistes, non, c'est juste qu'on expédie les jeunes Blancs sous la terre, pour la guerre secrète... et qu'ils se font tous tuer.

— Et qui gagne ? interrogea Robin.

— Le Sud, lâcha Hilton comme à regret. Passées les premières victoires, le Nord s'est effondré. C'est pour ça qu'à la surface, tous les États du Sud se taillent la part du lion. Y'a un accord entre les politiciens. Il y est stipulé qu'ils doivent tenir compte des résultats du conflit souterrain. Bien sûr, on en parle jamais ouvertement, mais ça règle les affaires intérieures. Les élections, tout ça c'est truqué, en réalité tout est déterminé par les batailles clandestines qui se passent sous nos pieds. Y'a une Histoire officielle, celle qu'est écrite dans les manuels, et puis y'a l'autre, celle qui se joue dans les galeries de mines où résonnent le canon et le galop des chevaux.

— Et tu ne voulais pas y prendre part ? demanda Robin.

— Non, gronda le *hobo*. Je suis claustrophobe, je ne supporte pas d'être enfermé. Quand on a passé trop de temps en bas, on devient aveugle dès qu'on revoit la lumière du jour.

— Mais s'ils laissent remonter les soldats, plaisanta l'enfant, le secret ne risque-t-il pas d'être éventé ?

— Non, qui croirait un truc pareil ? lâcha Hilton. Les mecs qui ont la chance de remonter se gardent bien de se vanter, ils n'ont pas envie de se retrouver bouclés dans un asile psychiatrique pour le restant de leur vie. »

Robin hocha la tête, décontenancé par la rage rentrée du jeune homme. À quoi rimait cette histoire ? S'agissait-il d'une parabole, d'un message crypté ?

La mythologie grecque l'avait familiarisé avec les mondes d'en bas : le Tartare, le Styx, les enfers. L'Amérique parallèle évoquée par Hilton se rattachait, lui semblait-il, à cet imaginaire. Ce qui lui échappait, c'était le sens du message... Que devait-il comprendre ? Hilton parlait par énigmes, à la manière du sphinx.

La chaleur s'installa, stagnant sur la plaine striée de rails. Les voies ondulaient dans les vibrations de l'air surchauffé. Des lapins ou des chiens de prairie s'enfuyaient à l'approche des deux marcheurs. Hilton s'était tu. Arrivé au pied d'un sémaphore, il leva la main.

« Faut pas continuer par là, murmura-t-il, on tomberait sur le campement des motards. On va rentrer sous le couvert et progresser à l'abri de la forêt. À partir de maintenant, faut faire le moins de bruit possible, okay ? »

Il aida Robin à escalader le talus, puis hissa le vélo parmi les taillis. Sous les arbres, ils trouvèrent un chemin de terre. L'enfant commençait à ressentir les effets de la fatigue, il s'en plaignit au jeune homme, celui-ci lui rétorqua qu'on ne pouvait s'arrêter maintenant. Ils s'enfoncèrent donc dans la forêt, cherchant la protection des grands arbres. Les pins de Douglas étendirent peu à peu leurs branches au-dessus de leurs têtes, la lumière devint bleutée. Le soleil baissait, il serait bientôt impossible de voir où l'on mettait les pieds.

157

« On va s'arrêter pour la nuit, annonça Hilton. Je connais une cabane de bûcherons abandonnée, pas loin d'ici. »

Robin n'en pouvait plus. Ses pieds le brûlaient, sa blessure au genou lui faisait mal. Il se cramponna au vélo pour ne pas tomber. La cabane se dessina enfin dans la pénombre, misérable assemblage de planches sans fenêtre. Deux tas de bûches l'encadraient. Hilton poussa la porte avec circonspection car il était toujours possible qu'un animal se fût installé à l'intérieur. Les blaireaux étaient connus pour leur agressivité ; dérangés dans leurs habitudes, ils attaquaient n'importe qui, et cela même si l'intrus faisait dix fois leur taille.

« C'est bon, souffla le jeune homme. Entre là, je vais refaire ton pansement. »

Robin lâcha la bicyclette pour se glisser dans la cabane. Une sorte de bat-flanc où l'on avait entassé des brassées d'herbe sèche tenait lieu de lit. Une odeur de champignon flottait entre les cloisons disjointes. À présent la luminosité baissait de minute en minute. Robin eût aimé que son compagnon allumât un feu de camp, mais sans doute la présence des motards rendait-elle ce souhait irréalisable ?

« Je vais examiner ta plaie, dit Hilton en s'agenouillant devant Robin. Allonge-toi.

— Mais on n'y voit rien, protesta l'enfant.

— T'occupe, j'ai l'habitude », trancha le vagabond. Sa voix n'avait plus rien d'aimable, et Robin en conçut un grand malaise. *Quelque chose n'allait pas...* Son instinct lui soufflait qu'il était en danger. C'était absurde – n'est-ce pas ? – puisque cet homme était un garde du corps dépêché par Antonia. Les mains de Hilton lui pétrissaient les cuisses sans souci de sa blessure. Robin voulut se dégager. Le vagabond le repoussa, le plaquant d'une main sur le bat-flanc. Ses doigts serraient la gorge de l'enfant comme pour l'étouffer.

« Maintenant tu vas te laisser faire, gronda-t-il d'une voix pleine de fureur. Si tu te débats je t'étrangle et les coyotes te boufferont. T'as compris ? »

De sa main libre, il arracha le short et le slip de Robin, puis le fit se retourner sur le ventre, le visage écrasé contre les planches de la couche.

« Fais pas ta pucelle, haleta Hilton. Tu sais très bien de quoi il s'agit. Ton père te l'a sûrement déjà fait. Tous les pères le font, c'est comme ça, faut s'y habituer. Et si c'est pas le père, c'est les copains dans les douches du collège, ou le sergent instructeur dans le dortoir des nouvelles recrues... De toute manière faut y passer. Le plus tôt c'est le mieux, comme ça après on a moins mal. »

D'un coup de genou il écarta les jambes de Robin. Sa main serrait la nuque du petit garçon à la broyer. Dix secondes plus tard Robin eut l'impression qu'on le déchirait en deux ; il hurla. Le corps du vagabond l'écrasait et c'est à peine s'il pouvait respirer. La douleur le suffoquait à chaque nouvelle ruade. Il sentit qu'il était en train de perdre connaissance et ne fit rien pour lutter contre l'anéantissement.

Il revint à lui au milieu de la nuit. Il avait froid, il avait mal. D'abord il crut que son agresseur était toujours là, et il s'abstint de bouger, mais il acquit peu à peu la conviction qu'il était seul. Hilton l'avait abandonné au cœur de la forêt. Quand il se redressa, une douleur aiguë lui traversa les reins. Il était tout poisseux. D'une main hésitante il s'explora. Il saignait. Une palpitation douloureuse habitait son anus. Il se mit à pleurer, puis se ressaisit. Il ne devait pas se comporter en victime, ce n'était pas ce qu'on attendait de lui. Le mot « sodomie » dansa dans sa tête. En habitué des textes antiques, il n'ignorait rien de cette pratique. Il savait que jadis, en Grèce, il était courant qu'un homme mûr s'attachât les faveurs d'un jeune garçon... Ces sortes d'amitiés étaient autorisées tant que le petit compagnon restait imberbe. Les farouches guerriers eux-mêmes, ceux qui mettaient à sac la ville de Troie, ne dédaignaient pas de s'unir charnellement à leurs camarades de combat... Quant aux douze Césars, Suétone avait été on ne peut plus clair sur les appétits de certains d'entre eux... Il semblait que ces pratiques n'empêchaient en rien ceux qui les subissaient de connaître un grand destin.

Il claquait des dents. Il réalisa enfin qu'il était nu. Où se trouvaient ses vêtements ? Hilton les avait-il mis en pièces ? Il tâtonna dans l'obscurité. Les sanglots étaient toujours là, bloqués dans sa gorge. Il ne voulait pas les laisser le submerger. Après tout il était de sang royal, un prince avait le devoir de ne jamais s'effondrer, de ne jamais se plaindre. Il finit par dénicher ses habits et les passa maladroitement. À l'aveuglette, il s'avança sur le seuil de la cabane mais la forêt lui opposa son mur de ténèbres impénétrable. Il n'y avait pas de lune. Il était impossible d'espérer s'enfuir dans ces conditions. Il réintégra la cahute et s'allongea en ramenant les herbes sèches sur lui, pour se confectionner une sorte de couverture.

« Ce n'est pas grave, se répétait-il. Achille, Patrocle... Tous le faisaient, c'est sûr. Même à la maison, Paco le faisait avec ses camarades, je l'ai surpris une fois, dans le parc. Je crois même que c'est pour cela qu'il me détestait. Il savait que je savais. Ça va guérir et il ne faudra plus y penser. C'est comme une blessure de guerre. Personne ne le saura... »

Le contact qu'on lui avait imposé le troublait moins, en vérité, que l'erreur qu'il avait commise en voyant dans Hilton Crapshaw un ange gardien envoyé par Antonia. Dieu ! avait-il été stupide ! Une telle naïveté méritait une sanction, c'était certain, et il aurait été malvenu de se plaindre ou de pleurnicher alors qu'il s'était lui-même jeté dans la gueule du loup.

« Achille, Patrocle... se répéta-t-il. Et c'étaient de grands guerriers. »

18

Sandy DiCaccio, psychologue attachée à l'antenne locale du FBI, posa la tasse de café sur son bureau et contempla pensivement le dossier qu'elle venait de tirer de sa serviette. C'était une femme élégante et jolie, atteignant la quarantaine, au corps soigneusement entretenu par une pratique intensive de la gymnastique. À cause de son ascendance méditerranéenne, elle avait commencé à grisonner de bonne heure – à vingt-deux ans, très précisément, alors qu'elle était encore étudiante. Elle avait dû teindre ses cheveux pour dissimuler ces signes de vieillesse précoce à un âge où ses amies devenaient blondes, puis rousses, dans un but essentiellement ludique. Une rancœur secrète la taraudait encore, un sentiment d'injustice qui s'était accentué lorsqu'à vingt-huit ans un amant peu délicat lui avait fait remarquer que son pubis présentait, lui aussi, des poils blancs. Lorsqu'elle en avait parlé à son analyste, son vieux maître, son « contrôleur » comme on disait en jargon de métier, il lui avait bien sûr proposé de « travailler là-dessus... » Elle avait eu envie de le gifler. Pour les hommes l'horloge de la vie ne tournait pas à la même vitesse.

« Pour nous, chaque année compte double, lui avait-elle lancé. On ne nous mesure pas le temps avec la même cuillère !

— Tiens donc, avait-il relevé. Vous avez dit cuillère... »

Bien que les pratiquant elle-même plus souvent qu'à son tour, Sandy détestait ces vieilles ficelles de psy qui consistent à répéter les derniers mots prononcés par le patient pour faire rebondir la séance sans pour autant devenir directif.

Malgré une bouche sensuelle, des cils épais, Sandy DiCaccio était considérée par ses collègues du bureau comme une femme sexuellement froide, peut-être même frigide, ce qui était faux. Elle s'était fait une raison. Il en allait ainsi dans tous les cas de figure où une représentante du sexe dit faible devait travailler dans un environnement essentiellement masculin, et où elle opposait un refus obstiné aux avances de ses collègues. Quand aucun mâle du service n'avait réussi à obtenir le moindre rendez-vous, la récalcitrante était classée dans la rubrique frigide... ou gouine. C'était selon. Sandy ne savait pas ce qui était le mieux. *Gouine* avait le défaut de vous mettre également à dos le personnel féminin qui, dès lors, voyait dans chacun de vos sourires une invite à des contacts plus étroits. *Frigide* vous valait seulement de ces regards apitoyés qu'on réserve d'ordinaire aux infirmes. Il ne vous condamnait pas à la solitude.

Elle s'ébroua et toucha le dossier du bout de doigts. Une fois de plus il s'agissait du petit Robin Pookhey retrouvé une semaine plus tôt par un garde forestier dans la forêt de Pooca Loosa, en bordure d'une voie ferrée désaffectée. L'enfant, à bout de force, présentait des signes de déshydratation et de dénutrition. Quand on l'avait interrogé, il avait répété d'une manière presque obsessionnelle qu'on lui avait volé son vélo et toutes ses affaires. Hospitalisé pour un examen complet, il avait refusé de se laisser ausculter. Le médecin, cependant, n'avait pas tardé à découvrir sur le corps du gamin des traces de sévices (hématomes, griffures) laissés par des mains humaines, ainsi que des lésions importantes du sphincter anal. L'enfant avait été violé, cela ne faisait aucun doute. Ainsi, quelques semaines à peine après avoir été remis à sa vraie famille, le petit Robin fuguait et se faisait violenter par un agresseur dont il n'avait pas réussi à brosser un portrait robot utilisable.

Deux coups furent frappés à la porte vitrée. L'agent spécial Mathias Grégori Mikovsky entra. C'était un bel homme, adulé par les secrétaires... et qui le savait. Il avait les pommettes hautes, des cheveux épais et frisés que les pires bourrasques n'arrivaient pas à décoiffer. « Des cheveux en astrakan », se plaisait à penser Sandy. Il jouait beaucoup de ses mains fortes, manucurées, sachant qu'elles donnaient le frisson aux femmes. Il avait tué trois malfaiteurs depuis son entrée au bureau (des Blancs, pas des Noirs, il insistait sur ce point) et ne le laissait ignorer à personne. Il était célibataire, jouait au golf et éprouvait une antipathie phobique pour tous les attributs pileux sans exception : barbe, moustache. Les secrétaires chuchotaient en gloussant qu'il forçait ses maîtresses à se faire épiler... *intégralement*. Convaincu d'être promis à un grand destin, il souffrait d'avoir été nommé dans une antenne locale, et attribuait cette disgrâce à une lointaine ascendance russe, qui, peut-être, l'avait déconsidéré aux yeux de ses supérieurs. « Le communisme n'est pourtant pas génétiquement transmissible ! » ricanait-il lorsqu'il avait bu une bière de trop et commençait à ressasser.

Il s'assit sans attendre d'y être invité, mais après tout il était chez lui, Sandy faisant seulement office de consultante.

« Alors ? dit-il. Qu'en penses-tu ? Bizarre ce truc, non ? Bozman prétend que le kidnappeur du gosse serait revenu sur les lieux de son crime pour profiter une dernière fois de son giton...

— C'est idiot, fit Sandy. Dans ce cas il ne l'aurait pas fichu à la porte un mois auparavant. Que dit la mère ?

— Rien de très convaincant, marmonna Mikovsky avec une moue dubitative. Je l'ai trouvée fuyante. Elle prétend que le gosse se rendait chez les bûcherons, quelque part dans la montagne... Ce qui, déjà, me semble assez surprenant. À peine a-t-elle récupéré son môme qu'elle l'expédie à dix kilomètres de la maison familiale. De plus, Robin n'allait pas en direction de la scierie quand il a été agressé. Il semblerait plutôt qu'il fichait le camp en suivant les voies, avec l'intention probable de grimper clandestinement dans un train. Autre point épineux : le grand-père malade, victime d'une attaque, d'un coup de sang. J'ai la sensation qu'il s'est passé quelque chose entre le gosse et le vieux dingue. Un drame. La mère essaye d'étouffer le coup.

— Le viol ? suggéra Sandy. Tu penses que le vieux aurait abusé du gamin... Voilà pourquoi Robin aurait pris la fuite.

— Évident, lâcha Mikovsky. On a déjà vu pire. Si le gosse se décidait à parler, on pourrait coffrer ce Jedediah. Il a très mauvaise réputation dans la région.

— Robin ne dira rien, soupira Sandy. Il a peur. L'ennui, c'est qu'on n'a pas trouvé de sperme sur lui. Soit le violeur n'a pas éjaculé, soit il a usé d'un préservatif... je sais que ça paraît absurde, mais certains taulards ont pris cette habitude en prison, à cause du sida. Et puis il y a ceux qui pensent que la capote « dématérialise » le rapport. En empêchant le contact charnel, le latex rend l'acte sans réelle importance. C'est une opinion qui tend à se répandre aujourd'hui. Beaucoup de femmes pensent que tromper son mari en usant d'un préservatif ne compte pas vraiment puisqu'il n'y a pas mélange des sécrétions. Elles affirment n'en concevoir aucune culpabilité. J'ai une patiente qui prétend haut et fort ne voir dans ce type de rapports qu'une sorte d'« examen gynécologique ».

— Le vieux aurait pu employer un condom pour faire que l'acte ne puisse être considéré comme un péché ?

— Pourquoi pas...

Mikovsky se frotta les lèvres avec l'ongle du pouce. Sandy eut l'intuition que c'était là une parade de séduction. Cela pouvait vouloir dire : « Imagine ce ma bouche pourrait faire de tes mamelons, de ton clitoris... » Ce à quoi elle aurait pu répliquer que le pouce pouvait tout aussi bien symboliser le pénis et exprimer le désir inconscient d'une fellation homosexuelle.

« Quel est l'âge du grand-père ? demanda-t-elle. Est-il encore capable d'érection. »

Son interlocuteur fit la moue.

« Il n'est pas très vieux mais passablement usé, répondit-il. De toute façon, même s'il est physiquement incapable de la moindre tumescence, reste la possibilité du viol à l'épi de maïs, très pratiqué dans les campagnes. Notamment lors des bizutages.

— Tu soupçonnes ses frères ?

— Trop jeunes... quoique le dénommé Bonny m'ait tout l'air d'une future petite frappe. Mais je vois bien Jedediah Pookhey dans cet exercice. Le gosse, lui, parle d'un vagabond. Tu as vu le portrait-robot ?

— Oui, on ne peut plus typique... On dirait Jésus-Christ Superstar. D'ailleurs, à ce propos, on pourrait s'interroger sur le sens de cette accusation. Peut-être est-ce une façon pour Robin de nous fournir un indice indirect ? Cette caricature de Christ pourrait renvoyer à la religion, la religion à Jedediah...

— C.Q.F.D. ?

— Possible. »

Mikovsky se leva.

« Quoi qu'il en soit l'affaire repasse entre nos mains puisqu'il y a suspicion de récidive du kidnappeur, conclut-il. Robin affirme qu'il "rentrait chez lui"... Chez ses *vrais* parents. C'est intéressant. Cela implique qu'il sait où habite ses ravisseurs. Il faut le lui faire dire. Je te charge de lui tirer les vers du nez. Va le voir à l'hôpital, fais le parler. Nous tenons peut-être le moyen de coincer ce type. »

Il sortit, laissant Sandy en tête à tête avec ses dossiers. Elle chercha à se rappeler la mère du petit, Judith Pookhey. Une personnalité difficile, de toute évidence, en proie à des sentiments ambivalents bien compréhensibles, mais que sa culture religieuse l'empêchait d'assumer. La figure du grand-père, patriarche et prédateur, elle, posait problème. Sandy avait maintes fois approché ce type d'individu. Aux États-Unis, ils pullulaient dès qu'on s'immergeait en milieu rural. Les congrégations hostiles à toute idée de modernité en étaient grandes pourvoyeuses. Elles fabriquaient des générations de névrosés qui voyaient dans la connaissance, l'éducation, un piège du Malin, et finissaient par se cloîtrer dans un monde parallèle, un repli du passé en marge de la réalité. Elle avait la certitude que Judith n'avait pas su protéger Robin des exigences du vieillard.

« Je n'ai pas réussi à établir le contact avec elle, songea-t-elle. Elle m'a jugée trop frivole, trop "fille de la ville", je l'ai bien senti. Elle a dû penser que je lui vendais du vent. »

Elle se leva, rangea les dossiers dans la sacoche, vérifia que son magnétophone fonctionnait, et quitta le bureau. Elle n'aimait pas l'antenne locale du FBI dont l'ambiance ne différait guère de celle d'une compagnie financière : mêmes complots de couloir, même arrivisme, mêmes jeunes loups aux dents longues... Le temps des croisés de la pureté était aujourd'hui révolu. Il se trouvait des journalistes pour chuchoter que le FBI ne daignait se mettre en branle qu'à condition de travailler sur une affaire suffisamment médiatisée. Si la télé ne se dérangeait pas, le dossier restait entre les mains des flics locaux. Elle ne savait si c'était vrai ; on ne lui disait pas tout. Elle ne faisait pas vraiment partie du bureau. Il arrivait que des conversations s'interrompent brusquement lorsqu'elle entrait dans une pièce. Elle avait fini par s'y habituer.

Elle prit sa voiture pour se rendre à l'hôpital du comté où Robin était hospitalisé sous surveillance policière. Pendant qu'elle s'énervait dans les embouteillages, l'image de Mathias Mikovsky se mit à flotter dans son esprit, et elle jura entre ses dents. Elle détestait cet homme mais elle était sexuellement attirée par lui. Par sa suffisance, ses manières de mâle dominant. Cela lui était odieux, elle avait horreur de se découvrir si primitivement « femelle », si prête à tomber dans le panneau de besoins programmés il y avait de cela des milliers d'années dans l'inconscient de la horde originelle. Un bel homme implique un bon reproducteur, un mâle arrogant annonce un guerrier capable de défendre son clan... Mon Dieu ! les siècles passaient, on envoyait des sondes aux confins du cosmos, et l'on fonctionnait toujours selon les vieux préceptes du cerveau reptilien. Elle s'examina dans le miroir de courtoisie. Le pire, c'était que Mikovsky avait probablement deviné ce qu'elle éprouvait pour lui. Tous les agents suivaient des cours de programmation neurolinguistique, ils étaient rompus à l'interprétation du langage corporel, de ces milles petits riens qui vous trahissent : battements de paupières, position des doigts, imperceptibles grimaces...

« Il sait, songea-t-elle mortifiée. Il l'a même su avant moi, suis-je bête ! »

Elle vivait cela comme une erreur, une faille, un amoindrissement de ses capacités. Elle n'aimait pas être amoureuse, enchaînée à quelqu'un par des sentiments incontrôlables. Elle n'avait pas d'amant régulier, pas de petit ami. Quand elle se rendait à un congrès de psychologie, à l'autre bout du pays, elle en profitait pour faire l'amour avec un inconnu, dans un hôtel cinq étoiles, c'était son seul luxe. Se donner à un homme dont elle ne savait rien ne l'amoindrissait pas. Il pouvait la plier à tous ses caprices (elle l'y invitait d'ailleurs sans retenue), l'expérience restait sans conséquence sur sa vie, et elle se dépêchait de l'oublier sitôt remontée dans l'avion. De plus en plus de femmes responsables agissaient comme elle, fuyant les attaches. Ce n'était pas un hasard si les agences d'*escort boys* fleurissaient d'un bout à l'autre du pays. Des femmes d'affaires avaient recours à leurs services pour s'assurer une nuit de délassement. Une nuit qui les laissait nettes, inentamées.

« Il suffit d'une douche et d'un bon savon, lui avait dit l'une de ses clientes, une avocate de renom. Et tout s'en va par le trou de vidange. Personne n'aura barre sur moi, jamais. »

Certaines choisissaient le père de leur futur enfant de cette façon. Un inconnu, au hasard, dans la roulette russe d'un bar de célibataires. « Un jour j'en arriverai là, se disait parfois Sandy. Encore un an ou deux... À quarante ans il me faudra bien sauter le pas. »

N'importe qui. Mais pas Mathias Grégori Mikovsky. Surtout pas lui.

Elle arriva enfin à l'hôpital. Un flic en uniforme montait une garde maussade devant la chambre du gamin. Pour obtenir une protection rapprochée Mikovsky avait joué sur le fait que le kidnappeur poursuivait son ancienne victime de ses assiduités. Sandy n'y croyait pas.

Elle entra dans la pièce. Robin lisait. Pas une bande dessinée, non : *L'Iliade*. Un livre abîmé emprunté à la bibliothèque de l'hôpital.

« Ça te plaît ? lui demanda-t-elle en guise de préambule.

— C'est une mauvaise traduction, grommela-t-il. Je serais capable de faire beaucoup mieux. »

Sandy s'assit sur une chaise plastifiée et ouvrit sa sacoche. L'enfant n'était ni prostré ni agressif, comme on aurait pu s'y attendre.

« Ce ne sera pas facile. » songea-t-elle avec une petite crispation au plexus.

*

Elle sortit deux heures plus tard, décontenancée, des notes plein son calepin, avec l'impression d'avoir interviewé un extraterrestre. Elle revint au bureau pour essayer de mettre de l'ordre dans ses idées. À peine était-elle installée que Mikovsky entra en trombe, sans frapper. Elle songea à la définition du viol, dans le dictionnaire : *Pénétrer dans un lieu sans permission...*

« Alors ? lança-t-il, tu as vu le gosse ?

— Oui, répondit Sandy. Drôle de petit bonhomme. Le type même du survivant.

— C'est à dire ?

— Pour affronter la vie il a mis au point une méthode personnelle. Toutes les épreuves qu'il subit sont en quelque sorte des tests imposés par ses « vrais » parents. En triompher, par l'habileté ou le stoïcisme, constitue une victoire qui le grandira aux yeux de sa famille. En substance, plus il souffre, plus il ravale ses larmes, et plus il sera fort au terme du parcours. Il n'est toujours pas reconnecté sur la réalité. Il vit encore dans son fantasme « royal »... Tu connais la chanson : il est l'héritier du trône, nous aurons des ennuis si nous ne le ramenons pas chez lui, rupture des relations diplomatiques, menace de guerre avec l'Ombrie Australe, son pays. La-di-da.

— Dans sa tête il n'est pas le fils de Judith Pookhey ?

— Non, toujours pas. Il s'accroche à sa théorie. Cette sortie dans le monde du dehors (ce sont ses propres termes) constitue un rite initiatique marquant la fin de l'enfance. Il m'a doctement expliqué que des rituels analogues étaient observés en Amazonie.

— Il est en train de déraper, non ?

— Il se protège du monde en se fabriquant une carapace pseudo rationnelle. Il se cramponne à cette interprétation parce

167

qu'elle implique un retour à la case départ. Manifestement, les choses ne se sont pas très bien passées chez les Pookhey. La mère compte-t-elle venir le voir, oui ou non ?

— Elle n'a pas le temps, c'est ce qu'elle m'a répondu. Le grand-père fait une hémiplégie, elle est à son chevet. À mon avis, elle ne tient pas à ce que le gosse revienne à la maison. Elle a peur. Ce qui m'intéresse, moi, c'est de savoir si Robin allait quelque part ? Il t'en a parlé ? »

Sandy fit mine de classer des papiers sur le bureau. Elle n'aimait pas le rôle que lui faisait jouer Mikovsky. Il lui déplaisait de manipuler l'enfant.

« Oui... dit-elle à regret. Du moins il s'imagine le savoir. L'adresse lui aurait été communiquée en rêve. C'est tout à fait normal dans ce type de fantasme. Dieu délivre souvent ses conseils aux rois sous forme onirique.

— Il te l'a donnée ? s'impatienta Mikovsky.

— Non... pas encore.

— Promets-lui que nous allons l'emmener là-bas. Ce ne sera même pas un mensonge puisque nous aurons effectivement besoin de lui pour identifier la maison et son propriétaire. »

Sandy fit la grimace.

« Ce sera dur pour lui, murmura-t-elle. Quand nous serons sur place il peut se passer deux choses : soit son système protecteur s'écroule, et Robin, confronté au principe de réalité s'enfonce dans la dépression ou l'autisme... soit il choisit de privilégier le fantasme, et verra en nous les agents d'une quelconque police politique en train d'incarcérer un pauvre roi en exil. Dans un cas comme dans l'autre, il risque de très mal vivre la chose. »

Mikovsky haussa les épaules.

« Il n'y a pas moyen de faire autrement, trancha-t-il. Il faut agir, neutraliser le kidnappeur avant qu'il ne mette la main sur un autre gosse et ne le rende aussi dingue que Robin.

— Robin n'est pas fou, protesta Sandy. Son système de perception est faussé, c'est différent. Il est possible, après tout, que le ravisseur lui ait fourré ces idées dans la tête. Ça se tient, il y a une logique. Le souverain en fuite, assiégé par ses ennemis, d'où la nécessité de vivre en vase clos, sans mettre le nez dehors... »

Mikovsky fit un geste évasif pour signifier qu'il se moquait des détails.

« Fais-le parler, martela-t-il. Promets-lui que nous irons là-bas. Si tu dois te motiver, pense qu'un autre gosse est peut-être déjà prisonnier derrière les murs de cette baraque et qu'il entame une réclusion de dix ans. »

Il tourna les talons et sortit sans refermer la porte. Sandy vit dans cette béance imposée un nouveau symbole des intentions cachées de son chef. Elle le regarda s'éloigner avec haine. « Je deviens paranoïaque », pensa-t-elle. Peut-être était-il temps pour elle de rendre visite à son contrôleur...

Elle soupçonnait Mikovsky de chercher à monter un coup médiatique : l'affaire Pookhey. L'enfant-roi, le singe savant, le bordel devenu fabrique de petits princes... Dix ans d'enquête s'achevant par l'encerclement, l'assaut d'un quelconque ranch isolé. Pourquoi pas ? Il y avait belle lurette qu'elle ne se faisait plus d'illusion sur les flics, même d'élite. Il leur arrivait de succomber, comme le commun des mortels, aux bouffées noires montant des profondeurs de leur inconscient. Et c'était en grande partie parce qu'elle le savait qu'on la détestait. Son rôle constituait en effet à sonder les agents au cours d'entretiens trimestriels, afin d'établir une sorte de check-up psychologique du personnel. Les choses ne se passaient pas toujours bien. Il y avait beaucoup d'agressivité dans ces rencontres, une agressivité hautaine témoignant de ce qu'elle avait fini par surnommer « le fantasme du paladin ». Il se trouvait parmi les agents un certain nombre d'individus considérant que leur mission les plaçait au-dessus des lois. Chevaliers caracolant en permanence au milieu des démons, ils avaient la tentation de se substituer à la justice parce que personne, mieux qu'eux, ne pouvait comprendre de quoi il s'agissait. C'était là un fantasme tenace, un serpent de mer mental, qui tantôt surgissait, tantôt replongeait sous la mer étale du sur-moi. Pour le moment Sandy n'avait constaté aucun dérapage, mais la menace subsistait, larvée, potentielle.

« C'est normal, c'est humain, se disait-elle. On leur donne des jouets extraordinaires, des outils qui leur confèrent des pouvoirs presque magiques. Grâce aux micros, aux caméras miniaturisées, ils peuvent rendre les murs transparents, abolir toute intimité, entrer chez les gens à leur guise. C'est du voyeurisme légal, le rêve de tout adolescent frustré : écouter et voir sans être vu. Etre là en restant invisible. Quel gamin n'a pas souhaité pouvoir observer, sans courir le risque d'être puni, le dortoir des filles ou sa jolie voisine en train de prendre sa douche ? »

La rumeur affirmait que certains agents n'avaient pas hésité à puiser dans ce formidable arsenal pour constater l'infidélité de leur épouse... Comment résister ? C'était trop tentant. Le pouvoir engendre la paranoïa. La paranoïa l'obsession de la légitime défense. Les chevaliers blancs se sentant assiégés de toutes parts, forte était la tentation d'utiliser pour leur propre compte l'épée magique reçue des mains de Merlin l'enchanteur. Le travail de Sandy consistait à signaler à la direction les sujets susceptibles de franchir la ligne. Les agents sur le point de céder à la tentation. On lui en voulait pour cela... Elle était la rapporteuse, la cafteuse, celle qui faisait semblant de pleurer sur vos malheurs pour mieux vous poignarder dans le dos.

Elle eut un sourire amer. Finalement, en lui demandant de trahir Robin, Mikovsky révélait l'image qu'il se faisait d'elle. L'image d'une violeuse de secrets. (Une violeuse qui méritait d'être violée ?)

Elle chassa ces pensées parasites et se plongea dans l'étude des notes prises à l'hôpital. Un thème récurrent se dessinait, celui des mondes parallèles : le vrai, et l'imitation. Celui où le destin s'organisait, et l'autre, où l'on vivait dans l'ignorance des manipulations secrètes régissant l'ordre des choses. C'était là un thème souvent développé par les schizophrènes, les paranoïaques. Elle avait cru deviner, d'après les propos de l'enfant, un délire assez semblable chez Jedediah Pookhey. Quelque chose à propos du destin de la planète Terre, contrôlé à partir d'un antique poste d'aiguillage ferroviaire. Le thème réapparaissait ensuite dans les affabulations du vagabond christique : l'Amérique souterraine où se poursuivait une guerre de Sécession clandestine. Tout le problème était de savoir si ces propos avaient réellement été tenus par Jedediah et le violeur, ou si Robin attribuait à ces gens les voix qui résonnaient au fond de son crâne. Les psychotiques ont l'obsession des messages délivrés à leur seul usage par la télévision, les étiquettes des bouteilles de bière ou les modes d'emploi des appareils électroménagers. Ils y voient des avertissements, des devinettes, des prophéties cryptées. Le fil rouge unissant les pseudo parents de Robin, le grand-père Jedediah et Hilton le vagabond, semblait trop apparent à Sandy pour être autre chose que le symptôme d'une obsession. Robin avait interprété à sa manière des propos ou des occupations de caractère anodin.

« Ou alors, murmura-t-elle, c'est que l'Amérique tout entière est en train de virer parano. »

Une hypothèse à envisager. Depuis quelque temps, se manifestait chez les fonctionnaires de police la conviction de représenter la dernière ligne de défense contre le déferlement de la barbarie. Il en allait de même chez les militaires. Pour tous ces gens, les États-Unis prenaient l'allure d'une forteresse assiégée par la haine des pays déclinants, sauvages, obscurantistes. L'imminence d'une Troisième Guerre mondiale ne faisait aucun doute. On s'interrogeait juste sur la date des futures hostilités.

Des études très sérieuses, commandées par le gouvernement, affirmaient qu'un Américain sur cinq souffrait de troubles mentaux, et que la moitié des malades concernés refusaient obstinément de se soigner.

Sandy avait envie de rédiger un mémoire sur Robin, un article, voire une communication. Cet enfant lui semblait symboliser la folie sous-jacente d'une nation qui, sous des airs de matamore, nageait en plein désarroi. Il y avait chez ce gosse une aptitude étrange à la survivance, la volonté de surmonter les traumatismes.

« Il voit dans chaque blessure l'occasion d'obtenir une décoration, songea-t-elle. Un galon supplémentaire. Il a l'idée fixe de faire ses preuves. Il est comme ces jeunes gens qui partent à la guerre avec l'espoir de rentrer à la maison couverts de médailles. Pour parler comme Mikovsky : c'est à croire qu'il souhaite en prendre plein la gueule. »

Il serait intéressant d'interroger le ou les ravisseur(s), d'étudier la genèse de ce délire dynastique. Il y avait là matière à un livre...

« Mon Dieu ! pensa-t-elle. Voilà que je me mets, moi aussi, à penser en termes de médiatisation. »

Il était tard. Elle hésitait à repasser à l'hôpital. harceler le gosse ne constituerait pas une bonne méthode. Obscurément, elle en voulait à Judith Pookhey de négliger un tel enfant. Mais sans doute l'intelligence exceptionnelle de Robin avait-elle effrayé cette paysanne bourrée de complexes ? Certains psychotiques sont d'une intelligence rare et développent des dons d'intuition confinant à la voyance. Ils aiment par-dessus tout jouer avec leurs analystes et les duper en les poussant à de fausses conclusions. Comédiens, charismatiques, persuasifs, ne doutant jamais d'avoir raison, ils font de bons hommes politiques.

Les bureaux se vidaient. Sandy s'arrangea pour ne pas croiser Mikovsky et quitta l'immeuble. Elle était énervée, excitée. Sa conscience lui soufflait qu'on allait la pousser à faire une mauvaise action. Elle connaissait par avance l'argumentation de Mikovsky : Robin était perdu, raide dingue, il traînerait toute sa vie d'un service psychiatrique à l'autre, il ne fallait penser qu'aux futures victimes, celles que l'engrenage n'avait pas encore broyées.

Elle gara sa voiture sur le parking souterrain, grimpa chez elle sans s'attarder. Elle habitait un grand appartement nu, tout en gris et blanc, à la décoration zen. « Impersonnel, froid... » disait-on dans son dos. C'était un cadeau de son père, pour ses trente-cinq ans. Un cadeau embarrassant, qui venait trop tard. Un peu comme s'il lui avait offert un pot rempli de terre en lui disant : « Tiens, débrouille-toi pour faire pousser quelque chose là-dedans tant que je suis encore en vie. » Elle y avait deviné un reproche. Pas de mari, pas d'enfant, un métier invraisemblable qui consistait à « confesser les fous ». Sandro DiCaccio était de la vieille école.

« Finalement, grognait-il. Tu ne fais rien que trouver des excuses à ces dingues pour leur éviter de passer sur la chaise électrique. Tu ne rends pas vraiment service à la communauté. »

En bon immigré ayant fait sa pelote, il avait le complexe de la reconnaissance. Il se serait fait couper en quatre pour les États-Unis. Il aurait aimé avoir un fils, l'offrir à sa patrie d'adoption, en faire un soldat pour payer enfin sa dette.

« Ce qui te gêne, avait lâché Sandy un jour d'exaspération, c'est de devoir quelque chose à quelqu'un... Tu n'es pas reconnaissant. En réalité tu te sens en position d'infériorité parce que tu es débiteur. Une guerre t'aurait bien arrangé. Ton fils y serait mort, du coup ta dette s'en serait trouvée remboursée.

— Un enfant ne doit pas se mêler de ce qui se passe dans la tête de ses parents, lui rétorqua son père. Tu as pris de mauvaises manière à l'université, ma fille. Ta mère, si elle était encore en vie, serait bien peinée de te découvrir si raisonneuse. »

Sandy DiCaccio ôta ses escarpins d'un coup de pied. Elle ne devait pas commencer à ressasser. « À préparer sa plaidoirie » comme lui disait, jadis, son premier analyste. « Vous voulez être parfaite, inattaquable, lui serinait-il. Finalement, cela vous pousse à vous conduire en future accusée. Vous préparez votre défense, par anticipation, juste au cas où... »

Se déplaçant sur ses bas, elle entra dans la cuisine pour se verser un verre de vin. Contrairement à ce qu'imaginaient ses collègues masculins, elle appréciait ces soirées en solitaire, sans match de base-ball hurlant à la télévision, sans homme vautré sur le canapé, les inévitables boîtes de bière à portée de la main. Des clichés, tout ça ? Dieu ! Mais toute la vie n'était qu'un immense cliché ! La naissance, l'enfance, l'adolescence, le mariage, la mort... encore des clichés. Autant de saynètes prévisibles, aux variations déjà répertoriées. Rarement surprenantes. Voilà ce que lui avait enseigné ses années de pratique professionnelle : le cliché et le mélodrame constituaient les deux mamelles de l'existence. Mieux valait l'admettre le plus tôt possible.

Elle but son verre de valpolicella à petites gorgées, laissant courir son regard sur le décor de l'appartement. Pas de bibelots. Devant la baie vitrée des bacs de sable blanc ratissé à la mode zen, où elle avait planté les cailloux d'un jardin de pierre miniature. « Ce n'est guère féminin, avait grogné son père. On se croirait dans le salon d'attente d'une société japonaise spécialisée dans la vente des puces informatiques. » Elle l'avait déçu, une fois de plus. Jamais elle ne parvenait à le surprendre agréablement. « À la mort de maman, songea-t-elle, il aurait voulu que je prenne sa place. Que je devienne son double, que j'entre dans ses vêtements... »

Elle se rappelait combien il la félicitait chaque fois qu'elle employait une expression dont sa mère avait usé. « Cette mimique, disait-il d'un ton attendri, c'est toute ta pauvre mère. Tu lui ressembles de plus en plus. » Et elle avait joué le jeu pendant son adolescence, se coiffant, s'habillant, affectant les goûts culinaires de la disparue, jusqu'au jour où elle s'était brutalement réveillée. De là datait la fêlure.

Elle soupira. Elle n'avait pas faim. Posant le verre sur une table basse, elle eut un geste pour descendre la fermeture Éclair de sa jupe. Elle jeta un coup d'œil à la baie vitrée dont les stores n'étaient pas descendus, et se ravisa *in extremis*. Quelque temps auparavant, elle avait rêvé que Mikovsky se tenait en planque dans l'immeuble d'en face et l'espionnait au moyen d'un téléobjectif. Le souvenir de cet épisode onirique l'avait longtemps poursuivie. Cela pouvait signifier deux choses : qu'elle avait peur de voir Mikovsky s'immiscer dans son intimité (Dieu ! la formulation elle-même était déjà un aveu !) ou qu'au contraire, elle souhaitait cette intrusion de toutes ses forces.

« Vous avez beaucoup travaillé sur le viol, lui avait dit un jour son contrôleur. Beaucoup trop, estimaient certains. Etes-vous sûre de n'avoir pas oblitéré dans votre mémoire des gestes, des comportements de votre père qui, sans qu'il soit question de passage à l'acte, auraient été ressentis par vous comme un viol symbolique ? »

Elle avait bien compris ce qu'il voulait dire : « Sandra, jusqu'où avez-vous accepté de jouer le rôle de votre mère pour faire plaisir à votre cher papa ? Le savez-vous ? »

Elle avait la certitude que Sandro n'avait jamais eu le moindre geste incestueux envers elle, elle en aurait mis sa tête à couper. Mais qu'est-ce que ça valait, une « intime conviction » ? Ne recevait-elle pas chaque année une douzaine de patientes qui lui soutenaient la même chose jusqu'au jour où, en sanglotant, elles finissaient pas admettre avoir partagé le lit de leur père des années durant ?

Clichés, mélodrames, encore une fois... Dans la marine anglaise on usait d'un dicton dont Sandy avait maintes fois vérifié la sagesse : « Le pire est toujours certain. »

Avait-elle vécu le pire ? En proie au doute, elle s'était fait hypnotiser, bien qu'elle eût la plus grande méfiance pour ces procédés charlatanesques dont l'hystérie des patients se fait souvent complice. Cela n'avait rien donné. Il lui faudrait apprendre à survivre avec, fichée dans un coin de sa tête, cette hypothèse invérifiable. Survivre... Le petit Robin Pookhey faisait cela très bien. Peut-être pourrait-elle lui demander des cours ?

Elle baissa les stores, se dévêtit et passa une robe de chambre. Elle se dépêcha de faire disparaître les habits jetés en vrac sur le canapé, n'en supportant pas la vue. Le désordre lui donnait des angoisses. Maniaquerie, diagnostiquait-elle. Profil obsessionnel.

« L'important, répétait-elle à ses collègues, c'est la vie après le traumatisme. Le regard de la société ne doit pas emprisonner la victime dans son rôle de pauvre créature à jamais brisée, pour laquelle aucune existence normale n'est plus désormais envisageable. Il faut casser le mythe de la malédiction, de la vie arrêtée, fixée. De l'horloge au verre fendu qui marquera toujours l'heure du drame. » On pouvait avoir été kidnappé, rejeté, violé... et se relever, et poursuivre son chemin avec entêtement. C'est en cela que Robin la fascinait.

Elle s'assit pour relire ses notes. Demain il lui faudrait mentir au petit garçon. Elle détestait cette perspective.

*

À l'hôpital, Robin, en dépit de l'heure tardive, lisait *L'Iliade*. Le texte, maladroitement traduit, sans style, l'exaspérait. Il avait demandé du papier et un crayon à une infirmière. Penché sur sa copie, il écrivait :

... Cet homme qui le poursuivait le rattrapa et le frappa à la hauteur des reins. Se faufilant sous l'os, la pointe de la pique creva la vessie. Phéréclos tomba sur les genoux en gémissant, et la mort le recouvrit de son voile de ténèbres. Mégès égorgea Pédaéos, le fil d'Anténor. Célèbre pour son habileté à la lance, le fils de Phylée s'approcha de lui, et le frappa d'un coup de pique acérée dans la nuque. Le bronze, en remontant jusqu'aux dents trancha la langue à sa racine. Pédaéos s'effondra dans la poussière, et ses dents mordirent le bronze glacé de cette langue de métal qui lui était subitement poussée.

19

Le convoi roulait vers Silver Lake. Il se fragmenterait aux abords de la ville pour ne pas attirer l'attention. Tous les véhicules offraient la même apparence banalisée. En raison de la vocation touristique des lieux, les agents s'étaient donné l'allure de citadins déguisés en pêcheurs du dimanche. Chacun y était allé de son gilet multi-poches kaki, de son chapeau piqué de mouches artificielles. Les blousons et autres coupe-vent dissimulaient les armes ainsi que le matériel de transmission. Depuis que Robin avait accepté de révéler à Sandy DiCaccio l'endroit où se tenait la résidence de ses parents le dispositif se mettait en place. Une demi-douzaine d'agents étaient déjà partis en éclaireurs pour écumer les alentours sous le prétexte d'interminables randonnées. On avait pris la précaution de former des couples de tous âges. Pour le moment, les premiers repérages n'avaient rien donné de décisif. Les propriétés importantes ne manquaient pas dans la région. À première vue, aucune d'elles ne correspondait à la description fournie par l'enfant, à savoir : un château entouré de murs infranchissables.

Sandy regardait défiler le paysage par la vitre latérale du break de chasse conduit par Mikovsky. Robin voyageait dans une camionnette blindée aux vitres Polaroïd, sous la surveillance de deux agents. On avait utilisé pour son transport un « sous-marin » de surveillance, bourré de matériel d'écoute, en espérant que cet étalage électronique passionnerait un gosse de cet âge et qu'on pourrait l'occuper en le faisant jouer avec les magnétophones, les caméras, mais Robin ne s'intéressait nullement à la technique, et il s'était replongé dans l'exemplaire de *L'Iliade* dérobé à la bibliothèque de l'hôpital, poursuivant ses travaux de réécriture avec une obstination fiévreuse. « Il est inquiet, pensa Sandy en l'observant.

Il n'est pas certain d'avoir bien fait en nous parlant de Silver Lake. Il est terriblement intuitif, il a bien sûr deviné que nous le menions en bateau. »

Elle-même n'était pas fière du rôle qu'on lui faisait jouer. Confidente et espionne. Mikovsky l'avait manipulée.

« Personne ne doit voir le gosse, répéta ce dernier pour la dixième fois depuis qu'ils roulaient. Le ou les kidnappeurs pourraient très bien se promener dans la ville, cela flanquerait tout par terre. Quand Robin sortira du fourgon, il portera un masque en caoutchouc d'Halloween. L'agent Bleekley, qui joue le rôle de sa mère, le conduira en le tenant par la main jusqu'au bungalow loué pour l'occasion. C'est une construction isolée, trop à l'écart et qui a du mal a trouver preneur en temps normal. Elle convient parfaitement à ce que nous voulons en faire.

— Et le nom du ravisseur, *Billingsly*, interrogea Sandy. Quelqu'un l'a-t-il déjà entendu ?

— Pour le moment on n'a rien là-dessus, grommela Mikovsky. Mais il est difficile de faire du porte à porte en criant : « Je cherche mon vieux pote, Billingsly, savez-vous où il crèche ? » De plus c'est un nom d'emprunt, donné à un pompiste... Notre kidnappeur en a peut-être dix autres en réserve. Il n'y a rien au cadastre... C'est une très petite communauté où tout le monde se connaît, ce qui nous oblige à marcher sur des œufs. À la moindre indiscrétion notre couverture sera grillée.

— Aucun château en vue ? s'enquit la psychologue.

— Non, ç'aurait été étonnant. Ce n'est pas vraiment le genre de l'architecture locale. À mon avis, le gosse a beaucoup enjolivé. Si ça se trouve il a vécu bouclé dans une cave pendant sept ans et ses histoires de parc, de fontaine et de plan d'eau n'ont jamais existé que dans sa tête.

— Ce n'est pas à écarter », admit Sandy.

Ils n'échangèrent plus un mot jusqu'à leur entrée dans la ville. Silver Lake semblait sortir d'une carte postale de l'après-guerre. Le béton en était exclu et tous les bâtiments sans exception avaient été construits en rondins. Des totems de bois grossièrement sculptés se dressaient aux carrefours : Indiens, trappeurs, grizzlis dressés sur leurs pattes postérieures, grosses figurines taillées à la hache et barbouillées de couleurs vives. Les panneaux indicateurs avaient la forme de poissons géants qui souriaient.

« Ça me rappelle le jeu de construction en bois que j'avais à six ans, ricana Mikovsky. Jamais été foutu de l'emboîter correctement. »

Depuis le départ, Sandy luttait pour ne pas céder à la tentation de contempler le profil de son supérieur hiérarchique, ses cheveux noirs qui bouclaient bas sur son front. Et surtout ses mains qui manipulaient le volant avec une espèce de sensualité affectée. Elle se maudissait de céder à des stimuli aussi classiques, aussi évidents.

« Finalement, se dit-elle, j'aime analyser les sentiments, je déteste les éprouver. »

Elle avait pour patients des intellectuels de haut niveau qui, comme elle, se réfugiaient dans l'abstraction et la prospective scientifique pour fuir tout ce qui entretenait le moindre rapport avec l'affectif. Au fil des années, ils étaient devenus des machines à penser, sans plus de sentiments qu'un joueur d'échecs robotisé. Peut-être, un jour, finirait-elle comme eux... « À moins que Robin ne me fournisse une clef », songea-t-elle sans trop savoir ce qu'elle entendait par là.

Une forêt de sapins encerclait la station. La plupart faisaient trois fois la taille des plus hautes constructions. Les branches épaisses installaient une pénombre bleutée sous le couvert.

« Nous partagerons la même chambre, annonça Mikovsky en s'engageant sur le parking de l'hôtel du Saumon souriant. Difficile de faire autrement. À Silver Lake une femme seule n'est pas crédible. Je te promets de ne pas oublier de rabattre la lunette des W-C, mais pas question de faire lit à part, les chambres sont trop petites. Aussi, très exceptionnellement, et pour sauvegarder ta pudeur, j'ai amené un pyjama. J'espère que je le supporterai, il y a des années que je n'ai pas enfilé un de ces trucs-là. »

*

Sandy souffrait d'avoir été séparée de Robin, mais Mikovsky avait été formel : « J'ai besoin de toi. Je n'ai pas de profileur sous la main, tu en feras office. On va faire le tour des agents immobiliers, je les baratinerai en les amenant peu à peu sur le terrain du foutu "château" décrit pas le gosse. Je veux que tu les observes pendant ce temps-là. Si tu as l'impression que l'un d'eux commence à mentir, fais-moi signe. »

Sandy n'appréciait guère ce type de travail, mis à la mode par une certaine littérature et les séries télévisées. Elle n'avait jamais pu s'empêcher d'y voir une part de charlatanisme, mais l'antenne locale du bureau fédéral disposait de moyens réduits, et elle était bien forcée de se plier aux ordres de son responsable.

Après une brève collation, ils entamèrent donc la tournée des agences. Mikovsky, avec un plaisir perfide, mettait beaucoup d'application à jouer les maris aimants. Chaque fois qu'ils franchissaient le seuil d'une officine, il en profitait pour multiplier les signes d'intimité physique : bras posé sur les épaules de Sandy, main de propriétaire arrimée sur sa taille. Pendant la discussion, il ne cessait de la toucher, de l'effleurer : le genou, la cuisse. Ces contacts électrisaient la psychologue plus qu'elle ne l'aurait voulu. Elle avait l'impression que lorsque les doigts de Mikovsky se posaient sur sa peau, son corps émettait un petit grésillement d'étincelles audible par tous. Elle savait qu'il s'amusait à la provoquer. Sans doute n'avait-il aucune intention de coucher avec elle, il désirait seulement allumer chez sa collaboratrice une attente non comblée qui se changerait en frustration. Elle l'imaginait, racontant à ses collègues : « Elle était excitée comme pas possible, et je l'ai laissée sur sa faim. C'était à mourir de rire. Partager le même lit qu'elle, et ne pas faire un geste dans sa direction ! Elle n'attendait que ça... et moi j'ai dormi comme un bébé ! »

Elle prit conscience qu'elle divaguait au lieu de se concentrer sur l'enquête en cours. À la troisième agence, elle repéra des signes manifestes de nervosité chez leur interlocuteur lorsque Mikovsky se présenta sous le nom de Billingsly.

« Pardon ? hoqueta l'agent immobilier.

— Bill Hinskley, corrigea Mikovsky. Et voici mon épouse, Laura. »

Ils s'assirent. Au bout de cinq minutes Sandy avait répertorié toute la gestuelle inconsciente de leur interlocuteur. Lorsqu'il mentait dans un but professionnel, l'homme souriait en fixant le client droit dans les yeux. Quand il estimait que son adversaire laissait stupidement voir ses cartes, il se caressait le ventre. Par contre, chaque fois qu'on prononçait les mots *château, mur d'enceinte,* ou que Mikovsky s'amusait à répéter son nom Bill Hinskley et l'accentuant de façon à lui donner une sonorité proche de Billingsly, le conseiller immobilier se frottait le nez avec l'ongle du pouce. Le geste était fugitif, à peine perceptible, mais révélateur.

« J'ai remarqué qu'il n'y a pas d'émigrés par ici, lança Sandy. Pas de Cubains ou de Mexicains. Est-il possible d'embaucher des gens de maison à un tarif raisonnable ? À Los Angeles on a tous les Mexicains qu'on veut pour une bouchée de pain, ils ne travaillent pas très bien, mais, bon, on ne leur demande pas de tenir un château, n'est-ce pas ? »

Par trois fois, l'homme ébaucha le geste de se gratter le nez. Il n'y avait plus de doute possible. Sandy posa la main sur le genou de son compagnon. Celui-ci tira exhiba sa carte professionnelle et se présenta. L'agent immobilier devint blême.

« Il s'agit d'une enquête fédérale, dit sèchement Mikovsky. Vous savez ce que cela implique. Si vous refusez de collaborer vous serez accusé de complicité dans une affaire de kidnapping. »

L'homme s'effondra en bredouillant. Il s'appelait Geoffrey Menzoni. C'était un quadragénaire empâté, dont le sourire sortait tout droit d'un cabinet d'orthodontiste. Sa chevelure, aux mèches curieusement espacées sentait l'implant capillaire à cent lieues.

« Bon Dieu ! haleta-t-il, je ne savais pas qu'il s'agissait d'un kidnapping... Le type s'est présenté il y a huit ou neuf ans, je ne sais plus. Il se disait écrivain. Il voulait une résidence tranquille, coupée de tout, pour travailler en paix. Il avait de l'argent. il avait entendu parler du château, une espèce de faux manoir bâti par un original, au début du siècle. Un acteur du cinéma muet spécialisé dans les rôles de mousquetaire à Hollywood. Du toc... Une bâtisse dessinée par un décorateur à demi pédé.

— Un faux château ? insista Mikovsky.

— Oui, souffla Geo Menzoni. Une bicoque invraisemblable et dont personne ne voulait. Ce n'est pas très grand, et les arbres ont poussé tout autour, si bien qu'on ne la voit plus de la route depuis longtemps. En fait, le décorateur de l'époque s'est contenté de maquiller une maison qui existait déjà. C'est très bizarre comme résultat... On dirait le manoir de la famille Addams. Billingsly l'a loué pour dix ans, un bail renouvelable à condition qu'on ne mette jamais le nez chez lui sous aucun prétexte. Il se chargeait des travaux de remise en état. Il payait bien, on voyait que c'était un type à l'aise. J'ai cherché son nom dans le fichier, à la bibliothèque municipale, mais j'ai rien trouvé. Peut-être qu'il écrit sous pseudonyme, n'est-ce pas ? Et puis ça ne me regardait pas. Il payait, c'est tout ce qui comptait. Les artistes sont excentriques, faut pas chercher à comprendre.

— Comment payait-il ? Par chèque ?

— Non, en liquide.

— Et ça ne vous étonnait pas ?

— Je ne sais pas, j'ai pensé à une astuce comptable pour truander l'IRS. »

Geo Menzoni transpirait à grosses gouttes. Sandy avait la conviction que, dès le début, l'agent immobilier avait flairé l'affaire louche. S'il avait gardé le secret, c'était pour cause de commission juteuse.

« Qui habitait avec Billingsly ? demanda-t-elle. Une femme ? Un enfant ? Des enfants ?

— Je ne sais pas, balbutia l'homme. Je ne suis jamais allé y voir. Il faisait tout venir d'ailleurs. Les maçons, les décorateurs... Parfois on le voyait passer dans sa grosse voiture noire, on ne savait pas où il allait. Même la nourriture, il ne la prenait pas ici. Il disait qu'il suivait un régime très strict. Des aliments composés pour lui par un diététicien, un nutritionniste, je ne sais quoi...

— À quoi ressemble-t-il ?

— À un professeur. La cinquantaine, les cheveux gris, la moustache. Vous connaissez cette vieille bande dessinée *Mandrake le magicien* ? Il avait quelque chose de Mandrake, oui. De la classe. Un côté David Niven.

— Quand est-il passé pour la dernière fois ?

— Il y a un mois. Il devrait revenir dans quelques jours, pour régler la location. »

Sandy DiCaccio et Mikovsky échangèrent un coup d'œil.

« On nous a parlé d'un personnel composé d'immigrés, dit la psychologue. Des adolescents, ne parlant pas un mot d'américain. Des *wetbacks* sans carte verte, très probablement. Etes-vous au courant ? »

Geo Menzoni se toucha le nez.

« Non, haleta-t-il. S'il a embauché des domestiques en situation irrégulière, il l'a fait dans mon dos. »

Mikovsky intervint sur un ton menaçant. Au bout d'une dizaine de minutes, l'agent immobilier reconnut avoir « branché Billingsly sur une filière de clandestins ».

« Il ne voulait que des gosses, chuchota-t-il le regard fuyant. Douze ans, pas davantage, mais plutôt sept ou huit. C'est pas difficile à trouver, vous le savez bien. À cet âge-là, de l'autre côté de la frontière, ils traînent déjà dans les rues.

— Qu'en faisait-il ? siffla Sandy.

— Sais pas. Aucune idée. Il disait qu'il leur apprenait notre langue, leur donnait de l'argent puis les lâchait dans la nature. Il en changeait souvent.

« — Vous les avez vus repartir ?

— Non. Je ne m'occupais pas de ce qui se passait là-bas. Je suppose qu'il les reconduisait lui-même aux limites de l'État.

— Combien d'enfants vous "commandait"-il chaque fois ?

— Cinq, six. Dix à tout casser. »

Sandy hocha la tête. Voilà pourquoi Geo Menzoni avait gardé le silence pendant dix ans, le trafic d'immigrés clandestins lui rapportait gros.

« Vous êtes dans de sales draps, conclut Mikovsky. Vous avez intérêt à collaborer. Vous allez nous fournir tous les plans de l'endroit et nous conduire sur place. Pas un mot de ce qui vient de se dire ne doit sortir de ce bureau. Vous allez fermer l'agence et nous accompagner. Je ne vous lâcherai plus d'une semelle. Donnez-moi votre téléphone portable, je ne veux pas que vous puissiez être tenté de prévenir Billingsly. Si vous marchez droit, vous sauverez peut-être vos fesses en plaidant l'imbécillité congénitale. Avez-vous une femme, une petite amie à prévenir de votre absence ? Si c'est le cas, vous prétexterez une expertise à l'autre bout du pays, une occasion unique ou n'importe quoi. »

Ils quittèrent l'agence en souriant. Sandy et Mikovsky marchaient de façon à encadrer l'agent immobilier. Deux voitures de l'équipe étaient déjà en couverture. Menzoni fut bouclé dans le même chalet que Robin, mais à l'étage supérieur. Il ne souriait plus. On le menotta à une canalisation de la salle de bains.

« Je n'aime pas cette histoire d'enfants clandestins, souffla Sandy lorsqu'elle se retrouva seule avec son compagnon. Nous avons commis une erreur. Nous nous sommes trompés depuis le début. Il fallait prendre les déclarations de Robin au pied de la lettre. Il ne fabulait pas. Il a réellement vécu dans un château, il avait des serviteurs, et quelqu'un lui bourrait le crâne avec des contes à dormir debout.

— Nous ne pouvions pas le deviner, coupa Mikovsky. C'était trop délirant. Après tout, les asiles sont pleins de cinglés qui se prennent pour la reine d'Angleterre ou pour le pape. Tu n'as rien à te reprocher. »

Sandy grinça des dents en notant l'emploi du « tu ». Elle croyait se rappeler que Mikovsky, à l'époque, s'était – plus que les autres – farouchement opposé à la théorie de « l'utopie royale ».

*

On passa le reste de la journée en interrogatoires. Mikovsky ne voulait pas courir le risque de faire survoler la propriété par un hélicoptère de peur de donner l'alerte aux ravisseurs. D'après l'agent immobilier, le domaine se composait de prés à l'abandon, ceinturés de barbelés. Au centre de cette friche poussait un bosquet épais, jamais élagué, qui cachait la maison aux yeux des promeneurs.

« Ça semble de proportions modestes, observa Mikovsky, Robin, lui, parle d'un château ...

— Une grande maison vue par des yeux d'enfant ça devient vite un château, fit Sandy.

— Il n'y a qu'une entrée et les murs font trois mètres de haut. Selon Menzoni, il n'y a pas de signal d'alarme, pas de caméras de surveillance, mais il admet n'avoir pas mis les pieds là-bas depuis des années. Il faut à tout prix éviter que les kidnappeurs ne se barricadent pour soutenir un siège. Ils sont peut-être armés... S'ils sont entourés d'enfants, ceux-ci constitueront autant d'otages. Ça peut vite tourner à la catastrophe.

— Tu penses au drame de Waco ?

— Oui. Il y a cette histoire de gosses immigrés que personne n'a jamais vu ressortir. Je n'aime pas beaucoup ça. Le type n'avait aucun intérêt à relâcher dans la nature des enfants qui en savaient trop. Ne parlant pas notre langue, errant sur le territoire sans personne chez qui aller, ils avaient toutes les chances de se faire ramasser par l'Immigration. Là, au premier interrogatoire de routine, ils déballaient toute l'histoire. Non, c'était trop dangereux. Billingsly ne pouvait pas courir ce risque. À mon avis, les gosses ne sont jamais ressortis de la propriété. »

Sandy se crispa.

« Tu crois qu'ils les a tués ? » souffla-t-elle.

Mikovsky hocha affirmativement la tête.

Au cours de la soirée, la psychologue eut un nouvel entretien avec l'agent immobilier, afin d'essayer de dresser un portrait du kidnappeur. Geo Menzoni semblait à la torture.

« Merde, haleta-t-il, je ne pouvais pas deviner. Ce type n'avait rien de menaçant... Il bichonnait son gamin comme si c'était le futur président des États-Unis. À chaque anniversaire, il faisait venir des clowns, des magiciens, des montreurs d'animaux des quatre coins du pays.

— Vous saviez donc qu'il y avait un enfant retenu à l'intérieur du domaine, souligna Sandy.

— Oui, admit Menzoni. Je l'ai entr'aperçu, une fois ou deux, mais on voyait bien qu'il était heureux, pétant de santé. J'avais aucune raison de m'inquiéter. Il ne se comportait pas comme un gamin prisonnier. En fait, tout le monde avait l'air au petit poil dans cette turne. On se serait cru à Disneyland. Fallait voir les jouets, les installations... des châteaux miniatures, des galions sur le plan d'eau... Les mômes costumés qui faisaient la farandole... Merde ! Vous pouvez dire ce que vous voulez, ça n'avait pas l'air d'une prison ! »

Quand elle rejoignit le reste de l'équipe, Sandy découvrit Mikovsky penché sur une liasse de feuilles crachées par l'imprimante.

« Aucune trace de ce Billingsly, grommela-t-il. Si au moins on avait une photo on pourrait la faire passer à un spécialiste des milieux d'affaires. Il faut de l'argent pour entretenir une utopie de cette taille, le type doit donc être connu sur la place.

— Pas si c'est simplement l'héritier d'une grande fortune qui mange doucement son bien en se tournant les pouces, murmura Sandy.

— Exact, fit Mikovsky. Son père, son grand-père ont pu lui léguer des puits de pétrole au Texas. Il se contente d'en toucher les dividendes sans jamais se mêler de leur gestion qu'il a pu confier à un cabinet d'experts.

— Si bien qu'il n'a aucune activité professionnelle, aucune obligation sociale, compléta la psychologue. Il peut s'immerger dans sa vie fantasmatique des mois durant. Il fonctionne comme un sous-marin nucléaire voyageant sous la banquise. Il disparaît et vit en autarcie sans rendre de comptes à personne. Il a inventé cette histoire d'écrivain parce que c'est un alibi commode qui excuse ses excentricités et justifie un emploi du temps plutôt curieux. À mon avis c'est là qu'il faut chercher. Un héritier, pas un homme d'affaires. Cela lui prendrait trop de temps, impliquerait trop de voyages, trop de contacts. Il ne possède pas forcément une fortune extraordinaire. Il vit cloîtré, personne ne le connaît ou presque. Il ne se sent à l'aise qu'avec les enfants, entouré d'enfants dont il fait le bonheur. Il a le complexe du Père Noël. Il se voit comme un redresseur de torts. Quelqu'un qui supplée aux carences des parents biologiques.

— Pédophile ?

— Pas obligatoirement. Ou alors de manière diffuse : baisers, câlins... des choses innocentes. Il a probablement une sexualité immature. Une sexualité de gosse de dix ans. Le terme « sensualité » serait d'ailleurs plus approprié.

— Mais il est dangereux.

— Oui, il est prêt à tout pour sauver son utopie. S'il libère les enfants américains, il se débarrasse des petits Mexicains, avec d'autant moins d'hésitation qu'il ressent probablement à leur égard une certaine jalousie. Il leur en veut d'être encore des enfants et de pouvoir communier mieux que lui avec son protégé du moment. Il ne s'en remet pas d'avoir grandi. Il voudrait être encore un gosse et jouer avec les autres gosses. Cet enfant qu'il enlève, en réalité c'est lui-même. Il est son propre sauveur. S'il kidnappe un gamin, c'est pour l'élever mieux que ne le ferait ses parents... mieux que ne l'ont fait les parents Billingsly. Voilà pourquoi il n'a pas tué Robin. Il ne le peut pas, *ce serait se tuer lui-même.* En fait, c'est un pédagogue, le pédagogue d'un seul élève. Il se fabrique un clone en lui donnant des armes pour affronter la vie. Des armes qu'on n'a pas jugé bon de lui fournir en temps utile, à lui, Billingsly... Quand il arrive au terme de son programme, il recommence, encore et encore. Il ne peut pas s'en empêcher. Mais il est jaloux, terriblement jaloux. C'est l'une des raisons pour lesquelles il entoure son protégé de gosses ne parlant pas sa langue. Il exige de rester l'interlocuteur privilégié, celui vers qui l'enfant kidnappé se tournera pour communiquer.

— Et la femme là-dedans, cette Antonia ? »

Sandy fit la moue.

« Elle existe, puisque Robin ne cesse de parler d'elle, murmura la psychologue. Doit-on pour autant en conclure qu'elle est l'épouse de Billingsly ? Je ne sais pas. Elle joue le rôle de la mère idéale, c'est certain. La mère que Billingsly aurait voulu avoir. Est-ce une comparse ? Une maîtresse ? Difficile de penser qu'une femme accepterait de vivre dans de telles conditions de claustration si elle ne partageait pas la folie du metteur en scène.

— Elle serait donc aussi atteinte que Billingsly ?

— Pourquoi pas ? Il pourrait s'agir de sa sœur, par exemple. Elle a connu les mêmes souffrances que son frère et tous deux jouent à réécrire leur enfance en la corrigeant, en l'édulcorant de tout ce qu'elle a pu avoir de négatif. À *priori* ce ne sont pas des monstres, ils souhaitent donner à leurs petits protégés tout ce dont ils ont été privés, en leur temps, lorsqu'ils avaient moins de dix ans. Ils pensent avoir mis sur pied la fabrique de l'enfant idéal, l'atelier où l'on assemble les petits garçons heureux. Ils sont persuadés d'agir pour le plus grand bien des gosses.

— Ça paraît très convaincant. »

Sandy haussa les épaules.

« Tu sais ce que je pense des foutus "profils", fit-elle. Je n'y crois guère. À partir des mêmes éléments je peux te bâtir une interprétation entièrement différente. Tiens, pourquoi Antonia ne serait-elle pas l'organisatrice de tout cela ? Billingsly est son mari, elle le tient sous sa coupe, il satisfait ses moindres caprices par peur de la perdre... ou bien parce qu'elle est très riche et qu'il espère un jour hériter de sa fortune. Elle ne peut pas avoir d'enfant, et cette carence a fini par générer une psychose. Elle vit dans un monde onirique bâti à partir des contes de fées qu'on lui racontait lorsqu'elle était petite fille. Elle est très égoïste, centrée sur son fantasme. Les enfants kidnappés cessent d'exister pour elle du jour où ils ne correspondent plus exactement à l'image physique sur laquelle elle est fixée. Elle est charismatique, charmeuse... beaucoup de psychotiques le sont. Leur intuition leur permet de deviner les attentes de leur interlocuteur, et de les combler, instinctivement. Cela explique le succès des gourous, des dirigeants de sectes. »

Ils se séparèrent sur ces dernières considérations car l'équipe se rassemblait, et Mikovsky devait mettre au point l'intervention du lendemain. Sandy, qui n'était pas concernée par ces préparatifs guerriers, se rendit dans les appartements de Robin. L'enfant se trouvait toujours sous la surveillance de l'agent Bleekley, une jeune femme au visage dur, empreint de cette arrogance intransigeante, marque de fabrique des recrues récemment entrées en fonction.

« Elle ne m'aime pas, songea Sandy en s'asseyant près du lit. Elle considère que je ne fais pas partie de la garde patricienne. »

Robin lisait toujours *L'Iliade*, qu'il annotait dans les marges.

« Vous n'allez pas me ramener chez moi, n'est-ce pas ? demanda-t-il sans lever les yeux de l'ouvrage. Vous préparez un assaut... ou quelque chose de ce genre. Vous êtes dans le camp ennemi. Vous êtes une Bolchevique... ou bien vous travaillez avec eux, c'est ça ? Vous m'avez joué la comédie pour que je vous livre mes parents. Je ne vous le pardonnerai jamais.

— Robin, dit doucement Sandy. Il est temps de mettre les

choses au point. Tu dois prendre conscience que ta vraie mère s'appelle Judith Pookhey. Cette femme, cette Antonia, t'a joué la comédie pendant sept ans. Tu t'es attaché à elle, c'est compréhensible, mais elle ne t'aimait pas vraiment. Elle n'aimait qu'une certaine image de toi... Elle ne voulait pas que tu grandisses. C'est comme si elle avait décidé une fois pour toutes de n'aimer que les chatons et de se débarrasser d'eux sitôt qu'ils commettent l'erreur de grandir. Pour elle, les chatons sont interchangeables. Elle n'aime pas l'un deux, elle les aime sans distinction, au point de les confondre tous. Elle est malade. »

Au fur et à mesure qu'elle parlait, Sandy se sentait gagnée par la conviction d'être sur la bonne voie.

« Vous mentez, lâcha Robin. Je ne vous écouterai pas une seconde de plus. Vous m'avez forcé à trahir mes parents, maintenant ils vont me détester. Je serai banni, plus jamais je ne pourrai rentrer chez moi. Vous m'avez condamné à l'exil. Je vous déteste. »

Il était inutile d'insister. Sandy se leva et quitta la pièce, une impression pénible au creux de l'estomac.

« Bon sang ! songea-t-elle, je suis en train de perdre le contrôle... Un lien est en train de se nouer, contre ma volonté. Je suis folle de ce gosse. S'il était à vendre je demanderai un emprunt à mon banquier pour l'acheter à crédit. »

Désorientée, elle gagna la chambre qu'elle devrait partager avec Mikovsky dans quelques heures. La déontologie aurait voulu qu'elle cesse immédiatement de s'occuper de Robin et transmette le dossier à un confrère, mais elle s'en sentait incapable. « Je suis en train de m'impliquer, se répéta-t-elle. Ça ne m'était jamais arrivé. »

Cela tenait au charme puissant qui émanait de l'enfant, à sa beauté presque trop parfaite, irréelle. Propulsé dans le circuit hollywoodien, Robin serait devenu une vedette du jour au lendemain. Mais cette grâce était fragile, déjà menacée par l'ombre de l'adolescence. Elle brillait de ses derniers feux, ce qui la rendait encore plus fascinante, comme une œuvre d'art sur le point de tomber en cendre. Dans deux ans, la physionomie de l'enfant ferait connaissance avec la malédiction de l'acné, le duvet, la moustache naissante... C'était cela qu'Antonia ne voulait pas voir, ce gâchis, ce vandalisme de la nature. Et Sandy la comprenait. Bien que Robin fût en parfaite santé, elle ne pouvait s'empêcher de le regarder comme un malade ignorant encore la gravité de son cas, et qu'une affection terrible va bientôt emporter. Robin vivait un sursis. Un an, deux tout au plus. Passé ce délai, il deviendrait quelconque...

« Il me le faut », murmura-t-elle en s'examinant dans le miroir de la salle de bains. Elle n'avait jamais employé cette expression qu'à propos des hommes dont elle avait eu envie de partager la couche, et elle fut horrifiée de la formulation. Elle se passa de l'eau sur le visage. Elle avait très chaud, une rougeur envahissait ses pommettes, sa gorge.

Oui, *il le lui fallait*... Elle n'envisageait pas de passer le dossier à quelqu'un d'autre. Bien au contraire, elle ferait des pieds et des mains pour que le suivi médical de Robin lui soit attribué. Elle le sauverait malgré lui, elle lui prouverait qu'elle n'était pas mauvaise, elle le forcerait à l'aimer...

« Bordel ! pensa-t-elle en enfouissant sa figure dans une serviette éponge. Je perds les pédales. »

20

Ni Sandy DiCaccio ni Mathias Mikovsky ne dormirent beaucoup cette nuit-là. Étendus chacun sur une moitié du même lit, ils fixèrent le plafond en remâchant leurs préoccupations du lendemain. Il avait été décidé d'investir la propriété à l'aube, avec l'espoir de surprendre les ravisseurs en plein sommeil. Personne ne savait à quoi s'attendre. Y aurait-il des pièges ? Des systèmes d'alarme ?

« Je veux que Robin soit présent, avait insisté Sandy. Lui seul est en mesure d'identifier Billingsly et sa complice. Il se trahira en les voyant. Si on lui épargne la réalité de l'arrestation, il aura beau jeu de se confectionner un masque. Plus tard, lors de la confrontation, il prétendra ne pas connaître ces gens, et l'affaire s'enlisera. »

En avançant cette théorie, elle avait conscience de mentir. Ce qu'elle voulait, c'est que Robin soit brusquement confronté à l'indifférence d'Antonia et se détache d'elle. Elle essayait de s'absoudre en se répétant qu'il s'agissait d'une stratégie thérapeutique de choc, mais elle n'était pas dupe. Elle se demandait si Mikovsky l'avait percée à jour. Elle tremblait qu'il ne lui dise, tout à trac : « Finalement, Antonia et toi vous menez le même combat, hein ? Deux femmes en mal d'enfant qui se battent pour la possession du petit lord Fauntleroy. Va falloir te décider à consulter, Sandy, tu n'observes plus la distance clinique nécessaire. En un mot comme en cent : tu déconnes. »

*

L'équipe se rassembla dans la nuit. Silver Lake dormait encore. Les gros ours de bois dressés aux carrefours, les panneaux indicateurs en forme de poissons géants semblaient sortis d'un cauchemar d'enfant. Le convoi se mit en branle. Sandy avait obtenu de grimper dans la camionnette avec Robin. Le gosse la boudait. Mais Sandra savait qu'il faisait semblant de lire car il oubliait de tourner les pages de *L'Iliade*. On roula phares éteints sur le chemin de terre menant au domaine. Là, les hommes se déployèrent avec prudence. Ils portaient tous des gilets en Kevlar, des casques et des lunettes de protection. Mikovsky ne voulait rien laisser au hasard. Il n'écartait aucune éventualité, pas même celle d'une porte d'entrée minée au C4. Les archives du bureau fédéral regorgeaient de récit d'enlèvement d'enfants qui s'étaient terminés en feux d'artifice dramatiques. Aux États-Unis, il suffisait d'une simple licence d'entrepreneur pour se procurer des explosifs de démolition, et ce type de carte, à l'âge des imprimantes laser, se contrefaisait avec une facilité dérisoire.

À cause de l'obscurité Sandy eut du mal à suivre le cours des opérations. Les agents s'enfoncèrent dans la nuit. Vingt minutes s'écoulèrent sans qu'aucun coup de feu ne soit tiré. Enfin, Mikovsky réapparut. Il avait ôté son casque, ses lunettes de vision nocturne.

« Les oiseaux se sont envolés, fit-il d'un ton aigre. C'est vide. À mon avis ça fait un mois qu'ils ont levé le camp, juste après avoir remis Robin en circulation. »

Baissant la voix, il ajouta :

« Descend avec le gosse, je veux qu'il identifie les lieux.

— Okay », murmura Sandy en prenant le petit garçon par la main.

*

Robin se laissa guider. Son cœur battait affreusement vite et il devait se retenir de courir. De l'extérieur, il ne reconnaissait pas le domaine. Les arbres avaient poussé de manière anarchique autour des murailles, si bien qu'il fallait s'engager sous le couvert pour comprendre qu'une maison se tenait là, au cœur du bosquet. Les hommes du FBI avaient forcé le grand portail d'acier, et, dans le jour naissant, le château se dessinait, avec ses tourelles, ses mâchicoulis. Il y avait à peine un mois que Robin avait quitté l'endroit, mais, en s'avançant vers la demeure, il éprouva un sentiment étrange de... *rapetissement*. Était-ce d'avoir vécu à l'extérieur pendant tout ce temps ? Soudain, le château lui semblait moins grand, moins majestueux. Comme si ses yeux se dessillaient, il perçut tout ce que la bicoque avait de factice. Les tourelles rapportées... Les couleurs trop vives, les matériaux de substitution qui singeaient la pierre ancienne, le métal des chaînes du pont-levis. Obscurément, et sans vouloir se l'avouer, il découvrait le palais sous sa véritable apparence, celle d'un décor. Il en éprouva un malaise poignant. La pelouse, le lac, tout paraissait rétréci. La forêt intérieure n'était qu'un bosquet, la lande un terrain en friche couvert d'herbes folles.

« Il n'y a plus personne, lui souffla Sandy en lui serrant la main. La maison est vide. »

Alors, d'une secousse, Robin lui échappa et se mit à courir. Il se rua dans la salle d'apparat, remonta la galerie des glaces, tandis que les miroirs lui renvoyaient son image hagarde.

« Mère ! hurlait-il. Père ! C'est moi Robin, je suis revenu ! »

Mais sa voix mourait en échos dérisoires sous les plafonds de stuc écaillé. Tout était... *moche*. Paco, le détestable Paco avait dit la vérité. Les statues n'étaient que des moulages de plâtre grossiers, les colonnes doriques des piliers creux. La galerie des glaces sortait d'un bazar mexicain. Tout était petit, tout était faux. Et il était seul.

Le paysage se mit à tourner, et il s'effondra sur le parquet de la salle de bal où il avait jadis tant de fois valsé dans les bras d'Antonia.

DEXTER

THE BOY FROM OUTER SPACE

21

Sandy DiCaccio se réveilla en sursaut. Il lui fallut quelques secondes pour se rappeler où elle se trouvait. Les poids lourds, Macks et Peterbilts, qui sillonnaient la route faisaient trembler le bungalow du motel chaque fois qu'ils abordaient le virage. Les éclairs de leurs phares s'engouffraient par la fenêtre pour balayer le plafond, juste au-dessus du lit. Elle se redressa pour boire un peu d'eau. Il lui faudrait louer quelque chose, en ville, si elle voulait parvenir enfin à fermer l'œil. Un studio, un petit deux pièces meublé qui ne soit pas trop loin de l'hôpital. Ses frais de mission étaient réduits, mais elle n'hésiterait pas à puiser dans ses propres finances si cela lui permettait de se rapprocher de Robin.

Elle habitait ici depuis une semaine, avec pour tout bagage deux valises bouclées à la hâte.

Après l'évanouissement de Robin, au cœur de cette invraisemblable baraque, les choses étaient allées de mal en pis. L'enfant, victime du choc psychologique, s'était replié dans un mutisme proche de la transe cataleptique. Pendant plusieurs heures, il avait été impossible d'établir le moindre contact avec lui. Le regard vide, perdu, le corps ratatiné en position fœtale, il était demeuré insensible à toute stimulation extérieure.

Deux heures plus tard, Mikovsky avait soulevé un lièvre de taille gigantesque. Les sondes à méthane utilisées pour inspecter les lieux avaient localisé une importante poche de gaz de putréfaction sous l'une des pelouses, derrière la maison. Il n'avait pas fallu pelleter bien longtemps pour découvrir les cadavres jetés en vrac et aspergés de chaux vive.

« On n'a pas encore le compte exact, avait murmuré l'agent spécial. Mais on pense qu'il y aurait trente-cinq ou quarante corps. Des gosses d'une dizaine d'années pour la plupart. Je crois qu'il s'agit des petits serviteurs mexicains dont parlait Robin. Billingsly s'en débarrassait au fur et à mesure, dès qu'ils devenaient trop grands... Sans doute lorsqu'ils commençaient à souffrir de l'enfermement et exigeaient de sortir. C'était trop dangereux pour lui. À chaque fois que la rébellion pointait son nez, il les supprimaient d'un coup. En les empoisonnant, probablement. Voilà pourquoi il avait un besoin perpétuel de chair fraîche. Il ne parvenait pas à les tenir bouclés plus d'un an ou deux. »

La découverte du charnier donnait une nouvelle ampleur à l'affaire. Cette fois il n'était plus seulement question d'enlèvement.

« C'est un récidiviste, déclara Sandy, un matin. Je suis certaine qu'il n'en est pas à son coup d'essai. C'est réglé comme du papier à musique : tous les dix ans, environ, il enlève un autre enfant. Chaque fois, il s'installe dans une nouvelle résidence, sous une fausse identité. Il remet en circulation les gosses qu'il élève lorsqu'ils sont devenus trop grands pour satisfaire son fantasme, mais il supprime systématiquement les compagnons de jeu, qui n'ont pour lui aucune importance.

— Je suis d'accord avec toi, fit Mikovsky. Le problème c'est de savoir depuis quand il pratique ce sport. D'après la description de l'agent immobilier, ce « Billingsly » approcherait de la soixantaine. À quel âge a-t-il commencé ? À vingt ans ? À trente... quarante ?

— Dès qu'il a eu de l'argent, répondit Sandy. Dès qu'il s'est retrouvé libre de ses actes. Peut-être à la mort de ses parents, lorsqu'il a hérité de leur fortune.

— Alors on peut envisager le pire, grogna Mikovsky. Ses parents sont peut-être morts prématurément, dans un accident d'avion. Notre homme a pu, par conséquent, se retrouver dans la peau d'un nabab du pétrole à dix-huit ans.

— S'il a aujourd'hui soixante ans, calcula Sandy, cela signifie qu'il a déjà enlevé quatre gosses, et les a gardés chacun prisonniers pendant une décennie.

— Et si, pendant chacune de ces décennies, il a supprimé trente ou quarante petits Mexicains par gosse kidnappé, il a sur la conscience entre cent vingt et cent soixante assassinats. »

Sandy et Mathias échangèrent un regard. En dépit de son énormité, le chiffre n'avait rien d'exceptionnel puisque certains tueurs en série avaient à leur actif plus de quatre cents exécutions. Néanmoins, cette perspective changeait bien des choses.

« Il faut faire parler le gosse, dit Mikovsky. Plus que jamais.

C'est lui notre seul espoir. Il a pu engranger des informations, surprendre des conversations entre Billingsly et sa compagne, cette Antonia... Tu vas le suivre vingt-quatre heures sur vingt-quatre, dormir au pied de son lit s'il le faut. Je vais t'obtenir toutes les autorisations nécessaires.

— Il faut entreprendre des recherches à travers tout le pays, fit Sandy. Essayer de retrouver la trace des deux ou trois gosses enlevés avant Robin. Ils ont dû, eux aussi, raconter une histoire semblable à celle débitée par Robin. Une histoire qu'on a taxée d'invraisemblance et rangée à la rubrique des fantasmes. Des comptes rendus, des rapports, doivent en faire mention, quelque part...

Mathias grimaça.

— Okay, marmonna-t-il, mais ça veut dire remonter dans la paperasse jusqu'à dix, vingt... voire trente ans en arrière ! C'est l'âge de pierre, la Préhistoire des archives, le temps d'avant l'informatique.

— Il faut essayer, insista Sandy. Quelqu'un s'en rappelle peut-être... à cause de l'invraisemblance du récit, justement. Un hôpital psychiatrique a pu héberger l'un de ces garçons pendant un certain temps. Si l'on peut les retrouver et recouper les témoignages... »

Mikovsky hocha la tête.

« Celui qui a précédé Robin a vingt ans aujourd'hui, dit-il pensivement. Et celui qui l'a précédé, trente... et ainsi de suite. Le plus vieux, s'il existe, a fêté ses quarante ans. Tu crois qu'ils ont été en mesure de reprendre une vie normale ?

— Je ne sais pas, avoua Sandy. Une fois remis en liberté, ces gosses ont pu devenir n'importe quoi... des vagabonds, des enfants sauvages terrés au fond d'une forêt. Je les imagine très bien sombrant dans l'autisme, se laissant mourir de faim, devenant la proie de gens sans scrupule qui les ont retirés de la circulation. Nous avons récupéré Robin, mais les autres... Qui peut savoir ? Il faut tout de même chercher. Il y a dix ans, un gosse qui ressemblait à Robin a dû raconter à la police une histoire de château, de reine en exil et de complot bolchevique. Cela figure quelque part. Quelqu'un, forcément, a noté cette déclaration.

— Je vais mettre les gars là-dessus, approuva Mathias. C'est une bouteille à la mer, mais il ne faut rien négliger. En attendant, tu vas veiller sur Robin Pookhey comme si c'était ton propre fils. »

En entendant ces mots, Sandy éprouva un curieux spasme dans le ventre.

*

Robin dut être hospitalisé. Il restait prostré, ne parlait pas et refusait de se nourrir. « Il régresse, songea Sandy avec inquiétude. Il est en train de se laisser couler. »

Les derniers rapports médicaux indiquaient que l'enfant avait commencé à faire sous lui pendant la nuit. Lorsqu'il était souillé, il ne se plaignait pas, et restait ainsi, indifférent à l'inconfort de sa situation. Bien qu'il eût les yeux grands ouverts, on comprenait sans mal qu'il était ailleurs, perdu dans un univers où rien ne pouvait plus l'atteindre. Il fallut le placer sous perfusion pour pallier au risque de déshydratation.

À la fin de la deuxième semaine, un rapport atterrit sur le bureau de Mikovsky. L'une des sondes expédiées aux quatre coins des États-Unis ramenait quelque chose. Huit ans auparavant, un enfant de dix ans, Dexter Mulloney, avait été interné en Californie après avoir vécu une aventure étrangement semblable à celle de Robin. Il était toujours pensionnaire à l'asile psychiatrique de Bounty Prior (Orange County). Son état avait rapidement évolué vers une schizophrénie résistant à tous les traitements. Toutefois, il n'était pas dangereux et entretenait de bons rapports avec le personnel médical.

« C'est lui, souffla Sandy. C'est le prédécesseur de Robin, j'en ai la certitude. L'âge correspond. Dix-huit ans. Billingsly l'a fichu à la porte juste avant de kidnapper Robin. C'est sa méthode. Il les remet en liberté en s'imaginant avoir fait d'eux des surdoués, des surhommes qui prendront en main la destiné du pays. Il se clone lui-même, c'est un narcissique. Il est persuadé de rendre un immense service aux gosses qu'il enlève. Il leur fabrique une enfance de rêve dont ils ne se remettent jamais. »

Il avait été décidé de mettre les deux victimes en présence, et pour cela de transférer Robin à Bounty Prior. Personne ne voulait se risquer à prévoir la réaction des gosses lors de la confrontation.

« Si chacun d'eux est isolé dans sa bulle imaginaire, avait expliqué Sandy, ils ne se verront même pas, mais il est intéressant de tenter le coup. »

Le transfert n'avait pas posé de problèmes particuliers. Robin se laissa véhiculer sans protester ni montrer la moindre curiosité pour ce qui l'entourait. Il semblait définitivement ailleurs, abîmé en un rêve éveillé dont rien ne pouvait le tirer. Pendant tout le voyage, Sandy lui tint la main. C'était absurde car le gosse se fichait éperdument de sa présence, mais elle ne le faisait pas pour lui... elle agissait par pur égoïsme, pour se sentir plus proche, pour se donner l'illusion d'avoir des droits sur le petit garçon. Les droits d'une mère. Elle s'affolait de se découvrir si attachée à l'enfant. Elle était en infraction, elle le savait. Un thérapeute n'a pas le droit d'établir des liens affectifs avec un patient. Elle se répétait ce théorème cent fois par jour sans parvenir à retrouver le détachement professionnel dont elle usait jadis. Elle avait pris un plaisir coupable et disproportionné à tenir cette main d'enfant entre ses doigts. De temps à autre, pendant le vol, elle se tournait légèrement pour contempler le profil si pur de Robin. Était-il permis d'être aussi beau ? L'hôtesse et les différentes passagères étaient, elles aussi, tombées sous le charme de ce gamin étrangement silencieux, et Sandy en avait conçu une fierté déplacée, analogue à celle qu'elle avait parfois éprouvée en s'exhibant au bras d'un homme séduisant dans une soirée officielle.

À la descente de l'avion, une ambulance les attendait. Robin avait coopéré sans un froncement de sourcil. Il n'avait même pas l'air triste.

L'hôpital psychiatrique de Bounty Prior se révéla plutôt moins déprimant qu'il n'est d'usage pour ce genre de construction. Une fois franchi le mur d'enceinte, on débouchait dans un parc aux pelouses à peu près entretenues. Des bancs de bois, peints en blanc, jalonnaient les allées. Des malades vêtus de pyjamas et de robes de chambre s'y tenaient immobiles ou se livraient à des occupations aussi mystérieuses qu'incompréhensibles. Rien de tout cela n'était très nouveau pour Sandra DiCaccio, mais elle fut favorablement impressionnée par la propreté des lieux. Certains services psychiatrique, par manque de moyens, avaient tendance à prendre l'allure des centres de détention pour lunatiques tels qu'on les concevait au XIXᵉ siècle.

Devant l'infirmière chargée de réceptionner Robin, Sandy affecta une indifférence toute professionnelle car elle ne voulait pas se trahir. Elle signa les formulaires et se rendit dans le bureau du médecin chef, un gros homme roux au crâne dégarni.

« Ma venue ne l'enchante pas, songea-t-elle en s'asseyant dans le fauteuil qu'on lui désignait. Il voit en moi un flic qui va porter un œil critique sur son service. Pire, il doit désapprouver toute collaboration avec la police. »

Cette première impression se confirma au cours de l'entretien. Le médecin responsable s'appelait Kevin Atazarov, il considérait la mission de Sandy avec une extrême réticence.

« Dexter est chez nous depuis quatre ans, dit-il en faisant la moue. C'est un patient apprécié du personnel. Propre, calme, méticuleux. Il est poli, et s'applique même à rendre de menus services. Jamais il n'a été à l'origine d'un scandale. Il vit dans son monde à lui, bien sûr, mais ce n'est pas un agité. On a tout essayé pour résorber le traumatisme qu'il a subi en retrouvant brusquement une liberté non désirée, mais rien n'a marché.

— J'ai lu dans le dossier que ses parents étaient morts, observa Sandy.

— Exact, fit Atazarov sans dissimuler son ennui. La cellule familiale n'a pas résisté au kidnapping. Les parents, comme c'est souvent le cas dans ce genre d'affaire, n'ont cessé de s'accuser mutuellement du malheur qui les frappait. Vous connaissez le processus. Le père s'est mis à boire, il a trouvé la mort dans un accident de chantier. La mère, une fois seule, s'est suicidée. Dexter ne garde aucun souvenir d'eux. Il a été enlevé à l'âge de six mois, dans un centre commercial. Quand on l'a récupéré, errant dans les rues, la police n'a accordé aucun crédit à ses propos, ce qui a contribué à l'enfoncer davantage dans son délire schizoïde. Depuis son internement, il y a huit ans, il n'a jamais fait preuve d'agressivité. C'est un caractère essentiellement « anal » : maniaquerie obsessionnelle, délire chiffré, passion pour les puzzles.

— Autistique ?

— Non, il communique très facilement, mais, je vous le répète, il a ses petites manies. L'infirmière du service vous en parlera. Une tendance à l'automutilation. C'est normal.

— Il pense que si ses parents l'ont rejeté c'est qu'il n'était pas digne d'eux ou qu'il avait commis quelque chose de mal, donc il doit être puni... et comme personne ne veut s'en charger, il le fait lui-même.

— Oui. Mais cela n'a jamais mis ses jours en danger. Nous avons ici des patients autrement difficiles. Quand il est arrivé chez nous, il présentait des symptômes de psychose périodique polymorphe. Vous connaissez le circuit aussi bien que moi : cyclothymie... épisodes maniaco-dépressifs. Il ne dormait plus, parlait à une vitesse effrayante, comme un drogué sous amphétamines. Il passait ses jours et ses nuits à jouer avec des cubes ou des Lego. Démontant et remontant sans cesse la même petite maison. Son volume urinaire aurait pu figurer dans le Livre des Records. Sa peau subissait les accès d'une furonculose qui guérissait spontanément dès lors qu'on abordait la phase descendante. La dépression, chez lui, allait jusqu'à la catatonie. On l'en a sorti, mais, dès l'adolescence, il a commencé à structurer une schizophrénie de type hébéphrénique. Le délire était encore assez rudimentaire. Il y a trois ans, cependant, il a pris la forme d'un rationalisme morbide classique, à base de ritualisations, de vérifications incessantes. Aujourd'hui le système est verrouillé, vous vous en rendrez compte au premier contact. »

Sandy se redressa dans son fauteuil pour fixer Atazarov bien en face.

« Vous désapprouvez mon intervention, n'est-ce pas ? » énonça-t-elle.

Le gros homme roux ne chercha pas à nier.

« Je crains que vous ne réactiviez Dexter, lâcha-t-il. Il est parvenu à un certain équilibre, une espèce de sérénité. Les rituels dont il s'entoure harmonisent son monde intérieur. Il n'est ni dépressif ni méchant. Je ne voudrais pas que vous ressuscitiez dans son esprit tous les vieux démons qu'il a fini par tenir en laisse. Je vais être franc avec vous : Dexter n'est certes pas une grande réussite médicale, mais il tient debout sans chercher à se trancher les poignets dès que l'infirmière de garde le laisse seul plus de cinq minutes. À mes yeux, c'est déjà beaucoup. »

« Il ne fera rien pour m'aider, songea Sandy. Au besoin, il me mettra savamment les bâtons dans les roues. »

Elle était sans illusion quant à la coopération qu'elle pouvait attendre de ses « collègues ». L'expérience lui avait appris que les psychanalystes ont tendance à se considérer comme des violonistes virtuoses refusant de prêter leur instrument, de peur qu'un artiste moins doué ne l'abîme ou ne le gâche par son coup d'archet trop grossier. Elle remercia néanmoins Atazarov et alla inspecter la chambre de Robin, dans le pavillon des enfants fous. Elle voulait s'assurer qu'on ne l'avait pas placé dans une salle commune au climat débilitant. L'infirmière responsable, une certaine Rose Sandermann, lui fit visiter les lieux avec une pointe d'exaspération polie.

« Ne craignez rien, ricana-t-elle au moment où Sandy s'en allait, on le bichonnera votre petit trésor en sucre. »

Il pouvait s'agir d'une simple plaisanterie, mais Sandra DiCaccio s'en alarma. Était-elle si transparente ? Déjà ? Elle frissonna lorsque ses pieds frôlèrent l'herbe mouillée de la pelouse, et regarda autour d'elle. Pour la première fois de sa vie, elle ne se sentait pas à sa place dans ce décor hospitalier... plus exactement, elle s'y sentait en fraude.

« C'est comme si j'étais une malade cherchant à s'échapper, pensa-t-elle. Une malade qui aurait volé cet imperméable dans le vestiaire des infirmières, et qui se dirigerait vers la sortie, en chemise de nuit sous son trench-coat. »

Le fantasme l'accompagna jusqu'à la grille, avec une telle acuité qu'elle en conçut une bouffée d'angoisse.

En fraude... Passagère clandestine...

Quand elle grimpa dans la voiture de location, elle tourna la clef de contact avec la fébrilité d'une prisonnière qui se prépare à s'enfuir au nez et à la barbe de ses geôliers. Elle n'aurait pas été étonnée si un médecin en blouse blanche avait surgi d'un pavillon pour crier : « Arrêtez cette femme ! Elle est en train de s'échapper. »

« Je suis fatiguée », décida-t-elle en glissant le véhicule dans le flot de la circulation. L'absence de Robin creusait un gouffre à ses côtés. Elle aurait voulu lui toucher la main, ébouriffer ses cheveux. Elle devinait que l'infirmière Sandermann ne saurait pas s'occuper de lui.

Elle n'avait pas faim. Elle rentra directement au motel, prit une douche et s'allongea sur le lit après s'être octroyé un verre bien tassé. (Elle avait – Dieu sait pourquoi ! – glissé une demi-pinte de *Wild Turkey* dans sa valise.)

Dès qu'elle fermait les yeux, les images du charnier revenaient la hanter. Elle n'avait pas vu les corps (heureusement !) mais lorsqu'elle était revenue explorer la maison afin de se faire une meilleure idée de l'endroit où Robin avait vécu, elle avait aperçu les trous dans la pelouse. Des cratères noirs, tranchant sur l'herbe si verte, si tendre. Elle s'était dépêchée de tourner la tête, mais l'image était déjà gravée sur sa rétine. Ineffaçable. La demeure, elle, avait tout du mauvais décor. Il fallait l'avoir contemplée avec un regard enfantin pour ne pas en avoir noté les imperfections, les maquillages grossiers. Tout n'était que stuc et trompe-l'œil. Même le marbre avait été peint. Quant aux statues majestueuses, un simple coup de marteau aurait suffi à les crever. Du plâtre, étalé sur une armature de carton bouilli... Çà et là, on notait l'emplacement d'un meuble ou d'un tableau qu'on avait enlevé. Sans doute une table, une crédence de prix, destinée à rehausser le niveau du décor, à lui apporter un surcroît de crédibilité. Elle était ressortie sans avoir rien trouvé. Qu'avait-elle espéré ? De toute manière les gens du bureau avaient passé l'endroit au peigne fin avant elle. Elle sortit son Dictaphone et dit : « Penser à lancer une recherche sur les maisons de caractère... les curiosités architecturales. Billingsly doit avoir une prédilection pour les bâtisses excentriques. »

Plus tard, Mikovsky lui avait dit qu'on n'avait encore remonté la trace d'aucun des fournisseurs employés par les ravisseurs. On cherchait du côté des dresseurs d'animaux.

« Il a peut-être un lien avec l'industrie du spectacle, suggéra Sandy. Après tout, le château était l'œuvre d'un comédien du cinéma muet. Quant aux animaux dressés, on les emploie principalement lors des tournages. »

Mikovsky fit courir son pouce sur sa lèvre supérieure.

« Intéressant, admit-il. Il possède peut-être des studios... ou bien il fait son beurre dans la production.

— Ça expliquerait l'emploi systématique des décors, renchérit Sandra DiCaccio. L'habileté avec laquelle la baraque a été déguisée en château. Il fait appel à des artisans en situation irrégulière, des émigrés sur lesquels il a tout pouvoir. Des forains... Il y a beaucoup de petits cirques au Mexique. »

Mais ils avaient beau remuer les hypothèses, aucune piste ne se dessinait à l'horizon. Billingsly s'était évaporé en effaçant soigneusement ses traces.

*

Sandy prit une douche et s'habilla de la façon la plus neutre possible. Elle n'avait pas faim. Depuis son arrivée à Bounty Prior elle n'avait rencontré personne à part le personnel de l'hôpital psychiatrique. Au fil des ans, elle avait appris à supporter la solitude. Les psychologues (comme les flics), passé le premier élan de curiosité, font le vide autour d'eux. Personne n'a envie d'être scruté aux rayons X tous les jours que Dieu fait, personne n'a envie d'être épié dans ses moindres gestes, personne n'aime qu'on lui arrache son masque ou qu'on interprète ses manies les plus anodines.

« Avec toi, lui avait dit l'un de ses petits amis, j'ai constamment l'impression d'être en train de passer un examen d'embauche. »

Lorsqu'elle prenait des vacances, Sandy cachait soigneusement sa profession et se prétendait « spécialiste en communication », ce qui pouvait signifier à peu près n'importe quoi : attachée de presse, concierge ou rédactrice de lettres anonymes...

Elle quitta le bungalow après avoir vérifié sa coiffure d'un coup d'œil distrait. On lui avait promis que, ce matin, elle rencontrerait enfin le fameux Dexter Mulloney. Cela n'avait pas été sans mal. « Mon service est débordé, avait rétorqué Atazarov lorsqu'elle s'était permis de se plaindre. Je ne suis pas équipé pour faire face aux demandes des espionnes du gouvernement. Je m'occupe d'enfants psychotiques, pas d'enquêtes policières. »

À l'entrée du parc elle dut exhiber son badge provisoire, et le gardien – une fois de plus – l'examina d'un air soupçonneux, comme si c'était la première fois qu'elle franchissait la grille. Partout on lui faisait sentir qu'elle n'était pas la bienvenue, et les malades, percevant intuitivement la désapprobation des infirmières, lui jetaient parfois des cailloux ou lui faisaient des grimaces. Son premier souci fut d'aller rendre visite à Robin, dans sa petite chambre particulière. L'enfant, qui refusait de s'alimenter avait été placé sous perfusion glucosée.

« Il s'est souillé plusieurs fois dans la nuit, fit la voix aigre de Rose Sandermann dans son dos. Si vous voulez mon avis, il est mal parti. »

Sandy se pencha sur l'enfant. Elle mourait d'envie de lui caresser le visage. Robin était pâle, il avait les yeux cernés. L'amaigrissement devenait visible. Plus rien ne semblait pouvoir l'atteindre.

« Je veux voir Dexter, dit-elle en se redressant. Montrez-moi où je peux le trouver. »

Elle n'aima pas le regard scrutateur que l'infirmière posa sur elle. Elle crut y voir défiler en lettres lumineuses l'affirmation : *toi, ma petite, tu es bien accrochée...* Elle se sentit soudain dans la peau d'une droguée qui vient de se faire surprendre dans les toilettes d'un dancing, la seringue à la main.

Rose Sandermann l'emmena dans le jardin. Au bout d'une allée, sur un banc, un long garçon efflanqué était assis, une boîte en carton sur les genoux.

« C'est lui, chuchota Rose. Faites attention... Ne nous l'abîmez pas. »

Sandra DiCaccio tressaillit. Il y avait, dans la voix de l'infirmière, une étrange fêlure qui la fit se sentir moins seule.

« Il n'est pas méchant, reprit Rose. Il n'a pas peur des étrangers et il est même assez loquace. Venez, je vais vous présenter. »

Sandy se laissa guider. Dexter Mulloney avait dix huit ans. Il faisait tout à la fois plus vieux et plus jeune, même si cela pouvait paraître contradictoire. Sandy n'en fut pas étonnée. Les malades mentaux peuvent s'enfoncer dans une vieillesse précoce tout en conservant des traits de personnalité enfantins. Dexter était maigre. De longues mains emmanchées sur d'interminables poignets jaillissaient de sa chemise usée. Son visage aurait pu être qualifié de lunaire s'il n'avait été aussi long. Toute sa physionomie manquait de couleur : ses cheveux, ses yeux, ses lèvres... Il faisait penser à ces pantins de chiffon décolorés par de trop fréquentes lessives. Comme eux, il manquait d'armature interne et se voûtait. Le poids de sa tête semblait le tirer en avant, et l'on s'attendait à le voir basculer d'un instant à l'autre.

« Dex, dit Rose Sandermann, voici Sandy. Elle n'est pas méchante. Elle a envie de parler à quelqu'un.

— Est-elle noble ? demanda le jeune homme sans tourner la tête en direction des deux femmes. Vient-elle pour un placet ? Je ne donne pas audience aujourd'hui. Je ne touche pas davantage les écrouelles. Quant aux charges de la cour, elles sont toutes attribuées. »

Il parlait avec une préciosité et un dédain que seule son extrême fragilité rendait tolérables.

« Mon Dieu ! songea Sandy, comme il ressemble à Robin. C'est Robin avec dix ans de plus... Robin saccagé par l'adolescence. Le poussin devenu poulet. »

Un dégoût mêlé d'une grande tristesse l'accabla, comme à la découverte d'une œuvre d'art lacérée par des vandales. La joliesse de l'enfance était encore discernable, ici et là, mais gauchie, sabotée par la poussée hormonale de la jeunesse. Ainsi elle avait sous les yeux ce que deviendrait Robin dans une dizaine d'années. Une brusque panique fit trembler son menton. Elle se ressaisit car le regard de Rose Sandermann ne la quittait pas. « Elle sait, pensa Sandra DiCaccio. Elle sait ce que je ressens. Elle a dû éprouver la même chose lorsque Dexter s'est enlaidi, au fil du temps. »

Il fallait faire quelque chose. Elle s'assit sur le banc. Dexter fixait toujours la ligne d'horizon, les mains jointes sur le couvercle de sa boîte en carton. Après une hésitation, Rose Sandermann s'éloigna.

« Je sais que vous êtes un roi en exil, dit doucement Sandy. Je connais un enfant qui est dans le même cas que vous. Je comprends ce que vous ressentez. »

Dex Mulloney battit des paupières. Il avait des oreilles très fines, que la lumière du soleil rendaient transparentes. Ses cils, longs et fournis, étaient ceux d'une femme. Ses joues ne présentaient aucune trace de barbe, ce qui accentuait son caractère androgyne. Certains « morceaux » de son anatomie s'avéraient exquis : la bouche, les pommettes... d'autres, qui s'étaient développés en dépit du bon sens, détruisaient cette harmonie. Comble de malchance, il avait un vilain sourire, torve, qui lui donnait une expression mesquine. En l'espace de trente secondes, au fur et à mesure qu'il changeait de mimique, il pouvait devenir tour à tour séduisant et laid. C'était assez étrange... et plutôt déstabilisant.

« Vous êtes une nouvelle pensionnaire ? demanda-t-il. Je ne vous ai jamais vue dans le parc. Ou alors c'est qu'on vous interdisait de sortir. Si vous êtes dangereuse allez-vous en. Je veux qu'on me laisse tranquille. Je dois penser aux affaires de mon royaume.

— Je suis très paisible, murmura Sandra. Ne craignez rien. Où est votre royaume ?

— Là-dedans, répondit le jeune homme en désignant la boîte de carton posée sur ses genoux. Je dois l'emporter partout avec moi, sinon quelqu'un s'en emparerait.

— Je voudrais bien le voir... hasarda Sandy.

— Pas ici, hoqueta Dex avec un sursaut de frayeur. Il y a trop de vent. »

Lentement, il se tourna vers son interlocutrice et la fixa, les yeux mi-clos.

« Vous n'êtes pas médecin, dit-il. Vous êtes une folle, ça se voit sur votre visage. Vous êtes en train de le devenir... Oui, vous ne le savez pas encore mais c'est en train de se faire, à votre insu. C'est juste une question de temps. Je ne trompe jamais sur ce genre de chose. »

Sandy serra les mâchoires. Le regard du garçon lui était insupportable. Elle perdit le fil de ses idées.

« Oui, répéta Dex Mulloney. Vous êtes en train de devenir folle. C'est pour ça que vous êtes ici. Vous visitez ce qui sera bientôt votre nouvelle résidence. Ne le prenez pas mal... J'ai bien vu que Rose s'en rendait compte, elle aussi. Je vous conseille de ne pas résister et d'admettre tout de suite votre état, cela vous évitera de perdre du temps. Si vous restez avec nous, je vous indiquerai les bons endroit du parc, ceux où l'on peut prendre le soleil en toute tranquillité. »

*

Durant l'heure qui suivit, Sandy ne put rien obtenir de plus. Elle fut presque soulagée de jeter l'éponge. Elle avait beau posséder une certaine expérience des psychotiques, les yeux pénétrants de Dex avaient réussi à la mettre mal à l'aise. « Il a deviné, songea-t-elle en se dirigeant vers la sortie. Il a pressenti que mes motivations n'étaient pas uniquement professionnelles. Le petit salaud. »

Elle avait eu horreur de se sentir devenir transparente. Oui, réellement.

22

Elle revint le lendemain, à la même heure, puis les jours suivants. Pour fortifier sa distance clinique, elle se contraignait à dresser la liste des symptômes dont Dexter faisait montre. Il présentait les mouvements rythmés, répétitifs, séquentiels, de la maladie dans sa phase d'aggravation. Les mains, sur le couvercle de la boîte, s'agitaient d'une manière invariable et assez complexe : tapotements parallèles de deux pouces (trois fois), index gauche dressé, tapotements parallèles des deux auriculaires (six fois), index droit dressé... Dex était capable de respecter cette partition alors même qu'il bavardait, et cela sans commettre la moindre erreur d'exécution. Toute sa vie était commandée par ces automatismes maladifs, ce comportement robotisé, Sandra le savait pour l'avoir observé de loin et chronométré dès sa sortie du pavillon. Elle avait également acquis la certitude qu'il comptait ses pas lors des promenades et ne s'accordait aucune variation dans les trajets. Une fois, sans doute parce qu'il avait mal calculé ses enjambées, il avait accompli le nombre de foulées réglementaires sans atteindre le banc où il avait coutume de s'installer. Arrêté à deux mètres du siège, il avait été incapable de faire deux pas de plus pour l'atteindre et s'y asseoir. Il était resté là, en proie à une anxiété grandissante, à fixer le banc. Si le siège s'était trouvé de l'autre côté d'un précipice, il ne lui aurait pas semblé plus éloigné. Dans l'impossibilité d'accéder au but de sa promenade sans enfreindre le rituel sacro-saint dont il était prisonnier, Dexter Mulloney avait préféré faire demi-tour et réintégrer sa chambre. Jamais encore Sandra ne l'avait vu céder à ces crises de violence incompréhensibles qui sont la marque de l'hébéphrénie et ne répondent à aucune provocation de l'entourage. Quelque chose la gênait dans le comportement du garçon, un excès de structuration dans le délire, peut-être... Chez les adolescents et les jeunes gens, celui-ci reste le plus souvent incohérent, non réglé par un système, une interprétation globale du monde. Dex lui faisait l'effet d'un fou consciencieux, d'un petit fonctionnaire de la démence. Était-ce un simulateur ? Il fallait se garder d'aller trop vite.

À présent, il l'accueillait sans réticence. Dès la deuxième entrevue, il l'avait priée d'apporter des revues et une paire de ciseaux. Sandra s'était procuré des ciseaux d'écolier, en plastique, à bouts ronds, avec quoi il ne risquerait pas de se blesser ou de causer préjudice à quelqu'un. Ainsi outillés, ils passèrent un après-midi à feuilleter les magazines les plus divers. Dex ne s'intéressait qu'aux photographies, aux publicités. Il découpait tel ou tel personnage après l'avoir longuement examiné, puis il entrouvrait sa boîte de carton et le glissait prestement à l'intérieur.

« Ce sont mes sujets, expliqua-t-il lorsque Sandy manifesta sa curiosité. Les gens sur lesquels je règne. Ils sont tous là, dans la boîte. Évidemment, ils ne sont pas très heureux de vivre dans le noir, empilés les uns sur les autres. Ils sont mécontents, la nuit, ils se plaignent. Ils m'adressent des lettres de protestation.

— Pourquoi ne les sortez-vous pas ? demanda Sandra.

— Trop de vent, haleta Dexter. Il faut un endroit calme. Dans la salle de jeu ce n'est pas possible. Les fous ne me laisseraient pas faire. Si ça continue, mon peuple va devenir aveugle. On ne peut pas vivre éternellement dans les ténèbres. Ils sont tous en colère après moi, et pourtant, au début, j'étais un souverain aimé. Je vais me retrouver avec une révolution sur les bras. »

Désirant en savoir davantage, Sandy obtint de Rose Sandermann la mise à disposition d'un local.

« Oh ! soupira l'infirmière, il vous a fait le coup de la boîte de Pandore. Méfiez-vous, quand il l'ouvre il a tendance à s'exalter. Après, il est incapable de fermer l'œil de toute la nuit. »

Lorsqu'ils se retrouvèrent dans la pièce, en tête à tête, Dexter devint nerveux. D'abord, il lui fallut s'assurer en s'allongeant sur le sol qu'il n'y avait pas de courants d'air ; ensuite, il vérifia que la surface de la table était bien propre, sans tache de graisse. Ces préliminaires effectués, il consentit enfin à soulever le couvercle de la boîte. Il déplia un grand morceau de papier Kraft dont le périmètre se trouvait souligné par un pointillé au crayon rouge. Au centre de ce que Sandy avait pris pour une nappe, figuraient deux mots tracés en lettres gothiques fantaisistes : Ombrie Australe.

« C'est mon pays, expliqua le jeune homme. Il est fragile. À force de rester plié il commence à devenir cassant. Ça m'inquiète. »

Pendant la demi-heure qui suivit, Dexter disposa sur le territoire de papier les images découpées dans les magazines. Il y en avait des centaines et il procédait avec une minutie extrême, respectant des préséances mystérieuses. Peu à peu, l'Ombrie Australe se couvrit de petits personnages étalés en couches successives. Il y avait également des bâtiments, des véhicules, des animaux, tout cela formant une imbrication d'une complexité extrême. Rien ne devait être posé au hasard, et si l'on oubliait un personnage appartenant à première couche, il fallait tout défaire et recommencer. C'était une sorte de puzzle étrange, régi par des lois sacro-saintes. Sandy ne tarda pas à comprendre que chacune des figurines de papier découpé avait sa propre histoire, une histoire que Dexter était capable de raconter (ou d'inventer) dans le détail sans la moindre hésitation.

Quand l'un des découpages s'avérait froissé, le jeune homme le déclarait mort, et procédait à son enterrement en le glissant dans une enveloppe qu'il cachetait, puis rangeait au fond de la boîte.

« Là, c'est le cimetière », disait-il en inscrivant au crayon noir le nom du défunt sur la pochette de papier.

Sandy DiCaccio n'osait bouger de peur de provoquer un souffle d'air qui eût éparpillé le petit peuple de Dexter Mulloney.

« Avant je les sortais plus souvent, chuchota le garçon. Je leur laissais prendre le soleil, mais il y ici des gens qui voudraient bien me voler ma boîte, alors je ne peux plus prendre ce risque. Je laisse mes sujets dans le noir, tout le temps. Je suis devenu un mauvais roi. Même le pays s'abîme... regardez les pliures. Elles sont trop marquées. Un jour l'Ombrie Australe se séparera en quatre morceaux, ce sera la guerre de Sécession. Il y aura beaucoup de morts, et je n'aurai pas assez d'enveloppes pour les enterrer tous. »

Sans cesse il corrigeait l'agencement de son puzzle. Prenant du recul pour juger de l'effet général, il déplaçait tel ou tel personnage, lui parlait en chuchotant dans une langue de son invention.

« Angoisse du morcellement, réorganisation du monde, conduite de réassurance, maniaquerie obsessionnelle... » Sandra égrenait mentalement les observations que lui suggérait la conduite de Dexter. Chez lui, le fantasme était extrêmement élaboré, mais cela s'avérait fréquent chez les tempéraments « artistiques ». La technique du collage employée par certains peintres prenait sa source au même endroit, dans les mêmes hantises. « Si l'on exposait l'Ombrie Australe dans la vitrine d'une galerie huppée, songea-t-elle, il se trouverait sûrement quelqu'un pour en faire l'acquisition moyennant un chèque de 20 000 dollars ! »

Elle sentit que Dexter l'observait à la dérobée.

« Vous pourriez me rendre un service, dit-il doucement. Je ne puis pas vous y contraindre, bien sûr, mais si vous acceptez je vous ferai citoyenne d'honneur d'Ombrie Australe. Vous me donnerez une photo de vous, je la découperai, et je la glisserai dans la boîte.

— Que voudriez-vous que je fasse ? demanda Sandy en s'appliquant à dissimuler son appréhension.

— Pourriez-vous emmener le pays chez vous et le repasser avec un fer tiède ? dit Dexter d'un ton suppliant. Ensuite vous collerez du ruban adhésif sur les pliures, pour qu'elles ne se déchirent pas... Est-ce possible ? C'est important pour moi et pour mon peuple. Ici on ne me laisse pas approcher de la lingerie, et je n'ai pas confiance dans les infirmières. Le ferez-vous, dites ?

— Je le ferai, murmura Sandy DiCaccio. Je le ferai ce soir et je vous rapporterai votre pays demain, défroissé et consolidé. »

Elle n'avait pas envie de rire en prononçant ces mots. Pas du tout.

Lorsque vint l'heure de restituer le local à son usage normal, Sandy reçut des mains du jeune homme l'Ombrie Australe soigneusement pliée, et la glissa dans on sac. Elle se demanda ce qu'en aurait pensé le docteur Atazarov. L'expression de Dexter montrait qu'il vivait là un moment d'une intensité poignante. « Il est en train de m'accorder une grande preuve de confiance, se dit-elle intérieurement. Pourquoi ? Pourquoi à moi, après tout ce temps passé ici ? C'est vers Rose Sandermann qu'il aurait dû normalement se tourner. »

Une fois de plus, elle franchit la grille avec l'impression qu'un sifflet allait résonner dans son dos. Arrivée au motel, elle se rendit dans la lingerie commune et repassa soigneusement le morceau de papier Kraft en priant pour que personne ne la surprenne. Revenu dans sa chambre, elle contempla longuement le lambeau brunâtre que les stries des pliures partageaient en quatre parties à peu près égales. La sonnerie du téléphone la fit sursauter. C'était Mikovsky.

« Alors ? grogna-t-il. Ça avance ?

— J'essaye de nouer un lien avec lui, répondit Sandra. Je suis en bonne voie. Il semble très atteint.

— *Semble* ? Tu as des doutes ?

— Je ne sais pas. Une intuition. Quelque part c'est trop construit. À cet âge-là les psychoses ne sont pas aussi logiques. Généralement ça se manifeste plus tard, à la maturité.

— Un simulateur ? Mais pourquoi ?

— Ne t'emballe pas... C'est juste une hypothèse. Ça va trop vite entre lui et moi. J'ai l'impression qu'il veut m'utiliser. D'habitude les schizophrènes n'accordent pas si vite leur confiance.

— Et qu'attendrait-il de toi ?

— Aucune idée. Il faut me laisser du temps. Plus de temps. »

Quand Mikovsky lui demanda ce qu'elle faisait en ce moment, Sandra fut tentée de lui répondre : « Je viens de repasser l'Ombrie Australe avec un fer réglé sur *lainage*, maintenant je m'apprête à la consolider avec du ruban adhésif pour empêcher qu'une guerre de Sécession n'éclate. »

Elle préféra garder le silence de peur que le chef du bureau fédéral ne la fasse revenir par l'avion du lendemain.

*

« Il y a eu un petit incident, lui lança Rose Sandermann quand Sandy DiCaccio se présenta au service des enfants psychotiques. Je crois que c'est dû à votre visite d'hier. Je vous avais prévenue : vous l'avez excité. Il y a longtemps qu'il ne faisait plus ça. Il va falloir que je prévienne le docteur Atazarov, je ne suis pas certaine que votre présence ici soit réellement bénéfique.

— Que s'est-il passé ? coupa Sandy.

— Dex... Il s'est mutilé, répondit Rose en baissant les paupières. Ah ! C'est rageant. Dire qu'il avait renoncé à ces pratiques depuis près de trois ans !

— Mutilé ? Gravement ?

— Non, il s'est découpé un morceau de peau sur le ventre, comme d'habitude.

— Il avait donc un couteau ? »

Rose haussa les épaules.

« Allons ! fit-elle avec exaspération, vous savez bien qu'ils se débrouillent toujours pour en trouver un s'ils en ont besoin. Il a fabriqué une sorte de scalpel avec un fragment de boîte de conserve aiguisé contre le mur. On ne peut pas être tout le temps sur leur dos ni les fouiller à corps trois fois par jour, ce n'est pas une prison ici, on essaye de soigner les gens sans trop les humilier. Mais vous avez peut-être d'autres pratiques... au FBI ? »

Sandra jugea inutile de répondre à la provocation. Elle n'avait aucun pouvoir dans l'établissement. Si elle insistait, Atazarov aurait beau jeu d'alerter presse, télévision, en criant au harcèlement policier. Elle fit semblant de s'alarmer. Elle commençait à comprendre qu'entre Rose Sandermann et Dexter avaient fini par se nouer des relations analogues à celles qui s'installaient présentement entre Robin et elle.

« Je ne savais pas que Dexter se mutilait, plaida-t-elle. Atazarov ne m'en a pas parlé. »

Rose tourna la tête, gênée.

« Si, souffla-t-elle. Il en avait l'habitude, à une époque. Il se dessinait quelque chose sur le ventre ou la poitrine avec un stylo-bille, puis il découpait le morceau avec ce qui lui tombait sous la main. Ensuite il exigeait qu'on place le bout de peau dans une petite bouteille de formol.

— Les dessins, murmura Sandy. Ils avaient un sens ? »

Rose leva les sourcils.

« Oh ! non, finit-elle par laisser tomber. C'étaient juste des morceaux de peau biscornus... comme les pièces d'un puzzle. »

Sandy fronça les sourcils. Quelque chose venait de l'effleurer, une idée vague, une hypothèse...

« Vous les avez conservés ? chuchota-t-elle. Les flacons... Ils sont quelque part ? »

L'infirmière frissonna, prise en faute. Elle regarda par-dessus son épaule pour s'assurer que le couloir était vide.

« Oui, avoua-t-elle. Il ne faut pas en parler au docteur Atazarov... Je les ai gardés pour Dexter, pour le rassurer. Si on les avait jetés, il en aurait fait une maladie. Dans le temps, il exigeait de les voir une fois par semaine, pour les compter, mais cette manie a fini par lui passer.

— Je pourrais les voir ? fit Sandra. Juste les voir.

— Pas maintenant, souffla Rose, je suis de service. Plus tard peut-être, mais vous serez déçue, ça n'a rien d'extraordinaire. C'est juste des lamelles de peau qui flottent dans le formol, pas de quoi écrire une thèse. »

Sandra décida de ne pas insister. *À priori* l'infirmière avait raison. Le découpage épidermique n'était qu'un avatar supplémentaire de la phobie de morcellement dont Dexter était victime.

213

Avant de découper les magazines il avait commencé par se découper lui-même. Avait-il essayé de fabriquer des personnages à partir de sa propre peau afin de peupler l'Ombrie Australe de créatures beaucoup plus « vivantes » – à ses yeux – que des effigies de vedettes imprimées sur papier journal ? L'hypothèse valait d'être examinée.

« Un dieu, songea-t-elle. Un dieu qui découperait sur son corps les êtres vivants dont il désire remplir le monde qu'il vient de créer... »

Elle se fit conduire à la chambre du jeune homme. Celui-ci attendait manifestement sa visite, assis du bout des fesses au bord du lit, les mains posées sur la boîte de carton. Dès que Rose se fût éloignée, Sandra sortit de son sac l'Ombrie Australe soigneusement repassée et suturée de ruban adhésif.

« Merci, fit Dex d'une voix altérée. Merci au nom de mon peuple, vous nous rendez notre dignité. Grâce à vous nous n'habiterons plus un pays chiffonné. Je vous ferai duchesse du Cygne blanc. La cérémonie d'investiture aura lieu tout à l'heure sur le banc, au bord de la pelouse. »

Dès qu'il eut rangé la carte de papier Kraft dans la boîte, il sortit de la chambre, affectant le maintien raide d'un homme de cour. Une relative quiétude régnait à cet étage où n'étaient traités que des enfants souffrant de pathologies bénignes. Sandra avait noté la présence d'un gosse affligé de pica, névrose qui le poussait à manger les choses les plus absurdes : papier, chiffons, terre, cailloux... ainsi que d'un autre petit malade atteint de potomanie, une compulsion l'obligeant à avaler de l'eau en quantité effrayante. Les autistes au comportement violent se trouvaient à un autre niveau. Il était facile de les reconnaître à ce qu'en jargon professionnel on surnommait « le syndrome du jouet brûlant ». En effet, dès qu'ils posaient les doigts sur un objet, ils s'empressaient de le lâcher, comme s'ils venaient de saisir une braise ardente. C'était là un trait caractéristique de cette affection dont on percevait mal, encore, les tenants et les aboutissants.

Une fois dans le parc, Dexter reprit son délire coutumier à propos de l'Ombrie Australe. Il comptait ses enjambées, sans pour autant cesser de parler, comme si son cerveau possédait la faculté de se couper en deux pour mener de front des tâches différentes. Arrivé à la hauteur du banc, il avait tout oublié de la cérémonie d'investiture précédemment annoncée.

« Vous êtes une personne de qualité, décréta-t-il. Je sens qu'on peut avoir confiance en vous. C'est pourquoi je vais vous faire profiter de mes travaux scientifiques. Je ne suis pas fou, vous savez ? Je reste ici de mon plein gré, pour me protéger de mes ennemis. Personne n'aurait l'idée de venir me chercher ici. C'est une ruse, une couverture. Tout le personnel hospitalier est au courant. Même le docteur Atazarov. À l'extérieur je n'arrivais pas à travailler, j'avais toujours peur qu'on essaye de s'emparer de mes secrets. En fait, on a bâti cet hôpital autour de moi, pour me cacher. Quand je partirai, on le démontera.

— Quand partirez-vous ? s'enquit Sandra.

— Quand mes travaux seront achevés, dit Dexter. Je travaille à un projet extraordinaire. La polyconnaissance transmissible. Vous voulez savoir de quoi il s'agit ? C'est à la fois très simple et prodigieux. Il s'agit de transformer l'acquis en inné, vous comprenez ?

— Je crois.

— Je suis en train de mettre au point un élixir qui rendra génétiquement transmissible tout ce qu'un homme aura appris au cours de sa vie. Ainsi, le sperme d'un chirurgien sera porteur de toutes les connaissances laborieusement apprises au cours de ses études médicales et de sa vie professionnelle. Cette même semence donnera naissance à un bébé qui, à peine sorti du ventre de sa mère, possédera, inscrit dans les lobes de son cerveau, le savoir de son père. Un bébé chirurgien ! Vous concevez l'ampleur du système ? Plus besoin d'aller à l'université... On pourra engendrer à volonté des nourrissons pilotes de chasse ou ingénieurs en électronique. Le savoir jadis garanti par les diplômes sera désormais codé au niveau des gènes.

— Et quelle sera l'application de cette nouvelle technique ?

— Le peuplement de l'espace, bien sûr. On pourra envoyer à l'autre bout de la galaxie des femmes enceintes porteuses d'enfants qui, à peine nés, seront déjà capables d'apporter des solutions technologiques aux problèmes des colons.

— Bien sûr, c'est très intéressant. »

Sandra savait qu'elle avançait en terrain difficile. Elle ne voulait pas encourager Dexter dans son délire, mais si elle donnait l'impression de s'en dissocier, elle n'établirait jamais aucun contact avec lui.

« La polyconnaissance transmissible... » répéta-t-elle en essayant de rester non directive.

« Oui, reprit Dexter qui commençait à donner des signes d'agitation. Mais ça va encore plus loin que vous n'imaginez. Parce que le traitement ne s'en tiendra pas aux seules connaissances professionnelles, il transmettra également la mémoire des géniteurs. Tout ce qui se trouvait stocké dans leur tête jusqu'au moment de la conception. Les enfants qui naîtront de ces unions auront donc accès à une partie de la mémoire de leurs parents. Les souvenirs d'enfance ou de jeunesse de la mère et du père se retrouveront implantés quelque part dans le cerveau de l'enfant, et il y aura librement accès. Ce sera... Ce sera comme si les parents vivaient dans la tête du gosse. Comme s'ils étaient là en permanence sans qu'on puisse les voir. Enfermés entre les parois de son crâne, comme dans une boîte... C'est important, quand les choses sont bien rangées dans une boîte on ne peut pas les perdre. On soulève le couvercle, et on les trouve là, exactement où on les avait laissées. »

Il parlait de plus en plus vite. De la sueur mouillait son front. « Il est en train de faire une crise d'angoisse », diagnostiqua Sandy. Elle avait senti venir le danger dès que Dexter avait abordé la question de la mémoire des parents. Elle voyait parfaitement où il voulait en venir : une fois la cellule familiale implantée dans la mémoire du gosse, celui-ci ne risquait plus de se retrouver seul. Le père et la mère faisaient partie intégrante de sa chair. Elle posa les doigts sur la main droite du jeune homme. Il tressaillit, comme si on venait de l'asperger d'eau froide.

« On ne peut plus rien perdre, répéta-t-il un ton plus bas. C'est une garantie. Une protection pour les enfants dont les parents ne s'occupent pas... pour les enfants qu'on jette à la rue et qui se retrouvent incapables de se débrouiller. Avec ma méthode, les parents sont toujours là, dans un coin de votre cerveau, et l'on bénéficie de leur savoir. S'ils étaient chirurgiens, par exemple, ou pilotes de chasse, on peut aussitôt exercer ces métiers sans avoir à les apprendre... C'est comme un instinct. On vous installe dans une salle d'opération et vos mains se mettent à bouger toutes seules, elles savent ce qu'elles doivent faire, ce qu'elles doivent couper... ou recoudre... couper... recoudre... couper... recoudre... Vous n'avez même pas à réfléchir, vous n'avez même pas à y faire attention. Ça se passe presque en dehors de vous.

— Je vois, intervint Sandy. Effectivement, ce serait révolutionnaire. »

Dexter se tourna vers elle. Pour la première fois depuis qu'ils se connaissaient, il la regarda vraiment en face, et elle se rétracta en découvrant ses yeux d'un bleu délavé, comme anémié.

« Venez, décida-t-il, je vais vous faire visiter mon laboratoire. »

Se levant, il l'entraîna dans une cabane de jardinier où se trouvait remisée une brouette. Là, il lui montra de vieilles bouteilles de soda et des pots de yaourt emplis de mixtures inidentifiables. C'était son laboratoire, expliqua-t-il. L'installation en était volontairement banalisée, afin de déjouer la curiosité de ses ennemis, mais, en réalité, il s'agissait d'un matériel haut de gamme, très performant.

Quand elle prit congé, Sandra était partagée entre la tristesse et l'agacement. Tristesse à cause du désarroi affectif dans lequel se débattait Dexter Mulloney, irritation contre elle-même, car elle n'était pas là pour le soigner... et elle avait de plus en plus l'impression de n'aller nulle part.

« À moins qu'il ne joue à m'égarer », dit-elle à mi-voix en prenant la direction du motel.

Elle se promit, dès le lendemain, de lui présenter Robin.

*

Les choses ne se passèrent pas comme elle l'avait espéré. Quand elle se mit à raconter l'histoire de Robin, prince en exil, rejeté par ses « parents », Dexter adopta une attitude fuyante. La tête tournée de côté, il s'obstinait à regarder par-dessus son épaule, tel un animal qui espère annuler la réalité d'un danger en cessant de le voir.

« Ce petit garçon est ici, insista-t-elle. Je crois que vous devriez le rencontrer, en tant qu'aîné, vous pourriez lui prodiguer des conseils, l'aider à traverser cette épreuve. Il n'a pas votre expérience. »

Dexter se redressa, le visage empreint d'une grande froideur.

« Que vous êtes sotte, ma chère ! s'exclama-t-il d'une voix aiguë. Si je le rencontrais, je sais très bien ce qu'il ferait : il me volerait ma boîte ! »

Sandra DiCaccio dut batailler toute la matinée pour l'amener à accepter une entrevue. Elle s'en voulait de jouer ainsi les enjôleuses, ce n'était pas dans sa nature. Lorsqu'elle réussit enfin à l'entraîner dans la chambre de Robin, Dexter commença à se dandiner. Un tic disgracieux secouait sa bouche à intervalles réguliers tandis que, de la main droite, il s'arrachait les sourcils. Il évitait soigneusement de porter son regard sur le lit.

« Il est comme vous... expliqua Sandy. Mais démuni. Peut-être pourriez-vous lui expliquer comment se constituer un royaume personnel ? Je lui fournirai une boîte et des magazines à découper.

— C'est cela ! ricana Dexter en se corsetant dans sa dignité. Et après nos deux pays entreraient en guerre. Dans cet asile il n'y a pas place pour deux rois, c'est impossible. En plus sa boîte serait plus neuve que la mienne, et son pays en meilleur état, sans pliures. Non, je ne peux pas accepter cela. Vous vous ingérez, ma chère ! Vous vous ingérez dangereusement. Ces choses vous dépassent, ne vous en mêlez pas, vous déclencheriez une catastrophe. »

Inquiète, Sandra battit en retraite. Dexter était jaloux, elle aurait dû le prévoir. Il avait tout de suite perçu l'intensité du lien qui unissait son interlocutrice à l'enfant inconscient couché devant lui. Elle lui prit la main et l'entraîna au dehors. Lorsqu'elle les vit passer, l'infirmière Sandermann leur jeta un regard ulcéré. En dépit des efforts déployés par Sandy, Dexter resta distant jusqu'à l'heure du repas.

« J'ai mal joué, pensa la jeune femme. Je ne pouvais pas imaginer qu'il s'attacherait à moi aussi vite. »

Quand la cloche du repas sonna, Dexter se leva et s'éloigna sans un mot. Cela ne faisait plus aucun doute : la disgrâce de Sandy DiCaccio venait d'être prononcée.

Mécontente d'elle-même, elle se rendit au pavillon des enfants fous et réussit à coincer Rose Sandermann dans la lingerie. Cette fois, elle exigea de voir les fameux flacons collectionnés par Dexter, ceux où il conservait les lambeaux de peau prélevés sur son corps. L'infirmière tenta de se défiler mais Sandy tint bon. Finalement, après avoir observé un cérémonial de précautions un peu exagéré, Rose accepta d'entrebâiller un placard cadenassé où s'alignaient une vingtaine de récipients à prélèvement. Dans chacun d'eux flottait une lamelle rosâtre, décolorée par l'immersion prolongée dans le formaldéhyde. En les examinant de près, Sandra acquit la conviction qu'il s'agissait bel et bien de petites silhouettes humaines. Des homoncules, des pantins malhabilement découpés, et qu'agrémentait parfois un poil ou un grain de beauté.

« C'est son peuple, pensa-t-elle. Il découpe ses sujets à même sa peau. »

La chair de sa chair... L'expression était souvent employée par les parents, pour désigner tel ou tel de leurs enfants. « C'est la chair de ma chair... » Un cliché, soit, mais que Dexter – enfant perdu, enfant renié – avait choisi d'appliquer au pied de la lettre.

« Il ne faut pas en parler au docteur Atazarov, chuchota Rose d'une voix suppliante. Je ne les garde ici que pour apaiser Dexter quand il devient trop anxieux. Quand il regarde les flacons, il retrouve son calme, plus sûrement qu'avec les médicaments.

— Je ne dirai rien, assura Sandy. Merci de m'avoir fait confiance. Je ne veux pas de mal à Dexter. Je suis ici pour Robin, uniquement pour Robin. »

Les deux femmes se regardèrent droit dans les yeux. Ce qui n'était pas dit comptait plus que les paroles. Elles se comprenaient.

Nerveuse, Sandy alla déjeuner en ville pour se donner le temps de réfléchir. Elle venait à peine de passer sa commande que Mikovsky l'appela sur son cellulaire.

« Peux-tu photographier le royaume de ce dingo ? demanda-t-il. Il se pourrait bien que la carte en papier Kraft nous fournisse une indication sur la localisation des ravisseurs.

— Ce sera difficile, murmura Sandy.

— Essaye, insista son interlocuteur. Nous nourrirons un ordinateur avec les données visuelles, le positionnement des personnages, etc. On verra bien si des constantes se dégagent.

— Okay, capitula la jeune femme.

— Ah ! autre chose, conclut Mikovsky, tu vas recevoir la visite de la mère, Judith Pookhey. Elle a réussi à se libérer, elle exige de voir son fils. J'ai été forcé de lui donner ton numéro. Manie-la avec précaution, elle pourrait bien aller raconter aux gens de la télé qu'elle nous a confié un enfant sain et que nous en avons fait un autiste. Ce serait mauvais pour nous. Et surtout pour toi... »

« Salaud, songea Sandy. Toujours une main sur la poignée du parachute. »

L'estomac noué, elle toucha à peine au contenu de son assiette. Les menaces voilées de Mikovsky ne l'effrayaient pas, mais elle était contrariée par sa fausse manœuvre du matin.

« En réalité, s'avoua-t-elle, tu n'a pas le profil requis pour ce genre de mission. Tu n'as pas l'habitude de travailler avec de grands psychotiques, des schizophrènes de la taille d'un Dexter Mulloney. Ta pratique, c'est plutôt le cadre supérieur assailli par les doutes de la quarantaine. Tu ne fais pas le poids. Atazarov l'a bien senti. Et aussi l'infirmière Sandermann. Tu es nulle. Et ce matin tu as joué comme une nulle. »

Elle devait regagner la confiance de Dexter, à n'importe quel prix, sinon Robin continuerait à s'enfoncer dans la catatonie. Elle réfléchit un moment, puis se rendit dans une pharmacie où elle acheta un paquet de lames de rasoir ainsi qu'un certain nombre d'ustensiles et de produits relevant davantage de la pratique du laboratoire que des premiers soins. De retour au motel, elle verrouilla la porte, baissa les stores, et se dévêtit entièrement avant de passer dans la salle de bains. Elle disposa alors les ustensiles dont elle aurait besoin sur la tablette du lavabo. Elle prit soin de stériliser tout ce qu'elle devrait manipuler au cours des minutes suivantes, puis avala deux comprimés d'un tranquillisant très puissant. Ces préparatifs effectués, elle se vaporisa un anesthésique local sur la peau du ventre, et grimpa dans le bac à douche.

Avec l'une des lames de rasoir, elle s'entailla l'épiderme au-dessus du nombril, de manière à prélever une parcelle dont la forme évoquerait vaguement une silhouette humaine. Elle n'avait pas encore mal mais elle transpirait beaucoup. Son abdomen était comme du bois. Hélas, cela ne durerait pas plus de cinq minutes. Quand le sang se mit à couler, elle faillit céder à la panique. Par-dessus tout, elle craignait de s'entailler trop profondément et de se retrouver dans l'obligation de courir aux urgences.

« Je suis complètement folle, pensait-elle tandis que ses doigts allaient et venaient, taillant dans sa peau. Jamais plus je ne pourrai me montrer en maillot de bain. »

Elle essaya de se rassurer en se répétant qu'une petite intervention de chirurgie plastique suffirait faire disparaître toute cicatrice. Maintenant le sang dégoulinait sur ses doigts, elle ne voyait plus ce qu'elle faisait. Elle avait l'impression d'être en train de procéder à un hara-kiri des plus malhabiles. Une palpitation sourde tiraillait ses nerfs engourdis. Elle se dépêcha de conclure, et, d'un geste sec, décolla le morceau de peau dont elle avait incisé le périmètre. Elle mit le lambeau dans un petit flacon d'alcool qui attendait de remplir son office, sur la tablette du lavabo. Enfin, elle se nettoya et posa une compresse stérile sur la plaie vive. Ses mains tremblaient, non pas tant à cause de la douleur qu'en raison du caractère irrationnel de ce qu'elle venait d'accomplir. « Un pacte, se dit-elle. Un pacte avec le diable. »

La souffrance pointait le nez. Des pulsations aiguës lui agaçaient le nombril. Elle se nettoya, fit couler l'eau dans le bac à douche, et essuya la sueur qui lui mouillait le visage. Elle s'étendit sur le lit pour se donner le temps de récupérer.

« Allons, se répétait-elle, ce n'est rien, c'est sans gravité. Tout à fait le genre de blessure qu'on peut se faire dans un accident de moto, en glissant sur la chaussée. »

Un coup de meule, et hop ! la peau qui s'en va...

Elle serra les dents. Dexter, lui, avait pratiqué la même intervention à de multiples reprises, dans des conditions opératoires déplorables, en s'incisant la peau avec un couvercle de boîte de conserve...

Au bout d'une heure elle refit son pansement, la plaie ne saignait plus mais l'écorchure n'était pas belle. Cela ressemblait à une vilaine morsure.

« Je l'ai fait pour Robin, dit-elle à mi-voix. Je suis peut-être une mauvaise psychologue, mais au moins je n'hésite pas à payer de ma personne. »

Elle s'habilla, glissa le flacon dans son sac à main. L'heure de la contre-attaque avait sonné.

Elle trouva Dexter dans le parc, à l'endroit habituel, et se dirigea vers lui, à pas lent. Sur son ventre, une sensation d'humidité la prévint que la blessure s'était rouverte. Elle se planta devant le jeune homme, ouvrit son sac, et en tira le flacon.

« Dexter, murmura-t-elle, je voudrais faire partie de vos sujets. Je voudrais être citoyenne d'Ombrie Australe. »

Elle lui mit dans la main le petit récipient où flottait le morceau de peau, puis releva son chandail pour qu'il puisse voir le pansement. Dexter fronça les sourcils. La méfiance envahit ses traits.

« Faites voir la plaie », exigea-t-il.

Sandra décolla la compresse. Le garçon se rapprocha, si près qu'elle put sentir son souffle sur son ventre. « Mon Dieu, priait-elle, faites qu'Atazarov n'ait pas la mauvaise idée de passer par ici. »

Dexter hocha la tête.

« C'est bien, fit-il. J'accepte votre demande. Considérez que vous êtes désormais citoyenne d'Ombrie Australe et que je suis votre roi. Vous devez vous agenouiller devant moi, c'est la règle. »

« Merde ! » songea Sandra en obéissant.

Il se contenta de lui toucher la tête, brièvement, comme pour une bénédiction. Quand elle se releva, il était rayonnant.

« Venez, dit-il, je vais vous faire bénéficier de mes découvertes. Vous serez la première à jouir de la polyconnaissance transmissible. Vos enfants naîtront avec votre savoir, et votre mémoire restera inscrite en permanence dans leur cerveau, ainsi, même si vous mourez, ils ne seront jamais seuls. Vous serez toujours là, en eux. Ils pourront se promener dans vos pensées comme dans les allées d'un jardin. Ils consulteront vos souvenirs. Chaque fois qu'ils ouvriront cet album mémoriel, ils deviendront vous ! Ils verront par vos yeux tout ce que vous avez vu, ils sentiront tout ce que vous avez senti. »

Il se leva et prit le chemin de la cabane de jardinage. Sandy ne pouvait plus reculer. Elle éprouva un pincement à l'estomac lorsqu'elle entra dans le réduit. La détresse de Dexter, auréolée de fantasmes compensatoires, l'émouvait sincèrement, cependant elle ne pouvait se départir d'une certaine méfiance à son endroit. Dès qu'ils se retrouvaient en tête à tête, dans un lieu clos, elle avait peur de lui.

Sur l'une des étagères, il prit une bouteille de soda et la tendit à la jeune femme.

« Prenez, fit-il, et buvez. Vous serez la première à rester immortelle dans la mémoire de vos enfants, et dans celle des enfants de vos enfants, car les souvenirs s'additionneront, d'une génération à l'autre, et, au bout d'un siècle, c'est tout un peuple que votre descendance aura dans la tête. Une foule, une nation. Sa seule vraie nation : sa famille. Dans cette masse vous brillerez d'une lumière particulière parce que vous aurez été la première, la fondatrice. N'ayez pas peur. Buvez. »

Sandra obéit. Dès que sa bouche toucha le goulot de la bouteille elle sut qu'elle allait boire du sperme. Le sperme de Dexter Mulloney. Il en avait rempli le flacon. Était-ce pour lui une forme symbolique de fécondation ? Un rapport sexuel détourné, ou bien... *Ou bien se payait-il sa tête ?*

Elle ne pouvait prendre le risque de le mécontenter une fois de plus. Elle avala la potion en trois gorgées rapides, essayant de dissimuler son dégoût. Était-il innocent ou, au contraire, savait-il très exactement ce qu'il faisait ? Elle aurait voulu voir l'expression de son visage mais il faisait trop sombre dans la cabane. Elle se demanda si elle serait capable de ne pas lui vomir sur les chaussures. Elle aurait donné n'importe quoi pour un verre de whisky.

« C'est bien, murmura Dex. Maintenant c'est en vous. Vous ne sentirez rien, mais vos enfants en bénéficieront dès leur naissance. À partir de maintenant vous devrez faire très attention à ce que vous ferez. Gardez toujours présent à l'esprit que vos descendants auront libre accès à vos souvenirs et qu'ils pourront vous juger. Ce qui s'inscrit en vous à partir de cette minute, sera lu par tous ceux qui naîtront de votre chair. C'est comme si vous écriviez vos mémoires sur un support indestructible. Elles passeront d'une tête dans une autre tête, au fur et à mesure que la chaîne se constituera. »

Sandra ne l'écoutait plus. Elle aurait voulu courir aux toilettes et se rincer la bouche. Le goût du sperme s'attardait sur sa langue. Un goût de poisson cru, pas trop frais.

« L'enfant, dit soudain Dexter. L'enfant qui dort là-haut dans la chambre. Je lui parlerai. »

« Au moins, j'aurais obtenu cela », pensa Sandy en se retenant de s'essuyer les lèvres.

*

Elle quitta l'hôpital à bout de nerfs. Sa blessure lui faisait mal et elle avait toujours la nausée. Elle s'arrêta dans une *liquor shop*, acheta une demi-pinte de *Jimmy Beam* et se cacha dans une ruelle pour en boire trois gorgées. L'alcool lui fit tourner la tête. Dexter avait tenu parole, il avait accepté de rendre visite à Robin, s'était assis à son chevet pour lui parler de l'Ombrie Australe. Robin n'avait pas réagi, mais Sandy avait appris à ne pas croire aux miracles, aussi ne s'était-elle pas alarmée de l'apathie de l'enfant.

« Nous recommencerons demain, avait affirmé Dexter. Après tout, ce gosse pourrait devenir, lui aussi, l'un de mes sujets. Il est important que je mette en circulation la polyconnaissance transmissible, et pour cela, il me faut des cobayes. »

La connexion s'était enfin établie.

Pour combattre la nausée, elle décida d'aller manger dans un *diner*. Elle se demandait ce que Mikovsky aurait pensé de ses manœuvres stratégiques. Elle réalisa qu'elle avait totalement oublié de photographier le « royaume » de papier, comme il le lui avait ordonné. Elle se fichait un peu de l'enquête, elle en avait conscience. Seul comptait Robin. Robin qu'il fallait sortir du néant.

« Le pire, se dit-elle, c'est qu'il ne saura jamais tout ce que j'ai fait pour lui. Le petit salaud. »

Elle regarda les dîneurs, autour d'elle, et pouffa d'un rire nerveux. « Hé ! vous ne savez pas ? eut-elle envie de leur crier. Aujourd'hui j'ai bu du sperme de fou ! Génial, non ? »

Elle se contraignit à plus de sérieux, et se demanda pourquoi, s'il connaissait effectivement l'endroit où se cachaient ses ravisseurs, Dexter Mulloney n'avait jamais cherché à s'enfuir de l'asile pour les rejoindre... Car, enfin, il n'était guère surveillé ; il aurait pu par conséquent franchir la grille sans trop de peine, en usant d'un déguisement quelconque.

« Ce n'est pas si facile, songea-t-elle. Il est là depuis si long-temps qu'il a peur de l'extérieur. Et puis, par-dessus tout, il craint une seconde rebuffade. Il est terrifié à l'idée que ses parents pour-raient de nouveau le rejeter si l'audace le prenait d'aller sonner à leur porte. Voilà pourquoi il ne bouge pas. Il ne veut pas courir le risque. Même s'il sait où habitent les kidnappeurs, il préfère ne pas être déçu. Il n'en a plus la force. »

La serveuse lui apporta son repas, une salade au Stilton. L'espace d'une minute, Sandra DiCaccio se prit à rêver sur la vie qu'elle allait mener ici, au chevet de Robin, loin de tout, des hommes et du monde en général... Une sorte d'engourdissement bienheureux la gagna.

« Méga-sécrétion d'endorphines... » diagnostiqua-t-elle. Elle sourit, si elle en était à comparer Robin à l'opium naturel produit par le cerveau humain, c'est qu'il fallait sans tarder inscrire le nom de l'enfant au tableau des drogues dures.

23

Alors qu'elle rentrait au motel, son téléphone cellulaire sonna. C'était Judith Pookhey, elle venait d'arriver en ville. Elle comptait rester trois jours. Elle réclamait un rendez-vous. Elle parlait sans reprendre respiration, comme si elle récitait une tirade mise au point pendant le voyage. Au ton revendicateur, on comprenait bien qu'elle n'entendait pas se laisser mener par le bout du nez. Sandra, à regret, lui donna les coordonnées de l'hôpital. Les deux femmes convinrent de se retrouver à dix heures devant le poste de garde.

Une fois la communication coupée Sandy DiCaccio se lava les dents plus longtemps qu'il n'était nécessaire. Elle avait trop bu, la tête lui tournait.

Elle rêva de la « polyconnaissance transmissible ». Elle donnait naissance à un bébé qui ressemblait trait pour trait à Robin. L'enfant, à deux ans, possédait déjà la formation complète d'un psychologue professionnel... Il n'ignorait rien de tout ce que sa mère avait vécu jusqu'au jour où elle l'avait mis au monde. Il avait accès à tous les « dossiers », à son journal intime. Les secrets de Sandy étaient passés dans sa tête, il pouvait les feuilleter à loisir... et il ne s'en privait pas. C'était troublant... cela vous forçait à jouer cartes sur table. On devenait transparente, il n'était plus question de mentir, de bluffer.

Puis le rêve devint confus. Sandy était morte, Robin avait rendu l'âme lui aussi, mais tous deux continuaient à exister dans la mémoire de leurs descendants. Leurs « journaux intimes » s'étaient additionnés, grossissant l'héritage mémoriel transmis par les bienfaits de la polyconnaissance. C'est alors que les choses tournaient au cauchemar, car les arrière petits-fils de Sandy devenaient fous, les uns après les autres, incapables de supporter la cohabitation de ces souvenirs étrangers implantés dans leur cerveau. Cette tribu d'ancêtres fantomatiques finissait par engendrer chez eux un SPM (syndrome de personnalités multiples). Dans l'impossibilité d'établir des distinctions dans ce grand pêle-mêle de souvenirs, ils ne savaient plus ce qui leur appartenait en propre, ce qu'ils avaient réellement vécu... Ils confondaient tout : les aventures de leur arrière grand-mère et leur vie sentimentale personnelle. Ils en arrivaient même à perdre conscience de leur identité sexuelle. Ils se croyaient tantôt homme, tantôt femme, selon les heures de la journée. Tout se mélangeait, le passé, le présent, les sexes, les âges de la vie. Mais également les différents métiers exercés par leurs ancêtres. Ils étaient psychologue *et* pilotes de chasse ; psychologues *et* pilotes de chasse *et* ingénieurs du pétrole ; psychologues *et*... Chaque fois qu'un descendant de Sandy s'unissait à un partenaire pratiquant lui aussi la polyconnaissance transmissible, il héritait des données mémorielles du nouvel arrivant. Cela augmentait d'autant le nombre de personnalités intérieures, de journaux intimes, de pratiques professionnelles. C'était trop. Un effroyable chaos s'installait dans leur crâne, les poussant peu à peu au suicide.

Sandy se réveilla en sursaut. Elle était en sueur. Sa blessure saignait de nouveau et elle avait taché les draps. Elle dut se lever pour refaire son pansement. Elle eut la conviction qu'elle ne parviendrait pas à se rendormir et avala un somnifère.

Au matin, elle eut du mal à se lever. Le rêve s'obstinait à la poursuivre, elle en remâchait les articulations, la logique interne comme s'il s'agissait d'un dossier sur lequel on lui demandait de donner son avis. Elle avait la nausée et ne put rien avaler, pas même une tasse de café.

« La nausée du matin, se dit-elle, comme les femmes enceintes. »

Une crainte superstitieuse la poursuivait depuis qu'elle avait avalé la potion de Dexter. C'était absurde mais elle n'y pouvait rien. Le miroir de la salles de bains lui renvoya une image déprimante. Elle avait une tête à faire peur, les yeux cernés, le teint gris. Elle se maquilla en hâte. Elle ne pouvait se permettre de faire attendre Judith Pookhey.

Comme il avait été convenu, la mère de Robin attendait à l'entrée de l'hôpital. Elle paraissait tendue, sur le qui-vive. Lorsque

Sandy voulut la mener à la chambre du gamin, Judith fut prise de panique. Un moment, elle sembla sur le point de s'enfuir. Pour lui donner le temps de se ressaisir, la psychologue la conduisit à la cafétéria. Là, devant leurs gobelets de mauvais café, les deux femmes s'observèrent en silence.

« Vous ne pouvez pas comprendre, murmura Judith. C'est si difficile... Je ne sais plus où j'en suis. Depuis qu'il est passé à la maison plus rien n'est pareil.

— Comment va votre père ? » s'enquit Sandra.

Judith fit un geste évasif.

« État stationnaire, souffla-t-elle. On ne sait pas s'il s'en remettra. Il ne peut plus quitter le lit. Il navigue entre deux eaux. Tantôt il parle, tantôt il nous regarde comme des étrangers. Le docteur dit que ça peut rester comme ça. C'est quelque chose qui cloche dans son cerveau, une veine bouchée. Il est paralysé du bras gauche. C'est difficile à vivre. Il faut toujours être là, à s'occuper de lui. Le maintenir propre et tout ça.

— Vous ne pourriez pas le mettre à l'hôpital ? suggéra Sandy.

— Non, je n'ai pas d'assurance... et puis, chez nous ça ne se fait pas. Ce sont des pratiques de gens de la ville. À la campagne, on n'envoie pas les vieux mourir à l'hôpital. Ce n'est pas ça le plus dur. En fait... tant qu'il est là, je ne peux pas récupérer Robin, c'est impossible. Surtout s'il est malade lui aussi. Je ne m'en sortirais pas. »

Elle triturait le gobelet de plastique. Le café avait refroidi. Elle n'en avait bu qu'une gorgée. Son visage était bouffi de fatigue, ses yeux rouges.

« Il me manque... souffla-t-elle en baissant le nez. Robin. J'ai honte, mais c'est comme ça. Il n'est pas resté longtemps, mais il m'a... transformée. Je me suis remise à peindre. C'est horrible. J'ai profité de ce que mon père ne pouvait plus me rappeler à l'ordre pour sortir les tableaux de la grange et recommencer à travailler.

— Expliquez-moi ça... dit Sandra DiCaccio. Je ne savais pas que vous étiez peintre. »

Avec des mots maladroits, Judith Pookhey lui raconta comment Robin avait découvert les toiles enfouies sous la poussière, au fond de la remise à bocaux, et le commentaire qu'il en avait fait. L'enthousiasme du petit garçon avait de toute évidence débloqué quelque chose.

« J'ai honte, chuchota Judith. Pendant que mon père souffre à l'étage du dessus, je m'installe devant mon chevalet et je peins...

Vous comprenez ça ? C'est à cause de Robin. Il m'a rendue mauvaise. Il y a quelque chose de maléfique en lui. Il a le don de réveiller les mauvais instincts des gens qu'il côtoie. Il est dangereux. Jedediah l'avait bien compris, il avait pris les mesures qui convenaient. J'ai été folle de le critiquer. »

Elle répandait une odeur aigre de sueur et d'angoisse. Sandy lui toucha la main. Judith se rétracta comme devant une invite sexuelle.

« Il vient... continua-t-elle en s'obstinant à fuir le regard de la psychologue. Robin... Il vient chez les honnêtes gens et il sème le désordre dans les cœurs. Après lui, tout n'est que confusion. C'est comme un aimant, il attire l'attention... Il capte tout l'amour dont une mère est capable, si bien qu'il ne reste plus rien pour les autres enfants. Depuis qu'il est parti, Bonny, Ponzo et Dorana, me semblent... *ternes*. C'est horrible, non ? Je les regarde, et je trouve fades. Je me demande comment ils ont bien pu, un jour, m'intéresser. Vous savez... Comme lorsqu'on croise un ancien amoureux qui vous a fait battre le cœur, et qu'on se dit : "Mon Dieu ! qu'il est banal ! Qu'est-ce que je pouvais bien lui trouver d'extraordinaire ?" C'est pareil. Je ne sais plus où j'en suis. Si Jedediah était conscient, je lui demanderais de me punir, de me punir sévèrement, je suis certaine que ça irait mieux ensuite. »

Pendant une dizaine de minutes, Sandy essaya de la convaincre qu'il n'y avait rien de répréhensible dans son comportement, mais elle devina que ses paroles n'avaient aucun effet sur la jeune femme.

« Tout ça c'est du bla-bla, coupa brusquement Judith Pookhey. Je sais très bien comment ça fonctionne, la psychologie. Les gens vous payent pour obtenir l'absolution. Ils viennent vous transmettre leurs péchés. Ils vous donnent de l'argent et vous prenez le mal à votre compte, vous vous damnez à leur place. Quand vous mourrez, vous irez en enfer pour expier des fautes que vous n'avez pas commises, et ce sera terrible...

— Vous vous trompez, objecta Sandra. J'essaye de vous aider.

— Arrêtez, siffla Judith. Je ne suis pas idiote. Mon père m'a expliqué comment fonctionnait votre petit commerce. Au Moyen Âge, en Europe, ça existait déjà. Il y avait des gens qui se faisaient payer pour endosser les péchés des autres. Ça a changé de nom, c'est tout. »

Elle semblait sur le point de faire un esclandre et Sandra préféra ne pas insister. Elle était frappée par la régression de Judith Pookhey. La culpabilité liée à la maladie du père l'avait de toute évidence fait replonger dans les ténèbres d'une pratique religieuse dont, un temps, elle avait obscurément envisagé de se dissocier. Le dialogue serait malaisé.

Tout à coup, Judith releva la tête. Il y avait dans ses yeux une lueur de ruse qui lui donnait une expression sournoise.

« *Je comprends...* murmura-t-elle avec un vilain sourire. Il vous a embobinée vous aussi. C'est ça ! Vous êtes envoûtée, c'est évident. Ça se voit comme le nez au milieu de la figure. Il fait le même effet à tout le monde. Même Bonny et Ponzo qui ne l'aimaient pas, n'arrêtent plus de me demander quand est-ce qu'il va revenir. C'est un comble, non ? Il leur manque ! Ils l'ont à peine vu, et pourtant ils ne peuvent déjà plus se passer de lui. Il le leur faut. Et vous êtes comme eux. Dans le même état. *Vous le voulez.* Je le sais, ne mentez pas. »

Sandy rougit. Incapable de répliquer, elle se leva précipitamment.

« Venez, dit-elle. Allons voir Robin. »

Elles traversèrent les couloirs en silence. Judith marchait en retrait. À deux reprise, Sandy se retourna pour vérifier qu'elle n'avait pas tourné les talons. Dans la chambre de l'enfant, Judith s'approcha du lit avec réticence.

« On dirait qu'elle s'attend à être contaminée par un virus, songea la psychologue. Cette femme est un vrai danger public, si Robin tombe entre ses mains, elle éteindra le feu qui brûle en lui. Elle n'aura qu'une idée : le faire rentrer dans le rang, le normaliser. »

Elle avait déjà été confrontée à ce problème. Contrairement à ce qu'on imagine, les parents d'enfants surdoués n'acceptent pas toujours ce don du ciel avec un sourire béat. Souvent, ils se mettent à développer vis-à-vis de leur rejeton un complexe d'infériorité qui finit par se changer en haine larvée. Sandy avait rédigé un article de vulgarisation sur le sujet : *The Boy From Outer Space.* Il n'est jamais très agréable de s'avouer médiocre en face d'un gosse de six ans qui jongle mentalement avec les équations pendant que son père peine sur une calculette pour déterminer le montant de ses impôts.

Se développe alors le sentiment de se trouver en face d'un Alien, avait écrit Sandra DiCaccio. *L'enfant ne fait plus partie de la famille. Il est considéré comme un observateur dépêché de l'extérieur. Un observateur cri-*

tique et dépourvu de sensibilité. À cet égard, plusieurs des mères interrogées ont fait référence au film Invasion of body snatchers...

« C'est mieux quand il dort, murmura Judith. Il est moins dangereux. Il faudrait qu'il reste toujours comme ça. »

Sandy tressaillit. Elle nourrissait le plus grand dégoût pour les femmes qui couvent le fantasme d'arrêter le développement de leur enfant à un stade précoce. Combien de fois n'avait-elle pas frémi d'exaspération en entendant prononcer les mots fatidiques : « C'est si mignon, il ne faudrait pas que ça grandisse ! »

Elle avait horreur des génitrices immatures qui veulent jouer à la poupée pour le restant de leur vie.

« S'il guérit, dit soudain Judith Pookhey, il faudra que je le reprenne, n'est-ce pas ?

— Bien sûr, lâcha Sandy. C'est votre fils. »

Elle fut sur le point de lancer : « Mais si ça vous embête trop, nous pouvons conclure un arrangement. Vous n'aurez qu'à me le laisser en pension. Je m'en chargerai, moi. »

Elle se domina.

« Je ne peux pas, fit Judith. Pas tant que Jedediah est à la maison. C'est impossible. S'il... s'il décédait, bien sûr, ce serait différent... Mais je ne le souhaite pas, ne me faite pas dire ce que je n'ai pas dit. »

Elle semblait souffrir le martyr, partagée entre le désir compulsif de toucher Robin et celui de prendre la fuite. Sandra, exaspérée, céda au plaisir de lui faire mal.

« S'il ne se réveille pas, lâcha-t-elle. Il régressera et il mourra. C'est le schéma classique. Les organes entrent en dysfonctionnement. Les reins se bloquent... La respiration devient erratique.

— Ce serait peut-être mieux comme ça, murmura Judith, les mains croisées sur le ventre. C'est un pauvre petit qui ne trouvera jamais sa place dans notre monde. Dieu décidera de ce qui convient. »

« Bien sûr, songea Sandy. C'est si commode. »

L'entrée de l'infirmière Sandermann leur fournit un prétexte pour sortir. Elles n'avaient plus rien à se dire. Une fois dans le parc, Judith coula un regard apeuré en direction de Sandra DiCaccio.

« Faites attention, dit-elle. Vous êtes sous son emprise. Si vous avez un confesseur, allez lui demander conseil. Vous êtes Italo-Américaine, n'est-ce pas ? D'habitude, les gens comme vous ont de la religion. Cela pourrait vous sauver. Vous devez résister.

Regardez ce qu'il a fait à ma famille. C'est un avertissement. Moi-même, je ne me reconnais plus. À mon âge, prendre des pinceaux et barbouiller des tableaux ! Je sais que je suis envoûtée. Seul mon père pourrait me sortir de là, mais il est impotent, inconscient, lui aussi victime de Robin...

— N'exagérez pas, coupa Sandy. Vous faites de la sur-interprétation.

— Pas du tout. Si Robin ne l'avait pas énervé, Jedediah n'aurait pas eu une attaque. Tout est lié. On en revient toujours au gamin. C'est lui le fauteur de trouble. Il attire la foudre. Jed' l'avait pressenti. »

Sandra était sur le point de perdre son sang froid. Elle abrégea la conversation et prit congé.

« Attention ! lui cria Judith Pookhey tandis qu'elle grimpait dans sa voiture. Vous lui appartenez. Vous êtes sa marionnette. Vous ne contrôlez plus rien. »

24

« Réveille-toi, petit con ! grognait la voix méchante dans l'oreille de Robin. Réveille-toi ou je t'enfonce cette aiguille dans la main. »

Il y avait un moment, déjà, que les mots tournaient et tournaient, cognant sur la coquille de néant dont l'enfant s'était enveloppé. Peu à peu, l'œuf se fissurait, les paroles s'insinuaient dans les lézardes pour aller se ficher dans le cerveau du petit garçon. Une douleur aiguë lui transperça la paume, il rêva qu'on le crucifiait sur le matelas. Il ouvrit les yeux pour découvrir un jeune homme blond penché sur lui, et qui le dévisageait d'un œil sans bienveillance.

« Enfin ! s'exclama l'inconnu, tu te décides ! Dépêche-toi de réintégrer ton enveloppe charnelle, on n'a pas toute la nuit. Si l'infirmière de garde me trouve ici, ça fera du grabuge.

— Qui... qui êtes-vous ? » balbutia Robin.

Il avait la gorge enrouée, comme s'il n'avait pas parlé depuis des années. Il songea à ces naufragés, perdus sur une île déserte, et qui deviennent muets faute d'interlocuteur.

« Je m'appelle Dexter, dit le jeune homme blond. Je suis ton frère aîné. Nous avons la même mère toi et moi. Antonia. Et je connais Andrewjz, et j'ai été élevé dans un palais, moi aussi... Tu peux me poser des questions, tu verras que nous sortons bel et bien du même ventre. »

Robin essaya de se redresser sur les coudes. Il se sentait faible. Des tuyaux lui entraient dans les bras, telles des banderilles.

« Nous sommes dans un hôpital, souffla Dexter. On t'y a amené spécialement pour me rencontrer.

— Vous êtes venu me chercher ? murmura Robin qui ne s'y retrouvait plus. Vous allez me ramener à la maison ? »

Dexter lui expédia une bourrade au creux de l'épaule.

« Mais non, crétin ! grogna-t-il. Je suis prisonnier, comme toi. Ça fait quatre ans que je suis bouclé ici, et avant, pendant quatre années encore j'ai été enfermé dans un autre asile. C'est ce qui t'attend si tu ne m'écoutes pas. »

En quelques phrases sèches, Dex Mulloney dressa un tableau sans fard de la situation. Robin l'écoutait, pas certain d'être tout à fait réveillé, la tête remplie de coton.

« J'ai raté l'épreuve d'initiation, expliqua Dex. Comme toi. On m'a lâché dans la nature pour que je fasse mes preuves, mais je n'ai pas su me débrouiller. Les flics m'ont piqué. Ensuite on m'a promené de prison en prison. Jamais je n'ai pu rentrer à la maison. Et le temps a passé. J'ai fini par comprendre qu'ils travaillaient tous avec les Bolcheviques. En me retirant de la circulation, ils empêchaient Antonia de partir à la reconquête du trône. Alors j'ai joué les dingues, pour paraître inoffensif, pour me protéger. Je savais que si je m'avisais de protester, ils me liquideraient. C'est facile pour eux. Il leur suffit d'une piqûre, la nuit, et hop ! tu crèves dans ton sommeil. Je n'ai pas le temps de tout t'expliquer maintenant. Je reviendrai demain. Ne leur montre pas que tu as recouvré tes sens. Joue les ahuris, fais semblant de ne reconnaître personne. Ils t'ont collé une fliquesse au train, mon coco. Elle se fait passer pour une psychologue. Une certaine Sandra DiCaccio. Fais gaffe, elle est là pour te piéger. Il ne faut rien lui dire. Moi je lui ai déballé mon numéro de dingue grand format, pour gagner du temps, mais elle est futée. Va falloir aviser. »

Avant que Robin ait eu le temps de dire un mot, Dexter s'était éclipsé par la porte entrouverte. Le petit garçon resta seul dans l'obscurité, essayant d'assimiler les informations qu'on venait de lui communiquer en vrac. Il finit par se rendormir.

Le lendemain matin, dès que les aides-soignantes eurent achevé la toilette des malades, Dexter se faufila dans la chambre, et Robin put le détailler dans la lumière du jour. La ressemblance était frappante. Le lien de parenté ne faisait aucun doute. « Ainsi, c'est mon frère... » se dit-il, sans trop savoir ce qu'il éprouvait. Il se rappela l'album à couverture bleue, découvert dans la bibliothèque du château, et les photographies des deux garçons collés sur les pages. *William et Dexter...* Il avait Dexter sous les yeux, où donc était William ? Il ne put se retenir de poser la question. Le jeune homme l'éluda d'un haussement d'épaules.

« Sûrement qu'ils l'ont éliminé, grogna-t-il. Il a dû se montrer moins malin que nous. Dans ce monde-ci, faut pas trop la ramener. Le mieux, c'est de les convaincre que tu es inoffensif. Un gentil dingue bien poli avec tout le monde. Faut s'inventer des manies qui les rassurent. Une fois que tu les as persuadés que tu as perdu la tête, ils te fichent la paix. C'est comme ça que j'ai survécu.

— Je suis retourné au château, murmura Robin. Il n'y avait plus personne... Antonia et Andrewjz sont partis. Ils nous ont abandonnés.

— Mais non ! coupa Dexter avec une mimique d'irritation. Ils ont été forcés de déménager pour leur sécurité. Des châteaux, il y en a plein à travers tout le pays. Ils se ressemblent tous. Tu crois que tu es toujours dans le même, mais en réalité c'en est un autre. Antonia et Andrewjz t'ont déménagé pendant que tu dormais, et tu ne t'es rendu compte de rien. Tout ça c'est prévu. C'est pour brouiller les pistes. Ils doivent se montrer très vigilants. »

Peut-être parce qu'il se sentait malade, Robin éprouvait une impression étrange de décalage. Une réticence. Depuis qu'il était entré dans le palais en compagnie des hommes du FBI, quelque chose s'était cassé en lui. Il ne savait quoi. Il avait envie de croire aux affirmations de Dexter, mais la fébrilité du jeune homme, ses mimiques, ses gestes saccadés, lui paraissaient étranges et lui faisaient peur.

Il commençait à se poser des questions... des questions gênantes.

« Tu vas te retaper, dit le jeune homme en lui expédiant une nouvelle bourrade. Ensuite on fichera le camp d'ici, tous les deux. J'ai un plan pour sortir.

— Mais où ira-t-on une fois dehors ? s'inquiéta Robin. Je ne sais pas où se cachent nos parents maintenant qu'ils ont quitté Silver Lake. »

Dexter se redressa. Il eut ce curieux sourire de travers qui avait commencé à l'enlaidir à l'approche de sa neuvième année. Un sourire qu'Antonia ne lui avait jamais pardonné.

« T'inquiète pas, ricana-t-il. Je sais où ils sont, moi. Je l'ai toujours su.

— Alors pourquoi n'es-tu pas parti plus tôt ? demanda Robin.

— D'abord j'étais trop petit, répondit sèchement Dexter, je ne savais pas comment m'y prendre. Et puis je croyais qu'ils étaient morts. Je n'avais plus de nouvelles. Si tu es là, c'est qu'ils sont toujours en vie. Ça vaut le coup de tenter notre chance. J'ai un plan. Un plan qui pourrait marcher. »

*

Au cours des nuits qui suivirent, Dex se glissa dans la chambre du petit garçon pour lui apporter à manger. Il était capital, affirmait-il, que Robin reprît des forces. Un long périple les attendait tous deux.

« Mais comment ferons-nous ? s'inquiétait Robin. Dehors, c'est immense. Je le sais, j'ai vu des cartes. Avant de quitter le château, je ne pensais pas que de telles étendues de terre puissent exister. Pour s'y déplacer, il faut avoir un moyen de locomotion... Et puis nous n'avons personne chez qui aller. On nous retrouvera. La police ramasse les enfants qui errent sur les routes.

— Ne t'occupe pas de ça, trancha Dexter. J'ai tout arrangé depuis longtemps. J'ai rassemblé des cartes... et je sais chez qui aller me planquer. Le truc, justement, c'est de ne pas errer sur les routes, mais de s'enterrer quelque part et d'attendre, un mois, deux mois ou plus, jusqu'à ce qu'on nous oublie. Dans ce pays, la police est submergée. Elle considère que si une affaire n'est pas résolue au bout d'une semaine, elle ne le sera jamais. Alors le dossier est classé et on n'en parle plus. C'est là-dessus qu'il faut miser. »

Il semblait sûr de lui mais Robin restait dubitatif.

« De toute façon, concluait rituellement Dexter, je suis ton frère aîné, donc tu dois m'obéir. C'est moi qui commande. »

Robin baissait la tête. Quelque chose le gênait chez Dexter. Certes, le jeune homme connaissait bien Antonia et Andrewjz, il n'y avait aucun doute là-dessus. Robin s'était amusé à lui tendre un certain nombre de pièges à ce propos, or jamais Dexter n'était tombé dedans. Pourtant, une gêne demeurait, persistante. Peut-être était-ce dû à un manque de chaleur humaine ? Une absence de complicité ? Robin se trouvait dérouté par les discours étranges du jeune homme. Des ratiocinations incompréhensibles à propos d'une substance qu'il aurait mise au point : la polyconnaissance transmissible.

« T'inquiète donc pas, marmonnait Dexter. Je sais où l'on se planquera. L'année dernière, un vieux type est venu à l'hôpital. Fritz Mazzola, qu'il s'appelle. Il s'occupe de la réinsertion des drogués, un truc comme ça. Il touche une subvention du gouvernement pour rééduquer les *junkies* en leur faisant découvrir les joies du travail à la ferme. Il essayait de se trouver du gibier parmi les pensionnaires. Il s'est retrouvé mêlé à une vilaine histoire. Des accusations de pédophilie. On n'a rien pu prouver et il s'en est tiré de justesse, mais ce serait facile de le faire plonger. J'ai des preuves, je peux le faire chanter. Il a la trouille. Quand on sera sorti d'ici je lui téléphonerai et je lui mettrai le marché en main. Il nous cachera, il n'aura pas le choix. »

Le procédé déplaisait à Robin, mais c'était la guerre, n'est-ce pas ? En dépit de cette évidence, il trouvait que Dexter manquait d'élégance pour un prince du sang. La faute en incombait sûrement aux années de détention et au climat débilitant de l'hôpital. L'intelligence semblait également lui faire défaut. Au niveau pratique, il était mille fois plus performant que Robin, c'était évident, mais il lui manquait une certaine hauteur de vue. Il n'avait rien lu, ou presque. La culture transmise par Antonia s'était effacée de sa mémoire. Ou bien elle ne l'avait pas réellement marqué.

« Il est plus âgé que moi, philosophait Robin. Il a presque deux fois mon âge, c'est peut-être ainsi que les choses fonctionnent quand on vieillit. On oublie son enfance. »

Dexter parlait abondamment d'une invention nommé « télévision » qui trônait dans la salle commune du pavillon – enfermée dans une cage grillagée – et d'où il tirait sa science du Dehors. Cette boîte magique lui avait fourni les clefs dont ils auraient besoin à l'Extérieur. Sans jamais avoir mis le pied hors de l'asile, il connaissait tout des coutumes et des gestes à accomplir, des phrases à prononcer, des attitudes à respecter.

« Je faisais semblant de regarder les films, en compagnie des autres tarés, expliqua-t-il, mais en réalité j'assimilais, je me documentais. Je sais comment me déguiser en type de l'extérieur. Tu n'auras qu'à m'imiter. »

Dans la journée, Robin feignait la stupeur. Il avait recommencé à s'alimenter et à aller aux cabinets, mais il refusait obstinément de parler à Sandra DiCaccio. « Elle est dangereuse, lui répétait Dexter. On l'a envoyée pour nous surveiller. Ne lui dis rien. L'intérêt, c'est qu'elle a une voiture. Je connais son adresse, je l'ai entendu la donner à l'infirmière Sandermann. On ira lui piquer sa voiture, on en aura besoin pour sortir de l'État. Il faudra s'éloigner de l'hôpital le plus vite possible car, dès notre évasion découverte, ils nous chercheront dans les environs. Ils ratisseront le quartier. Les gens collaboreront avec eux parce qu'ils ont peur des fous. Ils n'osent pas dénoncer les truands, mais les fous, si, ça ne leur pose pas de problème. »

Ce déluge d'informations, de projets, de stratégies, submergeait Robin. Il n'osait pas critiquer les plans de son frère aîné, toutefois, l'enthousiasme du jeune homme lui paraissait excessif. Et puis, il y avait cette histoire de polyconnaissance transmissible, sur laquelle Dexter revenait sans cesse. Robin manquait de culture scientifique, mais cette découverte miraculeuse lui semblait peu crédible. Dexter cherchait-il à se moquer de lui ? À tester sa crédulité ?

« Tu sauras conduire l'automobile ? demanda Robin, un soir. Je les ai regardé faire, ça à l'air assez compliqué.

— J'ai appris avec le jardinier, répliqua Dexter. Il nous permettait de piloter son camion à travers le parc... pas à tout le monde, à quelques-uns seulement. J'en faisais partie. Il paraît que ça aide à structurer la pensée logique. Je saurai conduire la foutue bagnole de la psy', t'en fais pas. »

On ne pouvait attendre indéfiniment. Dex fixa une date pour l'évasion. Le jour précédent, il alla récupérer dans la cabane à outils, où était installé son laboratoire secret, les flacons contenant la substance mystérieuse à laquelle il avait consacré sa vie. Après les avoir hermétiquement bouchés, il les rangea dans la boîte de carton remplie de silhouettes découpées qui ne le quittait jamais.

Son plan était simple, il reposait sur sa connaissance intime des habitudes du personnel hospitalier. Dexter savait très exactement à quelle heure la garde de nuit s'en allait retrouver l'interne de neuropsychiatrie à l'étage du dessus pour s'envoyer en l'air dans la salle de soins. Il savait également qu'en revenant de ses ébats, elle buvait du café noir, très fort, tiré d'une Thermos rangée dans un certain placard.

« Depuis une semaine je fais semblant d'avaler mes tranquillisants, dit-il. Je les mélangerai au café de cette conne pendant qu'elle baisera à l'étage du dessus. Quand elle redescendra, elle sera foudroyée dès la première tasse. »

Franchir la grille ne présentait pas de difficultés particulières. Dexter connaissait un endroit du périmètre où l'on pouvait grimper sur des tonneaux de compost et passer par-dessus l'obstacle.

« Le gardien ne décolle pas le nez de sa télé portative, commenta le jeune homme. Son boulot consiste à presser sur un bouton pour ouvrir les portes aux ambulances quand se présente une urgence. Ce sont souvent des dingues amenés par les flics.

Des suicidés, des bonnes femmes qui ont voulu se jeter du haut d'un toit. Des conneries de ce genre. »

Robin s'appliquait à ne pas le montrer, mais il avait peur. À plusieurs reprises, alors que Sandra DiCaccio lui caressait la tête en lui parlant doucement, il fut sur le point de fondre en larmes et de tout révéler. Un grand trouble régnait en lui. C'était horrible à dire mais... *Mais il n'avait plus autant envie de revoir Antonia qu'auparavant.*

Il ne savait pas pourquoi. Et il en avait honte.

Il aurait voulu en parler à Sandra DiCaccio, savoir ce qu'elle en pensait puisque son commerce consistait à lire dans l'âme des gens et à leur donner des conseils. En cela, elle n'était guère différente des interpréteurs de songe de l'Égypte antique que le bon peuple s'en allait consulter sur les places publiques. Peut-être aurait-elle pu l'aider ?

« Non, décida-t-il. Ce serait trahir Dexter. C'est mon frère aîné, c'est lui désormais l'héritier du trône. Je dois lui obéir. »

*

L'évasion se déroula comme l'avait prévu Dexter, sans la moindre anicroche. Il était en réalité assez facile de s'échapper de l'hôpital dès lors qu'on n'était pas parqué dans le quartier des fous dangereux. L'infirmière de nuit assommée par les somnifères, ils quittèrent le pavillon pour traverser le parc. Franchir la grille fut le seul moment difficile du périple. Une voiture de police pouvait surgir, et la lumière de ses phares les épingler, là, à cheval au sommet des barreaux. Heureusement, cela ne se produisit pas, et, sitôt de l'autre côté, ils prirent soin de ne pas longer la route. Dex avait étudié la topographie des lieux, sans hésiter il s'enfonça dans un dédale de chemins caillouteux, à flanc de colline. Un coyote hurla dans le lointain.

« Ce ne sont pas des routes patrouillées, donc on est relative-ment tranquille, commenta-t-il. On n'installe pas les asiles de fous dans les quartiers chics. On est assez loin de la ville en vérité. Il nous faudra une heure de marche pour rejoindre le motel de cette soi-disant psychologue. Tu comprends pourquoi il nous faut une voiture, à tout prix ? C'est immense. On a beau courir, on fait du surplace. »

Ils avançaient en silence, Robin peinant pour se maintenir à la hauteur de Dexter qui marchait à grandes enjambées. De temps en temps le jeune homme consultait une carte, s'orientait. Il était d'un calme étonnant, ne doutant nullement de la réussite de ses projets. Rien ne semblait lui faire peur. Robin se laissa guider. Des maisons basses, assez pauvres, formaient le tissu urbain. Les rues étaient désertes.

« Le grand danger, souffla Dexter, c'est de tomber sur un gang en maraude. Ici, un piéton c'est une proie. La voiture c'est comme une armure. Une fois dedans tu es protégé. Un vrai chevalier sur son palefroi. Tu appuies sur l'accélérateur et tu écrases le connard qui essaye de t'emmerder. »

Robin commençait à éprouver les premiers effets de la fatigue quand Dexter lui désigna une enseigne clignotante.

« C'est là, fit-il d'une voix soudain altérée. Je voix la bagnole de la DiCaccio sur le parking, devant le bungalow. À partir de maintenant, il faut monter ça comme une opération militaire. On va s'approcher en douceur, et tu gratteras à la porte. Pigé ? Quand elle demandera qui c'est, tu diras : « C'est moi, Robin, je me suis évadé, j'ai peur... » et tu te pousseras de côté pour que je puisse entrer.

— Pourquoi ? demanda l'enfant, contrarié. On n'a qu'à prendre la voiture et à s'enfuir. Ce n'est pas la peine de la réveiller.

— Crétin ! rugit Dexter. T'y connais que pouic ! Une bagnole faut des clefs pour la conduire. Et les clefs, elles sont dans le sac de la Sandra. Voilà pourquoi je dois entrer. Toi, tu resteras dehors, à faire le guet.

— Tu vas lui faire du mal ?

— Mais non. Je la forcerai à avaler des somnifères, comme l'infirmière de garde. Elle dormira jusqu'à demain soir, ça nous laissera le temps de filer. »

Robin serra les mâchoires. Dexter disait-il la vérité ? Depuis quelques minutes il faisait montre d'une excitation bizarre et souriait sans cesse, de ce vilain rictus qui lui pliait la bouche de côté, comme si un hameçon invisible lui tirait la commissure des lèvres en direction de l'oreille droite.

Ils traversèrent le parking en se faufilant entre les véhicules, de manière à ne pas se faire voir du type qui somnolait à l'accueil. Le cœur de Robin battait très fort. Il avait la conviction de participer à une mauvaise action. Il aurait voulu empêcher cela, tout arrêter. Il ne savait comment. La main dure de Dexter s'abattit sur son épaule.

« Tu as bien compris ? souffla le jeune homme. Tu frappes et tu pleurniches... Les bonnes femmes adorent ça. Elle va sauter de son lit comme si elle avait un ressort au cul. »

Robin grimaça. Il détestait la vulgarité de son frère aîné. Il avait déjà failli lui dire que ses manières étaient déplorables et qu'il lui faudrait se reprendre en main s'il ne voulait pas s'attirer les remontrances d'Antonia. Le nez sur la porte du bungalow, il cogna timidement. Dexter s'était aplati contre le chambranle. Il respirait fort. Il avait posé la boîte de carton sur le sol, pour avoir les mains libres.

« Qui est-ce ? » fit la voix de Sandra DiCaccio à travers le battant.

Robin récita la phrase magique conçue par Dexter. Il y eut un bruit de verrou et la porte s'ouvrit. Aussitôt, Dexter se rua dans l'ouverture, poussant la femme en arrière d'une bourrade. Dès qu'il fut dans le bungalow, il claqua la porte, laissant Robin sur le seuil. L'enfant n'eut pas la force de bouger. Des bruits confus lui parvenaient de l'intérieur. Un gémissement étouffé, les grincements rythmés d'un matelas. Il ferma les yeux et serra les dents. Quelque chose lui disait qu'il aurait dû se mettre à hurler, courir jusqu'à la réception, donner l'alerte... Mais ç'aurait été une trahison. Il ne pouvait pas faire ça. Dexter était le prince héritier, Robin devait s'effacer, obéir. Même lorsqu'ils seraient de nouveau tous les deux réunis près d'Antonia, il devrait apprendre à rester en retrait. Désormais, il serait le second. Le monde ne s'organiserait plus en fonction de ses désirs. Il apprendrait l'humilité.

Dexter réapparut. Son visage brillait de transpiration. Il tenait le sac de Sandy à la main.

« J'ai les clefs, haleta-t-il. Fichons le camp.

— Tu... tu lui as fait du mal ? demanda Robin.

— Penses-tu ! éluda le jeune homme. Je lui ai donné ce dont elle avait besoin. De toute façon je ne pouvais pas faire autrement, il fallait bien que je la mette enceinte pour qu'elle bénéficie des bienfaits de la polyconnaissance transmissible. Sinon ça n'aurait servi à rien. »

Ils se glissèrent dans la voiture. Robin ne pouvait détacher son regard de la porte du bungalow. Dexter jura car il ne s'y retrouvait pas dans les commandes. Après deux faux départs, il réussit enfin à lancer le véhicule et à traverser le parking. Il passa en trombe devant la réception, faillit emboutir le pilier soutenant le panneau lumineux du motel, puis retrouva un semblant de maîtrise sur la route rectiligne.

« Voilà, annonça-t-il. C'est parti. Maintenant on va sortir de la ville pour grimper dans les collines. C'est sauvage par là. On cachera la voiture dans les taillis. Il y en a, j'en ai vu dans les séries policières, à la télévision.

— Je suis sûr que tu lui as fait du mal, lâcha Robin.

— Oh ! Ça suffit ! s'emporta Dexter. Elle était d'accord. Elle savait ce qui allait se passer. Elle a accepté le pacte au moment où elle a bu la solution de polyconnaissance transmissible. Elle savait ce que cela impliquait. C'était dans la logique des choses. Demain elle sera très fière d'avoir été la première à bénéficier de mon invention. »

Le ton n'admettait pas la réplique. Robin se cala contre la portière. Il avait envie de sauter en marche, de courir dans la nuit... mais pour aller où ? Chez Jedediah Pookhey ?

La route était déserte, aussi Dexter put-il les conduire sans trop de mal jusqu'à une aire de pique-nique. Là, il se rendit aux cabines téléphoniques pour appeler son mystérieux contact.

Il faisait froid. On cuisait dans la journée, mais, dès le soleil couché, la température chutait de manière impressionnante. Vêtu de son seul pyjama, Robin claquait des dents. À la lueur de la lune, le coin pique-nique avait un aspect sinistre. Dexter revint, se frottant les mains, le col de la veste relevé. Des coyotes hurlèrent.

« Il va venir, annonça-t-il. Il a râlé mais il ne peut pas faire autrement. C'est un gros dégonflé. Je lui ai dit que si je me faisais prendre, je raconterais aux flics qu'il avait enculé la moitié des gosses du pavillon. Ça l'a motivé. Il sera là dans une heure. En attendant on va cacher la voiture. Je laisserai les clefs dessus, il se trouvera bien un voyou pour la voler. J'ai vu ça à la télé. Ça brouillera les pistes. »

Ils dissimulèrent le véhicule dans un boqueteau. Le temps s'écoulait lentement. Un coyote sortit d'un taillis, traversa l'aire de pique-nique pour aller inspecter les poubelles, puis détala. Une camionnette apparut enfin, roulant au ralenti.

« C'est lui, triompha Dexter. C'est ce gros pédé de Fritzo Mazzola. Amène-toi, gamin ! L'autocar pour le camp de vacances est avancé ! »

25

Robin s'était représenté Fritzo sous l'aspect d'un gros homme au physique méditerranéen, la tête couverte de cheveux noirs frisottés, quelqu'un dans le style de Néron. En se glissant dans la voiture, il découvrit un personnage maigre, aux cheveux argentés, tondus à la façon militaire. Si le nez était bien « romain », le bas du visage plutôt lourd, les joues, la bouche, offraient un aspect raviné. Des poils gris, bouclés, couvraient le dos des mains.

« Salut ! ricana Dexter. Ça faisait longtemps, pas vrai ? »

Fritzo ne répondit pas. Sitôt les portières refermées, il fit demi-tour sur place et enfonça l'accélérateur.

« Je suppose que tu t'es évadé, c'est ça ? demanda-t-il sans quitter la route du regard. Tu n'as pas fait trop de dégâts au moins ? Tu n'as tué personne ? »

Dexter eut un mouvement d'exaspération.

« Pour qui tu me prends ? siffla-t-il. Je ne suis pas dingue. Ne commence pas à paniquer. Mon frère et moi, on n'est rien que du menu fretin, les flics ne s'intéresseront pas à nous plus de trois jours. Tu n'as rien à craindre. »

Fritzo émit un grognement sans signification. Il jeta un coup d'œil dans le miroir de courtoisie pour examiner Robin.

« Ton frère, hein ? » fit-il avec un haussement d'épaules.

Dexter s'agita sur le siège.

« On ne te demande pas la lune, s'emporta-t-il. Le but de la manœuvre, c'est que tu nous planques un mois dans ton institut. On jouera les drogués repentis, on ramassera les patates avec le sourire. Quand la route deviendra moins brûlante pour nous, on fichera le camp. »

Fritzo ne répondit pas. Robin devina que l'homme était

inquiet. À plusieurs reprises, il avait jeté de brefs coup d'œil à la boîte en carton que Dexter tenait sur ses genoux.

« Ça ira si tu ne fais pas le con, dit-il enfin. Je ne suis pas l'infirmière Sandermann, moi. Je sais que tu es dingo, Dexter. Je sais aussi que tu es très doué pour donner le change, mais avec moi ça ne marche pas. Il y des filles, là-bas. Ne les emmerde pas avec tes histoires de sérum magique, ou je ne sais trop quoi... Comment appelles-tu ça déjà ? La polynaissance... la poly...

— La polyconnaissance transmissible, corrigea Dexter d'un ton sec. Et ça n'a rien de magique. C'est scientifique.

— Si tu veux, soupira Fritzo. Mais je sais très bien comment se termine cette histoire-là. Alors pas de ça chez moi, ou bien les petits copains des nanas te feront la peau. Je veux que ce soit bien clair entre nous. On va jouer la partie à ma manière. Vous êtes tous les deux en cure de réinsertion. Vous êtes déprimés, vous ne parlez à personne. Au besoin vous faites bande à part. En cas de contrôle de l'administration, il faudra vous planquer. Les pensionnaires ne chercheront pas à savoir qui vous êtes. Ils feront deux ou trois tentatives pour lier connaissance, si vous refusez la main tendue, ils vous laisseront dans votre coin. Ils ont assez de soucis personnels pour ne pas s'occuper de ceux des autres.

— Ça me va, grogna Dexter. Je ne veux rien avoir à faire avec ces paumés. »

Le silence s'installa. Maintenant que l'excitation de la fuite s'estompait, le sommeil rattrapait Robin. Il s'allongea sur la banquette arrière, se laissant bercer par les chaos de la route.

« Qu'est-ce que tu fiches avec ce gosse ? murmura Fritzo dès qu'il le crut endormi. J'espère que tu n'es pas en train de l'entraîner dans une sale combine.

— T'excite pas sur lui, vieux pédé ! grommela Dexter, c'est mon frère. T'avise pas de lui coller ta saucisse dans le trou du cul ou je te la coupe vite fait.

— J'ai rien dit de tel, dit précipitamment le conducteur. Je m'inquiétais, c'est tout. Il est bien jeune. Il va faire tache au ranch. Il serait plus prudent qu'il ne se fasse pas trop voir. Pourquoi se trouvait-il à l'asile ?

— Même chose que moi, lâcha Dexter. Complot politique.

— Mmm... Mmm... » observa Fritzo sans se compromettre.

Robin eut le sentiment que l'éducateur avait peur de Dexter. Une peur empreinte de dégoût. Il n'eut pas le temps d'y réfléchir davantage, le sommeil envahit sa conscience et il se pelotonna sur le plaid couvrant la banquette arrière.

*

Quand il s'éveilla, la voiture roulait au milieu de la campagne. La brume stagnait sur les champs de pastèques. Une éolienne grinçait dans le vent. Encore une fois, Robin fut pris à la gorge par cette impression écrasante d'immensité. Il comprenait que le « château familial », à l'exemple des étoiles, n'était qu'une tête d'épingle piquée sur l'infini, une parenthèse qui existait à peine. Contrairement à ce qu'Antonia lui avait raconté pendant des années, l'Amérique n'était pas couverte de détritus, de ruines fumantes ou de neige noire malodorante. Parmi les hommes et les femmes qu'il avait rencontrés, il n'avait vu ni monstres difformes ni créatures de cauchemar. Si ces gens étaient naïfs, dans l'ensemble ils n'étaient pas méchants. Certains, telle Sandy DiCaccio, avaient même essayé de l'aider. Quant à Judith Pookhey, elle ne s'était guère comportée en geôlière puisqu'au contraire elle avait facilité sa fuite. Antonia avait-elle été mal informée ou bien le ressentiment, la peur, brouillaient-ils son jugement ? Tout cela était bien compliqué.

On arriva enfin en vue du ranch. L'ensemble de bâtisses avait pauvre allure. Les maisons de planches, tassées, aplaties, semblaient avoir raté leur atterrissage lorsqu'on les avait jetées du haut des nuages. Au sommet d'un portique, une pancarte écaillée annonçait *The Free-tzo's Family.*

Tout autour des baraques, les champs de citrouilles étaient remarquablement vides.

L'intérieur se révéla à l'avenant. Dans une salle commune mal éclairée des jeunes gens maussades et crasseux mangeaient du bout des dents un porridge grumeleux. Certains portaient les cheveux longs, d'autres avaient le crâne rasé, mais ils avaient tous en commun le même air exténué, le même œil éteint. L'un d'eux se grattaient frénétiquement la saignée du bras gauche, son voisin reniflait de façon spasmodique comme s'il souffrait d'une rhinite carabinée. Les filles se révélèrent encore plus pathétiques. Souffreteuses, malingres, elles évoquaient pour Robin des vieilles femmes déguisées en jeunes filles... ou l'inverse. Fritzo fit les présentations en usant de noms factices probablement décidés pendant le sommeil de Robin. Les pensionnaires grommelèrent un vague salut et

244

replongèrent dans leur apathie. Le jeune garçon fut effrayé par leur état physique, leur teint gris. Fritzo leur fit ensuite visiter les installations, qui étaient assez sommaires. Les greniers avait été transformés en dortoir.

« Les filles dans une maison, les garçons dans l'autre, expliqua-t-il. Ça n'a pas beaucoup d'importance en vérité, parce que ce sont des drogués, et que les drogués n'ont aucune activité sexuelle, mais il faut satisfaire la moralité des inspecteurs. »

Il parut hésiter, puis ajouta, dans un murmure :

« Dexter, je te le répète : *fais gaffe*, ne les énerve pas. Ils ont l'air de zombies, c'est vrai, mais ils sont capables de poussées agressives si on les harcèle. Alors, par pitié, ne leur prend pas la tête avec tes histoires habituelles. Tes complots, tes travaux scientifiques... Ne proteste pas. Je t'ai vu à l'œuvre, à l'hôpital.

— Moi aussi, je t'ai vu à l'œuvre, ricana méchamment le jeune homme. Surtout avec les petits autistes, quand l'infirmière n'était pas là. Tu te rappelles ? »

L'éducateur détourna la tête.

« Le gamin pourra dormir dans cette chambre, dit-il en ouvrant la porte d'une espèce de cagibi percé d'une lucarne. Ce sera moins éprouvant pour lui que de partager l'espace avec les autres. Certains ont des crises d'angoisse en pleine nuit, c'est un peu impressionnant pour un gosse.

— T'en fais pas, grogna Dexter. Il en a vu d'autres. »

La journée s'écoula dans une sorte d'hébétude due à la fatigue et à la désorientation. Dexter et Robin reçurent chacun des vêtements de travail et s'en allèrent aux champs aider leurs camarades de cure. Il s'agissait en fait de ramasser les citrouilles et les pastèques qui poussaient aux alentours pour les entreposer dans des cageots. Les pensionnaires du ranch travaillaient avec une extrême lenteur, comme si les messages émis par leur cerveau ne se déplaçaient pas à la bonne vitesse sur le trajet de leurs nerfs. Les filles, d'abord méfiantes, s'approchèrent bientôt de Robin pour lui ébouriffer la tête ou lui gratter le dessous du menton. Il eut droit aux « qu'il est chou ! » dont il avait à présent l'habitude. L'une d'elles s'appelaient Vicky, une autre Anita, une troisième Peggy-Sue. À part la couleur de leurs cheveux gras, elles se ressemblaient toutes. Les tentatives de conversations n'allèrent pas plus loin. Chacun semblait muré dans son univers personnel et ne prenait conscience de la présence de ses voisins qu'à l'occasion d'un menu accident. La patience de ces spécimens d'humanité était extrêmement réduite, Robin put le vérifier au cours de la matinée. Apathiques, mentalement absents de leur enveloppe charnelle, ils pouvaient en l'espace d'une seconde se métamorphoser en de farouches imprécateurs prêts à en découdre avec n'importe qui. L'un d'eux, parce qu'il s'était fait piquer par une guêpe, entreprit de désintégrer une dizaine de citrouilles à coups de pied en les abreuvant d'injures, comme s'il s'agissait d'êtres vivants capables de l'entendre. Personne ne prêta la moindre attention à cette crise de rage, et le calme revint, seulement troublé par les sanglots du forcené qui avait fini par s'effondrer entre les cucurbitacées, à bout d'énergie.

À midi, on récita la prière en commun, sous le mât au sommet duquel claquait le drapeau américain. En fait de vie en plein air, on mangeait surtout de la poussière. Dexter, lui, avait perdu toute faconde dès lors qu'il lui avait fallu se résoudre à abandonner sa boîte de carton entre les mains de Fritzo.

« Ne l'emmène pas aux champs, lui avait dit celui-ci. À la manière dont tu la couves des yeux les gars vont s'imaginer que tu y caches de la dope. Ils vont essayer de te la piquer. Confie-la moi, je la rangerai au coffre-fort, avec les médicaments, c'est plus sûr. »

Cette solution n'avait guère enthousiasmé Dexter. Il s'y était cependant résolu.

« Il faudra que je vérifie, marmonna-t-il entre ses dents lorsqu'il rejoignit Robin au milieu des citrouilles. Cette vieille salope de Fritzo est bien foutue de me piquer mes sujets et de les déchirer. Ou encore, il va en découper d'autres, dans ses sales magazines pornos *gay*, et les glisser dans la boîte en espérant que je ne m'en rendrai pas compte. Il n'en est pas question ! Je ne veux pas de ces dégénérés parmi la population d'Ombrie Australe. Il faudra que je vérifie tous les découpage, un à un. Mais il y en a tellement que je risque de ne pas tous me les rappeler. C'est préoccupant. »

Robin ne trouva rien à répondre. Au début, il avait cru que Dexter plaisantait lorsqu'il parlait de la population enfermée dans la boîte de carton, à présent, il en était beaucoup moins sûr. À deux ou trois reprises, il avait failli lui dire : « Mais enfin, ce ne sont que des images de papier ! » La prudence l'avait retenu, à la dernière seconde.

Le soir, la tribu se réunit dans la salle commune pour chanter en cœur au coin de la cheminée. Seules les filles semblèrent prendre plaisir à cette occupation. Le repas fut maigre et vite expédié, puis Fritzo procéda à la distribution d'une denrée nommée méthadone. L'ambiance était à la morosité, une morosité que secouaient parfois de brèves joutes verbales. Robin comprit que les jours à venir seraient pareils à celui-ci, et l'angoisse s'empara de lui.

Ils allèrent se coucher en traînant les pieds. La plupart des garçons n'avaient pas daigné faire un détour par la salle des douches installée au rez-de-chaussée. Bien évidemment, Dexter se rendit chez Fritzo pour vérifier le contenu de la boîte de carton, cela prit un certain temps. Robin se tint en retrait, ne se permettant aucun commentaire, mais son regard croisa à plusieurs reprises celui de l'éducateur. L'homme le sondait pour voir s'il partageait les curieuses lubies de son frère.

Il dormit assez mal dans le cagibi qui lui tenait lieu de chambre, mais il préférait encore cela au dortoir des garçons car certains d'entre eux dégageaient une odeur repoussante.

Le lendemain, la journée se déroula sans surprise, étrange reprise de ce qui s'était déjà déroulé la veille. Peggy-Sue proposa une cigarette à Robin et lui dit qu'il lui rappelait son petit frère, mais quand le jeune garçon se mit en devoir de lui répondre, elle fit la grimace et déclara qu'il s'exprimait d'une drôle de façon, comme « un gosse de riches ».

« T'es fils de toubib ? grogna-t-elle. T'es de la haute ? Qu'est-ce que tu fiches ici ? Ton beau-père te pédoquait, ou quoi ? »

Sentant qu'elle s'irritait, Robin s'empressa de retourner à ses citrouilles. Il avait eu tort de se montrer poli. Il aurait dû employer le langage relâché dont usait Dexter, c'était évident. Les ilotes détestaient qu'on leur adressât la parole en respectant les formes correctes de la conversation, cela avait le don de les plonger dans une fureur que Robin avait le plus grand mal à comprendre.

Au milieu de la matinée, Fritzo l'attira à l'écart pour lui souffler : « Je t'ai bien observé, petit. Tu n'es pas comme Dexter. Que fiches-tu avec un cinglé de ce calibre ? Il va finir par vous attirer des ennuis. Tu as vu le journal de ce matin ? »

De la poche de sa chemise il tira un morceau de papier arraché à la « une » d'un quotidien régional.

Évasion à l'asile psychiatrique de Bounty Prior, lut Robin. *Deux jeunes psychotiques s'évanouissent dans la nature après avoir empoisonnée l'infirmière de garde et violée leur psychologue. La police est sur les dents.*

« Tu veux que je résume ? demanda l'éducateur. L'infirmière de nuit est morte d'un arrêt du cœur dû à une absorption massive de tranquillisants dilués dans son café. La psychologue, elle, a été agressée dans un motel. Elle a été battue et violée par le plus âgé des deux évadés. Je suppose qu'il s'agit de Dexter. Vos photos sont en première page. La tienne est très bonne parce que toute récente, celle de Dex est trop ancienne pour qu'on l'identifie. On a retrouvé la voiture de la psy, mais on ignore où sont allés les fugitifs. Voilà. Ça signifie que des avis de recherche vont être partout placardés dans les semaines à venir. Quand je pense que Dexter m'avait assuré qu'il s'agirait d'une évasion en douceur ! Vous avez déjà un viol et un meurtre sur le dos. Si vous vous faites pincer, vous passerez le restant de votre vie dans une prison pour fous homicides. On vous y injectera des drogues qui vous transformeront en légumes. »

Il paraissait inquiet et ne cessait de jeter de rapides coups d'œil par-dessus son épaule pour s'assurer que Dexter n'avait rien remarqué de leur aparté.

« Même ici vous n'êtes pas en sécurité, ajouta-t-il. Mes pensionnaires ne sont pas bouclés en permanence. Ils ont le droit de sortir. En se promenant en ville ils peuvent tomber sur l'un des avis de recherche. Dieu seul sait ce qu'ils décideront alors de faire !

— Vous pensez qu'ils iraient trouver la police ? s'enquit Robin.

— Je ne sais pas, avoua Fritzo. Ils ont parfois de drôles d'idées. Dexter est-il réellement ton frère ?

— Oui, affirma le jeune garçon. C'est mon frère aîné. »

Il fut sur le point d'ajouter « et le prince héritier d'Ombrie Australe » mais les mots moururent sur ses lèvres. Jadis, la formule l'avait rempli de fierté, aujourd'hui elle avait quelque chose d'un peu clinquant qui frisait le mauvais goût. Désormais, chaque fois qu'il songeait à l'Ombrie Australe, Robin se représentait mentalement le morceau de papier Kraft plié en quatre dans la boîte magique de Dexter, et une voix lui soufflait : *et si c'était seulement ça ?*

Seulement ça, et rien d'autre ?

« Si tu étais plus vieux, chuchota l'éducateur, je te conseillerais de le laisser tomber. Il est mauvais. À l'hôpital il a réussi à berner les infirmières, les médecins, mais il est redoutable. Les malades avaient peur de lui. Les filles surtout. Elles n'osaient pas le dénoncer. Fais attention à toi. Je voudrais t'aider, mais j'en suis incapable. Il me tient. Je ne te mentirai pas, j'ai hâte de vous voir partir. »

Il s'éloigna, laissant Robin désemparé.

JUDITH & JEDEDIAH

SOYEZ SUR VOS GARDES, VEILLEZ,
CAR VOUS NE SAUREZ PAS
QUAND CE SERA LE MOMENT.
ÉVANGILE SELON SAINT MARC (MC 14 12-33)

26

Judith Pookhey essuya la bouche de Jedediah qui, d'un mouvement impérieux de sa seule main valide, avait réclamé à boire un instant plus tôt. Trois semaines auparavant, le vieillard avait été déclaré moribond par le médecin du village que la jeune femme s'était enfin décidée à consulter. Aujourd'hui, Jed avait non seulement quitté le lit, mais exigé d'être descendu dans la salle commune pour participer à la vie de la maisonnée.

« Ce qu'il veut surtout, songeait Judith en serrant les dents, c'est nous surveiller. »

Il avait fallu ficeler le vieil homme sur une chaise, avec d'anciennes sous-ventrières dénichées dans la grange. Depuis, il se tenait là, planté de guingois, tel un tyran rongé de sénilité qui s'affaisse sur son trône. En le regardant, Judith pensait à ces prélats gâteux, bavochants, que l'Église exhibe le temps d'une bénédiction publique, et dont les yeux s'ouvrent sur un abîme d'hébétude.

« Il aurait dû mourir, se répétait-elle. Un autre que lui aurait succombé. Mais pas lui... Pas lui. »

Elle l'avait veillé des nuits entières, la nuque et les épaules cassées par les crampes. Elle avait fixé son profil de vieux busard dont la flamme tremblotante de la bougie soulignait toutes les rides, tous les affaissements. Elle s'était dit : « Ainsi, ça y est... Il est là ce moment dont on s'imagine qu'il n'arrivera jamais. Je suis en train de le vivre. Mon père va mourir. »

Comme tous les enfants, elle avait longtemps cru ses parents immortels. La décès de sa mère avait eu lieu ailleurs, dans un hôpital où Judith n'avait pas été admise, ce qui l'avait privée de la réalité de l'acte. Jamais, elle n'avait fait le deuil de cette femme partie un beau jour, avec sous le bras un sac en tapisserie contenant un savon, une serviette, une chemise de nuit. Au bout de six semaines, quand Judith avait vu le cercueil descendre en terre, elle n'avait pas davantage réussi à se convaincre qu'il était « habité ». Cette illusion l'avait longtemps poursuivie, et pendant deux ans, elle s'était obstinée à entendre résonner le pas de sa mère au plafond, ou dans le couloir. Aujourd'hui, il n'en irait pas de même. Elle serait là au moment du passage.

Elle avait honte de ce qu'elle éprouvait, ce mélange de soulagement et de hâte. Elle aurait dû être écrasée de souffrance, mais rien de semblable ne la visitait.

« Je suis dans le même état d'esprit qu'une voyageuse assise dans la salle d'attente d'une petite gare mal chauffée, et qui s'impatiente parce que le train est en retard », se disait-elle avec dégoût. Au cours des nuits de veille, elle essaya de se remémorer les souvenirs joyeux de son enfance, des souvenirs auxquels son père aurait été associé. Elle n'en trouva pas.

Plus elle cherchait, plus elle additionnait les séquences déplaisantes, les anecdotes angoissées. Elle n'avait jamais vécu dans la paix, l'insouciance. Toujours, elle s'était tenue sur ses gardes, dans l'attente d'une gifle, d'une punition, d'une remontrance. Toujours, elle avait su qu'on chercherait à la prendre en faute et qu'elle devait rester sur le qui-vive, à vérifier, et à revérifier sans cesse son emploi du temps de la journée pour tenter de localiser la faute, l'erreur, que Jedediah repérerait au premier coup d'œil. Jamais, elle n'avait entendu le pas de son père autrement qu'avec une palpitation de peur. Jamais...

Et aujourd'hui, ce tyran, cet empereur en salopette décolorée, cet ogre dont les paumes portaient incrustées en elles l'odeur de cuivre des poignées d'aiguillage, gisait, privé de ses pouvoirs. Elle voyait son profil se dessiner sur le mur. Le vieux dragon avait été foudroyé. Elle devait le nettoyer comme un bébé à la chair ridée, lui imposer une intimité qui lui faisait horreur. Il n'était plus rien, qu'un amas d'os et de carne, un paquet en partance, un sac à noyer les chats...

Oui, elle avait vécu ce moment avec une intensité creuse, sans emploi. Elle avait attendu, guettant la seconde où la souffrance daignerait enfin pointer le nez du fond de son tunnel. Mais rien n'était venu.

« C'est normal, se disait-elle. On met toujours un certain temps à réaliser. »

Alors l'impensable se produisit : contre toute attente Jedediah remonta du fond du puits. Il ne s'était pas laissé couler, comme c'est souvent le cas avec les personnes de cet âge. Le vieil aiguilleur s'était accroché à ce qui lui restait de vie avec une hargne, une exaspération qui l'avait probablement sauvé. Ne supportant pas de se retrouver en position d'infériorité, il avait guéri. Ou presque...

Chez Judith, aucun soulagement n'avait accueilli cette victoire.

D'abord, il avait fallu descendre Jedediah dans la salle commune ; puis Bonny et Ponzo avaient été chargés de fabriquer une chaise roulante à partir de roues récupérées sur une carriole hors d'usage. Cette besogne les avait terriblement excités, et à cette occasion Dorana avait été promue cobaye. C'est elle qu'on roulait à travers la cour de la ferme afin de vérifier si le siège supportait de se déplacer sur un sol inégal. Seule Judith s'était alarmée de cette initiative car elle savait qu'une fois Jedediah redevenu « mobile » il exigerait sans cesse d'être déplacé pour mieux les surveiller.

Pour l'heure, le vieillard n'avait pas encore récupéré toutes ses capacités. Dans l'impossibilité de s'exprimer en paroles, il poussait des cris lancinants qui, à la longue, s'avéraient pénibles. Chaque fois qu'il hurlait, Judith tressaillait. En l'une de ces occasions elle avait failli s'ébouillanter avec une bassine de confiture. C'était comme si un grand oiseau blessé se plaignait à l'intérieur de la maison, voletant maladroitement, se cognant aux murs. Un albatros, aux plumes tachées de sang.

« Quand pourra-t-il se lever de nouveau ? » demandait-elle au médecin avec l'espoir qu'il lui répondrait : « Jamais. »

Le docteur restait évasif. Il avait cru Jedediah à l'agonie, le vieillard l'avait fait passer pour un imbécile, depuis il préférait se montrer prudent.

Judith aurait souhaité une réponse. Si Jedediah s'avisait de quitter son fauteuil, elle était perdue car depuis la crise qui avait frappé son père elle s'était remise à peindre.

Profitant de l'inconscience du vieux, elle avait sorti les toiles de la grange pour les transporter dans l'ancien poste d'aiguillage, là où les enfants ne risquaient pas de les trouver. En l'espace d'une nuit, comme une voleuse, elle avait emporté là-bas son chevalet, sa boîte à couleurs, tout ce matériel qu'elle avait laissé s'enfouir sous la poussière de la remise.

Tout cela à cause de Robin... des réflexions de Robin.

Elle savait qu'elle était folle de prêter autant d'importance aux propos d'un gosse, mais les appréciations du petit garçon avaient déclenché quelque chose en elle. Un processus momentanément arrêté. Depuis deux semaines, elle négligeait ses devoirs. Elle poussait les bassines de confiture sur un coin de la gazinière et s'enfuyait à travers bois, comme une folle, pour retrouver ses pinceaux, la toile en cours. Elle avait conscience de se comporter en véritable démente, mais elle n'y pouvait rien. À son âge, elle barbouillait comme une gamine, avec un plaisir coupable dont l'intensité lui faisait tourner la tête. Elle peignait la voie ferrée astiquée par Robin, ces quelques mètres d'acier luisant perdus dans la toile d'araignée des rails oxydés. Elle peignait cette ébauche de renouveau, cette renaissance avortée qui, jamais, n'irait plus loin, et que la pluie recouvrirait bientôt d'une nouvelle couche de rouille. Elle peignait, avec une fureur haletante, si peu féminine, si éloignée de tout ce qu'on lui avait enseigné. Elle peignait sans idée préconçue, sans savoir pourquoi ces rails décapés, astiqués, lui imposaient leur loi. Dans la chaleur du poste d'aiguillage il lui arrivait d'ôter ses vêtements, de se dénuder jusqu'à la taille pour se donner de l'air. La sueur lui collait les cheveux aux tempes, dégoulinait de ses aisselles. Elle se torchonnait à la hâte avec un chiffon à peinture, indifférente aux traces colorées qui zébraient ses flancs. Ses doigts épaissis par les travaux ménagers retrouvaient soudain une souplesse mystérieuse, une science jamais apprise... comme si, des tréfonds de sa conscience émergeait tout à coup une inconnue, une autre femme, qui, à l'insu de Judith Pookhey, menait une vie mille fois plus intéressante.

Elle était habitée. Hantée, possédée. Quelque chose s'emparait d'elle. Elle abandonnait les confitures sur le coin du fourneau, et devenait soudain quelqu'un d'autre, une étrangère, une femme dont elle ignorait tout et qui l'effrayait. Une femelle barbare pour qui père, enfants, devoirs, n'existaient plus. Un monstre d'égoïsme ne vivant que pour ce mètre carré de toile cloué sur un châssis, ces brosses engluées de couleurs. Sitôt franchi le seuil du poste d'aiguillage tout le reste devenait secondaire.

Elle se disait parfois : « Si une colonne de fumée s'élevait au-dessus de la forêt, annonçant l'embrasement de la ferme, je serais incapable de m'arracher à la toile. Je les laisserais brûler vifs, tous autant qu'ils sont. »

Tout se jouait là, au bout de ses brosses. La vraie vie, c'était celle qu'elle dessinait touche après touche. Le reste : Jedediah, les enfants, n'avait pas plus d'importance qu'un croquis froissé, une ébauche... Elle exultait de se sentir si légère, débarrassée des fardeaux. Elle maudissait sa famille, elle eût voulu la voir emportée par un cyclone.

De temps à autre, la lucidité lui revenait, et elle découvrait avec horreur son image dans un reflet de la baie vitrée, celle d'une femme torse nu, aux seins déjà tombants, barbouillée de peinture, aux yeux de folle... alors elle se faisait peur. Elle se nettoyait, se rajustait, et courait jusqu'à la ferme, honteuse comme une fille qui vient de se faire culbuter dans une meule de foin par un valet d'écurie. Elle se faufilait dans la cuisine en évitant de passer devant Jedediah car elle avait la certitude que le vieillard reniflait sur elle les effluves de l'huile de lin, de l'essence de térébenthine.

La nuit, dans la solitude de sa chambre, une fois la maison endormie, elle avait conscience de devenir mauvaise. C'était une maladie transmise par Robin. Un virus contracté, une fièvre que rien ne pouvait guérir. Aucun être sensé ne se conduisait comme elle le faisait en ce moment. L'enfant avait éveillé en elle des besoins monstrueux qui ne lui ressemblaient pas. La destinée qu'elle entrevoyait, par une déchirure du délire, là-bas, dans la solitude de l'atelier du canyon, n'était pas pour elle. Aucune femme normale, aucune mère, ne pouvait vivre deux heures par jour dans un état d'amnésie proche de la transe religieuse, deux heures pendant lesquelles sa famille n'avait à ses yeux pas plus d'importance qu'une nichée de jeunes rats.

« Je suis malade, se disait-elle. Bientôt on viendra me prendre, on m'enfermera, mes enfants seront placés dans un orphelinat d'État, et mon père ira mourir à l'hospice. »

Tout cela à cause de Robin... Seul Jedediah avait senti le danger. Elle avait été folle de lui mettre des bâtons dans les roues. Elle aurait dû le laisser faire et attendre que les orages secs les délivrent de l'enfant maudit.

Certains jours, quand elle suait dans la serre du poste d'aiguillage, il lui arrivait de souhaiter que la foudre s'abatte sur elle et la consume. À cet instant, elle aurait voulu peindre avec des pinceaux de fer pour attirer le feu du ciel, mais la délivrance ne lui était jamais accordée, et elle se voyait condamnée à revenir, le lendemain. Encore et encore ...

Jedediah devinait qu'elle s'était approprié le poste d'aiguillage, qu'elle avait pénétré sur son territoire pour le souiller. Du fond de son impuissance il enrageait, et la colère le maintenait en vie. Pire : la colère lui donnait la force de guérir. Il n'aspirait plus qu'au moment où il pourrait enfin se redresser pour corriger les iniquités de sa fille. Ce jour-là, il ne lui ferait pas de cadeau. Il la saisirait par les cheveux et la frapperait jusqu'à ce qu'elle perde connaissance. Il avait cette prescience des complots, des manigances dont jouissent les grands chefs d'État. Tout au long de sa vie, il avait su les déjouer à temps. On avait beau ne rien dire devant lui, feindre à la perfection, il devinait ...

Judith tremblait de le voir quitter sa chaise. À cette simple idée elle avait de nouveau onze ans et devait se retenir de lever le bras pour se protéger le visage.

*

Il faisait chaud. Depuis le matin l'air semblait dépourvu d'oxygène. On le respirait en s'asphyxiant, à la manière des poissons tirés de l'eau qu'on laisse mourir dans l'herbe, la bouche palpitante. Jedediah poussait son cri rauque tous les quarts d'heure, pour rappeler son monde à l'ordre. Judith avait laissé se figer les confitures dans la grande bassine tirée sur le coin de la gazinière éteinte. Elle avait pris cette décision à l'aube, en se levant. Tout à coup, la vue des récipients, des fruits, des bocaux lui avait paru odieuse. Elle avait décidé que « c'était fini ». Plus jamais elle ne ferait cuire de confiture, plus jamais elle ne sillonnerait les routes pour aller placer ses pots dans les épiceries du comté. Elle s'en moquait. Elle avait changé. Elle se moquait que son père eût faim, qu'il ait souillé son pantalon. Elle se sentait devenir mauvaise et s'en trouvait fortifiée. Elle réalisa qu'elle avait oublié le vieux dans la salle commune toute la nuit, et pouffa nerveusement. Elle voulait retrouver ses pinceaux, se pencher sur la toile, s'y fondre, s'y perdre.

Elle glissa un morceau de fromage, un oignon, un quignon de pain dans la poche de son tablier, et passa devant le vieillard sans lui accorder un regard. Il existait à peine. Les enfants étaient déjà sortis. Depuis plusieurs jours ils ne fichaient plus rien.

Judith savait qu'ils avaient abandonné la cueillette et erraient quelque part aux abords de la grand-route, aux lisières du domaine, en des lieux qu'ils n'auraient jamais osé fréquenter dans le passé. Le virus était en eux. Robin les avait contaminés. On n'y pouvait rien. Le royaume s'effondrait. Désormais, c'était chacun pour soi.

La jeune femme s'élança sur le chemin de terre qui traversait la forêt et descendait dans le canyon. Les guêpes bourdonnaient, folles de chaleur. Il y avait dans l'air une tension invisible. L'atmosphère se comprimait à la façon d'un ressort.

« Un orage sec, songea Judith. S'il tombait sur le poste tout serait réglé, je n'aurais plus à me mettre martel en tête. »

Elle aspirait vaguement à ce coup de torchon commode. À l'orée du défilé, elle ouvrit son corsage, dénuda sa poitrine et inspira à pleins poumons. L'air, dans sa bouche, avait un goût de poussière chaude. Elle ruisselait déjà de la tête aux pieds. Dans la guérite de béton et de verre, la chaleur serait insupportable, la couleur sécherait sur les pinceaux avant même d'avoir touché la toile.

*

Bonny, Ponzo et Dorana avaient atteint le bord de la route par bonds successifs, approches timides, apprivoisements cumulés.

Jamais auparavant ils n'auraient envisagé de sortir du domaine, de se hasarder au-delà du labyrinthe des mûriers, et voilà qu'ils se trouvaient assis sur le talus, à regarder le serpent poussiéreux de la piste s'étirer jusqu'à l'horizon. Bonny avait dérobé une pince coupante dans l'atelier du grand-père. Il l'avait utilisée pour cisailler le grillage, y ouvrir un trou par où ils s'étaient engouffrés à quatre pattes.

« On pourrait grimper dans un camion... suggéra Ponzo. Il nous emmènerait dans le nord.

— Et on y ferait quoi ? grogna Bonny.

— On s'engagerait dans un cirque ! proposa Dorana pleine d'enthousiasme.

— Tu parles, marmonna Bonny. Ils nous transformeraient en nourriture pour les fauves, oui ! »

Ils restèrent silencieux, regardant les sauterelles qui se posaient fugitivement à la pointe de leurs chaussures avant de se propulser dans l'espace d'une nouvelle détente des cuisses.

« Pourquoi faut s'en aller ? demanda Ponzo.

— Parce que ça va mal tourner, murmura Bonny, les yeux dans le vague. Depuis le passage de Robin tout va de travers. La mère est devenue folle, le grand-père est à moitié paralysé... Bientôt se sera notre tour. Il nous arrivera quelque chose d'horrible.

— Quoi ? fit Dorana d'une petite voix tremblante.

— J'sais pas, marmonna Bonny. C'est possible que Jedediah se lève une nuit pour nous tuer. Pour l'instant il est tout cassé, mais il nous observe. Il attend que les forces lui reviennent. Dès qu'il aura récupéré ça va barder pour notre matricule.

— C'est pour ça qu'il faut s'en aller ? s'enquit Ponzo.

— Oui, martela l'aîné. C'est une question de vie ou de mort maintenant. Faut pas traîner. Ça fermente, ça lève.

— T'as une idée de ce qu'on va faire ? gémit Ponzo.

— Oui, lança Bonny en se redressant soudain. On va partir dans la montagne, très haut. Je sais qu'il y a une ancienne cabane de trappeurs au sommet. On y habitera. C'est l'été, ça nous laissera le temps de nous organiser en prévision de l'hiver. On est assez grands pour se débrouiller tout seuls. On vivra là. On n'ira plus jamais à l'école. Dorana fera la cuisine, tannera les peaux, pendant que toi et moi on chassera les bêtes.

— Y'aura des bêtes ? demanda la fillette d'une voix inquiète.

— Oui, mais on les mangera, répliqua Bonny. On partira avec le fusil de Papa, et ses boîtes de cartouches. Personne n'ira nous chercher là-haut.

— Même pas Jedediah ? souffla Ponzo. Même pas Maman ?

— Non, fit son frère d'un air sombre. Ils vont s'entre-tuer c'est sûr. C'est pour ça qu'il faut partir. Sinon les bonnes femmes de l'aide sociale viendront nous prendre pour nous mettre dans un orphelinat. On sera séparés, et quand ils nous libéreront on aura tellement changé qu'on ne se reconnaîtra même plus si on se croise dans la rue.

— Alors tout ça c'est à cause de Robin ? fit Ponzo. Il avait le mauvais œil ? Il nous a porté malheur ? »

Bonny fit la grimace, s'agita, en proie à des sentiments complexes qu'il n'arrivait pas à exprimer.

« Je ne sais pas, avoua-t-il. Peut-être que ce n'est pas plus mal, après tout ? Peut-être qu'on sera plus heureux là-haut, dans la cabane. Va savoir. »

Ils formèrent un cercle et mélangèrent leurs mains, pour sceller le pacte. C'était décidé. Ils partiraient.

*

Les tableaux n'avaient pas de sujet, cela effrayait Judith. Jadis, lors de ses premières tentatives, elle avait travaillé dans le style figuratif, mais depuis que la fièvre l'habitait, elle glissait chaque jour un peu plus vers l'innommé, l'inidentifiable. Elle avait commencé par la coulée brillante des rails, mais très vite, l'intention première s'était égarée dans un magma abstrait qu'elle ne contrôlait plus. *Ça* se peignait tout seul, malgré elle, en dehors de sa volonté... Le pire, c'était que *ça* lui plaisait, qu'elle en retirait une étrange volupté. Une autre femme habitait en elle qui, de temps à autre donnait un coup de talon au fond des abîmes pour remonter à la surface ; alors son visage surgissait à l'air libre, ruisselant, et Judith avait la surprise de découvrir cette étrangère, cette aventurière qu'elle avait si longtemps portée en elle comme un enfant qu'on empêcherait de naître. C'était une femme sauvage, égoïste, avide de plaisir, gourmande, sensuelle... et qui lui plaisait.

Dans la chaleur atroce du poste d'aiguillage, Judith contemplait ses tableaux. Désormais, elle n'avait même plus l'excuse de faire ressemblant. Elle était devenue l'agent de propagation d'un art dégénéré qui eût fait se signer les gens du village et blêmir le pasteur. Elle éclata d'un rire âpre car elle avait l'intime conviction que ce qu'elle produisait était beau. Elle ne savait pas d'où lui venait cette certitude, mais c'était là, fiché en elle, inamovible.

Elle déboucha une bouteille de vin, l'une des dernières de la réserve de Brooks — son mari mort, son mari assassiné — et but au goulot. La tête lui tourna presque. L'orage s'amassait au-dessus du canyon, grosse boule électrique qui n'allait plus tarder à exploser. Il y avait, dans l'air, un crépitement latent. Le duvet se dressait sur la nuque et les bras de la jeune femme. Lorsqu'elle posait le bout des doigts sur un levier, un craquement minuscule se faisait entendre. Tout était chargé, bourré de poudre à canon, attendant l'étincelle qui déclencherait le cataclysme.

Judith sortit du poste, dévala l'escalier. Elle était nue jusqu'aux hanches, le torse luisant de transpiration, les cheveux collés au front, les mains poissées de peinture. Elle tituba entre les voies, portant le goulot à ses lèvres pour avaler de rapides goulées.

« Si Dieu existe, songea-t-il, s'il me voit en ce moment, il va être forcé de me foudroyer. Je joue franc jeu... Je ne cherche pas à me dérober. Je lui offre cette possibilité pendant un quart d'heure. S'il ne fait rien, s'il me laisse en vie, je me considérerait dégagée de toute obligation envers lui, et j'agirai dès lors comme bon me semble ! Oui, c'est un contrat honnête... Quinze minutes à partir de maintenant. *Top !* Vous entendez, là-haut, le compte à rebours est commencé. »

Le vin lui coulait entre les seins, dessinant une rigole rouge qui filait vers son nombril et le remplissait. Elle était ivre, elle était folle. Arrivée devant le levier d'aiguillage, elle consulta sa montre et saisit le manche à deux mains, les paumes collées au métal. Le feu du ciel pouvait tomber, elle ne se déroberait pas. Une partie d'elle-même lui criait : « Fiche le camp ! ne cours pas ce risque ! Pas maintenant, alors que tu commences seulement à vivre ! », mais une autre voix hurlait : « Oui, c'est bien ! Il faut arrêter ça avant qu'il ne soit trop tard. Tu es en train de perdre les pédales. Tu deviens cinglée. Il faut tout arrêter. Tout ! »

Elle ferma les yeux, attendant la boule de feu, la décharge électrique qui la consumerait debout et ferait grésiller sa chair.

Rien n'arriva. Quand le quart d'heure fut écoulé, elle lâcha le levier. Elle tremblait. Maintenant elle n'avait plus de comptes à rendre, *à personne.* Plus d'attaches, plus de devoirs, plus d'obligations. Elle était libre, barbare, païenne. Hérétique.

Elle tituba jusqu'au poste d'aiguillage et s'affaissa sur les marches de l'escalier, incapable d'aller plus loin. Elle continua à vider la bouteille, à petites gorgées. Le canyon s'emplissait d'une chaleur inhumaine, la pierre des parois dégageait une odeur âcre, sèche, qui donnait soif.

Les guêpes tournaient autour de Judith, se posaient sur ses seins, ses épaules, mais ne cherchaient pas à la piquer. Elle choisit d'un voir un signe, une confirmation.

Plus elle y pensait, plus le défilé lui semblait coupé du reste du monde, en marge, enclavé. Un univers à lui tout seul, une île déserte fantasmatique, une parenthèse entre deux tunnels.

« Je pourrais vivre ici, songea-t-elle. Je pourrais m'y installer, définitivement. Ne plus jamais retourner à la ferme. Devenir une femme sauvage. »

Il lui suffirait pour cela d'engranger des provisions, d'amasser les tubes de couleur, les toiles et les pinceaux. Oui, vivre là, en bordure de voies qui ne menaient nulle part, coincée entre les gouffres horizontaux des tunnels silencieux. Elle peindrait, affranchie des lois, ne s'occupant plus que d'elle-même, de ses envies, de ses besoins.

Un jour, un vagabond passerait. Il en venait parfois, qui suivaient les rails, avec l'espoir de dormir dans les gare désaffectées. Elle l'accueillerait. Elle ferait l'amour avec lui, sur la paillasse du poste d'aiguillage. Peut-être même déciderait-elle de le suivre, de l'accompagner dans son périple ?

Désormais, elle se sentait la force d'entreprendre ce genre de chose. Couper les ponts. Trancher les amarres, brûler ses vaisseaux...

Elle finit la bouteille. Elle était saoule. Elle grimpa l'escalier à quatre pattes et s'abattit sur le lit de camp de Jedediah. Le sommeil de l'ivresse la foudroya.

*

Le lendemain, Judith s'aperçut que les enfants faisaient des provisions en cachette. Dorana, avec ses airs de comploteuse d'opérette, aurait suffi, il est vrai, à éveiller les soupçons des moins méfiants. La jeune femme n'eut guère de mal à deviner qu'ils entassaient le fruit de leurs rapines dans le labyrinthe des mûriers. Ils volaient de la nourriture, mais aussi des vêtements d'hiver, ce qui impliquait une fugue prolongée, voire un départ définitif. Elle ne s'en alarma point. C'était dans l'ordre des choses. La famille allait éclater, chacun suivrait son chemin, pourquoi aurait-elle dû empêcher cette désagrégation ? Seule la peur que leur inspirait Jedediah les avait tenus soudés ; maintenant que le vieux avait en grande partie perdu son pouvoir, les cadres habituels se dissolvaient. Les carences structurelles apparaissaient au grand jour.

Robin, en provoquant la crise qui avait foudroyé Jedediah Pookhey, les avait libérés, tous... Elle ne voulait pas porter de jugement moral sur cette dissolution des liens familiaux. Après tout, les animaux n'allaient-ils pas perdre leurs petits dans la forêt dès qu'ils les jugeaient en âge de se débrouiller seuls ?

De loin, elle observa Bonny, Ponzo, Dorana, en se répétant qu'elle les voyait pour la dernière fois. Elle-même ne comptait pas s'attarder à la ferme. Dès qu'elle aurait peint assez de toiles, elle les roulerait et s'en irait en suivant les voies. Elle était encore assez jeune pour refaire sa vie. Elle souhaitait oublier ce qu'elle avait vécu ici.

« Espérons qu'ils seront assez malins pour ne pas laisser l'essentiel derrière eux », se disait-elle en examinant le contenu des tiroirs de la cuisine.

Tire-bouchon, décapsuleur, pelote de ficelle, nécessaire de couture... les objets disparaissaient les uns après les autres. Les gosses puisaient abondamment dans ce qui subsistait des affaires de leur père. Une canne à pêche télescopique s'envola ainsi, puis le fusil de Brooks, puis ses jumelles, et encore une hachette des surplus de l'armée, et...

Judith cessa bientôt de les surveiller. C'était leur affaire après tout. Elle supposa qu'ils avaient décidé de se rendre sur la montagne. Les routes, trop raides, les protégeraient de Jedediah.

Le vieillard avait deviné ce qui se préparait. Quand sa fille passait devant lui, il se tortillait sur son fauteuil et poussait des jappements désagréables. Il essayait de l'avertir. Judith feignait de ne rien comprendre. Elle ne se donnait plus la peine de lui parler. Désormais, elle le nourrissait et le changeait sans un mot. Elle évitait de croiser son regard furibond de peur de sentir sa détermination s'effriter.

« C'est fini, se disait-elle. Tu n'empêcheras plus rien. Avant de partir je demanderai à une infirmière de venir te garder. Je lui raconterai que je pars voir Robin, là-bas, à l'hôpital, et je ferai semblant de prendre la route. Je bifurquerai au bout du chemin pour cacher la voiture dans la forêt, puis j'obliquerai en direction du canyon. Personne n'imaginera que je puisse être là-bas. Ne me voyant pas revenir, l'infirmière préviendra le shérif. Les services sociaux se chargeront de toi. Je suppose qu'on t'emmènera à l'hospice... Peut-être t'y traitera-t-on aussi durement que tu nous as traités ? »

En lavant la vaisselle, elle décida de faire comme les enfants. Il y avait, au fond d'un placard, ce grand sac de marin ramené par Brooks de son séjour dans la *Navy*, elle le remplirait de denrées de première nécessité. « Mon paquetage de naufragée ! » songeat-elle avec un gloussement nerveux. Dans sa tête, elle dressa une liste de ce qu'il lui faudrait emporter.

« Je peindrai jusqu'à l'automne, se dit-elle. Ensuite il fera trop froid pour vivre dans le poste d'aiguillage. C'est à ce moment-là que je devrai me mettre en marche. Partir comme l'a fait Robin, en suivant les rails. »

Elle abandonna assiettes et tasses dans l'évier pour aller s'asseoir sur la véranda. Quand elle passa devant lui, Jedediah poussa son cri d'albatros blessé. Sans doute avait-il aperçu les taches de peinture sur les mains de sa fille, ces taches qu'elle ne se donnait plus la peine de nettoyer.

Elle s'assit dans le fauteuil à bascule pour fumer l'une des vieilles cigarettes de Brooks dont elle avait retrouvé un paquet froissé sous une pile de chemises. Le tabac était sec, sans goût, mais il la fit tousser car elle en avait perdu l'habitude.

Brusquement, le ciel se déchira au-dessus du canyon, un arc électrique grésilla tandis que le tonnerre faisait trembler la maison. « Un orage sec, songea Judith. Tant pis, c'est trop tard. C'est tout à l'heure qu'il fallait tomber, mon beau, lorsque je tenais le levier d'aiguillage à deux mains ! »

Elle se sentait bien, légère. Tout se mettait en place. Les enfants préparaient leur évasion, le vieux ronchonnait, sanglé sur son siège. Elle n'interviendrait pas. Elle laisserait faire. Chacun pour soi.

Quand elle eut fini sa cigarette, elle se leva et prit la direction de la forêt. Elle voulait peindre tant que la lumière était encore bonne. La baie vitrée du poste d'aiguillage lui délivrait une clarté analogue à celle dont elle aurait bénéficié dans un atelier d'artiste. Jedediah n'avait jamais imaginé qu'on pourrait un jour souiller son antre personnel par des travaux aussi impies !

L'odeur l'alerta à mi-chemin. Une odeur de fumée qui stagnait dans le sous-bois et installait un brouillard bleuté entre les feuilles. Judith pressa le pas. Ce n'était pas normal. Quand elle arriva à l'entrée du canyon elle se figea. La foudre était tombée sur la casemate, y mettant le feu. Tout brûlait : la paillasse de Jedediah, mais aussi le chevalet et les tableaux peints au cours des dernières semaines. Le travail de Judith était en train de s'envoler en fumée, c'était ce goût âcre qu'elle avait sur les lèvres.

*

Elle attendit longtemps la fin de l'incendie, dans les nuages de suie rabattus par le vent. Quand la dernière flammèche s'éteignit, elle fut incapable de retourner à la ferme. Elle ne voulait pas voir l'étincelle de triomphe que son visage défait allumerait dans les yeux de Jedediah. Dieu avait réagi avec un peu de retard, mais il avait fini par mettre de l'ordre dans le chaos qu'elle était en train d'installer. Désemparée, elle chercha refuge dans le hangar à matériel, sur l'aire de délestage, là où jadis le maître des lieux avait coutume d'enchaîner les chiens promis à la mort. Comme elle tenait à peine sur ses jambes, elle s'allongea sur un établi et resta les genoux ramenés sur le ventre, à trembler, à claquer des dents.

Elle avait enfin compris qu'elle ne pourrait pas s'échapper. Toujours, il se passerait quelque chose qui la retiendrait à la ferme. Elle avait été stupide d'espérer.

Elle ne pleura pas. Elle était vide, creuse, à peine vivante. Un chien errant poussa son museau sur la table, pour la flairer, puis, devant son manque de réaction, s'éclipsa.

Elle demeura là toute la nuit, les yeux grands ouverts, à se ronger les ongles jusqu'au sang. Elle brûlait d'une haine sans nom pour Robin. Robin le démon au trop joli visage, Robin le charmeur, Robin le menteur. Le maître des mirage. Robin qui avait éveillé en elle des espoirs sans fondement. S'il avait été là, elle l'aurait probablement puni de la plus atroce façon qui soit.

Elle se réveillait d'un sommeil peuplé de rêves absurdes, de leurres fantomatiques. Que lui était-il arrivé au cours des dernières semaines ? Quel envoûtement l'avait poussée à se conduire comme une démente ?

À l'aube, elle quitta le hangar. Le poste d'aiguillage n'était plus qu'un amas de parpaings, de poutres carbonisées. Elle grelottait. Elle avait beau déglutir, sur sa langue, le goût de suie ne s'effaçait pas.

Avant même de franchir le seuil de la ferme, elle sut que les enfants étaient partis. Les bâtiments avaient quelque chose de mort, d'inutile, comme une coquille vide ou une machine obsolète aux rouages un peu dérisoires. Elle ne prit pas la peine de monter dans les chambre vérifier. Ils étaient loin, elle le sentait dans sa chair.

C'était bien. Eux, au moins, réussiraient à s'échapper. Le piège ne les broierait pas. Elle regarda en direction de la montagne, instinctivement, comme si elle allait les voir escalader la route du versant nord. Bonny, Ponzo... et Dorana. Pauvre Dorana qu'elle oubliait tout le temps dans son énumération ! Elle ne les verrait pas grandir, mais elle leur souhaitait bonne chance. Après tout, il est des familles dont il vaut mieux se protéger si l'on veut survivre. Elle, Judith Pookhey, n'avait pas su.

Jedediah l'accueillit par un long cri lugubre. Sans doute essayait-il de lui dire que les gosses avaient pris la fuite. Elle haussa les épaules et se rendit dans la cuisine pour préparer le petit déjeuner. Dans le miroir accroché au-dessus de l'évier, elle vit qu'elle était noire de suie.

« À propos, lança-t-elle méchamment. Le poste d'aiguillage a brûlé. La foudre est tombée dessus, il n'en reste rien. »

Et elle ajouta, mentalement : « De moi non plus, il ne reste rien. »

Elle réchauffa une soupe aux haricots, fit cuire des saucisses. Depuis que Jedediah était diminué elle ne respectait plus sa lubie des aliments blancs. S'il voulait manger, il devait accepter d'en voir de toutes les couleurs. Elle rajoutait du Ketchup dans chaque plat, parce que le rouge le révulsait et le faisait se cabrer sur sa chaise. Elle aurait voulu disposer de sauces bleues, argentées, dorées, pour accentuer son malaise. Des sauces charriant des paillettes étincelantes, des sauces phosphorescentes qu'elle lui aurait servies dans le noir...

Tout à coup, sur une impulsion, alors qu'elle contemplait les pots d'épices alignés sur l'étagère, elle ouvrit l'armoire à médicaments et commença à déboucher les flacons de somnifères prescrits par le médecin. Elle fit tomber un à un les comprimés dans la soupe chaude, jusqu'à ce qu'il n'en reste plus un seul. Quand elle en eut terminé avec les somnifères, elle passa aux tranquillisants. Les cachets se dissolvaient sans difficulté. Elle se donna alors un moment de réflexion. Tout était encore possible, il suffisait de vider la casserole dans l'évier... d'ouvrir une autre boîte de potage, et de recommencer. Mais rien ne vint, aucune voix ne se fit entendre. Aucune protestation. Elle emporta les récipients dans la salle commune et dressa la table.

« C'est prêt », dit-elle à l'intention du vieux. Souvent, dans les mois qui avaient suivi la mort de Brooks, elle avait imaginé cet instant, le mettant en scène avec une délectation coupable. Elle s'était dit que l'exaltation la trahirait, une exaltation criminelle que Jedediah saurait repérer au premier regard, mais ce soir elle était aussi froide, aussi inerte qu'un poisson mort. Elle s'installa devant son père et commença à le nourrir, enfournant la cuillère dans sa vieille bouche à intervalles réguliers.

« C'est mon père, se disait-elle, c'est lui qui m'a donné la vie, et je suis en train de le tuer. »

Mais rien ne venait. Ni l'horreur, ni la joie du mal.

Jedediah détestait qu'on lui donne la becquée. Dans ces moments d'extrême dépendance, il manifestait sa mauvaise humeur par des mouvements convulsifs des mains, et griffait les accoudoirs du fauteuil.

L'assiette vidée, Judith se versa une pleine louche de soupe et se mit à manger, elle aussi. La nourriture avait un goût amer, bizarre, qui donnait soif. Elle regarda son père ; il la fixait d'un air furibond. Sans doute la soupçonnait-il de vouloir l'humilier en lui faisant ingurgiter des aliments infects. Judith continua à manger.

« Autant te le dire, murmura-t-elle. Je nous ai empoisonnés. Toi et moi. Tu avais raison, on ne peut pas s'échapper d'ici. C'est impossible... Tu ne dois pas avoir peur, ça va se passer en douceur.

Après le repas nous irons nous coucher, comme d'habitude. Je pense que nous ne nous réveillerons pas, c'est la seule différence. En fait, je crois que nous avons toujours su que cela finirait ainsi. Toi et moi. Je me demande même si durant toutes ces années tu ne t'es pas montré odieux dans le seul but de me pousser à te tuer... Hein ? Tu n'en avais pas le courage, c'est ça ? Ou alors c'était un péché ? Oui. Le suicide c'est un péché, alors mieux vaut être assassiné. »

Elle parlait d'une voix à peine audible, le regard croché à celui du vieux.

« Tu voulais mourir, répéta-t-elle. J'en suis sûre. Mais pourquoi ? Parce que Maman est morte... parce que tu n'avais pas la force de continuer tout seul ? Non, je ne crois pas. Alors quoi ? Oh ! Mais bien sûr : *parce que tu as perdu ton travail !* Mais oui ! Ta vie n'avait plus de sens hors du poste d'aiguillage. Alors tu m'as fait une vie d'enfer en espérant que je prendrais la décision à ta place. »

La cuillère cogna au fond de l'assiette vide. Judith la contempla. Sa vue se brouillait, elle avait du mal à faire le point. Elle voulut lever la main, mais quelque chose d'invisible la tenait clouée sur la table. Sa bouche était engourdie, ses lèvres anesthésiées, comme après une séance chez le dentiste. Malgré cela, sa pensée demeurait d'une limpidité peu commune.

« Oh ! murmura-t-elle, comme tu as dû trouver le temps long, comme tu as dû maudire ma lâcheté... J'étais idiote, hein ? Trop gentille. J'endurais, j'encaissais, alors que tu m'aurais voulue révoltée, mauvaise. Tu vois, je me réveille sur le tard. Pardon, Papa, de t'avoir fait attendre si longtemps. »

Avait-elle réellement prononcé ces paroles ? Elle n'en fut pas certaine, les mots restaient collés sur sa langue, incapables de prendre leur envol. Elle n'avait pas prévu que les drogues feraient effet aussi rapidement. Il lui déplaisait de mourir là, sur la table, le nez dans une assiette de soupe froide. Ce n'était pas ce qu'elle avait prévu. Elle avait eu dans l'intention de grimper dans sa chambre, de passer l'une des chemises de nuit offertes par Brooks et de s'étendre pour s'offrir à l'engourdissement.

À travers le coton du coma qui la gagnait, elle vit Jedediah s'agiter au bout de la table. Il essayait de déboucler les sangles qui le tenaient assis sur son siège. Ses mains tordues griffaient le cuir des sous-ventrières.

« C'est idiot, lui lança-t-elle. Tu ne parviendras pas à former le numéro du shérif sur le cadran du téléphone... Et même si tu arrives à établir la communication, tu ne sauras que pousser des cris. Des cris d'oiseau. »

Il ne l'écoutait pas. Elle haussa les épaules. C'était ridicule, à son âge il aurait dû accepter la mort avec détachement. Ne lui avait-il pas affirmé un million de fois qu'un vrai croyant n'a jamais peur de paraître devant son créateur ? Elle l'entendit s'abattre sur le plancher. Ainsi, il avait réussi à se libérer... Elle songea qu'elle aurait dû arracher le fil du téléphone, maintenant il était trop tard, elle n'avait plus la force de se lever. Elle devenait lourde, elle faisait corps avec le banc. Elle était de bois, tous ses nerfs étaient morts. Incapable de rester plus longtemps assise, elle posa la joue sur la table où elle avait servi tant de repas. Elle regarda les assiette, les verres, tout près de son nez. Elle était en train de mourir sur le champ de bataille où elle avait eu si peur durant toutes ces dernières années. Les cuillères, les couteaux, brillaient comme des armes tombées sur une terre aride, au plus fort de la mêlée. « C'est fini, se dit-elle. Tout ce temps... tout ces jours, pour en arriver là... Robin n'aurait jamais dû revenir, c'est sa faute... sans lui je serai restée idiote. Oh ! Mon Dieu ! protégez-nous de l'espoir... »

Sur le sol, Jedediah Pookhey se mit à ramper. Il ne désirait nullement se traîner vers le téléphone car il se savait incapable de former un numéro. Son idée était tout autre : sortir dans la cour pour se hisser dans le fauteuil à roulettes construit pas les enfants, puis descendre la grande allée en direction de la route. Avec un peu de chance, une voiture passerait, remontant vers le village. On l'apercevrait, on lui porterait secours...

Une rage sans nom l'animait. La rage de s'être laissé duper par une gamine idiote qu'il croyait matée depuis longtemps. Comme un chien, il traversa la véranda et dévala les trois marches le séparant de la cour. Il ne sentait plus les meurtrissures, tout son corps s'engourdissait. Il eut beaucoup de difficulté à se hisser dans le fauteuil roulant car ce dernier se dérobait à ses approches. Quand il y parvint, il était épuisé. Le sommeil le rattrapait. Il devait cultiver sa colère s'il voulait rester conscient aussi concentra-t-il ses pensées sur la bêtise de sa fille. Jamais il n'avait autant regretté de ne pas avoir eu de fils pour le soutenir. Un fils ne l'aurait pas trahi. Un fils l'aurait épaulé...

Il actionna les roues. Le fauteuil se mit à bouger. Heureusement l'allée était en pente, il n'aurait pas à peiner outre mesure pour atteindre le portail. Il faisait noir et il avait du mal à s'orienter. Ses paupières se fermaient. Il s'ébroua, sachant que la mort s'emparerait de lui s'il commettait l'erreur de se laisser aller.

La panique le saisit, *il s'était égaré.* L'obscurité l'avait trompé, au lieu de descendre vers le portail il venait de s'engager dans le labyrinthe des mûriers.

Alors il se mit à tourner en rond, cherchant vainement la sortie. Chaque minute qui passait consumait ses chances de survie. Il n'y voyait presque plus. Soudain, il se sentit tomber. Sans en avoir conscience il avait atteint le cratère marquant le centre du labyrinthe, là où, jadis, il avait tué son gendre, cet imbécile de Brooks, en lui faisant basculer un tracteur sur la tête. C'était lui, à présent, qui roulait sur la pente de l'excavation. Le fauteuil bricolé par les enfants alla s'écraser sur l'épave rouillée du *John Deere.* Jedediah suivit avec quelques secondes de retard car il avait essayé de ralentir sa chute en enfonçant ses doigts morts dans la terre de la paroi.

Il voulut appeler au secours, mais, outre que personne n'était en mesure de l'entendre, ses cordes vocales n'émettaient qu'un croassement étrange, un cri évoquant celui d'un albatros blessé.

Cet oiseau fantôme cria longtemps au centre du labyrinthe végétal, perturbant les habitudes de la faune nocturne qui, jamais, n'avait croisé un tel animal dans la région.

ROBIN & DEXTER

LA REINE EPERDUE

27

Sandy DiCaccio n'ignorait rien des pensées de ses collègues :
« Ah ! Son boulot c'était de trouver des excuses aux dingues pour
qu'on les relâche le plus vite possible. Maintenant, elle verra un
peu mieux ce dont les cinglés sont capables. C'est bien fait ; elle
n'a eu que ce qu'elle méritait. »

Au bureau, personne n'ignorait plus que Dexter Mulloney
l'avait violée. Elle imaginait sans peine les ricanements étouffés
des hommes, le faux apitoiement des femmes. Depuis l'agression,
elle n'avait pas remis les pieds à l'antenne locale, Mikovsky avait
tenu à ce qu'elle prenne deux semaines de congé. Elle était pourtant décidée à affronter le problème sans détour. Il y avait trop
longtemps qu'elle professait sa théorie de la survivance, du dépas-
sement des épreuves, de la reconstruction de l'individu au travers
des pires atteintes. D'un seul coup, elle se retrouvait sujet d'étude,
cas soumis à l'observation. Elle était devenue son propre cobaye.
La balle était dans son camp, c'était à elle de prouver qu'on pouvait être blessée mais non brisée, que la vie ne s'arrêtait pas parce
qu'on avait subi une agression, même répugnante. « Je peux
continuer », se répétait-elle.

D'ailleurs, les données du problème étaient en partie faussées
par ses propres pratiques sexuelles. Il y avait longtemps qu'elle
avait pris l'habitude de coucher avec des inconnus, des hommes
avec lesquels elle n'entretenait aucune complicité préalable. Il
était arrivé que ces joutes amoureuses prennent une tournure
déplaisante. Elle avait connu des demi-viols. À deux ou trois
reprises, elle avait été forcée par ses partenaires d'une nuit à des
pratiques qui la révulsaient. C'étaient les risques dans ce type de
rapports, elle les acceptait.

« J'ai donc bénéficié d'un entraînement, se disait-elle aujourd'hui. Je n'étais pas novice. Je suis une femme mûre, avec une réelle expérience amoureuse. Je sais ce qu'est un pénis, je sais également m'en servir, pour donner du plaisir et pour m'en procurer. Cela posé, suis-je le spécimen qui convient pour une telle étude ? »

Elle gardait un souvenir confus de ce que lui avait infligé Dexter. Il l'avait frappée au menton, jetée sur le lit. Elle avait eu mal au moment de la pénétration, mais, pendant qu'il allait et venait en elle, une seule pensée la préoccupait : *pourvu qu'il s'en tienne à cela... pourvu qu'il ne me tue pas.*

La peur de la mort avait fait passer tout le reste au second plan, et, quand il l'avait retournée sur le ventre pour lui lier les mains, elle avait éprouvé un immense soulagement. Ainsi, il n'allait pas l'égorger ! Elle avait été à deux doigts de l'en remercier.

Aujourd'hui encore, les détails de l'acte restaient flous. Il ne s'agissait nullement d'une censure ; en réalité elle n'y avait guère prêté attention, toute persuadée qu'elle était de vivre là le prélude à sa mise à mort. Un prélude sans grande importance.

Après, une fois l'affolement passé, elle avait été assaillie par d'autres inquiétudes : le sida, notamment. Théoriquement les pensionnaires de l'hôpital étaient soumis à un test périodique, mais à quand remontait le dernier ? Les services psychiatriques regorgeaient de drogués, presque tous séropositifs. Il était difficile de les empêcher d'avoir des rapports sexuels. Elle avait quelque réticence à se représenter Dexter puceau, ou observant une stricte abstinence, pas après ce qui s'était passé. Ses gestes dénotaient une parfaite connaissance de l'anatomie féminine, une habitude du coït qu'on ne pouvait s'attendre à observer chez un débutant.

Dès son retour en ville, elle avait effectué un prélèvement sanguin, mais, en ce qui concernait le sida, elle devrait attendre trois mois avant de se faire tester. Une amie médecin lui avait prescrit des antibiotiques en cure préventive, pour faire face à toute possibilité de MST mineure. Cette angoisse sous-jacente l'empêchait de s'interroger pleinement sur le traumatisme spécifique à l'intrusion sexuelle dont elle avait été victime. Un homme était entré en elle, soit, mais ce n'était pas la première fois. Ce ne serait pas non plus la dernière. Le traumatisme existait davantage dans le regard de ses connaissances que dans son esprit. On l'espérait diminuée, brisée, souillée. On attendait d'elle qu'elle se comportât en conséquence. Qu'elle rase les murs, qu'elle n'ose plus lever les yeux sur un homme. Qu'elle expie sa souillure au moyen de quelque névrose aisément repérable. Un bon prurit, par exemple. Le besoin compulsif de se laver les mains, une hygiène excessive... Si elle se dérobait à ce schéma rassurant, on dirait d'elle : « C'est une salope. Ça ne lui a fait ni chaud ni froid. Une femme normale ne réagirait pas comme ça. »

Le regard des autres était là pour l'obliger à emprunter le chemin de croix tout tracé des femmes flétries. Si elle refusait, elle deviendrait suspecte. La société n'aime pas les victimes qui se remettent trop vite de leurs blessures.

Le téléphone sonna, c'était Mikovsky. Il s'était très bien comporté au cours de l'enquête. Discret, et tout... *Bien.*

« Judith Pookhey s'est suicidée, annonça-t-il. Le facteur l'a trouvée ce matin. Le vieux Jedediah a subi le même sort. Une dose massive de somnifères dans la soupe.

— Et les enfants ? demanda Sandy.

— Par bonheur ils n'étaient pas à la ferme ce soir-là, lâcha Mikovsky. On les a retrouvés sur la montagne, à cinq kilomètres. Ils n'ont rien dit, mais le shérif suppose qu'ils étaient en train de faire une fugue. Je crois que l'ambiance s'était sérieusement détériorée au cours des derniers jours. Les gosses ont pressenti ce qui allait se passer. Ça les a sauvés.

— Où sont-ils ?

— Entre les mains des services sociaux du comté. On va les aiguiller vers un orphelinat, c'est la routine habituelle quand il n'y a pas de famille susceptible de s'en charger.

— Et Robin ? »

Il y eut un silence au bout du fil. Sandy se mordit les lèvres. Mikovsky n'était guère satisfait de la manière dont elle avait mené son affaire à l'hôpital. Il lui reprochait d'avoir perdu sa distance clinique, de s'être impliquée, d'avoir laissé s'installer un lien entre elle et son patient.

« Rien, grommela la voix de l'homme dans l'écouteur. Aucune nouvelle. Ils sont planqués quelque part, c'est sûr. Ils nous jouent la stratégie de la plongée profonde. Ah ! si, tout de même... Atazarov, le médecin-chef a porté plainte contre toi. Il t'accuse d'avoir déstabilisé Dexter Mulloney par des pratiques non-orthodoxes. L'infirmière Sandermann confirme ses accusations. »

Sandy ne releva pas. Elle s'y attendait.

« De toute manière, reprit Mikovsky, les deux gosses ne se sont pas embarqués sans biscuits. Je suis certain qu'ils avaient un point de chute. En ce moment même ils sont chez quelqu'un, mais qui ?

— Dexter n'est jamais sorti de l'hôpital, souligna Sandra. S'il avait une adresse, c'est forcément celle d'une personne rencontrée dans l'enceinte des services psychiatriques. As-tu pensé à mettre sous surveillance l'infirmière Sandermann. Elle m'a semblé extrêmement liée à Dexter. Un peu trop.

— Tu crois qu'elle pourrait couvrir sa fuite... voire le cacher ?

— Pourquoi pas ? Elle possède peut-être une maison de campagne, un bungalow quelque part dans les collines. »

Elle entendit Mikovsky pianoter sur un clavier d'ordinateur.

« Où alors ils sont partis directement chez les ravisseurs... grogna-t-il. Dexter sait où les trouver. Il a toujours su où les rejoindre, au cours de toutes ces années, mais il a gardé cette information secrète.

— C'est possible, admit Sandra DiCaccio. La peur de l'extérieur l'a dissuadé de se lancer dans une telle expédition. Et puis Robin est entré dans le jeu. À eux deux ils ont reconstitué une cellule gémellaire. Ils se sont fortifiés l'un l'autre. Dexter a éprouvé le besoin d'éblouir son cadet.

— D'une certaine façon Atazarov a raison, grommela Mikovsky. On l'a réactivé. Mais une chose reste sûre : Dexter t'a menée en bateau. Tu n'as pas été capable de prévoir son évasion.

— Je le reconnais, avoua Sandy. Il est très habile. Et dangereux. Robin n'est pas en sécurité avec lui.

— Pour le moment le partage des responsabilités n'est pas établi, fit l'agent spécial d'un ton froid. Il est possible que le juge décide qu'il y a complicité. Tu sais bien qu'on a de plus en plus tendance à juger les gosses comme des adultes, même s'ils n'ont que onze ans.

— Robin n'a fait que suivre, protesta Sandy. C'est un petit garçon.

— Un petit garçon avec un Q.I. supérieur au mien ! ricana Mikovsky. Tu imagines ce que diront les médias ? L'intelligence froide du psychopathe, l'absence de sentiments, etc. Le procureur prétendra que c'est lui qui a manipulé Dexter, et non l'inverse.

— Mais c'est faux ! haleta Sandy.

— Qu'en sais-tu ? riposta l'agent spécial. Depuis un moment je trouve que tu ressembles beaucoup à l'infirmière Sandermann. Toi aussi, tu as développé avec ton protégé une relation très, très, particulière. Le juge ne manquera pas d'en faire état. »

28

À la ferme-clinique les choses ne se passaient pas bien. Il avait suffi de peu de jours pour que Dexter se fasse détester par tout le monde, et par les filles en particulier. Sa façon de procéder était toujours la même : dès qu'il avait repéré une victime travaillant à l'écart du groupe, il s'approchait d'elle et entreprenait de lui vanter les bienfaits de la polyconnaissance transmissible. Fritz avait eu beau le sermonner, rien n'y avait fait. Il ne pouvait s'en empêcher, c'était plus fort que lui. Anita et Peggy-Sue l'avaient repoussé en le traitant de pauvre taré. Très vite, la rumeur que Dexter était cinglé avait circulé parmi les pensionnaires.

« Ce mec a trop fumé de crack, déclara Peggy-Sue à Robin. Il s'est grillé la cervelle, ça se voit. J'en ai connu des types comme lui. Ils sont foutus, on ne peut plus les réparer. Toi, t'es un gentil gamin, t'as tort de traîner avec ce givré, il va finir par te faire plonger dans une sale histoire. »

À trois reprises, Fritz avait surpris Dexter en train de s'introduire dans le dortoir des filles, une bouteille de soda remplie de sperme à la main. Chaque fois, le jeune homme prétendit être là dans un but scientifique. Ses intrusions provoquaient un chahut invraisemblable, Anita et Peggy-Sue entreprenant de le bombarder avec ce qui leur tombait sous la main.

« Ça va mal finir, prophétisa Fritz en attirant Robin dans son bureau. On ne peut pas continuer. Il faut que vous partiez avant que les gars et les filles ne vous lynchent. De toute manière, vous n'êtes pas en sécurité ici. Les types du FBI ne sont pas idiots, ils vont passer au crible les scandales auxquels Dexter a été mêlé à l'hôpital. Tôt ou tard, mon nom surgira. Il se trouvera quelqu'un pour se rappeler les accusations portées contre moi. Une infirmière se souviendra que le témoignage de Dexter aurait pu être décisif et qu'il a préféré se taire... Ils remonteront la piste, et un beau matin, en se réveillant, on découvrira la ferme encerclée par le SWAT. »

Il avait peur, Robin le devinait. Lui-même se sentait de plus en plus mal à l'aise en compagnie de Dexter. Les discours étranges du jeune homme, ses délires à propos de ce morceau de papier plié en quatre sur lequel il veillait jalousement, et qu'il appelait son pays, avaient déclenché chez l'enfant une méfiance et un recul critique dont il était le premier à souffrir.

« Le temps presse, insista Fritz. Vous commettez une erreur en vous incrustant ici. Je vais vous faire une proposition raisonnable. Je vous donnerai de l'argent, je fabriquerai une fausse carte d'identité à Dexter à partir des papiers de mes pensionnaires. Je vous emmènerai dans la ville de votre choix, je vous donnerai l'adresse d'un point de chute où vous pourrez vous planquer quelque temps... C'est correct, non ? Je compte sur toi pour amener Dexter à accepter cette solution. Nous n'avons pas beaucoup de temps. Les flics vont débarquer d'un jour à l'autre. Ton petit copain n'est pas aussi malin qu'il se l'imagine. On n'apprend pas la vie en regardant la télévision. Ce n'est pas aussi simple. »

Robin se fit un devoir de suivre les conseils de l'éducateur. Un matin, pendant que le groupe travaillait aux champs, il tira Dexter derrière un monticule de cageots et lui fit part de l'offre formulée par Fritz.

« Pourquoi pas ? grommela le jeune homme. Je perds mon temps ici. Toutes ces filles sont idiotes, elles ont refusé de bénéficier des avancées scientifiques de la polyconnaissance transmissible. Je n'obtiendrai rien d'elles, ce n'est pas ici que naîtra la nouvelle race que je veux engendrer. Autant ficher le camp.

— Mais où irons-nous ? s'inquiéta Robin.

— Je te l'ai déjà dit, grogna Dexter avec impatience. On va rentrer chez nous. Je sais où trouver Andrewjz. Je le sais depuis toujours.

— Il te l'a dit ?

— Non, mais le soir, quand ils s'imaginaient que je dormais, Antonia et lui se mettaient à parler entre eux, à évoquer leurs affaires... Moi, j'étais là, caché derrière une tenture. Je les écoutais, j'enregistrais tout dans ma tête : les noms, les adresses. Je ne sais pas pourquoi. Sûrement que je pressentais quelque chose. J'ai toujours été un peu voyant. Quand ils se couchaient, j'allais fouiller dans leurs papiers, je recopiais des trucs, je les apprenais par cœur. Je me disais que ça me servirait un jour ou l'autre.

— Tu sais où est leur vraie maison ?

— Non, mais je sais où est le bureau d'Andrewjz. Là où il se rend une fois par semaine pour rencontrer son fondé de pouvoir, le type qui gère ses affaires. Andrewjz le voit dans un immeuble commercial, chaque mercredi. Le mec lui apporte une valise remplie de liasses de billets, rien que des petites coupures. C'est avec ce fric que notre bon papa règle les dépenses courantes sans jamais laisser de traces. Pas de chèques, pas de carte de crédit, rien que des bons dollars bien usagés. Le liquide, il n'y a que ça de vrai pour décider les gens à basculer dans l'illégalité. Pas de traces comptables, hop ! dans la poche et le tour est joué.

— Et d'où provient cet argent ? Du trésor royal ?

— Non, ils ont des puits de pétrole, à ce que j'ai compris, au Texas. Et puis ils possèdent des théâtres où ils donnent des comédies musicales à succès. Des trucs pour les ploucs qui montent de leur province. Le genre de machin qu'il faut à tout prix avoir vu si l'on va dans une grande ville, tu piges ? »

Robin hocha la tête pour ne pas avoir l'air idiot, mais il ne comprenait pas vraiment ce que Dexter essayait de lui expliquer.

« Voilà comment je vois les choses, reprit le jeune homme. On va se tirer d'ici de manière à pouvoir être en ville lorsque bon papa Andrewjz se pointera au bureau. On lui rendra une petite visite. Je suis sûr que ça va lui faire une sacrée surprise. Deux fils qui reviennent d'un coup ! Il va en avaler son dentier. »

Robin fronça les sourcils. Il n'aimait guère la façon dont Dexter parlait de leur père. Pourquoi tant de moquerie ? Le sourire de son frère lui déplaisait également.

« On va aller lui dire un petit bonjour, haleta Dexter. Et on lui dira de nous ramener à la maison pour faire la bise à Antonia. Elle ne m'a jamais écrit quand j'étais à l'hôpital, ce n'est pas très gentil pour une maman, tu ne trouves pas ?

— Elle ne savait peut-être pas que tu étais là ? hasarda Robin.

— Ou alors elle était peut-être trop occupée à te chouchouter... fit Dexter entre ses dents. Avec elle c'est un peu *un clou chasse l'autre*, non ? Tu connais ce proverbe ? »

Robin se crispa, c'était la première fois depuis le début de leur équipée commune que Dexter faisait preuve de jalousie à son égard. Il lui sembla qu'une sentinelle tapie à l'intérieur de sa conscience poussait soudain un long cri d'alarme. « Ce garçon n'est pas ton ami », songea-t-il, mais cette pensée lui fut odieuse, et il s'empressa de la chasser.

Finalement, Dexter accepta de partir. Il alla trouver Fritz Mazzola pour lui préciser où il voulait être déposé, et quand.

« On vous recherche, insista l'éducateur, des avis doivent être placardés partout. Il va vous falloir changer d'apparence. Vous teindre les cheveux, par exemple. Vous formez un couple trop repérable, essayez de ne pas vous déplacer côte à côte. Que Dexter marche devant. Toi, Robin, prend l'habitude de rester en arrière, et ne le regarde jamais. Fais comme si tu ne le connaissais pas. Si d'autres enfants de ton âge circulent dans la rue, mêle-toi à eux, comme si tu faisais partie de leur bande. »

Il passa le reste de la journée à tenter de leur confectionner des déguisements à partir des hardes engrangées dans le grenier. Il fut décidé que Robin se promènerait avec un vieux skateboard sous le bras, un bandana noué sur la tête à la façon des fichus de corsaire. On lui barbouillerait le visage avec des *Crayolas*, zébrant ses joues de pseudo-tatouages tribaux. Des lunettes bleues, style John Lennon, feraient le reste. Dexter, lui, circulerait en portant sur l'épaule un énorme ghetto-blaster hors d'usage. Le transistor surdimensionné dissimulerait en partie sa figure. Une casquette de base-ball à longue visière ferait le reste. On masquerait sa maigreur en cousant un petit oreiller à l'intérieur de sa chemise. Extirpant de la malle un collant noir de danseur, Fritz proposa également de le costumer en mime. Un chapeau melon et une épaisse couche de maquillage blanc rendraient Dexter méconnaissable. Beaucoup de mimes officiaient dans les rues en cette saison, ils suivaient les badauds dont ils imitaient les tics, la démarche. Ces performances étaient à la portée d'un débutant, et Dex pourrait sans mal les reproduire.

« Les mimes sont toujours minces, précisa l'éducateur. Il y en a tellement qu'on finit par ne plus leur prêter attention. »

Il fut décidé que Dexter porterait le collant sous sa chemise XXL. S'il se sentait repéré, il n'aurait qu'à se débarrasser du poste de radio dans une ruelle, enlever ses vêtements et réapparaître en collant.

« Comme Superman ! » ricana le jeune homme blond.

On enveloppa les déguisements dans un sac poubelle. Fritz exhiba alors le permis de conduire de l'un de ses pensionnaires. La photo était mauvaise. Elle représentait un garçon blond et décharné aux traits flous.

« Si l'on n'y regarde pas de trop près, ce pourrait être toi il y a quelques années, fit l'éducateur. Le problème c'est que tous mes protégés ont un casier. Tu risques donc de te faire embarquer pour une vérification de routine. »

Dexter haussa les épaules et fit valoir qu'il ne comptait pas rester longtemps dehors.

« Le plus dangereux ce sera le trajet, observa Fritz. S'il y a un contrôle et qu'on vous trouve tous les deux dans ma voiture...

— Faut courir le risque, dit Dexter qui commençait à s'impatienter. De toute façon tu n'auras pas le temps de faire deux voyages. Au pire, on mettra Robin dans le coffre. Si on commence à se dire que tout va mal tourner on n'entreprend jamais rien. Maintenant faut y aller, point-barre. »

Fritz obtempéra. À sa fébrilité, il était visible qu'il avait hâte d'être débarrassé de ses encombrants pensionnaires. Profitant de ce que les autres étaient aux champs, on prit la route sans attendre. Le voyage se déroula dans un silence pesant. Dexter, le visage secoué de tics, ne cessait de faire craquer les articulations de ses doigts. Personne n'osa lui signaler que ce bruit d'os déboîtés était horripilant.

On roula trois heures, ne s'arrêtant que pour prendre de l'essence. Il n'y eut pas de contrôle. Robin sentait croître sa nervosité. Enfin, le paysage rural commença à se peupler de maisons basses, de bungalows et de hangars, on approchait donc de la fin du voyage. Le jeune garçon appréhendait ce qui se passerait ensuite. À l'expression mauvaise de Dexter, il devinait que ces retrouvailles ne se dérouleraient pas sous le signe de la joie. Quelque chose se tramait, quelque chose d'inquiétant. Il ne savait plus vraiment s'il avait encore envie de retrouver Antonia et Andrewjz. Depuis qu'il avait quitté le « château », leur image n'avait cessé de pâlir dans sa mémoire. Il lui semblait aujourd'hui les avoir perdus de vue depuis des années.

« Le pire, songea-t-il, c'est que je ne suis pas certain d'être capable de reprendre les habitudes de jadis. Le palais, le parc, le mur d'enceinte... Ne jamais regarder au-delà de la muraille. Faire semblant de croire tout ce que dit Antonia. Peut-être ai-je grandi ? Peut-être ne suis-je plus assez petit ? »

N'était-ce pas, du reste, ce que lui avait reproché Antonia au moment de le jeter dehors ? Il y avait un temps pour vivre au château, et un autre temps pour affronter la neige noire de l'extérieur. Il n'avait plus la naïveté nécessaire pour se satisfaire d'un paradis en réduction, d'une île déserte ceinte de hauts murs. Il lui fallait autre chose. Il ne savait quoi, mais cette autre chose ne se cachait pas dans la prison dorée d'Antonia, de cela il était sûr. S'il avait su où aller, il aurait dit à Fritz Mazzola : « Arrêtez-moi là, continuez sans moi. »

Mais il ne connaissait personne, à part Judith et Jedediah Pook-hey, et il ne tenait nullement à retomber dans les pattes du vieil homme.

La perspective d'avoir commis une erreur d'interprétation le terrifiait. Les propos tenus par Paco, le jour de son départ, le hantaient. *Du théâtre,* avait prétendu le jeune Mexicain, *de la comédie...* Et Andrewjz avait renchéri. Robin se rappelait leur dernière entrevue, dans la cuisine du château. Il revoyait le visage embarrassé du prince consort, son regard fuyant. Qu'avait-il dit ? N'avait-il pas fait allusion, lui aussi, à une comédie montée de toutes pièces pour satisfaire sa femme ? À l'époque, Robin avait refusé de l'écouter, il avait choisi de se masquer la vérité, il avait préféré voir dans son « licenciement » une épreuve initiatique.

Il s'était raconté des histoires.

Il frissonna. Ses paumes étaient devenues moites, il les frotta sur son pantalon.

« Dexter n'est pas mon frère, se dit-il. Ce n'est qu'une victime d'Andrewjz et d'Antonia. Une de plus. C'est le garçon qui m'a précédé. On l'a mis dehors, lui aussi, lorsqu'il est devenu trop grand, puis mon règne a commencé. Quand je suis devenu trop grand, à mon tour, on m'a remis en liberté. À l'heure qu'il est, Andrewjz et Antonia ont dû enlever un autre bébé. Ils vont le garder pendant une dizaine d'années et puis... »

Et puis tout recommencerait. Avant Dexter, il y avait eu quelqu'un d'autre. *William.* Robin se rappelait l'album à couverture bleue découvert dans la bibliothèque. William, Dexter... il avait cru qu'il s'agissait de ses frères. Des frères morts, assassinés.

« Nous nous ressemblons parce qu'Antonia a l'habitude d'enlever un certain type de bébé, songea-t-il. Mais c'est le seul point que nous ayons en commun. »

Mon Dieu ! Il avait toujours su, depuis le début. Jamais Andrewjz n'avait cherché à lui dissimuler la vérité. Il était seul responsable de son aveuglement. Il avait préféré se raconter une histoire à dormir debout pour fuir la réalité de la séparation. Andrewjz et Antonia n'étaient pas ses vrais parents. La psychologue, Sandra DiCaccio, ne s'était pas trompée, pas plus qu'elle n'avait tenté de le duper.

« Ma vrai mère c'est Judith Pookhey, réalisa-t-il avec un spasme qui lui fit se rentrer les ongles dans les paumes. Ma vraie famille c'est Bonny, Ponzo, Dorana et... et Jedediah. »

Il crut qu'il allait vomir. La tête lui tourna, un voile noir passa devant ses yeux. Il s'allongea sur la banquette pour ne pas perdre connaissance.

Judith Pookhey... et cet horrible vieillard.

Quelle dérision ! Et il les avait traités de haut, comme un personnage de sang royal. Quelle pitrerie ! Il avait été grotesque. Il n'était rien qu'un fils de paysans désargentés, un gamin prétentieux, imbu de lui-même à la tête farcie de contes.

« Voilà pourquoi Dexter est devenu fou, songea-t-il. Il n'a pas supporté le retour à la réalité. Il a choisi de continuer à vivre dans ses rêves. Et c'est ce qui m'attend si je ne me ressaisis pas. »

Une sueur glacée lui couvrait le visage, son cœur battait trop vite. Fritzo, qui depuis un moment suivait son manège dans le miroir de courtoisie, lui demanda s'il était malade.

« C'est la voiture, mentit Robin. On roule depuis trop longtemps, je n'ai pas l'habitude.

— Ne dégueule pas maintenant, grogna Dexter. On arrive. »

Il leur fallut encore une heure pour atteindre le cœur d'une cité dont le nom ne disait pas grand-chose à Robin. Peu à peu, les taudis laissèrent la place à des bâtiments de plus belle allure. Des constructions extravagantes, de verre et d'acier, côtoyaient des édifices classiques de style Tudor. L'enfant trouvait ce mélange assez déroutant. De même, des ruelles sordides emplies de clochards jouxtaient des avenues aux vitrines élégantes. La cité tout entière n'était qu'un mélange d'ordure et de luxe.

« Laisse-nous là, ordonna soudain Dexter. Je ne veux pas que tu saches où nous allons. Comme ça, quand les flics te tortureront, tu n'auras rien à dire. »

Fritz hocha la tête. Il semblait fatigué... et pressé de se débarrasser de ses passagers.

« Tiens, dit-il en tendant un papier au jeune homme. J'ai inscrit l'adresse d'un foyer tenu par un copain. Si vous avez des problèmes, vous pourrez toujours dormir là-bas.

— Merci bien ! ricana Dexter. Encore un repaire de pédés ! Je ne tiens pas à me faire défoncer la rondelle par tes potes. On s'en passera. »

Ils descendirent. Robin se sentait ridicule dans son déguisement. Le skateboard lui faisait l'effet d'un bouclier affublé de roulettes. Il n'en comprenait pas l'utilité. Ils se séparèrent froidement. Très vite, la vieille Pinto de Fritz se perdit dans la circulation.

« Okay, c'est tout bon, déclara Dexter, son énorme poste de radio à la main. Y'a plus qu'à se diriger vers le quartier des théâtres.

— Tu sais où c'est ? s'inquiéta Robin.

— Oui, affirma le jeune homme. Ça fait des années que j'apprends le plan de la ville par cœur. »

Obéissant aux recommandations de Fritz, ils ne marchèrent pas côte à côte. Dexter alla devant, ouvrant la route, Robin suivit, à vingt mètres de distance. Le vacarme et l'exubérance de la cité l'effrayèrent. Les sons, les couleurs, les formes extravagantes, la foule en mouvement l'agressaient. Il y avait trop de gens qui se bousculaient sans se voir, une diversité de visage qui mettait mal à l'aise. Malgré sa « connaissance intime » des lieux, Dexter avait du mal à s'orienter ; aussi tournèrent-ils en rond pendant un moment. Enfin, le jeune homme entra dans un square et s'assit sur un banc. D'un signe de la main, il ordonna à Robin de le rejoindre.

« Ne me regarde pas quand je te parle, marmonna-t-il entre ses dents. Faut faire comme si on n'était pas ensemble. On y est. C'est là, dans l'immeuble d'en face, celui avec les bonshommes de pierre qui soutiennent les balcons. Andrewjz possède un bureau au 26ᵉ étage, mais le portier ne nous laissera pas entrer. On va rester là, à guetter l'arrivée de Bon Papa. Généralement, il se pointe vers trois heures. Une fois par semaine, jamais davantage. »

Robin examina le bâtiment qui lui parut cossu. Il s'agissait d'un immeuble de bureaux réservé aux gens du showbiz, affirma Dexter.

« C'est bon pour nous, conclut-il. Habillés comme on est, on passera pour des chanteurs ou une connerie du même style. C'est la mode chez les gens riches de se fringuer en clodos. »

Ils attendirent longtemps, veillant à ne pas rester ensemble ; sortant du square pour y revenir une demi-heure plus tard. Comme ils avaient faim, ils allèrent manger dans un *McDo*. La nourriture parut moins exécrable à Robin que la première fois, et il s'en inquiéta. Était-il en train de se laisser rattraper par la médiocrité du Dehors ? Après tout, qu'était-il d'autre qu'un fils de paysans ? Sa place n'était pas ici mais chez Judith Pookhey. En ce moment même il aurait dû être en train de ramasser les mûres en compagnie de Bonny, Ponzo et Dorana. Il sentait que cette vie n'aurait pas été pour lui déplaire si Jedediah n'avait pas fait peser sa tyrannie sur la ferme.

À trois heures, ils s'embusquèrent sur le trottoir de l'immeuble, derrière un marchand de hot-dogs à la choucroute. Dexter était très agité.

« Reste à côté de moi, souffla-t-il à Robin. J'ai peur de ne pas reconnaître Andrewjz. Il y a si longtemps que j'ai quitté le château... ouvre les yeux et fais-moi signe dès que tu le verras. Il faut à tout prix le harponner avant qu'il ne franchisse le seuil de l'immeuble. Après ce sera trop tard, le portier nous bloquera. »

Robin se cramponna au skateboard. Les visages dansaient devant ses yeux. Les badauds le dépassaient, le bousculaient sans s'excuser. Tout le monde semblait fuir une menace invisible. Les physionomies étaient vides, les regards absents. C'est à peine si ces gens avaient l'air vivant. Brusquement, Andrewjz apparut. Il portait un costume de lin beige. C'était lui... et, en même temps, c'était quelqu'un d'autre, un homme très différent du personnage que Robin avait côtoyé au « palais ». Plus dur, peut-être. La figure nettoyée de l'habituelle expression bonasse dont il se fardait en présence d'Antonia. Curieusement, ici, dans la rue, il semblait dégager davantage d'énergie qu'au château. Il n'avait plus rien d'effacé, de humble. Il avançait d'un pas ferme, et non de ce trottinement de faux vieillard qu'il adoptait dans les corridors de la maison.

« C'est lui, souffla Robin.

— Je sais, balbutia Dexter la gorge nouée. Je l'ai reconnu malgré les cheveux gris. »

Et il s'élança à la rencontre de l'homme. Celui-ci eut un mouvement de recul en voyant le garçon lui barrer la route. Robin dut se forcer à suivre. En arrivant au pied d'Andrewjz, il ôta ses lunettes bleues.

« C'est moi, Robin, murmura-t-il. Et voilà Dexter... ton autre fils. »

Une expression de stupeur déforma les traits d'Andrewjz, il devint livide. « Voilà, songea Robin. Il est en train de vivre son pire cauchemar. »

La main de Dexter s'abattit sur le bras de l'homme qui avait déjà amorcé une ébauche de fuite.

« Bonjour Bon Papa, ricana le garçon au vilain sourire.

Comment ça se fait ? Tu ne me complimentes pas sur mon allure ? Tu ne me dis pas que j'ai grandi, forci ? Merde alors ! Se pourrait-il qu'on oublie tous les usages à la cour d'Ombrie Australe ? »

Andrewjz secoua le bras, en une vaine tentative pour se dégager, mais il était sans force, foudroyé par la surprise.

« Tu ne pensais pas qu'on te retrouverait, hein ? siffla Dexter. Tu vois, on est moins bête que tu l'imaginais. Écoute bien : maintenant on va entrer dans l'immeuble et tu ne feras pas de scandale. Pigé ? On est des artistes, et tu nous emmènes dans ton bureau pour signer un contrat mirifique, okay ? Tu n'as pas intérêt à appeler au secours. On va régler nos petits problèmes en famille, c'est tout. »

Andrewjz acquiesça. Sa bouche tremblait. Il avait perdu sa superbe ; Robin en fut ému. Dexter poussa l'homme vers l'entrée de l'immeuble. Il y avait du monde dans le hall. Des messieurs en costume trois pièces, mais aussi des types bizarres, en veste de cuir et chemise bariolée. Certains ressemblaient aux clochards que Robin avait vus dans les ruelles adjacentes, la seule différence tenait aux lourds bijoux d'or dont ceux-là étaient parés.

Andrewjz salua le portier, prit son courrier, et se dirigea vers l'ascenseur. Dexter feignait de se trémousser au rythme d'une musique imaginaire comme le faisait les jeunes gens du hall. La cabine s'éleva dans un chuintement. Les battants coulissèrent, révélant un couloir à colonnades, au plafond peint, et jalonné d'arbustes en pot. Des portes vitrées s'ouvraient de part et d'autre. Toutes affichaient le nom d'une société. Le mot « artistique » revenait souvent dans l'énoncé de la raison sociale. Il régnait là le même mélange qu'en bas : des hommes et des femmes strictement vêtus côtoyaient des saltimbanques aux oripeaux invraisemblables. Andrewjz distribua quelques signes de tête. Son sourire était mécanique, crispé. Au bout du corridor, il sortit une carte magnétique et fit jouer une serrure. Le bureau sentait le cuir et le tabac. Deux grands canapés Chesterfield se faisaient face, de part et d'autre d'une table basse surchargée de revues ayant trait au spectacle. Sur les murs lambrissés, des affiches avaient été encadrées. Elles vantaient les mérites de comédies musicales dont Robin n'avait jamais entendu parler. L'ensemble respirait le luxe, le confort.

« Ferme la porte, ordonna Dexter. Je ne veux pas qu'on vienne nous déranger pendant la cérémonie des retrouvailles.

— Mon homme d'affaires va arriver, hasarda Andrewjz.

— Je sais, fit Dexter. Je sais tout. Tout va très bien se passer. Tu le recevras, tu prendras le fric et tu le mettras dehors. Nous sommes deux jeunes artistes que tu as hâte d'auditionner. Okay ? on attendra sagement sur tes beaux canapés. N'oublie pas que si tu nous dénonces, tu *te* dénonces, c'est aussi simple que ça. »

Andrewjz se laissa tomber entre les bras du grand fauteuil de cuir installé derrière le bureau. Un peu partout, protégées par des cubes de verre, s'alignaient des maquettes de palais, de châteaux. Robin supposa qu'il s'agissait de décors de théâtre. Il leur trouva une ressemblance avec la maison où il avait vécu.

« Je... je suis content de voir que vous allez bien, murmura l'homme à la moustache grise.

— Vieux saligaud, répliqua Dexter. Tu t'en foutais bien, oui ! Quand j'étais bouclé à l'asile, jamais tu ne m'as envoyé un seul colis ! »

Un éclair de panique traversa le regard d'Andrewjz.

« Je ne savais pas où tu étais, balbutia-t-il.

— Tu m'as oublié, gronda le jeune homme. Au moment même où tu m'as fichu dehors tu as cessé de penser à moi. Tu étais uniquement préoccupé de dénicher mon successeur, lui, en l'occurrence. »

Il avait pointé l'index vers Robin.

« Et puis son tour est venu, à lui aussi, poursuivit-il. Zou ! dehors, viré ! Tu les uses vite, les princes héritiers... À peine dix années de bonheur, et hop ! à la casse.

— Ce... ce n'est pas moi, chuchota Andrewjz. C'est la volonté d'Antonia. Je ne vous l'ai jamais caché. Robin, tu le sais, toi. Tu t'en souviens, je te l'ai expliqué avant de te relâcher. »

Il avait pris un ton suppliant, presque pleurnichard. Il avait peur de Dexter, c'était de plus en plus évident. Robin eut l'intuition que, contrairement à ce qu'il prétendait, Andrewjz avait très vite appris l'internement de son ex-protégé.

« Je ne suis qu'un exécutant, soupira-t-il avec lassitude. C'est Antonia qui fait les règles. Je ne prétend pas que cela m'amuse, mais je l'aime, c'est ma femme. Nous avons été formidablement heureux ensemble, puis elle a sombré dans la psychose dès qu'elle a su qu'elle n'aurait jamais d'enfant. Je vous l'ai déjà expliqué... Nous n'avons jamais pu recourir à l'adoption légale. D'une part, elle ne présentait pas l'équilibre mental nécessaire, d'autre part elle ne s'intéressait qu'aux gosses de moins de dix ans. Elle faisait une fixation là-dessus. Passé cet âge, les enfants l'indisposaient.

Elle les trouvait laids, vulgaires. Elle réclamait un enfant qui ne grandirait jamais... Elle s'étonnait qu'on n'en fabrique pas. Elle me répétait qu'après tout, on peut acheter des caniches nains. Alors pourquoi pas un petit garçon qui aurait toujours l'air d'avoir six ans ? C'est comme ça que l'idée lui est venue... d'un enfant qu'on changerait tous les dix ans. »

Il se tut et se frotta la bouche avec le dos de la main, comme s'il avait les lèvres sèches.

« On ne va pas revenir là-dessus, dit-il. Je reconnais qu'on vous a bernés, mais vous avez eu une enfance extraordinaire. Si c'est une question d'argent, je peux vous aider. Je connais beaucoup de gens dans le milieu du spectacle, je pourrais vous trouver un travail dans un cirque, par exemple. Ça vous plairait de travailler avec les clowns, d'apprendre à devenir dompteur... ou trapéziste ? »

Une lueur d'espoir brillait dans ses yeux.

« Tu nous prends pour des demeurés ? cracha Dexter. Tu veux nous envoyer à l'autre bout du pays balayer la merde d'éléphant ? Tu parles d'un dédommagement ! »

Andrewjz se redressa avec nervosité. Il semblait partagé entre la peur et l'exaspération.

« Mais alors, aboya-t-il, que voulez-vous, à la fin ?

— Rentrer à la maison, dit sourdement Dexter. Rentrer à la maison et récupérer ce qui m'appartient.

— Quoi ? balbutia l'homme aux cheveux gris. De quoi parles-tu ?

— Le trône, martela Dexter Mulloney. Je veux redevenir le premier prince du sang. L'héritier. Je veux porter la couronne quand nous repartirons en Australombrie. »

Andrewjz ouvrit la bouche comme s'il manquait d'air. Il pâlit. Il eut de nouveau cette expression vulnérable qui effrayait tant Robin.

« Ça y est, songea le petit garçon. Il a enfin compris que Dexter est fou à lier. »

Andrewjz se rassit en tâtonnant. Ses mains tremblaient de manière trop visible et il se cramponna aux accoudoirs du fauteuil pour le dissimuler.

« C'est inutile, souffla-t-il en baissant les yeux. Antonia ne vous reconnaîtra pas. Dès qu'elle a décidé de répudier un enfant, elle l'oublie du jour au lendemain. Vous serez des étrangers pour elle, des gêneurs. Vous avez fait votre temps, il n'y a plus rien pour vous, là-bas... Vous devez envisager autre chose. Je suis riche, je vous le répète. Je peux vous envoyer dans un ranch, apprendre à monter à cheval, en quelques mois vous deviendriez de vrais cow-boys. Ça vous plairait ?

— J'étais prince héritier, coupa Dexter, et tu me proposes de garder les vaches ? J'ai bien entendu ? »

Les épaules d'Andrewjz s'affaissèrent.

« Elle a quelqu'un d'autre, c'est ça ? interrogea le jeune homme. Un autre bébé, un autre chéri... Dis-le ! »

Il avait hurlé les deux derniers mots. Andrewjz tressaillit.

« Oui, soupira-t-il. Elle a quelqu'un d'autre. Un bébé enlevé quinze jours après le... renvoi de Robin. Je l'ai prévenue que ce serait le dernier. Nous sommes maintenant trop vieux pour de telles opérations. C'est trop de tension, trop de choses à organiser, trop de secrets. On va finir par nous retrouver, même avec toutes les précautions que nous prenons. La preuve : vous êtes ici. »

Il se leva, marcha vers le bar qui occupait l'un des angles de la pièce, se versa un whisky et l'avala d'un trait.

« Je vieillis, répéta-t-il. Lors du dernier enlèvement mon ulcère s'est rouvert. Je ne supporte plus cette pression. Cette peur permanente. Antonia ne s'en rend pas compte, elle vit dans ses rêves. Quand l'enfant est là, elle est heureuse, c'est reparti pour un nouveau tour de manège.

— Je m'en fiche, siffla Dexter. Tes états d'âme, je m'en cogne. J'ai été lésé, c'est tout. J'exige réparation. Tu vas nous emmener au domaine et je remettrai de l'ordre dans les affaires du royaume. Tu as raison sur un point : tu es vieux, tu es mou. Antonia a besoin d'être reprise en main. Ce qu'il vous faut, c'est un homme à poigne. »

Andrewjz fronça les sourcils et leva la main dans un geste d'avertissement. Il n'eut toutefois pas le temps de s'exprimer, on sonna à la porte.

« C'est mon avocat, balbutia-t-il.

— On va se replier dans la salle d'attente, annonça Dexter. Toi, empoche le fric et tiens ta langue. »

Pour souligner sa détermination, il rafla sur le bureau une espèce de poignard exotique faisant office de coupe-papier, et le glissa dans sa ceinture.

Robin eut envie de s'enfuir. Seule la certitude que Dexter n'hésiterait pas à le frapper entre les omoplates l'empêcha de courir vers la porte. Il suivit le jeune homme dans le salon et s'assit sur l'un des Chesterfield. L'avocat entra. C'était un homme entre deux âges, à la mine arrogante, il n'accorda qu'un coup d'œil distrait aux deux gosses mal habillés vautrés sur les canapés. Andrewjz l'entraîna tout de suite dans le bureau.

« T'as vu la grosse mallette qu'il avait à la main ? exulta Dexter. Sûr que c'est rempli de billets ! Avec ça, les affaires du royaume vont reprendre aussi sec. »

*

Ils quittèrent le bureau dès que le fondé de pouvoir fut sorti. Andrewjz était tendu, prêt à faire un esclandre, à tenter le tout pour le tout. Dexter le saisit par le bras et lui comprima le biceps au point de le faire grimacer.

« Pas de conneries, souffla-t-il. On sort gentiment, on traverse le hall, et on grimpe dans ta voiture. »

Andrewjz acquiesça, prit la mallette, éteignit la lumière. Tout pouvait déraper d'une seconde à l'autre. Dexter avait enfoncé la main droite dans sa poche et jouait avec le coupe-papier volé sur le bureau. Quand ils passèrent devant le portier, Andrewjz se raidit, ouvrit la bouche, puis se ravisa. Le seuil de l'immeuble franchi, on se dirigea vers le parking souterrain.

« Ça ne marchera pas, plaida encore une fois l'homme à la moustache grise. Antonia ne vous reconnaîtra pas. Elle vous regardera comme si elle ne vous avait jamais vus. Je sais que c'est dur à admettre, mais je puis vous affirmer que les choses se passeront ainsi. »

Dexter resta silencieux. Andrewjz soupira et s'arrêta devant une grosse voiture noire aux vitres teintées. Il déverrouilla les portières au moyen d'un petit boîtier tiré de sa poche, et sur lequel il appuya. Robin trouva cette manière de faire assez curieuse et presque magique. Dexter monta devant, comme s'il tenait à surveiller le conducteur pendant le trajet. Le véhicule s'élança sur la rampe de béton, en direction de la lumière.

Tant qu'il se déplaça dans le flot de la circulation urbaine, Andrewjz ne dit rien. Robin fixait sa nuque ridée, hérissée de poils gris. La vieillesse inscrivait ses coupures dans la chair du prince consort. L'enfant pensa aux pneus entassés derrière la ferme, chez Judith Pookhey (chez sa... *mère*), le caoutchouc desséché en était pareillement strié de cassures profondes. Andrewjz était vieux, usé. Noyé dans la population du Dehors, il perdait sa prestance, il n'avait plus grand-chose d'imposant. En l'attendant, Robin avait vu passer sur les trottoirs trente vieillards plus prestigieux que lui. Hors des limites du château, Andrewjz rapetissait, se banalisait. L'auréole royale qui, *intra muros*, brillait autour de sa tête, s'éteignait brusquement, éblouie par le soleil de l'Extérieur. En irait-il de même pour Antonia ?

Ils traversèrent les faubourgs, puis, très vite, la voiture retrouva l'éternel paysage des terrains vagues, auquel succéda celui des cultures s'étendant à perte de vue.

La circulation se fit fluide, puis rare au fur et à mesure que le conducteur s'éloignait des grands axes routiers. Quand les arbres recommencèrent à encadrer l'asphalte, le prince consort reprit la parole.

« Antonia ne vit plus que pour le nouveau bébé, dit-il. C'est la même chose à chaque fois. Elle installe la nurserie, elle peint des animaux sur les murs, elle lui chante les chansons qu'elle vous chantait quand vous étiez ses petits princes... Je ne voulais pas enlever ce gosse. Ça devient trop difficile. Au fil du temps, nous finissons par laisser des traces. La police commence à repérer des constantes : la grande propriété isolée, les petits valets mexicains. À partir de cela, les flics peuvent bâtir un profil, mettre les ordinateurs à contribution... Au départ, nous ne courions presque aucun risque. Ce n'est plus vrai aujourd'hui, nous avons trop souvent récidivé. Nous avons quitté le dernier château en catastrophe, en abandonnant tout derrière nous. Une nuit, j'ai eu le pressentiment que la police allait nous tomber dessus. J'ai poussé Antonia dans la voiture et nous avons filé. »

Il fit une pause, quêtant un encouragement qui ne vint pas.

« Il est de plus en plus difficile de dénicher des maisons isolées, vastes... et qui correspondent aux goûts d'Antonia. Cette obligation nous rend vulnérables, elle fournit une indication dangereuse au FBI qui peut dès lors passer au crible les fichiers informatisés des agences immobilières. Je sais que nous sommes sur la mauvaise pente. L'étau se resserre. Je ne serais pas étonné que les flics nous tombent dessus dans les semaines à venir. Cette fois-ci, nous avons bâclé le travail. Peut-être même avons-nous laissé des traces. Comment savoir avec toutes ces nouvelles méthodes scientifiques ? À partir d'une graine trouvée dans une empreinte de pneu ils peuvent facilement déterminer l'endroit d'où venait les véhicule des kidnappeurs. C'est de cela que j'ai peur.

— Qu'est-ce que tu essayes de nous dire ? grogna Dexter. Que te suivre c'est se jeter dans la gueule du loup ?

— Oui, avoua Andrewjz. Ce coup-ci, ça va rater, je le sens. Antonia a trop tiré sur la ficelle, nous avons usé notre réserve de chance. En m'accompagnant au château, vous vous livrez à la police. Le mieux pour vous serait de recommencer votre vie ailleurs, vous êtes si jeunes ! À votre place je n'hésiterais pas. Passez au Mexique. Avec de l'argent, vous vivrez là-bas comme des rois. Prenez le contenu de cette mallette et partez... mais ne dérangez pas Antonia. Je vous en supplie. Laissez-la vivre son dernier rêve. Il ne durera pas longtemps, je le sais. Elle est si heureuse... Dès que l'enfant est là, elle revit, elle est comme à vingt ans, pleine d'enthousiasme, de dynamisme. C'est comme si son âme était préservée des années. Vous ne pouvez pas comprendre, vous êtes trop jeunes. Je vois les rides sur son visage, je vois ses cheveux blancs, de plus en plus nombreux, mais en dedans, elle est préservée. Le temps ne l'entame pas. Je n'ai pas ce pouvoir, je ne bénéficie pas de cette protection. Dans notre couple, j'ai été le seul à vieillir. J'ai pris sur moi la totalité du fardeau. J'ai accepté de devenir vieux à sa place.

— Connerie, bâilla Dexter. Remballe ta romance, tu ne nous attendriras pas.

— Vous êtes jeunes, soupira Andrewjz, pour vous c'est facile de montrer les dents. Mais je vais vous faire une confidence : ce dernier kidnapping, je voulais l'empêcher. Par tous les moyens. Il me terrifiait. Je m'imaginais Antonia, bouclée dans une prison puis dans un asile. Je savais qu'elle n'y survivrait pas, que ce serait pour elle une souffrance atroce. J'ai essayé de la raisonner mais elle ne m'a pas écouté. Quand elle est dans cet état, en attente d'enfant, rien ne pourrait l'arrêter... elle deviendrait dangereuse, pour elle, pour moi. La logique n'entre plus en ligne de compte. »

Ses doigts étreignaient le volant. Il ne s'en rendait peut-être pas compte, mais il conduisait très vite, la route se ruait à la rencontre du véhicule, les arbres devenaient flous. La peur s'empara de Robin.

« Je sais bien que vous refuserez de me croire, reprit Andrewjz, mais la veille du kidnapping, j'ai décidé d'en finir. J'ai préparé du poison... pour Antonia et moi. Je ne voulais plus revivre toute cette tension, cette angoisse. Je voulais avant tout la sauver de la prison. Je me suis dit : partons en beauté tant que rien n'est encore abîmé. Mais je n'ai pas eu le courage d'aller jusqu'au bout.

Je me suis dégonflé, comme vous diriez. J'ai jeté le poison, j'ai rincé les verres. Je savais que je faisais une erreur mais je n'avais pas la force. J'ai eu peur, après l'avoir fait boire, d'être incapable de l'imiter... de rester sur le quai, à la regarder partir. D'être lâche. Le lendemain, nous sommes allés enlever l'enfant... ton remplaçant, Robin. Il s'appelle Nelson.

— On s'en fout de ce bâtard, grogna Dexter. C'est un usurpateur. Il n'y a qu'un seul héritier du trône, et c'est moi. »

Andrewjz jeta un bref regard à son voisin de siège.

« Je ne plaide pas pour moi, fit-il d'une voix brusquement raffermie. Je veux épargner Antonia. Ne lui faites pas de mal. Ne la sortez pas de son rêve, c'est le dernier. Je suis persuadé que d'ici quelques semaines la police encerclera le domaine. Cette fois, nous avons été trop négligents. C'était du travail bâclé, mal repéré. Nous avons d'ailleurs failli nous faire prendre.

— Tu dis ça pour nous effrayer, coupa Dexter. Tu espères que nous renoncerons à aller jusqu'au bout. Ne te fatigue pas. Je récupérerai ce qui m'est dû. »

Le silence s'installa. Robin se sentait de plus en plus nerveux.

« Pendant toutes ces années, j'ai fait le sale boulot, dit Andrewjz d'une voix lointaine. Le partage des tâches n'était pas très satisfaisant. Le bonheur pour Antonia, pour moi : les remords... La conviction d'avoir brisé des vies. Il fallait que je m'arrange avec ça. Que je gère la chose pour qu'elle reste supportable. J'y suis longtemps parvenu en me répétant que j'agissais par amour. Mais je ne peux plus continuer. Quand je vous vois, je comprends que je me suis menti. J'avais pris l'habitude de me raconter que vous retiriez un bénéfice de l'affaire. C'était évident, du moins en théorie : des enfants de pauvres, élevés comme des princes, habitués à réfléchir, nourris de culture antique... Je me disais que nous fabriquions des seigneurs, des gagnants, de futurs chefs, mais je me trompais. Je n'ai qu'à vous regarder pour comprendre que nous avons donné naissance à une race d'infirmes, incapables de s'insérer dans la réalité. Vous êtes perdus... On vous regarde comme des bêtes curieuses, des phénomènes de foire. Vous ne guérirez jamais de votre enfance.

— Hé ! ça va, protesta Dexter. Pas d'insultes, tu veux bien ? »

Mais Andrewjz ne l'écoutait pas. Il continuait à dévider sa diatribe, les yeux fixés sur la route, le pieds écrasant l'accélérateur.

« Il va jeter la voiture contre un arbre, songea soudain Robin. Il va nous tuer, pour nous empêcher de rencontrer Antonia. »

À présent, l'habitacle vibrait, les pneus hurlaient dans les virages.

« Je vous ai détruits, cria l'homme à la moustache grise. Je vous ai condamnés à rester d'éternels enfants. Je le savais mais je ne voulais pas y penser. »

Tout à coup, Dexter se jeta sur le vieil homme et se mit à le secouer. Le véhicule fit une embardée, un tête-à-queue, et s'immobilisa en travers de la route dans une odeur de gomme brûlée.

Andrewjz s'effondra sur le volant, secoués d'étranges sanglots secs.

« Vieux dingue ! explosa Dexter. Tu vas la fermer avec tes remords à la con ? On s'en fout de ton examen de conscience, t'es pas au confessionnal ici. Roule, c'est tout ce qu'on te demande ! »

Il paraissait au comble de la fureur.

Le prince consort ouvrit la portière et vomit sur l'asphalte. Quand les spasmes se calmèrent, il s'essuya la bouche avec l'un de ces délicats mouchoirs à monogramme que Robin l'avait toujours vu utiliser au palais.

« Il voulait nous jeter contre un arbre, se répéta l'enfant. Mais il n'en a pas eu la force. C'est cela qui le rend malade. Il voudrait nous empêcher de voir Antonia, mais il n'est pas assez courageux pour nous tuer. »

On reprit la route. Une heure s'écoula, dans un silence hostile. Robin s'agitait, guettant le moment où le vieillard tenterait une action désespérée. Il tremblait à l'idée de voir surgir un précipice, une route de montagne, un pont...Si cela arrivait, il suffirait à Andrewjz d'un coup de volant pour mener à bien son projet suicidaire. Un simple coup de volant.

Les paumes de l'homme laissaient des empreintes humides sur tout ce qu'elles touchaient. On roulait à présent depuis le milieu de l'après-midi, et Robin sentait l'épuisement le gagner. Les champs succédaient aux champs. Çà et là, une ferme isolée pointait sa toiture, puis disparaissait, avalée par la vitesse.

« C'est encore loin ? grommela Dexter.

— Oui, souffla Andrewjz. On irait plus vite en avion, ou en train, mais ce serait laisser des traces aux guichets. J'ai appris ça, les vendeurs de billets ont parfois une mémoire visuelle étonnante. Un détail de votre physionomie accroche leur attention, et clic ! ils vous photographient mentalement. Parfois, c'est que vous leur rappelez un oncle, un parent, un voisin. Ils se souviendront de vous au premier portrait-robot qu'on leur mettra sous le nez. Et puis il y a les dispositifs de surveillance. Les caméras anti-terroristes, reliées à des magnétoscopes. Les aéroports, les gares en fourmillent. On ne peut pas courir le risque de laisser son image sur la bande qu'une quelconque cassette vidéo. Alors ne reste que la voiture, même si c'est lent, épuisant et monotone. Les téléphones portables sont dangereux, eux aussi. Les cellulaires émettent des signaux en permanence, même lorsqu'ils sont éteints. »

Il soliloquait sans se soucier d'obtenir une réponse.

« Qu'est-ce qui se serait passé si l'un de nous avait eu une appendicite ? demanda soudain Dexter. Tu n'aurais pas fait venir de docteur, n'est-ce pas ?

— Non, avoua Andrewjz. D'ailleurs, cette éventualité m'a obsédé des années durant, au point que j'ai commencé à apprendre la chirurgie dans des manuels de l'armée. Rien de compliqué, seulement les gestes fondamentaux qu'on doit accomplir si l'on est forcé de se passer de médecin. Je me suis même entraîné sur des animaux vivants, des chiens principalement, que je recousais ensuite. Je voulais être prêt.

— Tu en as tué beaucoup, des chiens ? ricana Dexter.

— Non... dit l'homme, avec une hésitation. Les chiens, je n'en ai pas tellement tué. »

Robin devina que les deux interlocuteurs faisaient allusion à une chose dont la nature lui échappait. Il les dévisagea. Il lui sembla qu'Andrewjz avait pâli. Dexter, lui, souriait en coin, vilainement, à son habitude.

« Comment elle est, la maison ? demanda-t-il. Belle, j'espère ?

— Moins grande que d'habitude, dit le conducteur. Ça devient difficile. Soit les agents immobiliers sont plus méfiants que jadis, soit je perds la main. Je n'ai pas commandé les aménagements royaux habituels : les statues, les colonnes, la galerie des miroirs... J'ai eu peur que les décorateurs de théâtre auxquels j'ai recours ne bavardent entre eux. Ce sont des Mexicains, des artisans sans carte verte, mais ça reste dangereux. Dans le milieu, tôt ou tard, on se mettra à évoquer mes petites manies en matière de décoration, ma passion pour les baraques invraisemblables, toujours perdues au diable vauvert. Le danger réside là, dans les recoupements possibles. »

Il passa la demi-heure suivante à répéter les mêmes recommandations, toutes relatives à Antonia.

« Si vous voulez vraiment rester, capitula-t-il. On s'arrangera pour vous nommer grands chambellans, ou quelque chose d'approchant. Ça ira ? Je vous demande seulement de jouer le jeu, de ne pas contredire Antonia. Elle vous a toujours gâtés, n'est-ce pas ? Vous étiez tout pour elle, elle ne vivait que pour vous, que par vous. Il faut lui pardonner sa folie. »

Dexter ne se donna pas la peine de répondre, une expression d'extrême dédain s'était plaquée sur son visage.

La maison se dessina enfin, au cœur d'un bouquet d'arbres, ceinte d'un haut mur d'enceinte. C'était une grande bâtisse dans le style anglais du XVIIIe, en assez piteux état.

« J'ai fait changer la porte, expliqua Andrewjz. Désormais le portail est blindé et s'ouvre au moyen d'un code. Un système de surveillance couvre tout le périmètre et permet d'apercevoir la route. Il est réglé pour se déclencher à la moindre modification volumétrique. »

Il ouvrit la boîte à gants et s'empara d'une télécommande sur laquelle il pianota. Le battant d'acier noir qui fermait l'enceinte coulissa lentement, révélant un parc à la pelouse mal entretenue.

« Une caricature du château, songea Robin. Quelque chose de moche. De l'à peu près bricolé à la hâte. »

L'automobile franchit le seuil et s'engagea dans la cour. Une rampe bétonnée permettait de descendre directement dans le garage creusé sous la maison. Le battant blindé qui devait bien peser une tonne, se referma derrière eux.

« Voilà, annonça tristement Andrewjz, on y est. »

Il coupa le contact. Robin ouvrit la portière et descendit. Le garage empestait la moisissure. Il songea qu'Antonia était là, quelque part au-dessus de sa tête, dans les étages, et son cœur se mit à battre très vite.

« Va faire un tour dehors, chuchota Dexter en s'approchant de lui.

— Quoi ? demanda l'enfant.

— Sors du garage, bordel ! grinça le jeune homme, j'ai un truc à régler avec le vieux. »

Robin obéit, à regret. Andrewjz avait entendu mais ne bougeait pas. Son regard était éteint, résigné. Robin leur tourna le dos et grimpa la rampe en courant. L'air était plein d'une odeur de lierre, de chèvrefeuille. Il eut, dans son dos, un bruit mat, comme si un lourd paquet venait de tomber sur le ciment du garage. Une minute s'écoula, puis Dexter parut. Il tenait la mallette pleine d'argent à la main.

« Où est Andrewjz ? interrogea Robin.

« — Il se repose, fit évasivement le jeune homme. Il a besoin d'une longue nuit de sommeil après toutes les conneries qu'il nous a débitées, non ? »

Il posa sa main libre sur l'épaule du gosse, huma le parfum du lierre couvrant la façade et dit :

« Hé ! bien voilà : on est chez nous, petit frère. Bienvenue à la maison ! »

Il avait l'air heureux. Sincèrement.

29

Sandra DiCaccio fit quelques pas au milieu du champ de citrouilles. Mikovsky était à l'intérieur de la ferme, occupé à soumettre l'éducateur, ce Fritz Quelque chose à une avalanche de questions. C'était un centre pour drogués repentis, une exploitation minable censée faire connaître aux toxico-dépendants la joie de vivre par le travail. Sandy restait sceptique quand à l'efficacité de la méthode. Elle avait visité les installations, les dortoirs mal aérés, les douches collectives bricolées avec des tuyaux d'arrosage au lieu de vraies canalisations.

Elle imaginait mal des adolescents maniaco-dépressifs reprenant goût à l'existence dans un tel décor suintant la désespérance. Ici, les pieds dans les citrouilles, elle avait l'impression détestable de s'être laissée piéger dans un cul-de-sac existentiel.

Il n'avait pas fallu longtemps pour localiser Fritz Mazzola. C'est en passant au crible les archives de l'hôpital que Mikovsky et son équipe avaient déniché un rapport faisant état d'une accusation de pédophilie restée en suspend. Dans cette affaire, manifestement étouffée par Atazarov, le témoignage de Dexter Mulloney aurait pu être décisif, le jeune homme avait, hélas, gardé le silence. Selon Mikovsky, Dexter en avait profité pour faire chanter Fritz et l'impliquer dans son évasion.

Sandy alluma une cigarette. Elle s'était remise à fumer. Elle ne pensait plus tellement au viol, mais le regard que Mikovsky posait sur elle continuait à la gêner. Elle voyait défiler dans les yeux de son supérieur hiérarchique les images de la reconstitution à laquelle il ne pouvait s'empêcher de procéder en esprit. Elle savait qu'il l'imaginait sur le lit, bâillonnée par la paume de Dexter, les cuisses ouvertes, forcée... Ce serait toujours là, désormais, entre eux, comme un objet sale que personne n'ose ramasser et jeter à la poubelle.

« Cela l'excite-t-il ? se demandait-elle. Il doit penser, comme les autres, que je me suis remise trop vite. Ma bonne santé les dégoûte un peu. Ils m'auraient préférée hagarde, n'osant plus sortir de chez moi. Finalement, nous vivons dans une société qui n'aiment pas les survivants. »

Les graviers crissèrent derrière elle, elle se retourna. C'était Mikovsky, l'air sombre.

« Dexter et Robin sont bien passés par ici, annonça-t-il, les pensionnaires les ont identifiés sur photo. Les filles disent que le petit était mignon et bien élevé, mais elles voient en Dexter un cinglé pur jus. Elles m'ont expliqué qu'à plusieurs reprises il a essayé de leur faire boire du sperme dans une vieille bouteille de soda en prétendant qu'il s'agissait d'un sérum miraculeux.

— La polyconnaissance transmissible, compléta Sandy. Oui, c'est son truc. Il est comme tous les psychopathes. Il est lucide, puis, l'instant d'après, il succombe à ses obsessions. Ça fonctionne par éclipses. Je sais que c'est difficile à admettre, mais un psychotique peut se comporter comme un fou tout en conservant un regard critique sur ce qu'il fait. Il sait qu'il est dingue, il ne peut pas s'en empêcher, c'est tout. C'est plus fort que lui. Ça le dépasse. Dexter marche exactement de cette manière. La réalité et le délire cohabitent dans sa tête, ça ne le gêne pas. Il sait qu'il n'est qu'un malade échappé d'un asile, mais il est également persuadé d'être le prince héritier d'un royaume imaginaire. Il s'en arrange. L'un n'empêche pas l'autre.

— Putain de cinglé ! grogna Mikovsky avec lassitude.

— Où sont-ils passés ? s'enquit Sandra.

— Fritz affirme les avoir lâchés en pleine ville. Il ignore ce qui s'est passé ensuite. Selon lui, Dexter savait parfaitement où il allait. Je pense que Billingsly possède un point de chute quelque part dans la cité. Un appartement, un bureau ? Ce ne sera pas facile à trouver.

— Nous avons deux hypothèses de travail : le pétrole et l'industrie du spectacle. »

Mikovsky se caressa la bouche avec l'ongle du pouce.

« Ouais, grommela-t-il. On peut envoyer des enquêteurs faire le tour des immeubles de bureaux avec des photos des gosses et un portrait-robot de Billingsly. Si l'on parvient à loger l'homme, on obtiendra peut-être des indices sur sa résidence. Mais ça va demander du temps. En haut lieu on commence déjà à s'impatienter. C'est une enquête qui coûte cher... Dans quelque temps il se trouvera bien un politicien pour remarquer que les gosses assassinés ne sont *que* des Mexicains en situation illégale. On nous coupera les crédits, le dossier sera classé et nous n'aurons plus qu'à rentrer à la niche.

— J'ai peur pour Robin, murmura Sandy. Tant qu'il sera avec Dexter il sera en danger. »

Mikovsky détourna les yeux. Sandra devina qu'il allait dire quelque chose de désagréable.

« Ce n'est pas l'avis de l'infirmière Sandermann, fit-il. Elle prétend que c'est Robin le cerveau de l'affaire. Elle dit qu'il simulait l'autisme, qu'il se servait de son intelligence hors du commun pour manipuler le pauvre Dexter...

— Elle défend son bébé, souffla Sandy en s'appliquant à garder un ton détaché.

— Mmouais... maugréa Mikovsky. L'ennui, dans cette histoire, c'est que beaucoup de gens ont l'impression que toi aussi tu défends ton bébé. »

Sandra DiCaccio éprouva des picotements dans les paumes et au bout des doigts.

« Merde, lâcha-t-elle, je ne fais que dire la vérité.

— Depuis que Dexter t'a agressée tu n'es plus fiable aux yeux des juges, dit sèchement Mikovsky. Le procureur n'aura aucun mal à sous-entendre que tu cherches à le charger de toutes les fautes pour te venger de lui. Je dois en tenir compte. »

Sandy frissonna.

« Qui pourrait croire que Robin est un génie du mal ? protesta-t-elle.

— Détrompe-toi, observa son interlocuteur. Son Q.I. trop élevé plaide contre lui. On n'aime pas beaucoup les surdoués. On a tendance à voir en eux de futurs cinglés. Ils mettent les adultes mal à l'aise, ils éveillent en eux un sentiment d'infériorité. Et puis, quoi que tu puisses penser, Robin n'est pas très sympathique. Tu es une femme, donc tu es sensible à sa beauté physique, mais ce genre de charme met toujours les hommes mal à l'aise. Robin est trop sûr de lui, trop pédant, trop crâneur... À la limite, Dexter fait une victime plus crédible. Mal dans sa peau, bourré de tics. J'ai vu des vidéos de thérapie de groupe prises par Atazarov.

— Dexter est un comédien né, riposta Sandy. Il peut changer

de personnalité en un clin d'œil. On a parfois l'impression que plusieurs individus cohabitent en lui. »

Mikovsky haussa les épaules, le tour pris par la discussion l'irritait.

« Tu m'emmerdes un peu, Sandy, fit-il brusquement. Je ne sais pas si je dois continuer à travailler avec toi ou t'ordonner de rentrer à la maison. Tu as été impliquée dans l'affaire, tu devras témoigner. Je ne suis pas certain que tu aies encore toute l'impartialité voulue.

— Je veux rester, supplia la jeune femme. Sans moi vous n'établirez pas le contact avec Robin lorsque le moment sera venu. Dexter est fou, il refusera toute négociation. Son délire mégalomane le lui interdira. Je peux même t'assurer que ses tendances le pousseront à chercher l'affrontement, pour se prouver qu'il est bien le plus fort. À ce moment-là, vous aurez un véritable problème.

— Okay, capitula Mikovsky. Tu sauves ta peau, jusqu'au prochain épisode, du moins. »

Il tourna les talons pour rejoindre ses hommes. Sandy resta plantée au milieu du carré de citrouilles, sa cigarette éteinte entre les doigts.

Elle se concentra, s'évertuant à retrouver son professionnalisme. Les yeux fixés sur la vieille voiture de Fritz Mazzola, elle essaya de se représenter les deux garçons lâchés dans la ville à la recherche du kidnappeur, ce Billingsly, cet Andrewjz (peu importait son vrai nom). Comment l'homme les avait-il accueillis ?

« Il n'est pas dérangé, songea-t-elle. La détraquée c'est elle, son épouse, cette Antonia. Il agit par amour, ce qui le conduit à assumer en solitaire tout le sale boulot. La reine n'est au courant de rien. Elle ne veut pas savoir. C'est lui le commis aux basses œuvres... Il doit commencer à fatiguer. Le remords le harcèle. Robin l'a décrit comme un homme effacé et triste, soucieux. Peut-être même est-il sur le point de craquer. C'est possible. Si les deux gosses ont exigé de rentrer au château, il a pu s'affoler, craindre de déclencher une crise majeure chez Antonia. C'est là le danger. »

Sandy arpentait le champ sans en avoir conscience. Elle imaginait Andrewjz, faisant mine d'accepter de ramener Dexter et Robin à la maison, puis s'arrêtant dans un bois pour les supprimer. Ou encore leur tendant une Thermos remplie d'une boisson empoisonnée... Ensuite, une fois les garçons liquidés, il lui aurait été facile de les enterrer dans une forêt.

Elle frissonna à cette perspective. Si Andrewjz agissait par amour tout était à craindre. Il avait déjà assassinés des dizaines d'enfants mexicains pour les enfouir dans les jardins des propriétés qu'il avait occupées au cours des trente dernières années. Deux de plus ne faisaient pas une grosse différence. C'était ce qui effrayait Sandy.

En ce moment même, Robin était peut-être recroquevillé quelque part en bordure d'une route de campagne déserte, à six pieds sous l'herbe, de la terre plein la bouche.

On l'appelait. L'équipe se préparait à partir. Elle se dépêcha de rejoindre la voiture de Mikovsky.

« Bon sang ! jura celui-ci. Tu rêvais ? J'ai dû crier trois fois ton nom avant que tu ne daignes sortir de ta transe.

— Excuse-moi, dit Sandra. Je pensais à Andrewjz. J'essayais d'imaginer comment il s'est comporté avec les garçons quand ceux-ci l'ont rejoint. Je me disais qu'il les avait peut-être tués, comme les autres.

— Possible, admit Mikovsky. Mais n'oublie pas que c'est un lâche. Il a beaucoup tué, c'est vrai, mais sournoisement, au moyen du poison. En face de la vraie violence, de la force brute, il peut rester paralysé, soumis.

— C'est vrai, fit Sandra. Dexter peut le terroriser.

— Oui... fit l'agent spécial. Ou encore : Robin peut ordonner à Dexter de le terroriser... »

« Salaud ! » songea la psychologue.

Comme elle ne réagissait pas, Mikovsky mit le contact.

30

Le nouveau château n'était pas aussi beau que l'ancien. Cette constatation frappa Robin dès qu'il eut fait quelques pas à l'intérieur de la bâtisse.

Ici, pas de décoration fastueuse, de titans, de nymphes. Andrewjz ne s'était pas donné la peine de maquiller l'habitation pour la transformer en décor royal. Dexter, lui, ne semblait pas percevoir ce défaut, ce manque. Il marchait, le nez levé, tournant la tête de tous les côtés, une expression de ravissement sur le visage. Sans doute, après l'atmosphère sinistre de l'hôpital psychiatrique, la gentilhommière lui paraissait-elle d'une rare splendeur, mais Robin n'était pas dupe. D'ailleurs, il était trop préoccupé pour penser à ces choses. Où se cachait Andrewjz ? Depuis que Dexter s'était isolé dans le garage en sa compagnie, l'homme à la moustache grise n'avait pas reparu. C'était inquiétant. Robin commençait à craindre que le jeune homme au vilain sourire ne lui ait fait du mal.

« C'est chic ! déclara tout à coup Dexter. Comme dans mes souvenirs. Je me sens vraiment chez moi. Ça fait du bien de rentrer après tout ce temps. »

Robin jugea inopportun de le contrarier. Il se sentait mal, oppressé, pas à sa place. Il avait presque peur de revoir Antonia. Son cœur le poussait en avant, mais la voix de la raison lui criait qu'il allait être déçu.

Les deux garçons avançaient dans la maison vide, précédés de l'écho de leurs pas.

« Andrewjz ? fit la voix d'Antonia, quelque part devant eux. Andrewjz, c'est toi ? »

Robin tressaillit. Il avait rêvé à ces retrouvailles durant des semaines, et voilà qu'il était sur le point de tourner les talons, de s'enfuir. Il y avait dans l'air une odeur de lait et de savon. Un parfum de talc. Sur le parquet de l'interminable corridor gisait un canard musical en caoutchouc jaune. Dexter dégagea le passage d'un coup de pied. Il avait une expression malveillante, chafouine.

Brusquement, Antonia surgit d'une pièce pour leur barrer le passage. Elle tenait un bébé dans ses bras.

« Qui êtes-vous ? lança-t-elle d'un ton sec en dévisageant les deux garçons. Où est son altesse le prince Andrewjz ? »

Son regard allait de Dexter à Robin sans reconnaître aucun des visiteurs. On pouvait l'admettre pour Dexter, qu'elle n'avait pas vu depuis huit ans, beaucoup moins en ce qui concernait Robin dont elle n'avait été séparée que peu de temps. Contre sa poitrine, le bébé gigota et se mit en devoir de baver un peu de lait. Dexter eut une grimace dégoûtée.

« Vous êtes les nouveaux serviteurs ? s'impatienta Antonia. Vous n'êtes pas mexicains... D'habitude Andrewjz n'engage que des Mexicains. »

Toisant Dexter, elle décréta :

« De toute manière vous êtes beaucoup trop vieux. Vous ne répondez pas aux critères de sélection. Nous n'engageons que des domestiques de moins de quatorze ans. »

Reportant son regard sur Robin, elle conclut :

« Le petit garçon est parfait, mais il est Américain, lui aussi. Je n'aime pas beaucoup employer des gens de cette nationalité, il sont trop arrogants, ils font rarement de bons serviteurs. Les Anglais sont très bien, les Indiens également, mais les Américains ! Ce sont les pires valets qu'on puisse imaginer. Sans style, sans élégance. Non, décidément, je ne comprends pas ce qui a pu pousser le prince à vous engager. Y aurait-il une pénurie de Mexicains ces derniers temps ?

— Pas une pénurie, ricana Dexter. Une épidémie, M'dame. De l'autre côté de la frontière la peste fait rage. Tous ces macaques sont plus ou moins contaminés. Votre Monsieur aura sûrement eu peur de la contagion. Quand on a un si joli bébé on doit faire attention à ces choses-là, non ? »

Il y avait beaucoup d'insolence dans sa fausse humilité. Antonia ne parut pas s'en apercevoir.

« Ah ? dit-elle, décontenancée. Une épidémie... Je ne savais pas. Dans ce cas Andrewjz a peut-être eu raison de vous sélectionner. »

Elle hésitait. Tandis qu'elle parlait aux deux garçons, son regard sondait le corridor, à la recherche de son époux. Elle n'avait jamais été très douée pour les questions d'intendance, elle préférait de loin s'en décharger sur l'homme à la moustache grise.

« Bien, dit-elle. Après tout, vous réglerez cela avec le prince. Allez l'attendre à l'office et ne touchez à rien. Il faudra être très propre puisqu'il y a un bébé dans la maison. Je serai intransigeante sur ce point. De la propreté avant tout. »

Le nourrisson s'agita entre ses seins. Oubliant aussitôt la présence des garçons, elle tourna les talons et s'enfonça dans la nurserie en gazouillant des onomatopées.

Robin fut sur le point de crier « Maman ! *C'est moi*. Tu ne me reconnais donc pas ? » Il se retint. Le regard d'Antonia avait glissé sur son visage sans l'identifier. Il avait suffi qu'il s'absente un mois de la maison pour devenir un parfait étranger. « Andrewjz avait raison, pensa-t-il. Elle est folle. »

Ils n'existaient plus, ni Dexter ni lui, dans la mémoire d'Antonia. La gomme de la démence les avait effacés, ne laissant rien subsister de leurs traits, de leur histoire. Pour la reine en exil, ils avaient rejoint le monde du passé, un monde peuplé de silhouettes anonymes interchangeables. Elle les avait rangés tout au fond du placard, comme de vieux ours en peluche aux oreilles mâchouillées, imprégnés de salive aigre.

Ils se retrouvèrent seuls dans le couloir qui sentait la cire fraîche. Dexter se décida à faire demi-tour. Il avait conservé son sourire de commande, mais ses yeux brillaient d'un éclat coléreux.

« Elle ne nous a pas reconnus, siffla-t-il. C'est à cause du gosse... de l'usurpateur. Tant qu'il sera là, sa mémoire ne fonctionnera pas correctement. C'est sa présence qui empêche Antonia de nous voir tels que nous sommes. C'est comme un charme, un sort qu'on lui aurait jeté. Il faut la débarrasser du bébé pour qu'elle redevienne comme avant. Oui... Il faut lui arracher ce mioche qui lui empoisonne l'esprit. »

Pendant plusieurs minutes il ressassa sa déconvenue tandis que son irritation allait croissant. Pour essayer de le distraire, Robin l'engagea à faire le tour des lieux. À cette occasion, ils purent constater que l'emménagement n'était pas terminé. Beaucoup d'objets étaient encore emballés dans des housses. Certains portaient même les étiquettes des magasins où on les avait achetés. Faute de domesticité, Antonia et Andrewjz avaient dû se contenter d'une installation sommaire. Sans doute avaient-ils pensé qu'un bébé n'était pas en mesure d'apprécier à sa juste valeur le décor royal au sein duquel ils avaient l'habitude d'évoluer, pour cette raison, ils avaient repoussé les travaux de décoration à plus tard.

« Cela a dû se passer de la même manière pour moi, et pour Dexter, songea Robin. Nous n'étions pas assez âgés pour nous en rendre compte, c'est tout. »

La maison était vaste, sonore, mais le mobilier presque inexistant. Ses précédents occupants n'avaient laissé aucune trace de leur passage, ce qui conférait à la bâtisse un aspect inhospitalier. Après avoir erré de pièce en pièce, les deux garçons trouvèrent enfin l'office. L'immense réfrigérateur débordait de victuailles. Ils s'aperçurent qu'ils mouraient de faim et improvisèrent un festin sur la grande table en chêne ciré où l'on pouvait lire les traces de mille entailles ancestrales.

Robin se demanda quelle allait être leur vie, ici, entre ces murs, confrontés à une « mère » ne les reconnaissant plus. Il éprouvait la plus grande difficulté à se projeter dans le futur. Cela le dépassait. Il avait perdu la foi, il ne possédait plus l'innocence qui, jadis, lui avait permis de jouir en aveugle des trésors du château. Pendant toutes ces dernières semaines il avait lutté pour réintégrer un paradis imaginaire... Il n'avait été qu'un acteur jouant un rôle dans une pièce écrite pour Antonia. Quand l'acteur ne convenait plus, on le changeait, mais le rôle existait toujours. D'autres que lui l'avaient joué, et le joueraient encore. Les comédiens se succédaient, tenaient l'affiche une saison, puis retombaient dans l'oubli. Il en serait ainsi tant qu'Antonia ne renoncerait pas à sa carrière d'actrice. Mais le pouvait-elle seulement ? Ne faisait-elle pas plutôt partie de ces comédiens que le personnage qu'ils incarnent finit par dévorer ?

« Où est Andrewjz ? demanda-t-il soudain en cherchant le regard de Dexter. Tu lui as fait du mal, n'est-ce pas ? Comme à la psychologue... »

Le jeune homme prit le temps de vaporiser une nouvelle couche de fromage en bombe sur sa tranche de pain.

« C'était nécessaire, dit-il. Il était dangereux. Ils nous aurait empoisonnés, c'est sûr. Les petits serviteurs latinos, c'est comme ça qu'il s'en débarrassait. Tu ne l'as peut-être pas encore compris, mais il ne les remettait pas en liberté. Il ne les renvoyait pas dans leur famille. Il les empoisonnait. C'était facile : des confiseries qui donnent soif, quelques caisses de sodas... Les gamins s'endormaient pour crever au cours de la nuit, sans même s'en rendre compte. Avant que l'aube ne se lève, Bon Papa les avait déjà enterrés, tous. Un beau trou dans la pelouse, le gazon soigneusement remis en place, et hop ! les témoins compromettants ne parleraient plus jamais.

— Tu mens, tu inventes ! cracha Robin.

— Pas du tout, trou du cul ! ricana le jeune homme. Tu ne connais rien à rien. Je l'ai vu faire, à deux reprises.

— Et ça ne te gênait pas ?

— Non, c'étaient des macaques latinos, j'en avais rien à foutre. Antonia m'avait expliqué qu'ils étaient comme des animaux, qu'ils n'avaient pas vraiment d'âme. Les animaux, quand on les tue, on ne convoque pas le prêtre pour dire une messe. »

Robin n'avait plus faim. Il se cramponna à la table. Andrewjz était mort, il en avait maintenant la certitude. Il regarda autour de lui. La maison, le parc... C'était un peu comme d'être le seul survivant sur un bateau à la dérive. Une épave flottante qui ne se décide pas à couler. Dans la marine anglaise on appelait cela un *derelict*. Sans Andrewjz, la sécurité du navire semblait compromise. Désormais rien ne serait plus jamais pareil. Dexter avait changé les règles.

« Je veux le voir, lança Robin. Je veux descendre dans le garage. »

Dexter fit un geste distrait de la main, comme si le caprice du petit garçon était sans conséquence.

« Si ça te chante, bâilla-t-il, mais n'oublie pas que je l'ai fait pour nous deux. Ce type, c'était notre ennemi. C'est lui qui est allé volé le bébé et qui l'a fourré dans les bras de notre mère. C'est lui qui nous a chassés, toi et moi. Tu ne t'en souviens pas ? Il ne t'a pas expliqué combien ça le rendait malheureux de te flanquer à la porte ? Tu y as eu droit, toi aussi, non ?

— Oui, avoua Robin.

— Et tu le défends encore ? Pauvre pomme ! ricana Dexter. Moi, je l'ai bien écouté dans la voiture, j'ai analysé ses pleurnicheries, et, *en vérité, en vérité, je te le dis* : il mentait. C'est lui qui a rendu Antonia folle. Maintenant qu'il n'est plus là pour l'infecter, elle va guérir. Ça prendra un peu de temps, mais elle émergera progressivement du brouillard. Je m'occuperai d'elle. Je sais tout sur les fous. À l'asile, je me suis rendu compte que j'en connaissais plus sur la question que bien des toubibs. »

Il monologuait toujours quand Robin quitta la pièce.

L'enfant n'eut guère de mal à localiser le garage. Au seuil du hangar de béton, il hésita, le doigt sur l'interrupteur. Il n'avait pas besoin d'allumer pour savoir qu'Andrewjz était mort. Il devinait sa longue silhouette dans la pénombre, allongée contre la voiture, la tête touchant l'une des roues. On ne pouvait pas dormir dans cette position, c'était impossible.

« Dexter l'a tué, pensa-t-il. Dexter l'a frappé avec le coupe-papier volé sur le bureau, là-bas, en ville. »

Le mot tournait dans sa tête, tel un écho qui refuserait de s'éteindre : *coupe-papier, coupe-papier...* Il eut l'impression qu'il ne parviendrait jamais à penser à autre chose.

Il recula, ferma la porte, renonçant à aller plus loin. Ils étaient entre les mains de Dexter : Antonia, le bébé et lui... Ils étaient entre les mains d'un fou.

31

Trois jours passèrent, pendant lesquels Robin et Dexter jouè-
rent leur rôle de domestique aussi bien que possible. Si le petit
garçon s'avoua incapable de cuisiner, Dexter, en revanche, bénéfi-
ciait de l'expérience acquise au réfectoire de l'hôpital. Il ne se
débrouillait pas trop mal en vérité, même si Antonia s'obstinait à
faire la fine bouche.

L'office regorgeait de nourriture. Dans les placards, les cagibis,
des cageots de conserves s'élevaient jusqu'au plafond. En fouinant,
Robin avait découvert une armoire frigorifique bourrée de denrées
surgelées. Il y avait là de quoi soutenir un siège. Une chose était
sûre : on n'aurait pas à s'inquiéter de la pénurie de vivres avant
longtemps. Andrewjz semblait avoir eu l'intention de se montrer
le moins possible et de se retrancher dans une quasi autarcie.

Une fois retombée la fièvre de l'installation, les problèmes
apparurent. À cause des pleurs nocturnes du bébé on avait le plus
grand mal à fermer l'œil. Dexter en conçut une vive irritation.
Les braillements du nourrisson se répandaient en échos à travers
les salles vides de la demeure. Ils éclataient de préférence au beau
milieu de la nuit. Cet inconvénient commença à obséder Dexter
à tel point qu'il en arriva à ne plus fermer l'œil dans la crainte
d'être réveillé en sursaut deux heures plus tard. Au moment de se
mettre au lit, il entrait dans une phase d'excitation qui, d'emblée,
lui interdisait l'accès au sommeil et le condamnait à tourner en
rond dans la chambre. Robin lui avait suggéré de déménager aux
antipodes de la maison, mais le jeune homme s'y refusait, prétex-
tant qu'aucune autre pièce n'était digne de lui.

Robin avait fait, de son côté, une découverte qui l'interloquait :
il ne supportait plus l'enfermement... Après avoir vécu sept années

dans une propriété semblable à celle-ci, il éprouvait désormais un malaise étrange à se savoir prisonnier d'un parc entouré de murs. Ce qui, jadis, l'avait rassuré, faisait maintenant naître en lui un malaise proche de la suffocation.

Il sortait de la maison, arpentait les pelouses, tournait autour de la pièce d'eau centrale, mais l'étouffement demeurait, lui écrasant la poitrine, lui serrant la gorge. Il ne supportait plus de ne pas voir au-delà de l'enceinte, d'être dans l'impossibilité de laisser courir son regard sur la campagne environnante. Le parc avait quelque chose d'étriqué. Ce n'était plus le territoire magique qu'il avait arpenté en long et en large à la tête d'armées imaginaires, ni la *Terra Incognita* qu'il annexait jadis au nom de l'Ombrie Australe, à peine débarqué de sa caravelle en compagnie de ses fidèles matelots faméliques. Non. Ce n'était rien qu'un patchwork de pelouses bordé de boqueteaux tissant un semblant de forêt apprivoisée. C'était terriblement *petit.*

Le quatrième jour, Dexter décrocha les doubles rideaux et s'improvisa tailleur. Il avait tiré de sa boîte en carton des croquis de couturier agrémentés de commentaires et d'indications indéchiffrables par tout autre que lui. Au moyen d'un nécessaire de couture déniché dans la lingerie, il se mit au travail, taillant, coupant, surfilant, avec une sûreté d'exécution qui laissa Robin pantois.

« On avait des cours de travail manuel, à l'asile, expliqua le jeune homme en remarquant le regard ébahi de l'enfant. Atazarov pensait que c'était bon pour nous de s'occuper les mains. Seuls les moins dingues y avaient accès, à cause des ciseaux et des aiguilles. J'en connais qui les auraient bouffés. »

À partir des rideaux bleu roi, il coupa ce qui ressemblait à un uniforme, puis il utilisa des cordelières, des embrasses dorées, pour confectionner des brandebourgs, des épaulettes, des fourragères. Il se révélait d'une étonnante inventivité.

« Ce sont les uniformes de ma garde prétorienne, daigna-t-il expliquer. Je les ai dessinés à l'hôpital, en prévision d'aujourd'hui. J'ai également travaillé sur le futur drapeau de notre pays. Il est temps que quelqu'un reprenne les choses en main. »

Il continua à marmonner en cousant, mais d'une manière presque inaudible. Sur la grande table de chêne, le vêtement prenait forme, costume d'opérette destiné au potentat imaginaire d'un pays fantôme. Cette besogne avait au moins l'avantage d'occuper Dexter de façon efficace et de le rendre moins sensible aux éclats du bébé.

Trois jours plus tard, l'uniforme était prêt. Le jeune homme l'enfila en grande pompe, comme si ce vêtements surchargé de dorures lui conférait un pouvoir divin.

« Pendant dix ans j'ai rêvé de cette cérémonie, déclara-t-il d'une voix qui tremblait. Je pensais que ça n'arriverait jamais. »

Comme chaque fois qu'il entrait dans la peau de son personnage royal, sa diction changeait, son langage devenait châtié. Il cessait de se comporter en voyou. Son corps ne bougeait plus de la même façon, ses gestes devenaient fluides, élégants, tels ceux d'un danseur.

« J'ai de grands projets, fit-il en se contemplant dans un miroir. Nous allons fonder ici le royaume des enfants. Désormais, nous ne contenterons plus d'enlever un gosse tous les dix ans, non, nous peuplerons la terre qui s'étend entre ces murs d'une véritable armée de gamins. Ce sera notre travail, à tous les deux. Dès que nous serons un peu mieux installés, toi et moi, nous quitterons la propriété à dates fixes pour nous mettre en chasse. Nous sillonnerons le pays pour dénicher les plus beaux enfants de la Terre... et nous les kidnapperons. Nous les amènerons ici pour qu'ils puissent connaître le bonheur que nous avons nous-mêmes connu. »

Il s'avança vers la baie vitrée et contempla le parc, une expression rêveuse sur le visage.

« Tu verras, reprit-il. Ce sera magnifique... Tout un petit peuple gambadant et chantant autour de la maison. Je te nommerai Grand Organisateur des Jeux, ce sera à toi de les distraire, de les rendre heureux. Moi, je m'installerai sur la terrasse, avec Antonia, pour vous regarder. »

Son curieux sourire tordu s'effaça, et il lâcha d'une voix sifflante :

« Nous ne prendrons jamais de bébés, *jamais*. Seulement des gosses de six ou sept ans, déjà en âge de se débrouiller. Je déteste les bébés. Ils puent et ils coulent en permanence par tous les orifices.

— Mais celui qui est là-haut ? hasarda Robin. Qu'en feras-tu ?

— Je m'en débarrasserai, gronda Dexter. Ce sera facile. Une bonne dose de somnifère dans son biberon et il dormira d'un sommeil définitif. De toute manière c'est un petit salopard, un usurpateur. C'est à cause de lui qu'on t'a jeté à la rue. Il faut combattre ce système absurde, l'abolir. C'est un point capital des réformes que je projette de mettre en place. »

Robin se garda d'émettre des protestations, cela ne servirait à rien, qu'à dresser Dexter contre lui. La menace n'était pas à prendre à la légère. Le jeune homme n'hésiterait pas à tuer le nourrisson, c'était certain. Robin se jura d'empêcher cela, sans toutefois savoir de quelle manière il s'y prendrait.

Dexter avait posé une main paternelle sur son épaule. Les deux garçons sortirent dans le parc. Le soleil faisait rutiler les épaulettes de pacotille de l'uniforme taillé dans les doubles rideaux du grand salon.

« Il faudra dresser un mât à cet endroit, décida le jeune homme, pour y faire flotter notre nouveau drapeau. Je vais le coudre dans les jours qui viennent.

— Mais Antonia, murmura Robin, que va-t-elle penser de tous ces changements ?

— Elle obéira, dit Dexter avec une fermeté militaire. Je vais m'unir à elle. Je vais remplacer Andrewjz dans son lit. Il n'est pas bon qu'une reine reste sans époux. Elle sera la seconde femme à bénéficier des bienfaits de mon élixir de polyconnaissance transmissible. Je vais lui faire un enfant qui recevra en héritage génétique toutes mes qualités, tout mon savoir scientifique, et qui naîtra déjà savant. Ce sera le premier d'une nouvelle race. Une race omnisciente qui sauvera le monde de la destruction et de l'obscurantisme. »

Robin se raidit. Il se rappela soudain les gémissements de la psychologue, Sandy DiCaccio, derrière la porte du motel, et les grincements des ressorts du sommier. Elle n'avait pas aimé le cadeau que lui avait fait Dexter... et Antonia ne l'apprécierait pas davantage. Il fallait arrêter tout cela, mais comment ?

« Nous sommes prisonniers de ces murs, déclara Dexter en accentuant la pression de ses doigts sur l'épaule de l'enfant. Toi et moi. Ceci est notre royaume et il faudra nous en contenter. Le frigo est rempli et la sacoche déborde de billets de banque, cela me semble de bon augure pour ce qui va suivre. Dès que j'aurai un peu assoupli Antonia, tout ira pour le mieux. Je prendrai la place d'Andrewjz... J'irai collecter l'argent, je m'occuperai du ravitaillement en attendant que tu sois assez grand pour le faire. Ensuite, quand tu auras l'âge requis, tu deviendras mon intendant, mon ministre des finances, et je me contenterai de régner en paix, auprès de ma reine et de mes enfants. Si je suis satisfait de tes services, je te ferai accéder toi aussi aux bienfaits de la polyconnaissance transmissible. Nous te trouverons des femelles et tu deviendras un reproducteur, comme moi. Ainsi nous irons plus vite. Notre peuple grandira et partira à la conquête du monde. Nous apporterons la lumière aux dégénérés du dehors. »

Robin mourait d'envie de se dégager de l'étreinte du fou mais il n'osa pas.

« Je prendrai tes mesures, conclut Dexter en abaissant les yeux sur le jeune garçon. Je te ferai un petit uniforme. Sans épaulettes ni fourragère, mais tout de même très beau. Oui, je le ferai. Si tu es bien sage. »

À l'heure du repas, lorsqu'il fallut porter le plateau d'Antonia et le biberon du bébé, les choses se passèrent mal. La reine d'Ombrie Australe commit d'abord l'erreur de critiquer l'uniforme de Dexter, qu'elle assimila à celui « d'un groom ou d'un liftier dans un hôtel de parvenus. » Dexter se cabra, pâlit, tandis que son mauvais sourire lui tordait la bouche.

« Enlevez ça ! ordonna Antonia. Vous êtes ridicule. De plus je reconnais là l'étoffe de mes rideaux ! C'est inadmissible ! Quand Andrewjz sera de retour, je lui commanderai de vous bastonner.

— La ferme ! hurla Dexter. Tu vas la fermer, vieille pouffiasse ? Hein ? tu vas la fermer ? »

Saisissant Antonia par le col de sa robe, il la secoua de droite et de gauche, jusqu'à ce que le tissu se déchire. D'un seul coup, la reine d'Ombrie Australe se retrouva presque nue, le haut de son vêtement rabattu sur les hanches, la chair blanche de ses seins exposée aux regards. Elle ne chercha pas à se défendre. L'attaque avait été si prompte, si inconcevable, qu'elle en resta bouche bée, les yeux écarquillés. Dans son berceau, le bébé se mit à pleurer. Robin se rua en avant, l'attrapa comme il put et l'emmena hors de la pièce.

« Vous... vous... » bredouillait Antonia, incapable de retrouver le fil de ses pensées.

« C'est moi le maître, maintenant, gronda Dexter. Il va falloir t'y habituer. Il n'y a plus d'Andrewjz, c'est fini. Je prends sa succession. Toute sa succession. Tu comprends ? »

Aux craquements de tissu qui résonnèrent dans le corridor, Robin comprit que Dexter entreprenait de dénuder Antonia. Il entendit la femme crier sous l'effet de la surprise.

« Voilà, fit le jeune homme d'une voix satisfaite. Maintenant nous allons faire les choses comme il convient pour ratifier la passation de pouvoir. Conduis-moi à ta chambre. C'est moi ton mari, désormais. C'est moi le roi, et tu me dois obéissance. »

311

Robin avançait aussi vite que possible. Le bébé lui bavait dans le cou, c'était désagréable. Au moment où il atteignait la porte, il jeta un bref coup d'œil par-dessus son épaule. C'est ainsi qu'il vit Antonia, entièrement nue, l'air égaré, qui menait Dexter vers la chambre qu'elle avait jusque-là toujours partagée avec Andrewjz. Le spectacle de cette femme seulement vêtue de son collier de perles et de ses escarpins lui donna envie de hurler de détresse. Antonia était hagarde, les épaules levées dans un réflexe de défense dérisoire. Elle avait si peur qu'elle ne pensait même pas à dissimuler sa nudité. Brusquement, Robin réalisa qu'elle était vieille.

Ne voulant pas voir ce qui allait suivre, il dévala l'escalier au risque de se tordre les chevilles. Une fois dans la cour, il se rua vers la porte blindée et, après avoir posé le nourrisson sur le sol, s'évertua à la pousser de toutes ses forces. Elle ne bougea pas. Elle paraissait aussi inamovible que la muraille dans laquelle elle était sertie telle une pierre dans son chaton. Alors seulement il se rappela le boîtier électronique utilisé par Andrewjz pour déverrouiller le passage. Il avait vu les doigts du prince consort taper une suite de chiffres, à la manière d'un moderne abracadabra, mais c'était tout. De la formule elle-même, il n'avait rien retenu. Au bord des larmes, il se meurtrit les poings sur la plaque d'acier renforcé. Ses coups n'éveillaient aucun écho dans l'épaisseur de l'obstacle.

Quand il eut trop mal, il recula. Le bébé s'agitait sur le sol et jouait avec ses pieds. Robin courut au garage mais se figea sur le seuil, arrêté net par l'odeur déplaisante qui régnait dans le hangar souterrain. Des mouches bourdonnaient dans la pénombre. Un grand nombre de mouches.

La nausée le cloua sur place et il se sentit incapable d'aller plus loin. Avisant une sorte de panier contenant des journaux sur un établi, il s'en saisit et battit en retraite. Revenu dans la cour, il coucha le nourrisson dans le couffin improvisé et s'éloigna en direction du parc. Il n'avait qu'une idée très confuse de ce qu'il allait faire, mais il ne voulait pas rester ici une minute de plus.

« Il existe peut-être un moyen d'escalader le mur d'enceinte, se disait-il. Si je peux passer de l'autre côté, je courrais jusqu'au premier village et je demanderais de l'aide. »

Le tout était de franchir l'obstacle avant que Dexter ne réapparaisse.

Haletant, il longea le périmètre de clôture, se piquant les chevilles aux orties qui poussaient au bas du mur. Il ne trouva malheureusement aucun moyen de se hisser par-dessus la muraille. Non seulement celle-ci était en parfait état, sans crevasse ni pierres disjointes, mais les arbres s'en trouvaient tous trop éloignés pour qu'on puisse les utiliser comme une échelle.

Fatigué, il s'assit sur une pierre. Le bébé se mit à pleurer dans le panier. Ses cris perçants résonnaient affreusement dans le silence du parc. Dexter devait les entendre, où qu'il fût en ce moment. *Quoi qu'il fît.*

Robin ferma les yeux. Des images sales le hantaient. Il se frappa les tempes pour les chasser. S'il avait été assez fort, il aurait tué Dexter, sans hésiter.

Le bébé cria de plus belle. Robin se redressa, il était hors de question de le ramener à la maison, ou bien le nouveau maître des lieux le tuerait.

« Il faut le cacher, pensa-t-il. Le cacher dans la forêt, dans un endroit où il sera à l'abri. Je dirai à Dexter que je l'ai perdu dans les bois, comme dans les contes de fées, pour que les loups le mangent. »

Le jeune homme au vilain sourire serait-il assez fou pour le croire ?

Il fallait gagner du temps. Protéger le mioche en attendant de trouver le moyen de s'échapper du piège qu'était devenu la propriété.

À force de tourner en rond dans le boqueteau, il finit par découvrir un tronc creux abattu sur le sol. Il y glissa le panier contenant l'enfant. L'abri restait précaire mais c'est tout qu'il avait pu trouver. Il se demanda ce qui se passerait si des bêtes nocturnes, guidées par leur flair, remontaient la piste du bébé. Il se promit de revenir dès que possible, avec une couverture et de quoi manger. Pour l'heure, la température était encore clémente, elle chuterait dès le coucher du soleil. Le mioche commencerait alors à grelotter.

Robin s'empressa de sortir du couvert, et de rejoindre la maison. Quand il pénétra dans l'office, Dexter sirotait un verre de cognac, une cigarette coincée entre deux doigts.

« C'est fait, annonça-t-il, les yeux mi-clos. Je suis son mari. Tu es petit mais pas bête, tu comprends ce que ça signifie ?

— Oui, murmura Robin. Tu vas coucher toutes les nuits dans le lit d'Antonia, c'est ça ?

— Exact, confirma le jeune homme. Désormais, je serai davantage ton père que ton frère. Le temps des blagues de gosses est terminé. Tu devras te montrer un peu plus respectueux envers moi, ne pas me contredire. D'ailleurs, je serai bientôt réellement père. J'ensemencerai Antonia plusieurs fois par nuit, jusqu'à ce que le traitement porte ses fruits.

— Andrewjz a dit qu'elle ne pouvait pas avoir d'enfant, objecta malgré lui Robin. »

Dexter haussa les épaules.

« Avec lui, peut-être, éluda-t-il. Avec moi ce sera différent. Je suis un procréateur. J'ai pour mission d'engendrer une nouvelle race, ne l'oublie pas. »

Robin baissa la tête. Dexter vidait son cognac à petites lampées, en essayant de dissimuler le plus possible ses grimaces. L'alcool lui faisait les oreilles rouges.

« Qu'as-tu fait du mioche ? demanda-t-il sèchement.

— Je l'ai perdu dans la forêt, fit Robin en bêtifiant. Les animaux le mangeront. Il y a sûrement des coyotes. Nous sommes toujours en Californie, n'est-ce pas ? »

Dexter fixait les volutes de fumée montant de la cigarette qui se consumait entre ses doigts. Sans doute n'osait-il pas la porter à ses lèvres de peur de tousser ?

« C'est bien, lâcha-t-il distraitement. Je voulais lui casser la tête sur le marbre d'une cheminée, mais après tout c'est aussi bien comme ça. »

Il avait penché la tête, comme s'il tendait l'oreille en direction des bois. Le bébé avait dû s'endormir car on n'entendait rien.

« Elle a aimé ça, ricana Dexter en se calant sur son siège. Antonia... J'ai bien vu qu'elle en avait besoin. Ce vieux singe ne devait plus la toucher depuis longtemps. Je connais les femmes, je les ai étudiées à la télévision. Je regardais tous les *soap operas*, ça m'a donné une bonne connaissance de la race. »

Robin se sentit écrasé de honte. Il ne voulait surtout pas réfléchir à ce qui s'était passé entre Dexter et Antonia... et dont il avait une idée approximative. L'image de la femme nue, en escarpins et collier de perles, le hantait toujours. Surtout cet air qu'elle avait eu... Cette expression vaincue, dépassée. L'espace d'un instant, il avait eu l'impression de contempler une inconnue.

« Elle en avait assez de ce vieux type, continua Dexter. Elle n'en avait pas vraiment conscience, mais elle souhaitait qu'on l'en débarrasse. Je sens ces choses-là. Elle fera un peu de chichis quelque temps, comme toutes les femmes, pour se faire prier. Puis ça lui passera. Je pense que ce sera une bonne reproductrice, elle aussi. Elle a les hanches larges, de gros seins de nourrice. Je lui ferai absorber sa première dose d'élixir dès ce soir. Je veux que mon fils hérite de mes connaissances scientifiques sans avoir à passer par les mains des professeurs. Je veux lui léguer ça d'un bloc, à la naissance, pour qu'il le transmette à ses enfants, de la même manière. »

Il hocha la tête, satisfait.

« C'est bien, conclut-il. Tout rentre dans l'ordre. Tu vois, Robbie, tu t'inquiétais pour rien. Nous sommes chez nous, et nous façonnerons ce monde à notre guise, selon nos besoins. »

32

Robin profita de ce que Dexter se trouvait dans la chambre de la reine pour rassembler le matériel nécessaire à la survie du bébé. Il vola des couvertures, de la lotion antimoustiques, ajouta à son paquetage des couches et du talc, puis prépara plusieurs biberons dans lesquels il délaya une cuillerée d'un sirop lénifiant trouvé sur une étagère de la nurserie. Il s'agissait d'un médicament destiné à plonger les nourrissons dans le sommeil pendant la période difficile où, selon l'expression consacrée, « ils faisaient leurs dents ». Or, il était important que l'enfant dorme le plus possible. S'il restait silencieux, Dexter penserait peut-être qu'il était mort. Muni d'une lampe-torche, Robin traversa le parc pour s'enfoncer dans la forêt. Les moustiques bourdonnaient sous les branches. Comme partout en Californie on arrosait d'abondance pour préserver la végétation du dessèchement, et cette irrigation artificielle finissait par installer un climat de marécage à la moiteur désagréable. Le jeune garçon avait pris des repères, néanmoins, il tâtonna avant de retrouver le tronc d'arbre évidé où il avait laissé le bébé. Après avoir longtemps pleuré, celui-ci s'était endormi d'épuisement. Robin le tira du couffin et entreprit de le nettoyer à la lueur de la lampe de poche, ce qui se révéla difficile. Manquant de papier toilette, il torcha le gosse avec une poignée d'herbe et l'enfarina de talc, imitant en cela les gestes d'Antonia qu'il avait vue à l'œuvre sur la table à langer de la nurserie. Cette besogne peu ragoûtante expédiée, il essaya d'alimenter le mioche du mieux possible. Dès que sa bouche rencontra la tétine de caoutchouc, le nourrisson se mit à pomper avec avidité.

« Ça ne pourra pas durer une éternité, songea Robbie. Dexter va finir par se douter de quelque chose. Je dois trouver un moyen de sauter le mur. »

Avec le panier ce serait difficile. Il devrait le ficeler sur son dos, comme un carquois ou une hotte de vendangeur...

Lorsque le biberon fut vide, il berça son protégé. Le bébé semblait à bout de force, vidé de toute énergie par le temps passé à pleurer. Combien de temps pourrait-il survivre dans ces conditions ? Robin n'en avait pas la moindre idée. De plus, il serait très difficile de lui donner plus d'un biberon par jour sans éveiller les soupçons de Dexter. Un enfant si jeune pouvait-il se satisfaire d'un tel rationnement ?

Avant de s'éloigner, il vaporisa la lotion antimoustiques sur le panier et aux abords du tronc, puis il ramassa les couches souillées, et les jeta au loin, dans les buissons. Il ne pouvait rien faire de plus pour le moment.

Sur le chemin du retour, il décida qu'il serait prudent de constituer une réserve de nourriture dans la forêt, au cas où les choses s'envenimeraient. Aussi, à peine rentré, se précipita-t-il dans l'office pour voler des conserves, du chocolat, du pain en tranches, et du lait en poudre pour le bébé. Il rassembla également un petit nécessaire de survie collecté au hasard des tiroirs : allumettes, ficelle, canif, ouvre-boîtes, cordelette, briquet... Il enveloppa le tout dans un sac poubelle indéchirable, et repartit une fois de plus vers la forêt pour dissimuler ses provisions au cœur de la végétation. Il se sentait maintenant un peu plus rassuré. Il prit une douche avant de se coucher, et resta longtemps dans l'obscurité, les yeux grands ouverts, à fixer le plafond. Il essayait de ne pas penser à ce qui se passait en ce moment même dans la chambre de la reine, mais c'était difficile.

*

Le lendemain, Antonia parut au petit déjeuner. Elle avait les traits tirés et agissait comme une somnambule. Quand Dexter esquissait un geste dans sa direction, elle se rétractait à la façon d'une petite fille qui s'attend à recevoir une gifle. Elle avait d'ailleurs un hématome sur la pommette droite, un vilain bleu que le maquillage dissimulait imparfaitement. Sa bouche tremblait en permanence et ses yeux brillaient de larmes retenues.

Robin dut faire le service tout seul, car, désormais, Dexter trônait à la table des maîtres en vrai seigneur des lieux, dans son uniforme à brandebourgs dorés. Il couvait Antonia d'un air satisfait et ignorait la présence de Robin. Au bout d'un moment, il se mit à soliloquer sur les bienfaits de la polyconnaissance transmissible. De temps à autre, il s'interrompait pour réclamer l'avis d'Antonia. Celle-ci, semblait alors sortir d'un rêve éveillé, et balbutiait un assentiment vague dont le jeune homme semblait se contenter.

Le breakfast achevé, Dexter décida de se promener dans le parc, et signifia à Antonia de lui donner le bras. Elle s'empressa d'obéir, et le couple s'éloigna en direction de la fontaine, tandis que Robin desservait.

La table débarrassée, le jeune garçon expédia la corvée de vaisselle aussi vite que possible. Il commençait à entrevoir la manière dont Dexter envisageait sa vie au « château ».

« Je serai son valet et son homme de main, songea-t-il. Parfois, il m'accordera une récompense, mais les basses besognes seront pour moi. »

Il avait désormais assez de recul pour se rendre compte que l'utopie à laquelle aspirait le jeune homme n'était pas viable.

« Avant j'y aurais cru, pensa-t-il. Mais plus maintenant. »

Le royaume des enfants... Un pays imaginaire en marge de la réalité, une enclave de conte de fées enkystée dans la chair des États-Unis. Non, ce n'était pas possible. Il n'avait plus envie de vivre de cette manière, coupé du monde. Il ne savait pas pourquoi, du reste, car ce qu'il avait connu à l'extérieur n'avait rien de réjouissant, mais c'était ainsi... Il ne pouvait plus revenir en arrière. L'époque des rêves était révolue. Il ne s'imaginait pas, prisonnier consentant et perpétuel de ce parc, condamné à assumer la fonction de préposé aux jeux. Il se voyait encore moins en éleveur et consolateur d'enfants kidnappés entamant leur stage d'acclimatation.

Non... D'ailleurs Dexter y croyait-il lui-même ou bien se donnait-il la comédie ?

« Il satisfait un vieux rêve, songea Robin. Mais tout au fond de lui, il doit bien se douter que cette situation ne pourra pas durer. »

Le couple royal revint de sa promenade. Antonia se laissa choir dans un fauteuil tandis que Dexter se retirait dans son cabinet pour travailler aux drapeaux, emblèmes et blasons qu'il prévoyait de mettre en service dès qu'il aurait accédé au trône.

Robin profita de son absence pour s'approcher d'Antonia. Il éprouvait un sentiment bizarre en face d'elle, mélange de dégoût, d'amour et de ressentiment. Les mots du grand Corneille lui traversèrent l'esprit :

Un fameux cardinal est mort ce matin.
Il m'a trop fait de bien pour que j'en dise du mal ;
il m'a trop fait de mal pour que j'en dise du bien.

Antonia l'avait fait vivre dans un mensonge délicieux, elle lui avait fait croire qu'il était tout pour elle, et, en dépit de ses grands serments, l'avait oublié du jour au lendemain. Elle était de la même race que Dexter. Elle comptait au nombre de ceux que, jadis, on appelait les lunatiques. Elle ne serait jamais tout à fait de ce monde. On ne pouvait lui en vouloir et pas davantage la condamner, ç'aurait été comme d'insulter un paralytique parce qu'il n'a pas su se qualifier aux Jeux olympiques.

« Mère, murmura-t-il en lui touchant la main. Me reconnaissez-vous ? Je suis Robin... J'ai vécu avec vous pendant huit ans. *Robin*, cela ne vous dit rien ? »

C'était stupide mais il ne pouvait s'en empêcher. Antonia frissonna au contact des doigts posés sur sa peau. Elle battit des paupières et parut enfin s'apercevoir de la présence du jeune garçon.

« Je... je ne sais pas, balbutia-t-elle. Vous... vous êtes l'un de nos serviteurs... Je n'ai pas la mémoire des visages. Mais vous racontez n'importe quoi, vous ne pouvez pas travailler pour moi depuis huit ans, vous êtes bien trop jeune. »

Robin jugea inutile d'insister. De plus, il craignait de voir surgir Dexter à tout moment.

« Pour sortir d'ici, chuchota-t-il. Il faut franchir une porte blindée. Elle est commandée par un boîtier électronique. Savez-vous quels chiffres il faut taper sur le clavier pour provoquer l'ouverture du battant ? »

Antonia le dévisagea, une expression de stupeur avait envahi ses traits.

« Andrewjz l'a fait devant moi, insista Robin. Je crois qu'il y a quatre chiffres. Je sais où est la télécommande mais j'ignore la formule. Andrewjz l'a-t-il inscrite quelque part ? La connaissez-vous ? »

Antonia se redressa, subitement courroucée.

« Je ne sais pas de quoi vous parlez, siffla-t-elle. Je ne m'occupe pas des questions d'intendance. Allez-vous me demander l'état des réserves du cellier ou le nombre de casseroles suspendues dans l'office ? Comment osez-vous appeler le prince, mon époux, par son prénom ? D'où sortez-vous, petit maraud ? Qui vous a fait entrer à mon service ? Je déteste les insolents, je vous ferai fouetter ! Je... »

Elle parlait d'une voix de plus en plus criarde, aussi Robin jugea-t-il prudent de s'esquiver. Sur la terrasse, Antonia, très rouge, continuait à s'agiter entre les accoudoirs de son fauteuil.

Le jeune garçon se réfugia à la cuisine. Il était terrifié à l'idée de se retrouver prisonnier du domaine. Appuyer au hasard sur les boutons de la télécommande ne servirait à rien. On l'avait suffisamment frotté de mathématiques pour savoir que les combinaisons possibles se chiffraient par milliers, voire par millions. Seul un hasard invraisemblable lui aurait permis de tomber juste au premier essai.

S'il voulait s'enfuir, il devrait donc « sauter » par-dessus le mur d'enceinte avec un bébé en bandoulière.

« Il y a sûrement une échelle quelque part, se dit-il, mais jamais Dexter ne me laissera le temps de la traîner jusqu'à la muraille. »

Il sortait de la maison avec l'intention d'explorer la remise quand Dexter l'appela, depuis la fenêtre de son cabinet de travail. Il s'exprimait maintenant avec préciosité, en affectant des gestes de petit monsieur, et ne se séparait plus d'un mouchoir de dentelle qu'il avait glissé dans son poignet de chemise, à la façon des muguets du Grand Siècle.

Robin grimpa l'escalier avec appréhension. Le bureau était encombré de feuillets froissés, d'esquisses incompréhensibles. Le jeune garçon crut discerner des ébauches de décorations, des palmes académiques, un défilé bizarre de figures héraldiques inconnues.

« L'usurpateur n'est pas mort, déclara Dexter, allant et venant sur le parquet ciré du cabinet. Tout à l'heure, pendant ma promenade, je l'ai entendu pleurnicher dans les buissons. C'est donc que les bêtes ne lui ont pas réglé son compte. J'en ai été fort contrarié. »

Il alla jusqu'à la cheminée, fit volte-face. Le craquement des lattes, sous ses talons, lui était de toute évidence agréable à l'oreille.

« Robbie, murmura-t-il en se tournant vers le jeune garçon. Tu dois t'en charger une bonne fois pour toutes. Les piaillements de ce môme m'empêchent de me concentrer, or le travail qui m'absorbe est important. Il en va de l'image de notre pays, de sa représentation dans l'inconscient des populations. »

Il fit un geste las en direction de la fenêtre.

« Il ne pleure pas très fort, c'est vrai, mais cela suffit à me déconcentrer, ajouta-t-il. Je crois qu'il est presque mort, mais tu serais aimable d'aller lui tordre le cou, ou de lui tenir un coussin sur la figure jusqu'à ce qu'il s'étouffe. Ça ne devrait pas prendre beaucoup de temps. »

Il s'approcha de Robin et lui passa la main dans les cheveux.

« Nous sommes copains, toi et moi, non ? dit-il en reprenant sa voix de voyou. Il est important que nous le restions, petit père. Après tout, nous allons devoir passer pas mal de temps ensemble. Ce serait con de se brouiller dès le départ. »

Robin recula d'un pas.

« Fais-le taire, bordel, siffla Dexter. Je ne veux plus l'entendre.

— Je... je vais l'empoisonner, proposa Robin. Avec un biberon rempli de somnifère.

— Fais comme tu veux, je m'en fous, grogna le jeune homme en lui tournant le dos. Mais n'échoue pas, c'est tout. »

L'enfant quitta la pièce. Le subterfuge du biberon lui permettrait d'apporter au bébé une nouvelle ration de nourriture. Il s'activa dans la cuisine, ajoutant deux cuillerées de sirop au lait chaud. Avec un peu de chance, le gosse dormirait jusqu'au soir. Il traversa le parc avec l'impression que le regard de Dexter ne le quittait pas. Il se demanda si le jeune homme se doutait de quelque chose.

Une fois à l'abri des arbres, il se sentit mieux. Comme la veille, il changea le nourrisson en hâte, et lui fit avaler la nourriture liquide. Malgré la lotion protectrice, le petit était couvert de piqûres de moustiques. La situation ne pouvait pas s'éterniser. Ou le gosse mourrait de faim et d'épuisement, ou Dexter viendrait s'en occuper personnellement, ce qui aboutirait au même résultat.

Le biberon vidé, Robin déposa le bébé dans son panier et le berça. Le sirop ne tarda pas à agir. Quand il fut certain que le gosse dormait, Robin se redressa et entreprit de longer la muraille à la recherche d'un passage. Le seul moyen de s'enfuir aurait consisté à grimper dans un arbre, à ramper sur une basse branche le plus loin possible du tronc et à sauter dans le vide en espérant atteindre le faîte du mur.

« Si je rate le sommet, songea-t-il, je tomberai d'une hauteur de quatre mètres, avec un bébé accroché entre les omoplates. »

À l'idée d'écraser l'enfant en roulant sur le sol, il frissonna. En outre, de l'endroit où il se tenait il ne pouvait voir si le haut de la muraille était muni d'un quelconque dispositif de protection : tessons de bouteille, clous, dards de métal, voire circuit électrifié... Andrewjz s'était toujours montré pointilleux en matière de défense passive. Antonia elle-même s'était souvent vantée du rideau défensif qui entourait le château. À l'époque, Robin n'y avait guère prêté attention. Il n'en allait pas de même aujourd'hui.

Il finit par repérer un arbre centenaire dont les basses branches seraient en mesure de supporter le poids de deux gosses. Certes, il faudrait s'avancer sur cette poutre naturelle le plus loin possible, jusqu'à ce qu'elle commence à fléchir. Ce serait alors le moment de sauter dans le vide, les bras tendus, avec l'espoir d'être capable de se rattraper au faîte du mur.

« S'il y a des tessons de bouteilles, songea Robin, je m'ouvrirai les paumes. »

Il soupira, la poitrine comprimée par l'angoisse. Il avait déjà passé trop de temps dans la forêt, il lui fallait rentrer à la maison sans tarder.

Quand il sortit du bois, il aperçut Dexter debout sur la terrasse, les mains croisées dans le dos. Il portait son uniforme d'apparat avec superbe, hélas, les souliers d'Andrewjz s'étant révélés beaucoup trop petits, il avait dû se résoudre à reprendre les vieilles chaussures de basket qu'il avait en arrivant. Le mariage des styles nuisait à son prestige. Il ne paraissait pas s'en rendre compte.

« Alors, demanda-t-il, c'est fait ?

— Oui, mentit Robin. Je suis resté jusqu'à ce qu'il s'endorme. Il ne se réveillera pas, c'est sûr.

— J'espère pour toi, grogna le jeune homme. Je n'aimerai pas découvrir que tu essayes de me rouler. Je trouverai ça très, *très* désagréable. »

L'enfant craignit d'être trahi par sa pâleur. N'ayant jamais eu à ruser, il n'était pas bon comédien.

La peur lui fit les tempes moites. Le sursis touchait à sa fin, il ne pourrait plus entretenir l'illusion bien longtemps.

« C'est bon, dit Dexter. Va préparer le dîner. J'ai besoin de reprendre des forces. Ce soir j'engrosserai Antonia. Ce sera le premier héritier d'une longue lignée. Plus tard, quand tu seras devenu assez grand, et si elle n'est pas trop vieille pour faire des enfants, je te la prêterai. Il est bon qu'une population ne soit pas toute issue du même sang. Tu es bien bâti, j'ai confiance, tu lui mettras dans le ventre quelques beaux rejetons pleins de santé. Ce sera un grand honneur pour elle. »

Robin courut vers l'office.

La prudence lui conseillait de s'enfuir dès la tombée de la nuit, toutefois l'obscurité rendrait l'escapade techniquement impossible. Jamais, en effet, il ne serait capable d'apprécier les distances dans le noir. Comment calculerait-il son élan dans ces conditions ?

« Demain matin, se promit-il. Demain matin au lever du jour, quand ils seront encore endormis. Une fois le mur franchi, je filerai vers le village. Il y en avait un. Nous l'avons traversé en venant. À combien de kilomètres se trouve-t-il ? Pourvu que je ne me torde pas la cheville en sautant de l'autre côté... »

S'il se blessait, s'il se cassait la jambe, il resterait là sans pouvoir espérer le moindre secours. Qui passait par ici ? Personne sans doute puisqu'un rideau de barbelés défendait les approches de la propriété.

Oui, il resterait là, à gémir... jusqu'à ce que Dexter décide de venir l'achever.

33

Il eut beaucoup de mal à trouver le sommeil. Il se savait incapable de vivre plus longtemps dans cette maison où tout lui faisait horreur. Andrewjz était mort et Antonia n'était plus l'Antonia qu'il avait connue... Un autre enfant aurait sans doute perdu l'esprit devant un tel tourbillon de remises en cause, mais Robin avait survécu à l'entraînement imaginé par Jedediah Pookhey, il avait supporté l'étreinte d'Hilton Crapshaw sans s'estimer souillé de manière indélébile. Tout s'était écroulé autour de lui ; il avait vu son univers s'émietter... et pourtant il était toujours debout. Dexter ne le détruirait pas. Pas aussi facilement qu'il se l'imaginait, du moins.

Aux premières lueurs de l'aube, Robin se glissa hors de la maison. Il grelottait de nervosité. Il courut à travers le parc, dans l'herbe humide qui lui mouillait les chevilles. Sitôt sous le couvert, il alla chercher l'enfant dans le tronc d'arbre creux. Le bébé dormait, abruti par le sirop calmant. Il avait fait sous lui et une odeur épouvantable s'élevait du couffin. Robin n'avait pas le temps de le changer. Au moyen de la ficelle, il ligota le panier, le transformant en une espèce de hotte de vendangeur dont il se harnacha. Au terme des différentes manipulations, la corbeille d'osier était devenu un carquois pendu entre ses omoplates. Le bébé gémit sans toutefois se réveiller. À présent le plus dur restait à faire. Robin devait escalader l'arbre, ramper sur la plus grosse des basses branches... et sauter dans le vide en essayant de se rattraper au faîte du mur.

Il transpirait ; la sueur lui coulait dans les yeux, brouillant sa vision. Il s'éleva le long du tronc par tractions successives. Il ne manquait pas de force dans les bras car il avait assez souvent pratiqué cet exercice pour y exceller. Au moment où il posait les doigts sur la grosse branche qui se ramifiait en direction du mur, l'écorce vola en nuage d'écailles au-dessus de lui. Tout d'abord, il ne comprit pas ce qui se passait et contempla le tronc nu, haché, suintant de sève. Des esquilles arrachées aux branches s'étaient fichées dans le dos de sa main. Absorbé par son escalade, il n'avait pas entendu le coup de feu. La seconde détonation lui fit rentrer la tête dans les épaules. Des brindilles cascadèrent tout autour.

« Je te vois ! lança la voix lointaine de Dexter. Je sais ce que tu es en train de faire. Robin se conduit très mal... Robin trahit ses amis. S'il ne se reprend pas, il sera sévèrement puni. »

L'avertissement avait été proféré sur le ton faussement joyeux d'une comptine de cour de récréation. Robin se laissa tomber sur le sol et s'aplatit de l'autre côté du tronc, de manière à se protéger du tireur. Où donc Dexter avait-il trouvé un fusil ? Dans les affaires d'Andrewjz, probablement. L'homme à la moustache grise avait tout prévu, même l'éventualité d'en découdre avec un hypothétique assaillant. Ce qui impliquait une importante réserve de munitions.

« Ne te cache pas, nasilla la voix de Dexter. Je sais parfaitement où tu es. Je dispose d'une magnifique lunette de visée... Je pourrais presque compter les grains de beauté sur ton oreille gauche. »

Il parlait à l'aide d'un porte-voix. Andrewjz avait donc envisagé la perspective d'avoir à négocier avec la police.

« Je ne te laisserai pas sortir, lança Dexter. D'où je suis je peux surveiller toute la muraille d'enceinte. Si tu essayes de t'y hisser, je t'abattrai. C'est la première fois que je me sers d'une arme, mais je crois que je suis doué pour ça. Je serais chagriné de devoir t'exploser la tête, car je t'aime bien, mais il est hors de question de te laisser trahir ta famille. Ne te range pas dans le clan de l'usurpateur... Je t'en supplie, reviens à la raison. Robbie, nous ferons bientôt de grandes choses et je compte sur toi pour m'épauler. Nous sommes frères, j'ai besoin de toi. Cesse ces enfantillages, tu me fais perdre mon temps. »

Robin risqua un œil hors de sa cachette pour tenter de déterminer où s'embusquait Dexter. À travers le fouillis des branches, il aperçut le jeune homme sur la terrasse du deuxième étage. Dexter, appuyé à la balustrade de pierre, brandissait un porte-voix de la main gauche. Dans la droite, il tenait une grosse carabine dont l'acier accrochait des éclats de soleil. Robin ne connaissait rien aux armes modernes — son savoir s'arrêtait aux différents types de glaives en usage dans les légions romaines — mais il supposa qu'un fusil de cette sorte devait être en mesure d'effectuer de terribles ravages.

« Je peux attendre, lança Dexter d'un ton qui n'avait plus rien de fraternel. Je vais m'asseoir là, une pile de sandwiches et une glacière remplie de bière fraîche à portée de la main... Et je vais prendre l'affût, mon petit père. Tu ne pourras pas rester tout le temps planqué derrière ce tronc, pas vrai ? »

Robin sentit le bébé gigoter dans son dos. Il avait faim. Dans un moment il allait commencer à pleurer, or les provisions se trouvaient près du tronc creux, à trente mètres de là.

« Il faudra tenir jusqu'à la nuit, songea l'enfant. Quand le soleil se couchera, Dexter n'y verra plus assez pour me mettre en joue. J'en profiterai pour franchir le mur. Oui... il faut tenir jusqu'à ce qu'il fasse noir. »

Pendant quelques minutes le silence régna sur le parc, puis Dexter reprit la parole.

« Je sais ce que tu mijotes, cria-t-il. Tu attends l'obscurité, mais ne te fais aucune illusion. Si tu n'es pas sorti du bois avant la fin de l'après-midi, j'irai te chercher. Pour le moment je ne suis pas encore en colère après toi. Tu es jeune, trop sensible. Tu as tendance à pleurnicher. Je vais t'accorder un délai de réflexion. Si tu veux qu'on soit de nouveau copains, il te suffira de jeter le bébé dans l'herbe, de manière que je puisse faire un carton dessus... Pan ! un seul coup bien propre, et c'en sera fini de la querelle. Je considérerai qu'il s'agissait là d'une épreuve d'initiation. Il faut bien te donner l'occasion de t'endurcir, n'est-ce pas ? Jette le bébé, et je passerai l'éponge. Il ne faut pas laisser la discorde s'installer entre nous. Nous devons rester unis, tu en as conscience ? Le sort de l'Ombrie Australe repose sur notre bonne entente. »

Il continua à soliloquer dix minutes. Alternant supplications et menaces, puis les pleurs du nourrisson s'élevèrent, couvrant sa voix.

Robin ferma les yeux et appuya sa tête contre le tronc derrière lequel il avait fini par s'agenouiller. Il se sentait dans l'incapacité d'imaginer la moindre solution. Il ne voulait pas mourir, mais il ne voulait pas davantage se séparer du bébé. La situation le dépassait.

« J'ai des cartouches à ne plus savoir qu'en faire ! hurla soudain Dexter. Le vieux schnock avait tout prévu. Il y a ici de quoi soutenir un siège ! Des armes, des balles... et même des explosifs.

C'est super ! Dès que j'aurai pris mon petit déjeuner je commencerai à faire un carton sur ton arbre. On verra bien comment tu supportes ça. »

Robin se ratatina dans l'herbe pour offrir le moins de surface possible au tireur. Rien ne devait dépasser du tronc. Il regarda au-dessus de sa tête pour vérifier qu'il n'existait réellement aucun moyen de s'enfuir, mais la seule branche assez solide pour supporter son poids se déployait dans le champ de vision de Dexter. S'il commettait l'erreur de s'y risquer, une balle le frapperait avant même qu'il ait pu parcourir la moitié du chemin.

« Jette le bébé ! ordonna la voix colérique du jeune homme. Tu ne peux tout de même pas préférer ce chiard à ton propre frère ! Jette-le, et tout sera réglé. Je te taillerai un bel uniforme, avec des épaulettes. Je te permettrai de porter des décorations, même si tu es un peu jeune pour ça... Ne fais pas le con, Robbie. Tu vas tout gâcher. Nous étions à l'aube d'une formidable aventure et tu vas tout foutre par terre. Reviens à la raison. Nous dirons qu'il s'agissait d'un moment d'égarement et nous n'en parlerons plus jamais. Tu n'as pas à avoir honte, c'est une réaction de sensiblerie due à ton jeune âge. Je peux comprendre ce genre de chose, mais n'abuse pas de ma patience. Je te laisse jusqu'à seize heures pour réfléchir... ensuite je viendrai te chercher et je serai sans pitié. »

34

« Ça y est ! lança Mathias Gregori Mikovsky en passant nerveusement la main dans ses cheveux noirs bouclés. On a une piste. L'une des équipes qui font le tour des immeubles de bureaux en brandissant les photos des gosses et le portrait-robot d'Andrewjz a fait une touche. »

Sandy DiCaccio s'appliqua à dissimuler son frémissement. Désormais, elle se méfiait du regard que l'agent spécial posait sur elle. À plusieurs reprises, ces derniers jours, il avait insisté pour qu'elle prenne du repos. C'est-à-dire, en langage clair : qu'elle abandonne l'enquête. Il n'osait pas encore transformer cette prière en ordre, mais cela viendrait, surtout si elle se montrait trop réceptive.

« C'est le portier d'un immeuble occupé par les managers du spectacle qui les a identifiés, continua Mikovsky. Finalement on ne s'était pas trompés. La plupart des bureaux sont occupés par des agents, des *talent scouts*. Il y a de tout là-dedans, depuis le cracheur de feu du petit cirque texan jusqu'au prédicateur itinérant qui se produit sur rendez-vous avec miracle à la clef. Notre homme ne s'appelle ni Andrewjz ni Billingsly. Sa véritable identité serait André deConte. Il serait né à la Nouvelle-Orléans dans une famille d'immigrants français. Son père a fait fortune dans le pétrole, sur un coup de chance, en découvrant une nappe quasi inépuisable sur un terrain pourri acheté aux Apaches pour une somme dérisoire.

— Quel âge a-t-il ? s'enquit Sandra.

— Soixante-deux, répondit l'agent spécial. Il s'est marié avec une femme de vingt ans sa cadette. Antonia Valentina Tchékova. Grande famille d'origine russe totalement ruinée. Ils ont fait le tour des services d'adoption. On a retrouvé les dossiers les concernant. La femme y est décrite comme souffrant de folie des grandeurs, et très instable. Chaque fois qu'elle a passé un entretien, l'épreuve s'est soldée par un avis défavorable du psychologue. On signale même qu'Andrewjz aurait tenté de soudoyer l'un d'eux.

— Ça colle, murmura Sandy. On voit d'où provient le délire dynastique. Cette Antonia a probablement été élevée dans le climat très particulier de l'immigration russe. Des princes ruinés ayant fui le bolchevisme et ressassant au coin du feu les souvenirs de leur grandeur perdue. Le Tsar, les fêtes...

— Raspoutine, le Palais d'Hiver... compléta Mikovsky, je connais ça. Mes grands-parents viennent du même pays, mais plutôt côté moujiks. »

Il se replongea dans la brassée de télécopies froissées dont certains passages avaient été surlignés en jaune fluo.

« Pas de vrai domicile fixe, continua-t-il. Une résidence somptueuse en Floride, mais ils n'y mettent jamais les pieds. L'homme se rend à son bureau une fois par semaine, il y rencontre son avocat, règle les affaires courantes, signe les contrats, encaisse les chèques, et disparaît. Personne n'a vu la femme depuis des années. Certains croient même qu'elle est internée dans une clinique psychiatrique huppée mais que son mari ne veut pas le dire. »

Il se leva.

« Okay, lança-t-il. Amène-toi. On va visiter ce foutu bureau. L'avocat nous attend là-bas, on l'a sorti du lit aux aurores. J'espère qu'on pourra lui soutirer quelque chose d'utilisable. »

Sandy obéit. Son instinct lui soufflait que Robin était en danger et elle avait hâte de le retrouver pour le sortir des griffes de Dexter Mulloney.

Ils traversèrent la cité en trombe pour s'arrêter devant un immeuble cossu dont le hall était encombré d'une foule hétéroclite et bizarre en vestes de cuir et chemises voyantes. Mikovsky s'ouvrit un chemin au milieu des cow-boys endimanchés, des rappeurs de luxe et des clones d'Elvis pour rejoindre l'ascenseur. Sandy nota que la décoration avait partout le même aspect « tape-à-l'œil chicos », dans le style Las Vegas. Tout cela avait coûté très cher, et l'on tenait à ce que ça se sache. Le bureau d'Andrewjz sentait le cuir et le cigare. Il avait un côté « club anglais squatté par des Tziganes », mais sans doute la chose était-elle voulue ? Un gros homme en uniforme triturait sa casquette dans un coin de la pièce. L'avocat lui faisait face. Tous deux avaient dû répondre à un feu roulant de questions depuis le matin. Dès qu'il eut franchi le seuil, Mikovsky mit les choses au point.

« Il ne s'agit pas d'une banale fraude fiscale ou d'une évasion de devises, annonça-t-il sèchement. Nous sommes en présence de kidnappings multiples se doublant d'assassinats en série. À vous de voir dans quelle mesure vous désirez couvrir les agissements du propriétaire de ce bureau. Sachez cependant qu'en occultant la moindre parcelle de vérité vous deviendrez ses complices devant la loi. »

L'avocat s'agita, mal à l'aise. Il n'avait jamais travaillé dans le domaine pénal et s'y sentait en terre inconnue. C'était un spécialiste du commercial, un équilibriste des placements boursiers, un magicien des déclarations de revenus. Il ne possédait en rien la roublardise et la jactance des jeunes loups criminalistes qui montrent les crocs dès qu'un flic les approche à moins de quinze pas. Sandra DiCaccio vit qu'il transpirait. Quand il se mit à parler, ce fut d'une voix qui sortait mal. Il répéta qu'il ne savait rien des affaires privées de son client.

« Nos rapports se bornent aux rencontres que nous avons dans cette pièce, fit-il. Je lui apporte des fonds, je lui fais signer les contrats en attente... Je n'ai jamais cherché à en savoir davantage. Monsieur deConte n'est qu'un client parmi d'autres. Il m'a toujours fait l'effet d'un homme triste, solitaire. Je sais qu'il est marié mais je n'ai jamais rencontré sa femme. La rumeur affirme qu'elle serait enfermée depuis des années dans une clinique psychiatrique de Los Angeles.

— Il est riche ? interrogea Mikovsky.

— Oui, dit le juriste. Une fortune qui lui vient de son père. Des puits de pétrole au Texas, judicieusement exploités et qui n'ont jamais donné le moindre signe de pénurie. Mon client ne s'en occupe pas. Les affaires ne l'intéressent pas. Il n'a de passion que pour le spectacle, les cirques ambulants, ce genre de chose. Je suppose que c'est un hobby. Il a également racheté trois vieux théâtres et finance des petites comédies musicales, souvent à perte. Mais il peut se le permettre.

— Il a de gros besoins d'argent ?

— Oui. J'ai essayé de l'amener à plus de modération, mais il ne veut rien entendre. Le showbiz est un domaine où l'on peut perdre sa chemise.

— De gros retraits ?

— Oui. C'est un personnage étrange. Sans adresse fixe. Toujours en mouvement. Je ne sais même pas où il habite réellement.

— Comment le contactez-vous ?

— Boîte postale et répondeur, celui qui trône sur cette table, là... »

L'interrogatoire se poursuivit sur le même ton pendant plusieurs minutes. Sandy laissa son regard errer à travers la pièce. Elle repéra ainsi une maquette de château, sur une console. Un château de conte de fées qui lui rappela aussitôt les souvenirs de Robin et de Dexter.

« Vous avez déclaré avoir vu les jeunes visiteurs, dit enfin Mikovsky. C'étaient bien ceux qui figurent sur ces photos ?

— Oui, confirma l'avocat. Ils attendaient là, sur ce canapé. J'ai été surpris de les voir car jamais mon client ne recevait d'artistes quand nous devions nous rencontrer.

— Qu'avez-vous pensé de ces deux gosses ?

— Je ne sais pas. Ils m'ont fait une impression bizarre. Le plus jeune surtout. Il avait l'air... comment dire ? Trop intelligent pour son âge, vous voyez ? Et d'une beauté trop parfaite, comme on n'en rencontre jamais, à part dans les catalogues des cliniques de chirurgie plastique.

— Et l'autre, le plus vieux ?

— Un grand dadais... Je dirais : une espèce d'imbécile heureux. Mou. J'ai eu dans l'idée que le petit, le gosse, lui faisait faire tout ce qu'il voulait. Oui, je crois que le petit tirait les ficelles. Ça se voyait à son regard. Un regard d'adulte, calculateur. »

Sandy se cabra.

« Vous n'avez aucune preuve de ce que vous avancez, lança-t-elle. Vous interprétez. On peut faire dire n'importe quoi à un regard, de nombreuses études ont été faites là-dessus. »

Mikovsky fronça les sourcils pour lui rappeler qu'elle n'avait pas à intervenir.

« Monsieur a raison, renchérit le portier qui jusque-là n'avait pas ouvert la bouche. J'ai eu moi aussi la même impression. Le petit... quand il a traversé le hall, je l'ai bien vu. On aurait dit que c'était lui qui commandait le groupe. Un regard pas commode, oui. Bizarre chez un gamin aussi jeune. »

Sandy enfonça ses ongles dans les coussins du canapé. *C'était parti !* Ils allaient se tenir les coudes ! Le grand numéro de duettistes ! Elle savait d'où découlait leur réaction. Robin était trop beau, il suscitait chez les hommes un sentiment de jalousie qui se changeait aussitôt en agressivité. Sans doute réveillait-il également chez certains des tendances pédophiles refoulées, tout cela concourait à installer dans l'esprit des mâles qui l'observaient la conviction qu'il était mauvais. Ils rejetaient sur lui les sentiments troubles ou négatifs qu'il avait fait naître en eux.

« Si j'essaye d'expliquer ça à Mikovsky il va encore m'accuser d'être partiale », songea-t-elle avec dépit.

Dans les minutes qui suivirent, le portier et l'avocat s'appliquèrent à brosser de Robin un portrait étrangement inquiétant.

« Bon Dieu ! faillit leur crier Sandra, vous parlez d'un enfant de dix ans, pas de l'Antéchrist ! »

Ce qui l'effrayait encore plus, c'était l'expression approbatrice avec laquelle Mikovsky écoutait les deux hommes. Il devenait évident que son opinion était faite.

« Il n'a jamais pu encaisser Robin, songea Sandra DiCaccio, cela date de leur première rencontre. Le gosse l'a traité de haut, et Mathias n'a pas aimé ça. Il s'est soudain senti petit fonctionnaire de police en face d'un prince du sang ; il ne s'en est pas remis. Aujourd'hui il se venge. Le pire, c'est qu'il n'en a même pas conscience. »

Quand il devint manifeste que ni le portier ni l'avocat n'avaient la moindre idée de l'endroit où se cachait Andrewjz, on les congédia.

« Et surtout, pas un mot à votre client, gronda Mikovsky en serrant durement le coude du juriste entre ses doigts tachés de nicotine. Sinon vous tomberez pour complicité. Ce type est cuit, ne l'oubliez pas. Si vous voulez conserver toutes vos plumes, demeurez hors de cette histoire. »

L'homme hocha la tête et prit la fuite. L'agent spécial se retourna alors vers la psychologue.

« Je suis ennuyé, murmura-t-il. Ta présence va tout compliquer. Tu vois bien que Robin est le cerveau de cette affaire. Tous les témoignages concordent. Il se sert de Dexter comme d'un outil, il a subjugué ce pauvre imbécile et s'en sert comme d'un homme de main.

— Ce n'est pas Robin qui m'a... agressée, siffla Sandy. C'est Dexter.

— Oui, admit Mikovsky, mais qui te dit que ce n'est pas Robin qui lui en a soufflé l'idée ?

— N'importe quoi ! » chuinta la jeune femme. Au coup d'œil que lui jeta l'agent spécial, elle songea : « Je viens de perdre le point ». Elle chercha à donner le change en allumant une cigarette, mais elle eut la désagréable surprise de voir que ses mains tremblaient. Finalement, la flamme tressautante du briquet ne faisait que souligner sa nervosité.

« On a déjà lancé une recherche pour localiser la voiture, dit Mathias. Encore une fois c'est traquer une aiguille dans une meule de foin, mais elle a des vitres fumées, ce n'est pas si courant. On va écumer toutes les stations service au cas où il se serait arrêter pour prendre de l'essence. Une équipe va passer au crible les fichiers des agences immobilières. Comme d'habitude on cherche une grande maison isolée avec un parc gigantesque.

— Andrewjz est riche, soupira Sandy. Il possède peut-être son avion personnel. Ou son hélicoptère. Si c'est le cas, il est très loin d'ici. »

Elle ne savait plus très bien ce qu'elle souhaitait : retrouver Robin ou lui laisser la possibilité de s'évanouir dans la nature.

« Tu le crois coupable, n'est-ce pas ? demanda-t-elle en cherchant à accrocher le regard de l'agent spécial.

— Oui, fit celui-ci. C'est un manipulateur. Un psychopathe, persuasif en diable.

— Non, coupa Sandra DiCaccio. C'est un surdoué, et comme tous les surdoués il suscite la haine autour de lui. Tu ne l'aimes pas parce que tu t'es senti inférieur en face de lui. C'est très courant. Il n'est pas rare que ces gosses tournent mal, contrairement à ce qu'on imagine. Ils ont tout pour réussir, et malgré cela, ils se marginalisent, refusent d'exploiter leurs dons. Certains deviennent de vrais perdants professionnels... quand ils ne tombent pas tout simplement dans le piège de la drogue.

— Ne me fais pas la leçon, grogna Mikovsky d'un ton sourd.

— Je suis bien forcée, insista la jeune femme. Tu ne m'écoutes pas. Les surdoués en ont souvent assez d'être considérés comme des phénomènes. Ils perçoivent très bien l'irritation, la jalousie qu'ils font naître autour d'eux, alors ils décident de devenir comme tout le monde, de renoncer à leur différence. Ils s'emploient à tout rater, pour prouver aux autres qu'ils sont normaux. Aussi nuls que la moyenne des gens. Mais ça ne marche pas non plus, car les gens ordinaires n'aiment pas les nuls.

— Assez, trancha l'agent spécial. Ça suffit maintenant. Ce n'est pas moi qui pousse ce gosse à se comporter comme il le fait. Il était comme ça, dès le début. Il s'imagine faire partie de la race des seigneurs. Tu n'es pas objective. Je crois que je devrais t'ordonner de rentrer.

— Tu auras besoin de moi lorsque vous donnerez l'assaut à la maison, dit Sandra. Dexter ne se rendra pas. Vous ne lui faites pas peur. Il espère même que vous serez très nombreux. Ce sera sa minute de triomphe. Si quelqu'un peut établir le contact avec lui, ce sera moi, personne d'autre. Il est assez pervers pour avoir envie de me rencontrer.

— D'accord, capitula Mikovsky. Mais contrôle-toi et n'interviens pas dans l'enquête. Pour moi, Robin est le cerveau, je rédigerai mon rapport dans ce sens. D'ailleurs toute l'équipe pense comme moi. »

Sandy garda le silence. Elle ne pouvait plus rien pour l'enfant. Le jugement était déjà rendu. Si on le prenait, il croupirait pour les vingt ou trente années à venir dans un asile psychiatrique pénitentiaire. Son jeune âge n'y ferait rien, on jugeait de plus en plus les enfants comme des adultes, sans la moindre indulgence.

« Mon avis d'expert ne sera pas pris en compte, se dit-elle. Plus maintenant. Dexter a tout fichu par terre. On nommera quelqu'un d'autre. Quelqu'un qui n'aura pas suivi le dossier. Et si l'on m'interroge, ce sera uniquement comme témoin. Mes déclarations n'auront qu'une valeur consultative. Je ne pourrai plus influer sur le cours des événements. »

Elle serra les poings tandis que les larmes lui montaient aux yeux. Quand elle sentit ses paupières se mouiller, elle se détourna pour échapper au regard scrutateur de Mikovsky.

*

Trois heures s'écoulèrent. L'équipe fouilla le bureau dans ses moindres recoins. Un spécialiste força le coffre-fort mural, tout cela sans résultat. Andrewjz n'avait pas commis l'erreur de laisser derrière lui un quelconque indice. Tout, ici, semblait consacré au monde factice du cirque et de la comédie musicale. Une vieille affiche des *Ziegfield's Folies* était encadrée au-dessus de la table de travail. Il y avait également beaucoup de photographies des ballets nautiques en vogue aux lendemains de la Seconde Guerre mondiale. Sandra reconnut Esther Williams sur l'une d'elles. C'était un petit univers en marge du temps, aux couleurs fanées. Les confettis y sentaient le vieux mégot, les paillettes y avaient pris la teinte grise de la cendre.

« On les a repérés, clama soudain Mikovsky. Un auto-stoppeur a déclaré avoir été frôlé par une voiture aux vitres teintées, lancée à grande vitesse. L'auto s'est arrêtée sur le bas-côté, et le conducteur a ouvert la portière pour vomir dans le fossé. La description qu'il en a fait correspond à celle d'Andrewjz. Ses déclarations sont confirmées par un garagiste. Un sexagénaire portant une moustache grise s'est arrêté dans sa station pour prendre de l'essence... Ici, très exactement. »

Il s'était approché de la carte déployée sur la table pour y piquer un repère de couleur.

« Le pompiste a-t-il aperçu les gosses ? demanda Sandy.

— Non, seulement l'homme, répondit l'agent spécial. Les vitres teintées ne lui permettaient pas de voir s'il y avait quelqu'un à l'intérieur du véhicule.

— Et si Andrewjz les avait tués ? murmura la psychologue.

— Ce n'est pas à exclure, admit Mathias. Il aurait très bien pu les empoisonner durant le trajet en leur offrant quelque chose à boire. Ensuite, il n'aurait eu qu'à s'arrêter dans un sous-bois pour les enterrer. »

Ils ne dirent plus rien et s'absorbèrent dans la contemplation de la carte, comme si elle allait leur fournir une réponse.

« Quoi qu'il en soit, soupira Mikovsky, ils vont dans cette direction. Cela réduit le champ des investigations immobilières. Dès qu'on aura isolé les grandes propriétés offertes à la location, on enverra les hélicos pour effectuer des repérages. Ça peut aller très vite maintenant. Tout pourrait être réglé avant la tombée de la nuit.

— Sauf si Andrewjz se barricade avec ses otages, objecta Sandy.

— Tu penses qu'il résistera ?

— Il n'acceptera jamais d'être séparé d'Antonia, c'est certain. Cet homme éprouve un amour fou pour sa femme. S'il se sent acculé, pris au piège, il y a de fortes chances pour qu'ils choisissent d'en finir par un suicide collectif. Il se tuera, et il tuera par la même occasion tous ceux qui l'entourent. Et Dexter ne s'y opposera pas, bien au contraire.

— Ne remet pas Dexter sur le tapis, par pitié ! Tu sais ce que j'en pense. Pour moi ce n'est qu'un comparse. »

Sandy n'insista pas.

« Tiens-toi prêt au pire, conclut-elle en se détournant. Ils ne sortiront pas de la maison les mains sagement posées sur la tête, n'y compte pas. »

Une heure plus tard, l'équipe chargée d'écumer les agences immobilières signala une maison suspecte au nord du village de Santo Herminio. L'homme avait réglé le montant de la location en liquide, et il portait une moustache grise.

« Il est fatigué, songea Sandy. Il ne prend même pas la peine de modifier son apparence physique. C'est comme s'il avait envie que tout cela se termine. »

Mikovsky ne lâchait plus le téléphone. Une équipe d'assaut allait se mettre en branle.

« Finalement, décida-t-il, je n'utiliserai pas les hélicoptères, ça risquerait d'éveiller sa méfiance, surtout dans une région aussi peu fréquentée. On va y aller par la route. On aura le temps de tout mettre au point pendant le trajet. »

Sandra DiCaccio hocha la tête. Elle avait très peur de ce qui allait se passer durant les heures à venir.

ROBIN & SANDY

ARAIGNEE DU MATIN, ARAIGNEE DU SOIR...

35

Un instant plus tôt, Robin s'était mis à sangloter. Il n'en pouvait plus. Depuis des heures il se tenait recroquevillé derrière le tronc haché par les coups de feu tirés de la terrasse. Toute l'écorce avait volé en morceaux, et la chair de l'arbre, entamée, répandait une curieuse odeur de sève. Il faisait chaud et Robin mourait de soif, comme le bébé qui, après avoir longtemps pleuré, avait fini par sombrer dans une stupeur gémissante.

Dexter n'avait pas quitté son poste d'observation. Quand un besoin naturel le prenait, il se levait, ouvrait sa braguette et pissait par-dessus la balustrade.

Maintenant, le soleil baissait à l'horizon. Dans une heure, tout au plus, Dexter descendrait de son perchoir, son fusil sous le bras, des cartouches plein les poches, et traverserait la pelouse pour entrer dans la forêt. Il serait alors trop tard pour espérer de lui la moindre clémence.

« Il me tuera, pensa Robin. Et il tuera le bébé... »

Il était épuisé. Tout le jour, le soleil lui avait cuit la peau. Les coups de feu, la peur d'être blessé, avaient usé sa résistance nerveuse. Il s'était surpris à haïr le bébé à cause de qui tout était arrivé. Il savait qu'il n'échapperait pas à Dexter. Il aurait beau courir entre les arbres, les balles tirées par le jeune homme finiraient par lui percer la peau. Au cours de la journée il avait pu vérifier à quel point son « frère » était habile avec un fusil. Il ne se faisait donc aucune illusion sur ses chances de survie. Au mieux, il en serait réduit à longer le mur d'enceinte pour revenir à son point de départ. Il était enfermé, il n'avait nulle part où aller, nul endroit où se cacher. C'était comme si Dexter avait décidé de monter un safari à l'intérieur d'un zoo, pour tirer sur des bêtes prisonnières de cages verrouillées.

« Décide-toi, Robbie ! hurla la voix nasillarde du mégaphone. Tu n'as plus beaucoup de temps pour te repentir. Je vais venir te chercher. Je vais te punir comme tu le mérites. Réfléchis bien au lieu de t'entêter. Une fois que je serai dans la forêt, il sera trop tard pour me supplier. »

Le soleil poursuivait sa course déclinante.

Tout à coup, le vent rabattit vers la maison l'écho d'un moteur. Une voiture... plusieurs voitures étaient en train de remonter la route en direction du domaine. C'était inhabituel. Dexter en eut conscience, lui aussi, et posa le porte-voix sur la rampe de pierre de la balustrade. Jusqu'à présent personne n'était jamais venu rôder aux abords de la propriété. Le village était éloigné de la maison, et ses habitants avaient depuis longtemps perdu toute curiosité pour cette demeure victorienne et prétentieuse qu'on louait de temps à autre, lorsqu'il se trouvait un gogo de la ville pour vouloir jouer les *gentlemen farmers*.

Tous ces véhicules... ce n'était pas normal.

Robin tendit l'oreille. Le vent, hélas, ne soufflait plus vers la maison. « La police... pensa-t-il. Elle nous a retrouvés. Fritz l'avait prédit. Cela devait arriver. »

Il se garda de bouger, incapable de déterminer s'il allait tomber de Charybde en Scilla. Là-bas, Dexter avait quitté la terrasse. Peut-être, à l'aide de sa lunette de visée, avait-il pu identifier les voitures. Que préparait-il ? Allait-il, selon la terminologie en usage au Moyen Âge, « mettre la demeure en défense ? »

« Ce serait le moment d'en profiter pour escalader l'arbre, songea Robin. Mais en ai-je encore la force ? »

Il lui fallait utiliser de ce répit. Franchir la muraille et se fondre dans la nature tant que les policiers ne cernaient pas encore la maison. Il se débarrassa du carquois contenant le bébé. Mieux valait laisser l'enfant sur place. Les gens du FBI le trouveraient lors de la perquisition. Ils sauraient davantage s'en occuper que lui. En outre, il serait plus à l'aise seul s'il se voyait contraint de mener une vie de fugitif.

Il se leva, effectua quelques flexions pour se désengourdir les jambes, puis, sans attendre, se lança à l'assaut du tronc. La sève suintant sous l'écorce arrachée ne lui facilitait pas les choses. Il parvint cependant à effectuer un rétablissement sur la grosse branche qui se ramifiait en direction du mur. Il rampa le plus vite possible, s'écorchant aux brindilles. Très vite, la branche se mit à osciller sous son poids. Dès qu'il la sentirait fléchir vers le sol, il devrait s'arrêter... et sauter. Le faîte de la muraille d'enceinte se trouvait à un mètre en dessous. C'était peu... mais s'il ratait son atterrissage, il tomberait au pied de la paroi, et du mauvais côté.

Il plissa les yeux, explorant le paysage aux alentours. Les véhicules n'étaient pas encore visibles.

« Ils se sont arrêtés au bas de la route, songea Robin. À présent, les flics vont venir à pied... ils encercleront la propriété puis donneront l'assaut. »

Il lui fallait être dehors avant qu'ils ne se mettent à patrouiller au bas des murs, lui coupant toute possibilité de fuite.

Il prit son souffle comme s'il allait plonger dans la mer, et se jeta dans le vide, les bras tendus. Il s'égratigna les mains au sommet du rempart, mais ne lâcha pas prise. Quand il lança sa jambe droite par-dessus l'obstacle, il vit qu'il s'était également ouvert le genou en dérapant contre la maçonnerie. Il s'accorda quelques secondes de repos au faîte de l'enceinte, assis à califourchon, une jambe de chaque côté de la muraille. Maintenant, il lui fallait sauter d'une hauteur de trois mètres. S'il se recevait mal, il se briserait les chevilles. La végétation pouvait dissimuler des pierres, des branches qui lui feraient perdre l'équilibre...

Il n'avait pas le temps d'y réfléchir. Il devait sauter avant que les policiers ne le voient. Il se laissa glisser le long de la paroi, et lâcha prise. Le choc courut dans sa colonne vertébrale, l'étourdissant, puis il roula sur la mousse. Il se releva aussitôt et tituba en direction des buissons touffus qui proliféraient aux abords du domaine. Il se glissa en rampant au cœur du plus épais d'entre eux, avec l'espoir que personne ne viendrait l'y chercher. Il saignait des mains, des genoux, et une vilaine douleur lui tiraillait la hanche, comme s'il s'était démis quelque chose au moment de l'impact. Il ferma les yeux et s'appliqua à ralentir sa respiration. Dans quelques minutes le groupe d'assaut se matérialiserait au tournant de la route, aucun des policiers qui le composaient ne devrait se douter qu'il était là, enfoui tel un gnome des légendes irlandaises, au sein de la végétation.

*

« Je veux que tu restes en arrière, ordonna Mikovsky d'un ton sec. Je crois que les choses ne vont pas très bien se passer. Les gens du village prétendent avoir entendu des coups de feu tout l'après-midi. Ils ont supposé qu'il s'agissait d'un concours de tir... Moi, je pense qu'ils sont en train de s'entre-tuer. Andrewjz a peut-être sous-estimé les capacités de réplique des deux gosses. »

Sandra DiCaccio ne discuta pas. Le temps n'était plus aux polémiques. La section d'assaut se mettait déjà en place. Casqués, bardés de gilets en Kevlar, les hommes progressaient silencieusement vers la grande porte blindée du portail. Dans un instant, ils escaladeraient le mur d'enceinte en plusieurs points. Les gens du village n'avaient apporté aucune précision utilisable. Pas un d'entre eux n'avait rencontré les occupants de la propriété. Ils avaient juste mentionné les allées et venues d'une grosse voiture noire aux vitres teintées. Le type de véhicule qu'on ne voyait pas souvent dans un univers où pullulaient les Jeeps *Scout* et les pick-ups.

Les premiers coups de feu retentirent dès que les assaillants tentèrent de se hisser sur le faîte du mur d'enceinte. Touché au visage, l'un des hommes tomba sur le dos et fut pris de spasmes.

« Allez-vous en ! cria une voix juvénile que déformait la stridence d'un mégaphone. Vous n'avez rien à faire ici. Vous violez le territoire des enfants perdus. Les adultes y sont interdits de séjour. Si vous vous obstinez, je serai contraint de vous punir. Votre intrusion sera assimilée à un acte de guerre, et je prendrai les mesures qui s'imposent pour stopper toute ingérence étrangère... »

Sandra reconnut le timbre de Dexter. Il récitait des phrases entendues à la télévision. Sans doute lui semblaient-elles chargées d'un pouvoir magique ? Pour un témoin non averti, il semblait en colère, mais l'oreille exercée de Sandy repérait sans mal les sonorités du triomphe derrière chaque syllabe. Il exultait en secret. Lui, le gosse qui avait grandi au fond d'un asile, le rêveur immature, le schizophrène irrécupérable, il tenait le FBI en échec, il dictait sa volonté à la police fédérale des États-Unis. Il tutoyait les dieux et leur claquait la porte au nez.

« Ce n'est qu'un gosse avec un fusil, chuchota Mikovsky. Que les tireurs d'élite prennent position dans les arbres. Il faut essayer de le neutraliser sans le tuer. Pour le moment il n'a pas encore parlé d'otages... Je me demande ce qu'Andrewjz attend pour se manifester.

— Dexter l'a probablement tué, dit Sandra. C'est lui qui a pris le pouvoir. Tu ne comprends pas ? C'est lui le maître des lieux.

— Recule, ordonna l'agent spécial. Ne reste pas dans le périmètre dangereux. Je t'appellerai si l'on doit négocier. Prend un talkie-walkie et reste calée sur la fréquence. »

Sandy s'éloigna derrière la ligne des arbres tandis que les agents fédéraux prenaient position.

« Je vous aurais prévenus, cria une dernière fois Dexter. Vous n'avez aucune idée de ma puissance. Vous vous en repentirez. »

Trois secondes plus tard, Sandy fut jetée au sol par un souffle brûlant. Quelque chose venait d'exploser derrière elle. Une bombe, une grenade... elle ne savait quoi. Elle roula sur elle-même, essayant de se protéger le visage. L'air était plein d'une odeur chimique qui prenait à la gorge. Il y eut deux autres explosions, très rapprochées. La confusion s'installa. Les hommes du groupe d'intervention couraient en tous sens au milieu des flammes et de la fumée. Quelqu'un hurla : « C'est de la dynamite ! Bordel ! Il nous bombarde avec de la dynamite ! »

Sandy rampa dans l'herbe, essayant de s'éloigner du secteur dangereux. L'une de ses oreilles sonnaient comme si l'on y avait incrusté un timbre électrique. L'ourlet de sa jupe avait commencé à brûler, un brandon avait laissé une marque carbonisée sur sa manche gauche. Elle se coula dans le fossé. Les explosions continuaient. Brusquement, alors qu'elle progressait au milieu de la fumée, elle repéra une petite silhouette qui se déplaçait à une dizaine de mètres devant elle.

« Robin ! » haleta-t-elle.

L'enfant se retourna. Il avait l'air terrifié et il était couvert de sang. Sandy se précipita vers lui. Elle avait déjà pris sa décision. Elle le ferait, oui, même si cela devait lui coûter sa carrière ou la conduire en prison... Elle ne pouvait pas s'en empêcher.

Quand elle fut près du garçonnet, elle prit son visage entre ses mains et murmura :

« Écoute, on n'a pas le temps de discuter. Ils sont tous après toi. Si tu veux t'en sortir, tu devras faire ce que je te dirai sans discuter. Okay ? »

Robin hocha la tête. Il semblait épuisé.

« On va ramper jusqu'à ma voiture, lui souffla-t-elle. Tu te cacheras dans le coffre et tu n'en sortiras sous aucun prétexte. Avec un peu de chance, je pourrai te ramener en ville. Tu as compris ? Reste bien caché. Quoi qu'il arrive. Je suis avec toi, tu le sais, n'est-ce pas ? »

Robin eut un nouveau signe de tête. Il avait la paume des mains horriblement déchirée, comme si quelqu'un avait essayé de

343

le crucifier. Sandy lui donna son mouchoir et le conduisit jusqu'à la voiture. Dexter continuait à lancer ses bombes sur le groupe d'intervention. Les hommes de Mikovsky, aplatis dans les déclivités du terrain, ne songeaient qu'à se protéger des déflagrations.

« Il n'y aura personne pour nous voir », constata Sandy avec une étrange jubilation.

Quand Robin se recroquevilla dans le coffre, elle lui donna la bouteille d'eau minérale qui se trouvait sur le siège du passager.

« Reste tranquille, mon chéri, s'entendit-elle murmurer. Je m'occupe de tout. »

36

Dexter fit sauter la maison une heure plus tard. Ce suicide fut-il volontaire, ou bien résulta-t-il d'une fausse manœuvre commise à proximité de la réserve d'explosifs ? Personne ne fut en mesure de le déterminer. Quoi qu'il en soit, la moitié de la demeure fut soufflée par l'explosion. On ne retrouva rien du corps du jeune homme, et à peine quelques débris de celui d'Antonia. Un bébé déshydraté mais toujours vivant fut découvert dans le parc, quant à Robin Pookhey, on supposa qu'il avait péri en compagnie de Dexter Mulloney. Dans le garage souterrain, seul endroit de la bâtisse ayant échappé à la destruction, les enquêteurs trébuchèrent sur la dépouille décomposée d'Andrewjz.

Mikovsky laissa éclater sa mauvaise humeur. Déjà les journalistes accouraient. La rumeur affirmait que le FBI, pour obtenir la reddition des forcenés, les avait bombardés au moyen de charges explosives mortelles. Il fallut improviser une conférence de presse au milieu des ruines fumantes et des cratères d'explosion.

Sandy s'éclipsa le plus facilement du monde en brandissant son badge des services fédéraux. Elle ne connut qu'une seconde de frayeur, lorsque l'équipe médicale voulut l'arrêter pour soigner une coupure qu'elle avait au front. Elle se débarrassa d'eux avec un sourire forcé et franchit le dernier barrage, les mains collées au volant par la sueur.

Les télévisions se déchaînèrent, chacune donnant de l'affaire une version approximative. Un détail, par-dessus tout, retenait l'attention : un gosse de dix ans et un jeune homme de dix-huit avaient été pulvérisés par une explosion si terrible qu'elle les avait – selon la terminologie des spécialistes – *vaporisés* dans l'espace sans rien laisser subsister de leurs dépouilles. Un artificier à la retraite expliqua que c'était là chose courante dès lors qu'on s'exposait au pouvoir déflagrant d'une importante quantité de T.N.T.

L'arrestation des kidnappeurs multirécidivistes fut donc occultée par les conditions horrifiantes dans lesquelles s'était déroulée l'opération, et le triomphe de Mikovsky s'en trouva d'autant rabaissé.

Une heure après la diffusion du bulletin d'information, le bureau fédéral décida de lancer une enquête interne pour s'assurer que l'assaut avait été mené selon les règles en usage. C'est à peine si l'on mentionna les noms des six agents spéciaux gravement blessés par les charges jetées depuis l'intérieur du mur d'enceinte.

37

Sandy ramena Robin chez elle, à la nuit tombée. Arrivée dans le parking souterrain, elle réalisa qu'il leur serait difficile de grimper dans les étages sans rencontrer quelqu'un. L'apparence de l'enfant – blessé, les vêtements en loques – ne manquerait pas de susciter la curiosité des locataires. Elle décida donc de ressortir pour acheter des habits propres, des pansements. Elle n'eut pas de mal à trouver ce qu'elle voulait dans un drugstore ouvert 24 heures sur 24. De retour dans le parking désert, elle fit sortir Robin du coffre et le nettoya au moyen de compresses imbibées de désinfectant. Le gosse ne disait rien. Il paraissait hagard. Il se laissa faire sans protester. Quand il fut à peu près présentable, elle lui banda les mains, les genoux, puis lui fit passer la chemise et le jean neufs qu'elle venait d'acheter. Elle prit un extrême plaisir à tous ces gestes, et s'en effraya.

« Mon Dieu ! se dit-elle, je suis en train de jouer à la poupée. »

Quand elle eut vérifié que l'aire de stationnement était déserte, ils s'avancèrent vers l'ascenseur. Il était tard, elle espérait qu'avec un peu de chance elle ne croiserait aucun de ses voisins. À cette heure, ils devaient tous être au spectacle... ou dans une boîte quelconque. Lorsqu'ils furent dans la cabine, elle demanda à Robin d'enfoncer les mains dans ses poches pour dissimuler les pansements. Les dieux étaient avec eux, ce soir-là, aussi purent-ils rejoindre l'appartement sans rencontrer aucun témoin gênant. Dès qu'ils furent dans la place, Sandra s'empressa de baisser les stores. Elle n'alluma que deux lampes, les moins puissantes, puis conduisit l'enfant à la chambre d'ami.

« Le mieux c'est que tu dormes, murmura-t-elle. Nous verrons demain comment nous organiser. »

Elle lui fit prendre un somnifère léger, puis lui administra une piqûre antitétanique, car elle était prête à parier que le gosse n'avait jamais reçu aucun vaccin. Elle éprouva un petit frisson désagréable en se demandant ce qui se passerait si elle découvrait demain qu'il avait contracté le tétanos. Comment expliquerait-elle sa présence ici ?

Elle préféra chasser cette pensée de son esprit et aida Robin à se déshabiller car les bandages le gênaient dans ses mouvements.

« Je vais laisser la porte entrouverte, dit-elle. Si tu as besoin de moi n'hésite pas à m'appeler. »

Il se recroquevilla sous les draps sans répondre. Sandy quitta la pièce.

« Je suis folle, songea-t-elle en revenant dans la salle de séjour. Si le FBI découvre ce que j'ai fait, je suis fichue. »

Mais elle ne pouvait se départir d'une étrange exaltation.

Elle était trop excitée pour concevoir un plan à longue échéance, une force la poussait à s'entêter, une espèce d'obsession maligne qui lui commandait de garder Robin pour elle, *pour elle seule...*

Elle regarda le téléphone, il n'était pas encore trop tard. Elle pouvait appeler le bureau fédéral, prétendre avoir découvert l'enfant en train d'errer sur une route de campagne. Ce serait un peu tiré par les cheveux, mais on n'y regarderait sans doute pas de trop près. Il lui suffisait de former le numéro de Mikovsky sur le cadran pour rentrer dans le rang, cesser d'être une hors-la-loi. Elle savait cependant qu'elle ne le ferait pas.

Elle se versa un whisky et resta là longtemps, tandis que des projets confus se bousculaient dans son esprit. Son père possédait une maison à Malibu, une maison où il avait jadis rencontré ses maîtresses. L'âge venant, il avait cessé de l'utiliser et en avait cédé les clefs à sa fille. Sandra n'y avait presque jamais mis les pieds car elle détestait la faune des environs composée de yuppies arrogants au corps amoureusement bodybuildé. Elle se savait ni assez jeune ni assez belle ni assez riche pour prétendre entrer dans le clan très fermé de ces seigneurs. La maison, cependant, présentait d'indéniables qualités pour y organiser une planque de luxe. Vaste, nantie d'un grenier transformé en garçonnière tapissée de fourrure blanche du plus parfait mauvais goût, elle était plantée sur pilotis et faisait face à l'océan. Robin pourrait mener une existence cachée à l'abri du *penthouse*, du moins pendant quelque temps. Il faudrait ensuite trouver autre chose. Quitter la Californie, grimper vers le nord pour s'y fabriquer une nouvelle vie. Une fois qu'elle aurait rompu les amarres, Sandy se ferait passer pour une veuve, ou une divorcée, élevant seule son petit garçon. Si Robin y mettait du sien, le voisinage n'y verrait que du feu.

Elle remua ces pensées jusqu'à une heure avancée de la nuit et finit par s'endormir sur le canapé. Lorsque le verre vide lui échappa des doigts, elle ne l'entendit même pas rouler sur la moquette.

*

Le lendemain, elle trouva Robin en meilleure forme physique, mais toujours aussi désorienté. Elle s'appliqua à lui faire absorber un copieux petit déjeuner et nettoya ses plaies.

« Ne te montre pas, lui répéta-t-elle. N'ouvre pas les stores. Il se peut que les journalistes tournent autour de la maison pour m'interroger. Si par malheur ils braquaient leurs téléobjectifs sur la façade, ils risqueraient de te repérer. Il faudra se montrer prudents pendant quelque temps, puis nous déménagerons pour aller nous installer au bord de la mer. Ce n'est qu'une question de jours, ne sois pas impatient. Je vais donner ma démission pour avoir les mains libres. On ne cherchera pas à me retenir... »

Elle soliloquait sans savoir si Robin l'écoutait. Il se tenait au bout de la table, les yeux baissés. Impénétrable. Il ne se laisserait pas facilement apprivoiser. Elle devrait apprendre à le séduire, à mériter son affection. Ce ne serait pas aussi simple qu'elle l'avait tout d'abord imaginé.

« Je dois aller au bureau, annonça-t-elle en se levant. Il ne faut pas que mon comportement change et leur donne l'éveil. Essaye de te reposer, tu es très pâle. Il y a de bons livres dans la bibliothèque. »

Elle sentit qu'elle devenait maladroite et prit la fuite sans oser l'embrasser.

« Je n'y ai pas encore droit, songea-t-elle. Cela viendra plus tard, quand j'aurai fait mes preuves. »

Dans l'ascenseur, elle eut l'impression que tout le monde la regardait d'un air méfiant. On la savait mêlée à une affaire de police des plus bizarres, les échos du viol dont elle avait été victime étaient parvenus jusqu'ici. On n'aimait guère cela dans les immeubles de bon standing. Tôt ou tard, elle n'y couperait pas d'une convocation chez le gérant. On lui ferait comprendre, à mots couverts, que sa présence n'était plus souhaitée et qu'elle ferait mieux de mettre son appartement en vente. Au besoin, le cabinet immobilier s'occupant de la maintenance de la résidence pourrait s'en charger de manière tout à fait compétente. L'une de ses patientes avait connu une semblable mésaventure. Ayant refusé de céder à la pression, elle avait été mise au ban. On avait cessé de la saluer, et, peu à peu, elle avait dû supporter mille vexations et déboires ménagers qui, comme par hasard, tombaient toujours sur elle.

Sandra, elle, ne ferait aucune difficulté pour partir. D'ailleurs, elle s'en allait de ce pas annoncer au bureau fédéral qu'elle mettait un terme à leur collaboration et prenait une année sabbatique pour essayer de voir clair en elle. Cela n'étonnerait personne. Il est bien connu que les femmes violentées ne sont plus capables de mener une vie normale. Elle en profiterait pour s'évaporer dans la nature... avec Robin.

Au bureau, elle trouva Mikovsky de sombre humeur. Elle savait bien ce qu'il éprouvait. Il était horriblement frustré par la tournure des événements. Sa grande affaire lui avait claqué dans les mains. Il avait beaucoup compté sur l'arrestation des kidnappeurs pour se propulser aux échelons supérieurs de la hiérarchie, au lieu de cela, il se retrouvait plus ou moins accusé d'avoir employé l'arme nucléaire contre deux souriceaux. Les médias avaient fait campagne sur le thème des corps mis en pièces. Les autres aspects de l'affaire avaient été passés sous silence, ou rapidement évoqués. La commission des enquêtes internes n'ayant relevé aucune faute, Mikovsky et son équipe étaient sortis blanchis de l'épreuve, néanmoins tous en gardaient un sentiment d'amertume et d'injustice.

« Il sait qu'une telle occasion ne se représentera pas de sitôt, songeait Sandy. Peut-être même jamais. La carrière d'un agent spécial se fonde sur un coup d'éclat, pas davantage. La loi des probabilités fait que la chance frappe rarement deux fois de suite à la même porte. »

Mikovsky avait loupé le train de la gloire et de la promotion. Qui plus est, l'affaire allait laisser une tache sur son dossier. Il aurait beau faire valoir qu'il avait été blanchi par l'enquête interne, il subsisterait toujours un flou, une zone trouble.

Sandra le trouva taciturne, maussade. Quand elle lui proposa d'aller boire un café, il lui coula un regard en coin qui la fit frémir car elle crut y détecter du soupçon.

Se doutait-il de quelque chose ? C'était un bon élément et il possédait au plus haut point cette intuition animale des hommes de terrain qui ont appris à vivre comme des soldats parachutés en pays hostile.

« Où étais-tu passée ? demanda-t-il en tripotant son gobelet de plastique. Après l'explosion je t'ai cherchée partout.

— J'ai eu peur, mentit Sandra. J'ai craqué. Tu avais raison, je n'aurais pas dû vous accompagner. J'ai perdu la boule, je me suis ruée vers ma voiture. Je n'avais plus qu'une idée, me tirer le plus loin possible de tout ce bordel. »

Mathias hocha la tête sans qu'elle puisse déterminer s'il se satisfaisait de sa réponse.

« J'ai une mauvaise impression, grommela-t-il au bout d'un moment. Une idée qui me trotte dans la cervelle et dont je n'arrive pas à me débarrasser.

— Oui ? fit Sandra tandis que la sueur lui mouillait les tempes.

— Je me dis qu'on s'est fait manipuler par ce petit salaud de Robin, continua Mikovsky. Tu veux savoir comment je vois les choses ? Il a envoyé ce pauvre idiot de Dexter au casse-pipe, en l'excitant contre nous. Pendant ce temps-là, il a pris la mallette remplie de fric, allumé une mèche lente dans l'arsenal, et s'est planqué dans le parc en attendant que tout pète. Quand la baraque a sauté, il a profité de la confusion pour escalader le mur d'enceinte et s'évaporer dans la campagne. À ce moment-là, nous étions tous trop assommés pour faire attention à ce qui passait autour de nous. Je suis persuadé qu'il n'est pas mort dans l'explosion. Je le sens, et mon instinct ne m'a jamais trompé. À mon avis, il se promène sur les routes, en toute impunité, du fric plein les poches. Il est très intelligent. Alors il va planquer le magot quelque part, et n'emporter avec lui que ce qui lui sera nécessaire pour survivre... quand ce viatique sera épuisé, il reviendra faire le plein. Et ainsi de suite.

— Mathias, intervint Sandy. Ce n'est qu'un gosse de dix ans. Il ne peut pas organiser une cavale comme le ferait un adulte.

— J'ai également pensé à ça, fit l'agent spécial avec une pointe d'irritation. À mon avis, il va se payer un tuteur, un accompagnateur, une baby-sitter si tu préfères. Une fille qui louera un appartement et achètera une voiture à sa place. Il fera comme avec Dexter. Il choisira quelqu'un de pas trop intelligent sur lequel il exercera son emprise. Une femme, sensible à sa beauté. Une nana qu'il embobinera. Elle lui servira de bonniche. S'il se débrouille bien, elle lui donnera le temps de grandir. Avec un peu de chance, dans trois ans il sera méconnaissable, comme cela arrive souvent avec les adolescents... Il est en train de se payer notre tête.

— Mathias, fit sèchement Sandy. Tu dérailles. Tu fais une fixation sur cette histoire. Ne parle de cela à personne, et surtout pas aux gens du bureau, ou bien on dira que tu es toqué.

— Je sais, soupira Mikovsky. Je fermerai ma gueule... mais n'empêche que je suis sûr d'avoir raison. Il fallait que je le dise au moins à quelqu'un. Toi, tu es lié par le secret professionnel, pas vrai ? »

Sandra serra les dents. Elle n'aimait pas le regard qu'il venait de lui jeter. Jouait-il avec elle ? Essayait-il de lui faire comprendre qu'il la soupçonnait d'avoir aidé Robin à prendre la fuite ? Elle ne savait pas. Chacune des phrases de son interlocuteur semblait fonctionner à double sens. Était-il en train de lui dire : « Je sais qu'il est chez toi... Débarrasse-t'en avant d'être arrêtée pour recel de malfaiteur. Je te préviens gentiment. Prends tes précautions avant que je ne passe à l'attaque » ?

Elle prit le temps de vider son verre.

« C'était une sale histoire, soupira-t-elle. Elle nous a abîmés tous les deux. Je vais partir, Mathias, c'était ce que je voulais t'annoncer. J'ai besoin de faire le point. Peut-être d'entreprendre une analyse. Je ne sais pas. Je pense que je ne reviendrai pas travailler au bureau, je vais m'orienter vers autre chose... la psychologie d'entreprise par exemple. Un domaine moins sanglant. »

Il la regarda froidement, une étincelle hostile au fond des yeux. (Mais peut-être imaginait-elle tout cela ?)

« Je comprends, laissa-t-il tomber. Je sais que ça a été dur pour toi. J'ai tendance à oublier que tu n'es pas flic. »

Elle s'agita, convaincue de jouer une mauvaise comédie dont il n'était pas dupe.

Le reste de la conversation se passa en banalités. Il lui demanda où elle irait, elle mentit en parlant du Canada, d'un dispensaire pour enfants autistes tenu par une amie de fac... Pendant que les mots lui sortaient de la bouche, elle ne cessait de penser : « Il m'a percée à jour. Il a tout deviné. Demain matin il frappera à ma porte, un mandat du juge à la main. »

Ils quittèrent le café pour retourner au bureau car il fallait expédier les affaires courantes. La journée s'écoula sans qu'ils aient une nouvelle occasion de se parler.

*

Par la suite, ils se revirent plusieurs fois, et même dînèrent ensemble dans un petit restaurant italien, sans que les choses aillent plus loin. Mikovsky ne cherchait pas à pousser son avantage, et son désir de parler avec Sandra ne dissimulait aucune arrière-pensée sexuelle.

« Il m'extorque une consultation gratuite, songeait la psychologue. Sans doute préfère-t-il se raconter qu'il a besoin d'un conseil amical ? »

Mais elle n'en avait pas l'absolue conviction et demeurait sur ses gardes. La voix de la méfiance, tout au fond de son esprit, continuait à lui crier que l'agent spécial jouait au chat et à la souris. Robin devenait pour lui une véritable obsession.

« C'est normal, se disait Sandy. S'il le retrouvait, il redeviendrait du jour au lendemain une vedette. Ses chances de promotion ne seraient plus compromises. »

Elle commençait à se méfier de lui et vérifiait souvent dans son rétroviseur qu'aucune voiture ne la suivait. Chez elle, les stores demeuraient baissés en permanence, et elle pensait que tôt ou cette manie serait remarquée par quelqu'un du voisinage. Il était temps de déménager. Elle n'osait le faire car elle croyait renifler partout la présence occulte de Mikovsky. Elle se l'imaginait, rôdant dans le parking ou sous ses fenêtres, grimpant sur la terrasse de l'immeuble voisin pour l'espionner avec des jumelles. Elle le savait assez tenace pour mener une enquête sur ses heures de loisirs, à l'insu de ses collègues. S'il l'avait dans le collimateur, il ne la lâcherait pas. Pour toutes ces raisons, elle ne se décidait pas à ficher le camp en pleine nuit, Robin caché dans le coffre. Il lui semblait que Mikovsky la cueillerait fatalement à la sortie du parking. Elle ne voulait pas courir ce risque.

À d'autres moments, pourtant, ses soupçons s'endormaient, et elle n'éprouvait plus pour l'agent spécial qu'une sorte de tendresse attristée.

« Nous avons raté quelque chose, se disait-elle. Nous sommes passés très près d'une histoire intéressante, mais ni l'un ni l'autre n'a voulu faire le premier pas. J'ai voulu lui tenir la dragée haute. Bêtement. Et maintenant il est trop tard... il y a Robin. »

Elle n'aurait eu qu'un geste à faire, un mot à prononcer pour que Mathias pose sa main sur la sienne et dise : « Oublions toutes ces conneries, et pensons à nous... » Mais elle en était incapable.

Elle avait beau être psychologue, elle avait mal joué, dès le début. C'était courant dans la profession, la plupart de ses collègues se débattaient dans de lamentables histoires de cœur dont ils n'arrivaient pas à démêler les fils. Leurs maris ou leurs femmes les trompaient, leurs gosses se droguaient, et toute la science acquise sur les bancs de l'université ou dans les cabinets d'analyse ne leur servait à rien. Elle ne faisait pas exception.

Ils s'étaient ratés, comme on rate un avion. D'ailleurs tout cela n'avait plus d'importance puisque, maintenant, elle avait Robin.

*

Elle vida ses tiroirs, transmit ses dossiers à une collègue et quitta le bureau pour n'y plus revenir. Elle offrit un « pot » d'adieu auquel peu de gens participèrent. Mikovsky lui-même inventa un prétexte pour partir tôt. On disait qu'il s'était mis à boire et traînait dans les bars. Quand il était suffisamment imbibé, il exposait ses théories sur un génie du crime âgé d'une dizaine d'années et qui, dans l'ombre, poursuivait ses méfaits assis sur un trésor caché au fond des bois. Personne ne l'écoutait ; les flics des patrouilles urbaines le reconduisaient gentiment chez lui lorsqu'il était incapable de conduire. Sandra, elle, accueillait ces ragots avec réticence. S'agissait-il d'une ruse de Mathias ? Essayait-il de la pousser à baisser sa garde ?

Mikovsky allait jouer les poivrots pour l'encourager à commettre des erreurs, et, lorsqu'elle se croirait enfin en sécurité, il surgirait de l'ombre pour abattre sur son poignet le cercle d'acier d'un bracelet de menotte.

Elle n'était pas bête. Elle ne se laisserait pas avoir aussi facilement.

Elle se décida à déménager en pleine nuit, Robin recroquevillé au fond du coffre. Elle ne supportait plus l'atmosphère de l'appartement toujours plongé dans la pénombre, les intrusions du concierge qu'elle finissait par trouver suspectes. Elle souffrait beaucoup plus que l'enfant de l'enfermement et du climat de complot dans lequel ils s'étaient condamnés à vivre.

À Malibu, la sensation de claustrophobie s'atténua à cause de l'océan. Même quand on ne le voyait pas on l'entendait, lui... et les cris des mouettes. Avec Robin, le contact s'établissait lentement. Sandra se surprenait à soliloquer pour meubler le silence.

Elle n'arrivait pas à deviner ce qui se cachait dans la tête du gosse. Il était poli, calme, mais sans chaleur, alors qu'elle l'aurait voulu rieur et câlin. « Tu veux aller trop vite, se répétait-elle. Il se méfie. Il en a trop vu au cours des derniers mois pour se jeter dans les bras de quelqu'un sans réfléchir. »

Quand il avait demandé des nouvelles de Dexter, elle lui avait montré les journaux. Quand il avait parlé de Judith Pookhey et de Jedediah, elle ne lui avait pas caché leur disparition dramatique. Il n'avait fait aucun commentaire.

« Ne me considère pas comme une psychologue, lui dit-elle un soir. Je n'ai plus aucune attache avec le bureau fédéral. Je suis ta complice... Si l'on nous prend, nous irons tous les deux en prison. Nous sommes condamnés à vivre dans l'illégalité. Dans quelque temps, quand j'aurai tout organisé, nous partirons très loin, dans le nord, pour refaire notre vie. Mais il faut de la patience, ces choses ne se font pas en deux semaines. »

Il hocha la tête. Elle eut le sentiment qu'il ne la croyait pas. Elle devina ce qu'il pensait. Qu'elle l'avait kidnappé, pour son propre usage. Qu'elle l'avait ramené à la case départ...

D'ailleurs, était-ce complètement faux ?

*

Les jours passaient. Quand elle se rendait en ville pour ses consultations, Sandra tremblait, au retour, de découvrir la maison vide. Elle avait hâte d'en finir avec ses obligations professionnelles, de transmettre ses patients à un confrère. À plusieurs reprises, dans la foule, elle « reconnut » la silhouette de Mikovsky, aux aguets. Il arrivait qu'à Malibu elle crût deviner sa silhouette dans celle d'un marchand de glace. Elle le sentait là, à rôder, guettant la faute, l'erreur qui lui permettrait d'investir la maison.

Le soir, elle jouait aux échecs avec Robin, ou l'observait pendant qu'il feuilletait un livre d'art.

« Quel sera notre avenir ? se demandait-elle. Nous sommes comme ces couples mal assortis. La vieille maîtresse et le jeune étalon. Une association bancale qui ne dure jamais bien longtemps. La femme se cherche un fils-amant, le garçon une maman-putain... Tout cela est d'une tristesse ! »

Elle regardait le profil de l'enfant, tout en sachant qu'elle profitait des derniers feux de sa beauté. Elle avait vu Dexter. Elle savait que Robin suivait le même chemin. Il faisait partie de ces enfants magnifiques que gâche la poussée hormonale de l'adolescence. Dans deux ans il commencerait à devenir laid. Leur lune de miel serait courte. Elle devait en profiter au maximum.

« Peut-être me détacherai-je de lui quand il se transformera », pensait-elle. Curieusement, il lui sembla qu'elle aspirait à cette libération. En attendant, elle jouissait de sa présence avec le profond contentement qu'un amateur d'art met à posséder une statue unique en son genre. Elle aurait pu rester des heures à le regarder, à s'émerveiller de sa grâce, de ses mimiques, de ses gestes. Il avait certaines expressions, certains battements de paupières, une manière d'incliner la tête qui valaient tous les trésors enfermés dans les musées.

Parfois, cette dépendance lui faisait peur, et elle prenait conscience de l'aspect néfaste de Robin.

« Ce gosse est une drogue dure, pensait-elle. Il a bouleversé la vie ou causé la mort de tous ceux qui l'ont approché. Il est dangereux. Il m'a intoxiquée. La seule façon pour moi de guérir c'est d'attendre qu'il se banalise, que son visage le trahisse, qu'il devienne un adolescent semblable à tous les autres. »

Oui, un jour quelqu'un actionnerait l'interrupteur, et l'auréole du petit ange s'éteindrait d'un coup. L'acné, les furoncles, feraient le reste. Sandra avait commencé à prévoir ce difficile passage. Elle espérait que d'ici là, Robin aurait emmagasiné de quoi survivre dans le monde réel. Elle comptait sur son père pour fabriquer à l'enfant une fausse identité. En effet, Sandro DiCaccio entretenait des liens obscurs avec la Mafia, et, en quelques occasions, s'était vanté d'être en relation avec des pirates informatiques, des gangsters du virtuel capables d'intervenir dans les fichiers officiels pour créer des personnalités factices aux repris de justice en cavale. Elle avait décidé de lui demander ce service. Il lui devait bien cela. Elle exigerait une nouvelle identité pour Robin, elle obtiendrait de faux papiers d'adoption, un certificat de naissance, un dossier scolaire, tout cela greffé *a posteriori* dans les archives électroniques des administrations adéquates. À l'abri de ce paravent, Robin aurait une bonne chance de se réinsérer dans la réalité. Du moins l'espérait-elle.

Mais elle n'osait y croire. Elle continuait à penser qu'un beau matin, en se réveillant, elle trouverait la cage vide. Il regardait trop souvent la mer pour ne pas nourrir de secrètes pensées d'évasion.

« Tu ne seras plus très longtemps enfermé, lui serinait-elle. J'ai trouvé un poste à Boston. Ce sera une première étape. Là-bas, tu pourras sortir dans la rue, mener une vie normale, personne ne te connaît. »

Mais avait-il seulement envie de vivre cette nouvelle existence en sa compagnie ?

« Il ne m'aime pas, songeait-elle de plus en plus fréquemment à l'heure d'éteindre la lumière. Je n'ai pas su le charmer... Il continue a penser à Antonia. C'est en lui, à jamais. On ne pourra pas lui ôter cela du crâne. »

Et elle pleurait, doucement, laissant les larmes lui irriter le coin des yeux. Elle ne faisait pas le poids contre la reine d'Ombrie Australe et ses chimères dynastiques. Elle n'était rien, qu'une petite psychologue en mal d'enfant. Une zoologue amateur essayant vainement d'apprivoiser un animal en voie de disparition, et fier de l'être.

*

Une fois qu'elle se rendait chez son père, elle croisa Mikovsky sur un trottoir, Downtown. Ils prirent un verre, avec cette cordialité forcée qu'on met à retrouver un compagnon dont le visage reste lié à de mauvais souvenirs. Mathias lui apprit qu'il avait obtenu d'être muté en Floride. Il partait la semaine prochaine, pour ne plus revenir. Sandra, en le regardant, s'étonna de la puissante attraction sexuelle que cet homme exerçait encore sur elle deux mois auparavant. Robin était venu, éteignant l'incendie en un temps incroyablement court.

« Mais est-ce une bonne chose ? pensa-t-elle. Ne vaudrait-il pas mieux oublier l'enfant et tenter de renouer les choses avec Mathias ? »

La grande main brune de l'agent spécial reposait sur la table. Il aurait suffi qu'elle y pose la sienne. Elle avait le sentiment obscur qu'il attendait cela. Un geste, un simple geste, et elle resterait du côté de la lumière. Il lui fallait choisir, *maintenant...*

Non, c'était impossible, Robin comptait sur elle. Robin n'existait que par elle. Elle ne pouvait pas l'abandonner.

« Et toi ? demanda Mikovsky. Ça va ? »

Elle mentit. Elle raconta qu'elle partait en Amérique latine, travailler dans un dispensaire.

« Si tu rentres un jour, dit doucement Mathias, et si tu as besoin de moi, tu sauras toujours où me trouver. »

Une fois encore, elle vit dans ces paroles un double sens. C'est comme s'il avait dit : « Quand tu seras dans la mélasse, ma fille. Pense à ce bon vieux Mikovsky. Tu t'apercevras alors que tu n'as pas misé sur le bon cheval. »

Ils se séparèrent avec gêne, conscients l'un et l'autre d'avoir raté quelque chose, mais ne voulant pas perdre la face en risquant le tout pour le tout, une dernière fois.

Quand Sandra rentra à Malibu, à la nuit tombante, elle trouva Robin endormi sur le canapé, devant la grande baie vitrée du salon. Sur la table basse, il y avait un dessin exécuté avec les pastels qu'elle lui avait offerts lorsqu'il s'était passionné pour les peintures à la cire de l'Égypte antique, découvertes lors des fouilles du Fayoum. Cela représentait l'océan au moment du crépuscule. Au bas de la feuille, il avait tracé quelques mots, de son écriture élégante et si démodée :

Dernières lueurs avant la nuit (détail).

Saint-Malo. 18 janvier 2000